다른 우주에서
우리 만나더라도

다른 우주에서 우리 만났더라도

마크 구겐하임 지음
이나경 옮김

문학수첩

릴리와 새러에게 바칩니다.
너희들을 너무나 사랑한다.

무한한 가능성을 가진 우주 속에서,

변함없는 단 하나는 사랑이다.

—앙리 티볼트 박사

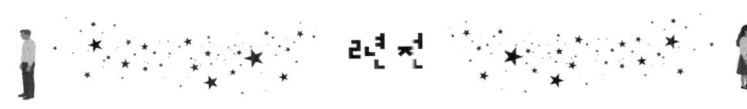

익숙한 세상이 산산이 부서진 뒤로 조용한 순간이 찾아올 때면, 조너스 컬런은 운명에 참 우스운 면이 있다고 생각하곤 했다. 운명이라는 초자연적인 힘에 유머 감각이 있을 줄은 몰랐다. 게다가 그 운명이 역설의 묘미까지 알 줄이야. 조너스에게 일어난, 희극과 비극을 오가는 사건은 우습기도 하고 역설적이기도 했다. 깊은 밤, 잠이 오지 않을 때면 조너스는 그날 밤을 곱씹곤 했다. 꿈에서나 소망하던 일들이 이루어진 생애 최고의 밤으로 시작해서 최악의 악몽으로 끝난 그 시간을.

조너스는 스웨덴 스톡홀름 대학교에서 가장 큰 강당, 아울라 마그나의 무대 뒤에 서서 차츰 밀려드는 불안을 다스려 보려고 손등 관절을 꺾고 있었다. 아내 어맨다는 그 버릇을 늘 고치려고 했지만, 그는 팝콘이나 포장용 비닐을 터뜨리듯이 손등에서 뽁뽁 소리를 내며 스트레스가 증발한다고 상상하면 희한하게 마음이 진정됐다.

아울라 마그나 대강당은 지하 깊숙이 지어 그 거대한 규모를 감추고 있었다. 정면 유리창 밖 오래된 참나무가 거인처럼 버티고 서서 가지에 눈을 수북이 쌓고 있었다. 밤하늘은 다이아몬드가 박힌 검은 비단 같았다.

그 건물은 평생 스웨덴에서 산 영국인 건축가 랠프 어스킨의 설계로 지어졌다. 아울라 마그나 이전에도 어스킨이 설계한 건물이 스톡홀름 대학교 곳곳에 있었지만, 생전에 완공된 마지막 건물이 그 대강당이었다. 조너스는 그런 내력 때문에 그 건물에서 연민이 느껴진다고 여겼다. 위대한 인물의 마지막 업적이 타인의 업적을 기리는 장소가 되다니, 상당히 적절하기도 했다.

조너스가 공들여 쓴 연설문이 그의 가슴을 눌렀다. 빼곡히 적어 세 번 접은 네 장의 종이가 턱시도 재킷 주머니에 꽂혀있었다. 조너스는 연설문을 가지고 올라갈 필요도 없다고 생각했다. 내용 전체를 암기만으로 전달할 수 있었다. 그가 지난 3년간 삶을 바쳐 완성한 내용이었으니까. 그 내용을 설명하기란 걷는 법, 숨 쉬는 법, 보는 법을 알려주는 것이나 다름없다고 자신을 다독였다. 하지만 심장은 쿵쿵거렸고 손에서는 땀이 났으며 위장은 그를 위해 열린 파티에서 세 시간 전에 마신 샴페인을 저주하고 있었다.

벌써 여남은 번째, 조너스는 연설이 어려울 것 없다고 되뇌었다. 직업이 대학교수인 탓에 적어도 하루 한 번은 강의하며 살았다. 하지만 그날의 연설은 여느 강의가 아니었고 참석한 사람들은 학생이 아니었다. 그것은 그의 평생 가장 중요한 연설이었다.

그렇다 보니, 턱시도는 세 치수 작은 구속복처럼 답답했다. 풀을 먹인 옷깃이 목덜미에 꺼끌거렸다. 타이는 올가미 같았다. 한쪽 발에서 다른 발로 체중을 자꾸만 옮기고 있으니 페이턴트 가죽 구두조차 그를 괴롭혔다. 마음을 진정시킬 방법이 더 이상 없어지자, 속이 불편한데도 샴페인을 한 잔—혹은 두 잔—더 마시고 싶어졌다.

그는 다시 양손을 번갈아 가면서 손등 관절을 반죽 주무르듯이 눌러댔다.

"그만해. 그러다 관절염 생기겠어."

돌아보니 어맨다가 다가오고 있었다. 어맨다는 조너스가 죽어도 이름을 기억하지 못하는 어느 디자이너의 작품인 이브닝드레스를 입고 빛나고 있었다. 그의 아내는 고급 패션에 관심이 없었지만, 무료로 의상을 제공하겠다는 제안은 두 사람 모두 반겼다. 가히 예술작품이라고 할만한 그 드레스 덕분에 어맨다가 그날 그렇게 빛난다고 다른 사람들은 착각할지 몰라도, 조너스는 달랐다. 헐렁한 운동복을 입고 있어도, 어맨다는 어딘가 남달랐다. 어맨다는 복장과는 별개로 빛나는 사람이었다. 서른넷의 어맨다 컬런이 늙었다고 할 수는 없지만, 그날 밤은 마치—조너스가 샴페인을 마시는 사이—젊음을 선사하는 샘물을 마신 것처럼 보였다. 어맨다의 눈이 영롱했다. 환한 조명을 받는 듯했다. 새로워진 듯했다.

"그건 미신이야." 조너스가 이렇게 반박하는 것이 처음은 아니었다. "**과학**적인 근거가 전혀 없다고."

어맨다가 환하게 웃었다. 두 사람 모두 그날 밤 행사를 앞두고 잔뜩 흥분한 상태였다. "내가 저기 앉아있을 거야. 맨 앞줄 가운데. 긴장이 되면……."

"아. 난 이미 긴장했는걸." 조너스가 말했다.

"**만약에** 긴장이 되면," 어맨다가 다시 말했다. "나만 봐. 나한테 말해. 내게 말하면서 긴장한 적 없잖아."

"그렇지." 조너스가 말했다. 어맨다에게 느끼는 애정에 조너스는

압도될 것 같았다. 그 애정 속에서 헤엄치며 온몸을 푹 적시는 느낌
이었다. 조너스는 어맨다를 안고 가슴에 차오르는 그 감정을 말로
표현하고 싶었다. 얼마나 사랑하는지 말하려는데, 달갑잖은 관계자
가 껴들었다.

육십대의 백인, 역시 턱시도를 입고 희끗희끗한 머리를 뒤로 완전
히 넘긴 그 남자는 양손을 꼭 맞잡고 스위스 억양이 강한 영어로 말
했다. "이제 곧 시작할 겁니다, 컬런 박사님. 기분은 어떻습니까?"

"묻지 않는 게 낫겠어요." 조너스가 짐짓 진지한 표정으로 말했
다. 속이 메슥거렸다.

"잘 해낼 거예요." 어맨다가 조너스의 등을 부드럽게 쓰다듬으며
다독였다.

조너스는 여전히 확신이 없었다.

관계자는 정중한 인사를 남기고 돌아갔고, 조너스는 어떻게 자신
의 인생이 이렇게 초현실적인 전환점을 맞이했는지 놀라움을 느꼈
다. 그는 오직 우주에 관한 질문을 던지고 존재의 모습을 탐구하고
싶었던 것뿐이었다. 아이라면 누구나 어째서 하늘이 파란지, 누가
우주를 창조했는지, 동물의 이름이 어떻게 지어졌는지 궁금하게 여
겼다. 조너스는 그런 질문을 결국 소명으로 삼은 소수의 아이에 불
과했다. 그리고 그 질문은 그 자체로 대답이었고, **그가** 존재하는 이
유였다. 상이나 찬양이나 행사와는 무관했다. 조너스는 이천 명 가
까이 되는 사람들 앞에서 강연하기 위해 그런 질문을 던진 것이 아
니었다. 그는 다른 선택지가 없었기에 그렇게 질문하고 해답을 구
했다. 그런 일로 상을 받는 것은, 걷는 법이나 신발 끈 묶는 법을 배
웠다고 칭찬받는 것과 같았다.

조너스는 어맨다의 눈길을 느꼈다. 이따금 두 사람의 눈이 마주치면 그렇듯이, 어맨다는 조너스에게 자신의 존재 전체를 불어넣으려는 듯, 그 시선을 통해 자신의 영혼을 불사르려는 듯했다. 조너스는 그 사람과 삶을 함께할 수 있는 행운이 놀라워 믿을 수 없는 표정을 지었다.

"당신 기분은 어때?" 어맨다가 그보다 더 만족스러워하는 모습을 본 기억이 없지만 조너스는 물었다. 그날 밤 어맨다는 어딘가 달라 보였지만, 정확히 뭐가 다른지 알 수 없었다.

"오늘 밤은 아주 특별한 밤 같아." 어맨다는 대답하며 핸드백에서 작은 상자를 꺼냈다. 흰색 상자에 붉은 리본이 묶여있었다. 어맨다가 그것을 건넸다.

조너스는 상자를 받아 만지작거렸다. "이게 뭐지?"

어맨다가 다가오더니 짐짓 궁금한 표정을 지으며 상자를 봤다. "흠. 무슨 선물 같은데."

조너스가 웃었다. 과학자에게 특정한 자질이 부족하다는 상투적인 소리가 싫었지만, 그중에서 몇 가지는 사실임을 인정할 수밖에 없었다. 조너스는 리본을 풀고 상자를 열었다. 안에는 가느다란 막대가 있었다. 두 조각의 플라스틱이 붙어있었다. 하나는 파란색, 하나는 흰색이었다. 파란 쪽에 있는 작은 창에 빛바랜 청색 십자가가 보였다.

조너스는 머릿속이 빙빙 돌면서 숨이 턱 막혔다. 플라스틱 막대를 쥔 손에 힘을 줬다. 꿈이 아니었다. **현실이었다.** 그는 어리둥절한 표정으로 아내를 봤다. 무슨 말을 해야 할지 알 수 없었다. 심장이 뛰고 가슴이 벅찼다. 그는 다시 청색 십자를 내려다보고 온 세상이 변하는 것을 느꼈다. "나, 난……" 말문이 막혔다. "의사들이," 목소리를 겨우 냈다. "당신이……" 조너스는 숨을 몰아쉬었다. 웃어야 할지 울어야 할지 소리를 질러야 할지 알 수 없었다. 누가 듣든지 신경 쓰지 않고 세 가지 모두 해버리고 싶었다.

"알아." 어맨다가 말했다. 어맨다의 눈이 반짝이는 것인지, 글썽이는 눈물에 빛이 반사된 것인지 알 수 없었다.

어느 쪽이든, 아내가 그렇게 환한 표정으로 행복해하는 것은 처음이었다. "나, 난 이게 가능한지도 몰랐어." 조너스가 작은 임신 테스트기를 믿을 수 없는 심정으로 바라보며 말했다.

"난 당신이 과학자인 줄 알았는데." 어맨다가 짓궂게 미소 지으며 놀렸다.

조너스는 놀라운 심정으로 손에 든 작은 장치를 봤다. "과학자도 기적은 알아볼 수 있어." **어맨다는 그에게 기적을 선사했다.**

"쉽지 않았어. 당신도 알잖아."

조너스는 잘 알았다. 몇 년째 노력한 일이었다.

하지만 어맨다는 고개를 살짝 저었다. 그 어려움을 말한 것이 아니었다. "노벨상과 경쟁하기가 얼마나 힘든지 당신은 모를 거야."

"당신은 해냈네." 조너스는 작은 플라스틱 막대를 여전히 손에 쥐고 말했다.

관계자가 조너스에게 다가와서 전했다. "곧 박사님을 호명할 겁니다." 하지만 조너스의 시선은 작은 막대에서 떨어지지 않았다. 장난감처럼 생긴 막대였다. 이렇게 경이로운 물건에서 어떻게 시선을 돌릴 수 있을까?

커튼 뒤에서 또 한 명의 노벨상 관계자가 청중에게 발표 중이었다. 그 음성이 아울라 마그나의 천연 음향 장치를 통해 울려 퍼졌다. "안녕하십니까." 쩌렁쩌렁한 목소리였다. "참석해 주셔서 감사합니다. 아시다시피, 노벨 재단에서는 수상자에게 수상 주제에 관한 강연을 요청하고 있습니다…….." 이어서 조너스의 이력과 학술 업적이 줄지어 발표됐지만, 조너스는 듣지 않았다. 초현실적인 느낌, 꿈속을 사는 느낌뿐이었다. "평행우주의 존재를 확인하는 수학적 정리, 다시 말해 '다중세계 존재 증명'으로 올해 노벨 물리학상을 수상한 조너스 컬런 박사를 소개합니다."

우레 같은 박수가 터져 나왔다. 조너스의 불안이 되돌아왔다. 어맨다가 눈치챈 듯 이렇게 격려했다. "멋지게 잘할 거야."

"당신을 너무 사랑해." 조너스가 말했다.

"내가 더 사랑해." 어맨다가 대답했다.

관계자가 말했다. "컬런 박사께서 본 상을 수상한 연구를 설명하시면 전 세계가 놀랐듯이 여러분도 놀라시리라 믿습니다. 우선 그 연구의 바탕이 되는 간단하지 않은 원칙은 이것입니다. 우리가 사는 우주는 수많은 우주 중 하나라는 것이죠."

"프로스트를 언급한다는 데 10달러 걸게." 어맨다가 눈을 찡긋했다.

"미국의 시인 로버트 프로스트는…….."

"내가 뭐랬어." 어맨다가 씩 웃었다.

"이렇게 썼습니다. '노란 숲에서 두 길이 교차했고, 나는 두 길을 다 가지 못한 것이 아쉬웠노라……' 이 시가 다중현실, 여러 개의 길로 갈라지는 우주를 비유한다고 주장하는 이들이 있습니다. 컬런 박사께서는 양자이론을 이용해 그러한 '다중우주'의 존재를 증명했습니다. 그리고 그 업적으로 올해의 노벨 물리학상을 수상하게 됐습니다."

이어지는 박수갈채에 건물이 흔들렸다. 조너스는 임신 테스트기를 움켜쥐고서 그것이 그날의 진정한 상이라고 생각했다.

"내 자리에 가서 앉을게." 어맨다는 조너스가 느끼기에 너무 짧은 키스를 남기고 객석으로 갔다.

조너스는 숨을 깊이 들이쉬었다. 그리고 또 들이쉬었다. 청중은 그가 무대에 오르기를 기다리며 계속 박수를 쳤다. 조너스는 커튼을 열고 걸어 나갔고, 잠시 조명에 앞이 보이지 않았다. 불빛 때문에 맨 앞 열 이후의 객석은 어둠에 휩싸여 있었다. 소개를 맡은 노벨상 관계자가 조너스의 손을 꼭 잡고 뺨에 입을 맞췄다. 연단 위에 선 조너스 앞에 연설문 사본이 놓여있었다.

조너스는 조명을 향해 눈을 가늘게 뜨고 앞 열을 살폈다. 약속대로 어맨다는 가운데 앉아있었다. 어맨다의 미소는 조명 못지않게 눈부셨다. 자랑스러움이 가득한 표정이었다. 조너스는 손에 든 임신 테스트기를 꼭 쥐면서 두 사람만의 비밀을 공유할 때 느끼는 작은 전율을 경험했다. 아무도 모르는 환희를 주고받는, 두 사람 평생 가장 행복한 순간.

그것이 어맨다의 마지막 밤이 될 줄은 누구도 알지 못했다.

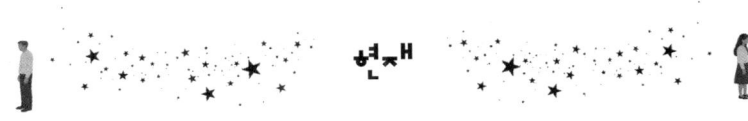

현재

그가 밤마다 꾸는 꿈에서는 늘 교향곡 같은 소리가 들린다. 타이어 셋이 미끄러운 아스팔트를 붙잡으려그 호른이 끼이익 울부짖는 듯한 소리를 낸다. 리무진의 뒤쪽 금속이 스톡홀름 센트랄브론 고가도로 가드레일을 긁으며 기괴한 바이올린 소리를 낸다. 구멍 난 타이어가—심장박동처럼 규칙적으로—투-툭, 투-툭, 투툭 하는 소리는 팀파니를 강하게 두드리는 소리다. 리무진이 고가도로에서 튀어오를 때 자동차들이 동시에 누르는 경적은 호른 합주에 필적한다. 이 모든 악기들이 함께 메슥거리는 교향곡을 만들어 낸다.

하지만 그다음에 들리는 소리는 도저히 음악이라고 부를 수 없다. 곤두박질치는 리무진이 내는 소리에 세상의 종말이 닥치는 것 같다.

그 소리에 매일 밤 조너스는 벌떡 깨어난다. 그 덕분에 도살당한 새끼 사슴처럼 거꾸로 매달려, 축 처진 몸을 안전띠에 걸치고 입을 벌린 채 입가에 새빨간 피를 흘리는 어맨다의 모습은 보지 않을 수 있다. 방금 일어난 일에 놀란 듯 어맨다의 얼굴에 당혹감이 서려있다. 충격이 가득하지만, 생명의 빛은 꺼진 얼굴이다.

그 무시무시한 모습을 마주하기 직전, 조너스는 눈을 번쩍 뜬다. 그는 날마다 그렇게 깨어난다. 선잠에 시달리느라 밀쳐놓은 시트 옆에서 땀에 흠뻑 젖은 채로. 매일 아침. 2년째다.

　바로 그날 아침, 조너스는 제네바 공항에서 차로 5분 거리에 위치한 수수한 호텔, NH 제네바 에어로포트의 객실에서 깨어난다. 이착륙하는 비행기가 울부짖는 소리가 오전 5시에 맞춘 아이폰 알람과 경쟁한다. 소박한 객실의 열린 블라인드 사이로 새벽 햇빛이 새어 들어와 그의 고독을 비춘다.

　조너스는 욕실로 비척비척 걸어가서 거울을 본다. 거울 속 남자에게선 노벨상 수상자 조너스 컬런 박사의 모습을 찾을 수 없다. 젊음의 푸르른 흔적은 사라지고 없다. 삼십대 후반의 남자 대신, 사십대의 낯선 사람이 마주 보고 있다. 수염이 텁수룩하다. 머리는 헝클어졌다. 총명하게 빛나던 두 눈은 벌겋게 충혈된 채 지쳐있다.

　변기 물을 내리지도, 손을 씻지도 않은 채 조너스는 전날 밤 옷가지를 얹어둔 의자로 걸어간다. 소박한 셔츠. 바지. 스웨터. 전부 면섬유와 천연섬유만으로 맞춤 제작한 것이다. 가죽구두 밑창도 천연고무 소재다. 양말과 속옷 이외의 모든 옷가지는 검은색이다. 인공소재는 쓰지 않는다. 공장에서 제조한 것은 바늘 한 땀 없다. 반드시 그래야 한다.

　옷을 입고 난 조너스는 작은 책상 쪽으로 간다. 책상 위에는 암호 자물쇠가 달린 알루미늄 서류가방이 놓여있다. 어맨다의 생일을 입력하고 가방이 열리자, 조너스는 뚜껑을 젖혀 전자회로를 펼친다. 스위스에 도착한 뒤, 전자제품과 취미용품 상점에서 산 부품을 조립해서 만든 장치다. 모양새만 보면 폭탄과 구별할 수 없기 때문에,

이 장치를 가지고 공항 검색대를 통과할 수 없어 내린 결정이었다. 이 장치의 진짜 목적을 알려면 박사학위가 있어야 한다.

조립체 가운데에는 신용카드 크기의 컴퓨터, 라즈베리파이(Raspberry Pi)가 들어있다. 조너스는 거기 연결한 USB 선을 호텔 방에 있는 티브이 HDMI 포트에 끼워 모니터로 전환시킨다. 블루투스를 통해 키보드를 연결한 뒤, 조너스는 왼팔 안쪽에 새긴 수식을 보면서 마지막 계산 내용을 인코딩한다.

문신을 한 지는 한 달도 되지 않는다. 문신 가장자리에 아직 염증의 흔적, 성난 붉은 살갗이 보인다. 상처가 다 낫지 않은 것이다. 손목부터 팔꿈치까지 이어지는 복잡한 수식. 문자. 숫자. 그리스어 문자. 괄호와 중괄호. 고대의 사암 명판에 적힌 글처럼, 시대를 초월하는 아름다움이 느껴진다.

조너스가 원하는 내용을 보여주니 문신사가 웃었다. 문신사는 문신 가게 사장이나 동료의 장난일 거라고 생각했다. 한바탕 웃고 넘어가려는 엉뚱한 아이디어. 하지만 조너스는 진담이라고, 아픈 것은 한 번으로 족하니 틀림이 없어야 한다고 말했다.

그는 문신이 필요 없기를 바란다. 성공한다면, 그 수식이 더 필요 없을 테니까. 하지만 일이 틀어지는 경우의 수는 수백만 가지다. **아니, 그렇지 않다.** 조너스가 자기 생각을 바로잡는다. 일이 틀어질 경우의 수는 **무한**하다.

티브이가 녹색으로 반짝이며 인코딩이 끝났음을 알린다. 조너스는 서류가방 안, 복잡하게 뒤얽힌 회로판과 마이크로칩 사이에 손을 넣어 가운데 있는 텅스텐 고리를 찾는다. 전체 장치와 전선으로 연결된 작은 홈 외에는 아무런 장식도 없는 고리다. 그 고리를 떼어낸 조너스는 광택 없이 단순한 그 회색 금속 물체를 가만히 본다. 반투명할 정도로 얇은 알루미늄 한 겹 아래, 작고 하얀빛이 혈관처럼 고동치고 있다.

조너스는 그 고리를 결혼반지를 끼던 손가락에 낀다. 고리의 작은 리튬 배터리가 발생시키는 미미한 열이 살갗에 느껴진다.

서류가방 뚜껑 안쪽에는 사진 한 장이 붙어있다. 어맨다. 맨해튼의 센트럴파크에 서서 환하게 웃는 모습이다. 그날을 형용할 말은 완벽하다는 단어뿐이다. 어맨다는 햇살에 반짝이는 형광 핑크색 프리스비를 들고 있다. 그 아래 붙어있는 다이아몬드 약혼반지의 빛보다 반짝이는 것은 어맨다의 눈빛뿐이다. 치아를 드러내고 환희를 표현하는 미소가 눈부시다.

조너스가 가장 좋아하는 어맨다의 사진이다. 조너스는 그 사진을 자기 이름보다 속속들이 알고 있다. 어맨다의 왼쪽 귀, 알이 하나 빠진 두 번째 귀고리. 그날 아침 나눠 먹은 핫도그가 티셔츠에 남긴 희미한 노란 자국. 오른쪽 뺨의 작은 보조개. 배경에서 신이 나서 뛰고 있는, 살짝 초점이 맞지 않는 콜리 한 마리. 기억만으로 그 사진을 그릴 수 있을 정도지만, 조너스는 그래도 마지막이라는 생각에 사진을 한참 들여다본다.

정확히 세 번, 문 두드리는 소리에 조너스는 현재로 돌아온다. 아이폰을 확인하니 오전 5시 45분이다. 정확하다.

조너스가 문을 열자 190센티미터 장신의 메이컨이 서있다. 메이컨은 진회색 스웨터에 검정 데님 바지, 검정 가죽 부츠 차림이다. 옷차림에 실용성을 망가뜨릴 장신구는 일절 보이지 않는다. 그의 얼굴은 거친 가죽 같다. 지구상에서 가장 뜨거운 곳에서 너무 오래

지낸 탓에 주름지고 굳어있다. 무기 다루듯 정확하게 손질한 콧수염에 회색 가닥들이 보인다. 메이컨의 눈을 보면 조너스는 두 개의 블랙홀이 떠오른다. 모든 것을 끌어들이고 아무것도 발산하지 않는, 이 세상이 내놓은 최악의 광경을 목격한 눈이다.

"갈 시간입니다." 메이컨의 말투에는 날씨 보도에나 어울리는 정도의 감정이 섞여있다. 조너스는 고개만 끄덕인다. 그가 나서려는데, 메이컨이 전혀 힘들이지 않고 길을 막는다. "선불입니다."

조너스는 우뚝 멈춘다. 완전히 잊고 있었다. 방으로 도로 들어가 옷장으로 향하던 조너스는 예상보다 두렵다는 사실을 깨닫는다. 그가 하려는 일은 체포, 부상, 혹은 죽음으로 끝날 수 있다.

옷장 바닥에 청색 운동 가방이 놓여있다. 조너스는 묵직한 그것을 집어 든다. 돌아서니 메이컨이 바로 뒤에 바짝 다가와 서있다. 예절에 어긋나는 문제는 눈감아 주고 조너스는 가방을 건넨다.

메이컨이 가방 지퍼를 열고 유로 지폐 다발을 센다. "꽤 많군요." 살짝 의심하는 기미가 보인다. 평생 양심 없는 인간들을 상대한 데서 생긴 의심이다. "당신 같은 학자 부류가 이렇게 큰돈을 가져올지 몰랐습니다." 메이컨이 말한다. "학자 부류"라는 말이 욕설처럼 들린다.

"아내가 생명보험을 들었어요."

그 대답에 메이컨은 만족한 듯, 재킷 밑에서 글록 19를 능숙하게 꺼내 조너스에게 내민다.

"인명 피해는 없어야 한다고 명시했습니다, 메이컨 씨." 조너스는 그 점에 대해 확고했지만, 지금은 그 말이 조금 우스꽝스럽게 들린다. 그 자신이 피자 주문하듯 용병을 쓰는 데 익숙한 사람이라도 된 느낌이다.

"뭐, 박사님." 메이컨이 인내심을 가지고 설명한다. "계획한 일과 실제로 일어나는 일은 다르거든요."

조너스는 잠시 생각한다. 그리고 권총을 받아 든다.

∞

지시받은 대로 감춘 글록이 등을 눌러 불편하다. 그것을 쓸 일이 없기를 바라지만, 메이컨과 그의 팀에게 2주간 집중 교육을 받은 조너스는 총 쏘는 법을 알고 있다. 14일 동안, 그들은 연습과 리허설, 훈련을 마쳤다. 14일 동안, 조너스는 필요한 것을 배우느라 다른 사람이 된 것처럼 행동했다. 그가 평생을 바친 양자물리학과 마찬가지로 그 훈련에는 자체의 규칙이 있었고 그 나름의 미학이 있었다. 조너스는 언제나 지시를 잘 따랐고, '할 것'과 '하지 말 것' 사이의 분명한 선을 지키는 데서 마음의 평안을 찾았다. '정답'과 '오답' 사이에서. 하지만 그가 지금 걸치고 있는—'옳음'과 '그름' 사이의—선은 흐릿하고 불분명하다. 규칙 이상의 무언가가 존재한다는 뜻이다.

조너스는 메이컨과 함께 제네바 공항의 포장도로를 걷고 있다. 앞에는 유로콥터 AS365 도팽이 아침 햇빛을 받으며 로터를 돌리고 있다. 탄소 섬유 로터가 그의 키보다 1미터는 더 높은 곳에서 돌아가는데도 메이컨은 조너스에게 고개를 숙이라고 손짓하며 헬기에 오른다.

헬기 안에는 세 명이 대기하고 있다. 방탄복을 입고 발라클라바를 쓴 그들은 조너스가 처음 보는 반자동소총을 전문가답게 살피고 있다. 탄환을 넣고, 카트리지를 끼우는 행동을 반복하는 소리가 타악기 소리처럼 기내를 채우는 와중에 조너스는 오케스트라의 조율을 떠올린다.

"누가 박사님에게 케블라 좀 입혀라." 메이컨이 중얼거린다.

곧바로 묵직한 방탄복이 조너스에게 날아온다. 그는 그것을 입어야 할지 잠시 망설인다. 나중에 결국 벗어야 하니 아까운 시간만 낭비할 수 있다. 다른 한편, 어떤 저항에 부딪힐지 알 수 없는 상황이다. **계획한 일과 실제로 일어나는 일은 다르거든요.** 메이컨의 말이다.

조너스는 방탄복을 입어보지만, 접어서 고정시키고 벨크로를 붙이는 과정이 복잡하다. 다른 사람들이 조너스의 서툰 모습을 비웃으며 키득거린다.

"도와줘요?" 메이컨은 놀리려는 것이 아니라 마음이 급해서 묻는다. 그는 대답을 기다리지 않고 조너스를 돌려세워 방탄복을 입힌다.

용병 한 명이 경계하는 눈빛으로 메이컨을 본다. "선불로 받았기를 바라겠어." 다른 사람들이 웃는다. 메이컨은 조너스를 자리에 앉히고 자신도 방탄복을 입는다.

안전띠를 채우던 조너스는 용병들의 눈초리를 느낀다. 평가. 판단. 그의 경험 부족 때문에 오늘 몇 명이나 죽어나갈지 가늠하는 눈빛.

로터가 속도를 높이고 기체가 진동하더니 헬기가 서서히 떠오른다. 헬기가 이륙하자 조너스는 손등의 관절을 꺾는다. 심장이 질주하기 시작하고 가슴속이 싸늘해진다. 조너스는 손에 반지처럼 낀 고리를 가만히 본다. 헬기 창문으로 햇살이 들어와 광택 없는 은색 표면을 비춘다. 그 하얀 빛이 약속처럼 믿음직하게 고동친다. **다 잘될 거야. 잘 풀릴 거야.**

조너스는 숨을 깊이 들이쉰다. 하지만 그것만으로는 진정되지 않을 것이다.

관리 센터 건물은 5분 거리에 있다.

∞

헬기 로터의 움직임에 유럽입자물리연구소(CERN) 앞에서 자라는 옥수숫대가 흔들린다. 이 시설에는 두 개의 입구가 있다. 국경을 사이에 두고 입구 한 곳은 스위스 쪽, 또 한 곳은 프랑스 쪽에 있다. 헬기는 프랑스 쪽, 평범한 생김새의 저층 건물이 모여있는 단지 중앙, 연구소 관리 센터로 향한다. 하늘에서 내려다보니 세계 최고의 연구소 단지가 마치 상업 지구처럼 보인다.

세계 최대 과학 실험 장비를 갖춘 곳에 어울리는 보안은 아니지만, 루트 디랙(Route Dirac) 쪽의 정문은 메이컨이 헬기를 추천할 만큼 철통이다. 경비원과 정문 위로 넘어가면 되니 몰래 들어갈 방법을 찾을 필요가 없다는 것이다. 그 계획에는 출입국 관리를 피할 수 있다는 장점도 있었다.

헬기가 고도를 낮추면서 멀리 눈 덮인 산맥이 보인다. 용병들의 —새카만 발라클라바 구멍을 통해 보이는—눈에서 결연한 의지가 느껴진다. 조너스도 발라클라바를 쓴다. 실패할 경우, 그의 얼굴이 보안 카메라에 잡히지 않는 것이 최선이다. 그리고 나중에 승강기 통로에서 쓸 두툼한 검정 장갑도 낀다.

"연습한 대로만 하자." 메이컨이 말한다. "빠르게 움직이고. 정신 똑바로 차린다. 뒤처지지 말고." 〈헨리 5세〉에 나오는 성 크리스핀의 날 연설이 떠오른다. 조너스는 고개만 끄덕인다.

헬기가 관리 센터 앞에 착륙한다. 아스팔트에 닿자마자, 그들은 연습한 대로 헬기에서 내린다. 헬기는 경찰이 오기 전에 철수하는 메이컨 팀을 태워 가기 위해서 로터를 멈추지 않은 채 기다린다.

계획대로 흘러간다면, 조너스는 그들과 함께 떠나지 않을 것이다.

용병 한 명은 특수기동대에서 쓰는 소형 공성 망치를 들고 있지만, 건물 현관문이 잠겨있지 않아서 그것을 쓸 필요가 없다. 공성 망치는 곧바로 버리고—무거워서 손도만 늦어지니까—용병들은 조너스를 이끌고 안으로 들어간다.

로비만 보면 병원인가 싶다. 리놀륨 바닥. 사방의 목재. 오른쪽에는 남녀 공용 화장실이 있다. 문 옆에는 콤팩트 뮤온 솔레노이드(CMS) 포스터가 걸려있다. 안내데스크에는 사람이 없고, 건물은 비어있다. 해가 뜬 지 한 시간밖에 안 될 시각이기 때문이다.

저항이 없으리라 예상하면서도 다양한 저항에 대비한 용병들이 왼쪽으로 들어가니 유리문이 열리며 그들을 맞이한다. 조너스는 그들을 따라 관리실로 들어간다. 청회색 바닥을 깐 널찍한 공간이다. 열두 개의 스크린이 걸려있다. 그 아래 파일 캐비닛 위에는 빈 샴페인 병이 놓여있다. 저마다 팀의 성과를 대변하는 병이다. 이른 시각이라 근무자는 없다. 조너스는 내심 안도의 한숨을 내쉰다.

관리실 컴퓨터는 말굽자석처럼 생긴 네 개의 아일랜드 탁자에 배치되어 있다. 조너스는 LHC, 대형 강입자 충돌기라는 이름표가 붙은 곳으로 다가간다. 세계 최대, 최강의 입자충돌기다. 그의 손가락이 피아니스트처럼 키보드 위에서 춤을 춘다. 바로 위의 모니터가 살아난다. 색색의 데이터와 컴퓨터그래픽이 화면에 흘러나오며 조너스가 대형 강입자 충돌기를 성공적으로 가동시켰음을 알린다.

만족한 그는 컴퓨터 스크린 사이에 낀 커다란 금속 상자로 다가간다. 1960년대 SF영화에 나오는 소품처럼, 노랑과 빨강, 초록 버튼으로 줄줄이 덮인 베이지색 상자다. 여러 개의 자물쇠에 열쇠가 달려있다. 조너스가 열쇠 하나를 돌리자 초록 불빛이 깜빡인다. 충돌기에 접근하게 된 것이다. 그는 메이컨에게 엄지를 들어 보인다.

메이컨이 부하들에게 말한다. "다음 단계다."

조너스는 메이컨과 용병들을 이끌고 작은 복도를 지나 승강기 문 앞에 선다. 메이컨이 승강기 문을 억지로 열자 두꺼운 케이블이 드러난다. 한 용병이 망을 보는 사이, 또 한 명—페레스일 것이다—이 어두운 승강기 통로로 사라진다.

메이컨이 조너스에게 손짓한다. '올라가요.'

조너스는 승강기 입구로 다가간다. 이 계획의 모든 단계 중에서 이 부분이 가장 두렵지만, 다른 방법이 없다. 대형 강입자 충돌기는 이십칠 층 아래 있기 때문에, 승강기를 제대로 타고 내려간다면 시간이 부족하다. 조너스는 두툼한 장갑을 낀 두 손으로 케이블 하나를 잡고 통로로 들어선다.

중력이 그를 끌어당긴다. 조너스는 케이블을 잡은 손에 힘을 준다. 나일론과 테플론으로 코팅한 장갑이 제 역할을 해서 조너스는 봉을 잡고 내려가는 소방관처럼 내려간다. 케이블이 진동하며 깊은 텅 소리가 울린다. 메이컨과 다른 용병들이 내려오는 소리가 위에서 울려 퍼진다. 조너스가 돌아보니 페레스가 이미 승강기 문을 열어뒀다. 그들은 이제 지하 80미터 지점으로 내려왔다. 작은 건물 높이다. 조너스가 승강기 통로에서 벗어나자, 수십억 달러짜리 기술

장치가 작동하도록 하루 종일 돌아가는 삼백 대의 산업용 선풍기 소리가 맞이한다.

메이컨이 착지한다. "움직입시다." 그는 이미 조너스와 페레스보다 앞서 시설 안으로 깊숙이 들어가 있다. 조너스는 이곳에 삼백 번쯤 와봤고 길을 가장 잘 알지만, 메이컨은 몇 주 동안 건물 청사진과 도면을 연구했다. 그는 이제 그 시설에서 일하는 수십 명의 과학자나 스태프보다 대형 강입자 충돌기의 위치를 더 잘 알지도 모른다.

그들은 함께 지하 공간으로 더 쑥 들어간다. 복도 벽을 따라서 파란 케이스에 든 컴퓨터 장비가 늘어서 있다. 유럽입자물리연구소를 지을 때, 5,500만 갤런에 달하는 흙과 바위를 파내는 데 7년이 걸렸다. 기술자들이 땅을 너무 깊이 판 나머지 고대 로마 시대 저택을 발굴해 내기도 했다.

"발 조심해요." 조너스가 경고한다.

좁은 복도는 튀어나온 전선과 낮게 늘어진 도관으로 가득해서, 프랑스와 스위스 국경에 걸쳐 위치한 지하 루프, 대형 강입자 충돌기에 그들이 진입하는 데만 1분이 걸린다. 조너스가 앞장서서 빠르게 움직인다. 거의 다 왔다. 2년의 시간 끝에 거의 다 왔다. 용병들도 그의 다급한 발걸음에 보조를 맞춘다. 메이컨은 행운이 얼마나 오래 지속될지 머릿속으로 계산하고 있다. 근무자 혹은 경비원이 일찍 출근하지는 않을지. 어딘가 감춰둔 경보기를 건드리진 않을지. 그들의 철저한 계획이 고려하지 못한 일이 벌어질지.

콤팩트 뮤온 솔레노이드는 '콤팩트'와는 거리가 멀다. 아니, 4층 아파트 크기다. 그 뚜껑만도 15미터 너비로, 거대한 로봇의 눈을 연상시킨다. 거기에는 7만6,000개의 납-텅스텐 결정이 들어가지만,

가장 중요한 부품—조너스가 이곳에 온 이유—은, 전 세계에서 가장 강력한 초전도 솔레노이드 자석을 이루는 커다란 원형 고리다.

사방이 온통 사다리와 계단이다. 한 계단 위로 올라가면 우주왕복선을 작동시켜도 될 만큼 복잡한 제어장치가 있다. 조너스가 계단 난간을 붙잡기도 전에 앞의 금속에서 불똥이 튄다. 아래 동굴 같은 공간에서 여러 차례 총성이 울린다.

운이 다했다. 시간도.

"가요, 박사." 메이컨이 부하들과 함께 조너스에게는 보이지 않는 적과 교전하며 외친다.

조너스는 계단을 두 단씩 뛰어오르며 방탄조끼와 발라클라바를 벗어 던진다. 오르면서 아래를 한번 살핀다. 작은 전쟁이 벌어지는 중이다. 즉, 경찰이 예상보다 훨씬 빨리 도착했거나 입자물리연구소의 보안팀이 조너스 생각보다 뛰어나다는 뜻이다. 어쨌든, 숙련된 용병을 고용한 이유가 그것이다. 하지만 그런 생각은 밀어둔다. 할 일이 있으니까.

제어장치에 다다른 조너스는 스위치를 올리고 다이얼을 돌리기 시작한다. 소매를 걷어 문신을 확인하는 것은—하나도 빠짐 없이 암기하고 있으니—형식에 불과하지만, 필요한 일이다. **그 무엇도 운에 맡기지 않는다.** 조너스가 콤팩트 뮤온 솔레노이드에 장착된 키보드에 복잡한 명령어를 입력하자, 주위를 에워싼 거대한 기계에서 지축을 흔드는 진동이 일어난다. 우주의 비밀을 드러낼 에너지가 가동되기 시작한다.

조너스는 아래 교전 상황을 한 번 더 살핀다. 페레스와 또 다른 용병 둘 다 쓰러져 콘크리트 바닥에 피를 흘리고 있다. 머리에 쏜 총알에는 방탄복도 효과가 없음이 증명됐다.

위에서 지직거리는 소리에 고개를 들어 보니 세 명이 빠르게 밧줄을 타고 내려온다. 군복을 보니 프랑스 육군이다. 조너스는 눈을 껌뻑인다. 군대가 왜 왔지? 근처에 있었나? 훈련 중이었나? 아니면 여기 주둔 중인가? 우리가 온다는 걸 알았나?

하지만 그것을 따질 시간이 없다. 군인들이 조너스와 남은 용병들 바로 위에 있다. 프랑스 육군은 M4 소총과 공격용 라이플로 무장하고 있지만, 조너스가 작동시키는 예민한 기계를 망가뜨리지는 못할 것이다. 아마 그가 아직 살아있는 유일한 이유는 그 기계에 가까이 있기 때문일 것이다. 조너스는 계속 움직인다.

문득, 뒤에서 발소리가 들린다. 든속을 세게 밟는 고무 밑창. 조너스는 제어장치에서 시선을 옮긴다. 등 뒤에서 메이컨이 글록을 쏘아대며 계단을 오른다. 찰칵. 찰칵. 찰칵. 정확한 세 발에 프랑스 군인 셋이 조너스 발치에 쓰러진다. 그를 체포하기 직전에. 아니, 단순히 체포하려는 게 아닐지도 모른다.

"서둘러요." 메이컨이 말한다. 그의 음성에서 다급함은 느껴지지 않는다. 강철 같은 의지뿐.

조너스는 다시 장비로 시선을 돌린다. 패널에서 빛이 반짝이는 것을 보니 다음 단계로 넘어갈 때다. 그렇게 말하려는데, 메이컨의 머리가 뒤로 젖혀지며 혜성처럼 붉은 흔적을 남긴다. 패널의 단추와 다이얼, 조너스의 얼굴에 피가 흩어진다. 조너스는 아픔을 느낀다. 메이컨을 친구라고 부를 수는 없었지만, 그의 죽음이 마음 아플 정도로 가까워지기는 했다.

메이컨이 강철 바닥에 부딪히는 순간, 총성이 시작된다. 조너스는 움직인다. 총성이 뒤따른다. 총알이 말벌 같은 소리를 내며 그를 스치고 지나간다. 조너스는 단(壇)에서 통로로 있는 힘껏 달려간다. 총알이 주위에서 불똥을 일으키고 튕겨 나온다. 프랑스군은 수십억 달러에 달하는 장비 보호 원칙을 포기하기로 한 모양이다.

조너스는 달려가며 들고 있던 권총을 꺼낸다. 그리고 사격 당하는 상황임에도 총을 내던진다. 그가 가는 곳에 권총을 가지고 갈 수는 없다. 총이 틈새로 떨어지며 철컹거리는 소리가 울려 퍼진다.

조너스는 난간을 뛰어넘어 2미터 아래 통로로 낙하한다. 그곳을 가로질러서 배럴 전자기 열량계라는 부분으로 향한다. 거대한 대포 입구처럼 생겼으니, 잘 어울리는 이름이다. 위에서 황동과 강철로 만든 거대한 고리, 하드론 열량계가 내는 소리가 점점 커진다.

'거의 다 됐다.'

조너스는 반지를 확인한다. 하얀빛이 고동친다. 준비가 끝났다. 조너스도 준비가 됐다. 몇 초 후면 콤팩트 뮤온 솔레노이드도 준비를 마칠 것이다. 발밑에서 금속이 진동한다. 동굴 같은 공간 전체가 양자와 전자를 광속에 가까운 속도로 던질 만큼의 힘을 출력하며 떨고 있다. 실험에 따라서 이 입자들은 타깃이나 서로에게 충돌하고, 그 충돌이 새 입자—**완전히 새로운 물질**—를 만들어 빅뱅 직후의 상태를 재현한다. 이러한 우주 창조 행위는 신들의 영역이다.

그때, 금속과 콘크리트 골짜기를 뚫고 누군가의 목소리가 울린다. "멈춰! Arrêtez!(멈춰라!)" 조너스가 돌아서니 열여덟 살쯤 되어 보이는 프랑스 군인이 서있다. 청년은 M4 소총을 움켜쥐고 창백한 얼굴로 통로를 걸어 다가오고 있다. "Éloignez-vous de la machine. Descendez par terre.(기계에서 떨어져. 바닥에 엎드려.)"

그 군인도 조너스만큼이나 두려워하는 목소리다. 그의 손이 떨려 소총 총신이 덜컥이고 있다.

조너스는 한 손으로 난간을 잡는다. 그가 가동시킨 기계의 힘에 통로가 흔들리고 있다. 반지의 빛이 진동한다. 조너스는 열량계 앞 정중앙에 서있다. 그는 팔에 새긴 공식을 살핀다. 계산이 정확한지, 의심이 떠오르는 게 처음이 아니다.

군인이 한 걸음 더 다가온다.

"오지 마." 조너스가 경고한다. "기계 안전장치를 풀었다. 알아들어? 여기 있으면 안전을 보장 못 해."

"Descends par terre.(바닥에 엎드려.)" 군인이 다시 말한다.

"정말 미안하군." 조너스는 진심으로 그렇게 말한다. 주위의 거대한 기계가 내는 소리가 차츰 커져 굉음이 되어간다.

'다 됐다.'

조너스는 눈을 감는다.

그리고 기다린다.

또 기다린다.

아무 일도 일어나지 않는다.

믿을 수 없이, 난감하게도, 아무 일도 없다.

조너스는 눈을 뜬다.

무엇이 잘못되었는지, 어느 계산이 틀렸는지, 어떤 변수를 놓쳤는지 생각할 겨를도 없이, 군인이 그를 쓰러뜨린다. 조너스가—무슨 말을 해야 할지는 모르겠지만—입을 열자, 소총의 개머리판이 얼굴을 정통으로 때린다.

세상이 캄캄해진다.

5년 전

나무 사이로 완벽한 햇살이 비치고, 나뭇가지가 빛을 반사시키며 남쪽 잔디밭에 그림자를 드리웠다. 맨해튼의 스카이라인은 완벽한 파란색을 띠며 머리 위에 펼쳐져, 컬럼비아 대학교 캠퍼스를 거머쥔 거인의 손가락처럼 주위를 에워싸고 있었다. 교수들은 잔디밭을 가로질러 강의실과 연구실을 오갔다. 대학원생과 대학생은 뛰고 걷고 장난쳤고, 그 밖의 사람들은 나무에 기대거나 야외 테이블에 앉아 있었다. 공기에서 봄 냄새가 났다. 자카란다꽃과 후퇴하는 겨울이 뒤섞인 냄새였다.

그날 강의를 마친 조너스는 동료 교수 빅터 코바체비치와 함께 걷고 있었다. 빅터는 단순한 동료가 아니었다. 조너스는 그를 친구라고 소개했다. 여섯 살 연상의 빅터는 스스로를 조너스의 멘토라고 소개했다. 둘 다 정확했다.

194센티미터의 빅터는 여윈 체격이었고, 옷이—그날은 청바지에 셔츠를 입고 소매를 걷었다—거미줄처럼 몸 위로 축축 늘어지는 편이었다. 빅터의 숱 없는 콧수염은 사십대 초반임에도 불구하고 염색한 것처럼 보였다. 빅터는 햇볕에 나오면 진회색으로 변하는 안경을 쓰고 있었다.

캠퍼스를 가로질러 연구실로 돌아가는 동안, 조너스는 수식과 공식으로 뒤덮인 서류 뭉치를 빅터에게 건넸다. 대부분 연필과 파란색 혹은 검정색 잉크로 쓴 것이었다. 채점한 시험지처럼 붉은 표시가 여기저기 등장했다.

"이것 좀 봐줄래요?" 조너스가 물었다. "의견이 궁금해요."

빅터는 어수선한 종이 뭉치를 보고 눈살을 찌푸렸다. 교수 중에서 컴퓨터나 태블릿 대신 아직도 손 글씨를 쓰는 사람은 조너스가 유일했다. 빅터는 그것을 흥미로운 기벽으로 여기는 모양이었지만, 조너스는 확신하지 못했다. 10년 넘게 알고 지냈는데도 빅터 코바체비치는 조너스에게 스핑크스처럼 불가해한 인물이었다. 어느 정도인가 하면, 빅터가 감정을 내비친다면 그것은 대체로 흥미 또는 짜증에 국한되었고, 조너스든 다른 누구든 그 두 가지를 구별하기 어려운 경우가 많았다.

"이게 뭐지?" 빅터가 페이지를 넘기며 물었다. 하지만 질문 자체가 허위였다. 빅터처럼 탁월한 물리학자라면, 조너스의 계산을 한 번만 봐도 해독할 수 있었다.

"아직 이르지만, 양자 결어긋남 문제를 풀 방법론에 다가간 것 같아서……."

"자네 전공에서 좀 벗어난 것 같은데?" 수동적 공격성을 드러내며 상대를 깔아뭉개는 능력 면에서 빅터 코바체비치에게 대적할 상대는 없었다. 하지만, 이 경우만큼은 그의 말이 완전히 틀린 것은 아니었다. 조너스는 물리학 전공이었지만, 빅터의 영역인 이론물리학이나 양자물리학 영역에 들어선 적은 거의 없었다.

"퍼뜩 영감이 떠올라서." 빅터의 상처 입기 쉬운 자존심을 지켜 주느라 조너스는 최대한 겸손하게 말했다. "뭔가 발견한 걸지도 모르고, 별것 아닐지도 몰라요. **아마** 별것 아니겠죠. 하지만 선생님의 '여러 우주' 증명이 양자 결어긋남 때문에 무너졌다고 한 게 기억나서⋯⋯."

빅터가 말을 잘랐다. "그래서 상처에 소금을 뿌리기로 했나?" 빅터가 이렇게 발끈하면 숱한 학생과 조교, 이따금 교수들도 기죽었다.

"**도움**이 될 거라고 생각했어요."

빅터는 다중우주 혹은 평행현실의 존재를 증명할 수단을 찾기 위해 오랜 세월 노력했다. 그는 강한 집중력과 탁월한 창의성, 토머스 에디슨이 말한 것으로 유명한 영감과 땀의 완벽한 조합을 바쳐 연구했다. 조너스는 빅터가 노벨상을 향해 나아가고 있다고 확신했다. 제아무리 노벨상이라고 해도, 평행세계의 존재를 실제로 수학적으로 증명하는 업적에 비해서 너무 작게 느껴지기는 했다.

하지만 어느 날 갑작스럽게, 조너스가 이해할 수 없는 이유로, 빅터는 그 연구가 실패했다고 선언했다. 그는 특유의 다혈질로 노트와 연구 내용을 전부 없애버렸다. 수많은 우주를 일별하고자 했던 노력이 잿더미로 끝난 것이다.

"그 연구는 3년 전에 끝냈어." 빅터가 조너스에게 말했다.

"알지만⋯⋯."

"**14년** 연구 끝에." 빅터의 목소리는 냉랭하고 딱딱했다. 그는 이를 악물었고 목을 뻣뻣이 세웠다.

"아는데⋯⋯."

"14년을. 그런데 그걸…… 뭐라고 했지? 퍼뜩 영감이 떠올라서 풀었다고?" 빅터는 회의를 감추려는 노력조차 하지 않았고, 조너스의 노트를 바람에 날려버리려는 듯 흔들며 한 마디 한 마디에 경멸을 가득 담아 말했다.

"빅터……." 조너스가 그를 달래려고 입을 열었다.

"그 영감이 나는 피해 갔나 보군." 빅터가 비난하는 투로 말을 잘랐다.

"친구니까 도우려고 한 거예요." 조너스는 변명투로 말하지 않으려고 애썼다. "여기에 가치 있는 내용이 있으면 공동 연구를 할 수도 있겠다 싶었거든요." 조너스는 빅터가 아직 쥐고 있는 자기 연구를 가리켰다.

"그럼 이젠 날 동정하는 건가?" 빅터의 목소리는 얼음장 같았다.

조너스는 빅터를 책망하는 눈초리로 쳐다봤다. "아, 이러지 말아요." 그는 다시 노트를 가리켰다. "동료가 새로운 시각으로 본 내용이라고 생각하면 되죠."

"고맙군." 빅터의 대답에서는 진심이 느껴지지 않았다. 진정성이 떨어진다고 여기는 대본의 대사를 읽는 배우 같은 말투였다. 그러더니 조금 누그러져서 말했다. "나는 평행우주 이론에 10년 넘는 세월을 낭비했어." 그는 그 노력으로 인한 고통을 감추지 않았다. "내 실수를 따르지 마." 그는 노트 뭉치를 조너스 손에 쥐여주고는 작별 인사도, 사과도 없이 가버렸다.

조너스는 빅터가 학생 무리에 섞여 행정 건물 속으로 사라지는 모습을 지켜봤다. 그는 빅터의 불운한 연구에 비추어 자신의 노트를 다시 평가해 봤다. 빅터가 실패한 곳에서 자신이 성공했다고 여긴다면 오만일까? 빅터가 신속하게 지적한 대로, 양자물리학은 조너스의 전공이 아니었다. 하지만 사실 조너스는 진심으로 진전을 이뤘다고 느꼈다. 양자 결어긋남—양자 상태와 그 환경 사이에 확실한 위상 관계가 사라지는 것—으로 인해 파동함수 붕괴가 일어났다. 조너스는 자신의 계산을 살피며 다시 한번, 사냥감의 냄새를 맡은 사냥꾼처럼 흥분이 차오르는 것을 느꼈다. 연구를 완성하려면 아직 멀었지만, 앞길이 보였다. 조너스의 머릿속에 해결해야 할 온갖 문제들이 커다란 기어와 텀블러(자물쇠 속에 있는 납작한 금속편—옮긴이)의 모습으로 떠올랐지만, 기어가 맞물리고 텀블러가 제자리를 찾으면서, 친구를 그토록 괴롭히던 자물쇠가 열리는 광경 역시 보이는 듯했다.

그때 서류가 흩어지면서 조너스는 손에 둔탁한 통증을 느꼈다. 종이가 바람에 새 떼처럼 흩어질 때, 조너스의 발치에 형광색 물건이 떨어졌다. 프리스비였다.

"어머!" 여자 목소리가 들렸다. 그 목소리의 주인이 재빨리 달려와서 흩어진 종이를 줍기 시작했다. "정말 죄송해요!"

조너스는 그 여자, 삼십대 초반으로 보이는 여자를 보면서 인생이 바뀌는 것을 느꼈다. 여자는 플립플롭을 신고, 조너스는 처음 들어보는 밴드의 이름(애시 디스퍼절 패턴)이 적힌 하늘색 티셔츠 차림이었다. 갈색 머리칼은 뒤로 넘겨 하나로 묶어서 청회색 눈이 드러나 있었다. 조너스는 여자의 오른쪽 손목 안쪽에서 작은 문신을 봤다. 자기 꼬리를 먹으며 몸을 꼬아 숫자 '8' 모양을 한 뱀, 우로보로스 문양이었다. 영원의 상징.

"제가 정말 단단히 사고 쳤네요." 여자가 마지막 페이지를 주워서 조너스에게 서류 뭉치를 돌려주며 말했다. "저 때문에 다 흐트러졌으면 어떡하죠."

조너스는 문득 둘 사이에 흐르는 침묵을 의식했다. 여성과 대화하는 것은 어렵지 않았지만, 호감을 표시하기는 피아노 연주만큼 어려운 기술이었다. "괜찮아요. 고맙습니다." 조너스는 곧바로 자신을 꾸짖었다. 박사학위가 셋이나 있으면서 그것밖에 못 하냐? 겨우 두 마디? 한심했다.

프리스비가 눈에 들어왔다. 풀밭에 놓인 프리스비가 가능성으로 빛났다. 조너스는 허리를 숙여 그것을 집어서 돌려주면서 겨우 이렇게 말했다. "저는 조너스라고 합니다." 세 마디. 좋은 기세였다.

"어맨다예요." 어맨다는 서류 뭉치를 향해 턱짓했다. "수학 논문을 다 뒤섞어 놔서 어쩌죠……."

"양자물리학입니다." 조너스는 그 대답을—정말 멍청한 소리!—하자마자 도로 담을 수 있기를 바랐다.

하지만 무슨 영문—내지는 기적—인지, 어맨다는 조너스의 어색한 태도를 매력적으로 느끼는 것 같았다. 어맨다의 미소에 조너스의 세상이 온통 환해졌다. 그 미소가 전하는 따스함 속에서 남은 평생을 지내도 좋을 것 같았다.

"정말 죄송해요." 어맨다는 손을 흔들더니 걸어가기 시작했다.

조너스는 그 뒷모습을 지켜봤다. 그의 뛰어난 머리가 어맨다를 보내지 말라고 외치고 있었다. "전공이 뭐예요?" 뭐라도 말해야만 한다는 간절함에, 조너스가 기어들어 가는 소리로 물었다. 별로 흥미롭지도 독창적이지도 못한 말을 두 마디 더했지만, 적어도 목소리에서 자신이 얼마나 필사적인지 드러나지 않았기를 조너스는 바랐다.

"사실, 여기 안 다녀요." 어맨다가 프리스비를 살짝 흔들며 말했다. "친구랑 놀러 왔어요."

어맨다가 돌아서려는데 이번에도 조너스의 머리는 그녀를 붙잡을 방법, 몇 초라도 함께할 방법을 찾았다. "언제 연락드려도 될까요?" 그가 생각해 낸 최선이었다. 조너스는 곧바로 미숙한 자신이 부끄러워졌지만 데이트 앱과 익명의 만남, 하룻밤 섹스의 세계에서 경험 부족은 뜻밖에 귀엽게 느껴지는 자질이기도 했다.

"제 번호를 알면 해도 되죠." 어맨다가 진심 관심이 생긴다는 표정으로 대답했다.

"네. 그걸 좀 물어보고 싶었어요." 조너스가 털어놓았다.

어맨다의 얼굴에 짓궂은 표정이 스쳐 지나갔고, 조너스는 그녀의 눈이 반짝이는 것을 봤다고 확신했다. "그걸 알려드릴 의무는 없죠." 어맨다가 말했다. "직접 알아낼 수 있을 거예요."

"성도 모르는걸요."

"그건 그렇죠."

"컬럼비아에 다니지 않는다고 했고."

"그것도 그렇죠."

조너스가 눈을 껌뻑이다가 말했다. "음. 맨해튼에는 백육십만이 살아요."

"그 숫자를 외고 있다니 좀 귀엽네요. 게다가, 제가 다른 구나 롱아일랜드에 사는지도 모르잖아요. 아님……." 어맨다는 놀란 척 시늉하며 말했다. "뉴저지라든가."

"그렇죠."

"맞혀봐요." 어맨다가 말했다. "로켓 과학자는 할 수 있어요."

"양자물리학자입니다." 조너스가 정정했다. 그는 웃고 있었다. 호감 표시가 그렇게 어려운 작업만은 아닌 듯했다. "탐정 수사가 제 전공이 아니라서요."

"어쩐지 그게 문제가 아닌 것 같은데."

어맨다는 프리스비를 들고 잔디밭을 달려갔다. 조너스는 어맨다의 모습 하나하나, 걸음걸이, 신이 나서 발을 내디딜 때마다 흔들리는 머리, 오후의 햇살을 받은 머리칼의 빛까지 무엇 하나 놓치지 않고 지켜봤다. 그 모습을 전부 기억에 새겼다. 인생이 영영 바뀌는 경험은 날마다 오지 않으니까.

실내는 숨 막히는 회색이다. 회색 벽. 회색 바닥. 회색 천장에 매달린 형광등이 칙칙한 그림자를 드리운다. 철제 의자 두 개와 바닥에 고정한 탁자 하나까지 청회색이다. 출구는—당연히 회색인—문 하나뿐이고, 그 문에는 창문이 나있다. 두툼한 젖빛 유리 두 장 사이에 철망이 끼워져 있다.

그는 시키는 대로 탁자 앞에 앉는다. 경비원이 수갑을 풀어주었지만 손목의 멍이 가시지 않았고, 금속이 죈 부분은 아직 쓰라리다. 소총 개머리판으로 맞은 머리가 욱신거린다. 얼굴에 심한 멍이 들었으리라는 의심을 확인할 거울이나 반사되는 표면은 없다.

권총을 버린 뒤, 그의 몸에 유일하게 남은 반지도 빼앗겼다. 프랑스 경찰이 군에서 그를 인도받은 뒤 그 점을 의아하게 여겼을 것이다. 지갑도, 신분증도 아무것도 없었으니까. 반지와 특이한 문신뿐. 경찰은 그를 인도받은 뒤에 문신 사진을 찍었다.

메이컨의 머리가 터지는 모습이 떠오른다. 경련하듯 고개를 홱 젖히는 모습. 조너스의 얼굴에 튄 피. 그 피가 아직도 말라붙어 있어 가렵다. 용병 전원이 같은 운명을 겪었는지 궁금하다. 생존자가 있다면, 조너스보다 앞서 그들이 심문받을 것이다.

여기 얼마나 있었는지 알 수 없다. 벽시계는 없다. 손목시계도 없다. 휴대전화는 호텔에 버리고 왔다. 손등 관절을 눌러보지만, 불안은 잦아들지 않는다. 기소도 구금도 두렵지 않다. 두 가지 모두 낯설고 비현실적으로 느껴진다. 범죄자로 낙인찍히는 것은 학술적, 지적 개념에 불과하다. 모순이기도 하다. 계획이 틀어질 수 있는 수많은 경우의 수 중에서 현재 상태는 없었다. 그는 온갖 문제를 예상하고 수많은 실패의 수를 가정했다. 대부분 시나리오는 그의 죽음—그가 풀어놓은 어마어마한 에너지에 삭제되거나, 물에 빠지거나, 고체에 융합되어—으로 끝났다. 그의 시도가 단순히 작동하지 않으리라고 예상한 적은 없었다. 그것을 간과하다니, 허영심의 발로, 눈먼 자신감이다. 그가 상상한 온갖 실패 중 **진정한** 실패를 고민한 적은 없었다니.

이제 그의 인생은 끝났다. 살아갈 이유가 남지 않았다. 남은 생은 지금보다 더 좁은 방에 갇혀 지내게 될 것이다.

∞

영원처럼 느껴지는 긴 시간이 지난 뒤, 열쇠 소리가 들리더니 두툼한 금속제 문이 끼익 열린다. 삼십대의 청년이 파일을 들고 들어온다. 진청색 제복 가슴에 금색 배지를 달고 있다. 그는 군말 없이 조너스 앞에 앉는다. "지야르 형사입니다."

"조너스. 조너스 컬런 박사입니다."

"누군지 압니다, 박사님." 형사가 조너스 앞에 파일을 펼친다. 그는 젊은 나이에도 불구하고 경험이 느껴지는 차분한 말투로 말한다. "함께 있었던 넷 중에 세 명이 사망했습니다." 그는 잠시 기다렸다가 말한다. "생존자가 박사님에 대해 모두 말했습니다." 또 잠시 침묵. "굉장히 흥미로운 이야기를 하더군요."

조너스는 자신에게 남은 카드가 하나뿐임을 알고 있다. 기회가 주어진다면 그 말을 먼저 하기로 마음을 정해둔 뒤였다. "대사관에 연락하고 싶습니다."

"그자 말로는," 지야드는 조너스의 말을 못 들은 사람처럼 계속한다. "입자물리연구소에 들어가서, 그 생존자가 한 말을 그대로 옮기자면, '실험'을 하기 위해서 25만 달러를 지불했다고요." 지야드는 믿을 수 없다는 기색을 감추지 않는다.

조너스는 굳은 표정으로 최대한 아무 내색도 하지 않는다.

"상당히 흥미로운 접근이네요." 지야드가 말한다. "연구소에 정식 요청을 하지 않은 이유가 궁금했습니다. 박사님처럼 유명한 물리학자가 말입니다. 그러다가 지난 2년간 여섯 차례 신청서를 내셨다는 걸 알게 됐습니다." 지야드는 포커 치는 사람처럼 파일을 가운데로 민다. "전부 거절됐죠."

조너스는 이번에도 아무 말 하지 않는다. 삶이 끝나고 나니 온 세상 시간이 다 자기 것이다. 급할 것이 없다.

"음." 지야드가 말을 잇는다. "확실히 특별한 해결책을 찾아내셨더군요. 어쩔 수 없이⋯⋯." 그가 조심스레 덧붙인다. "혹시 사모님의 사망과 관련이 있는 일인지 질문하지 않을 수 없겠네요."

조너스는 지야드가 어맨다 일을 아는 것에 놀라 반응한다. 그는 아무 근거도 없이, 프랑스 당국이 어맨다의 죽음에 대해 모를 것으로 예상했다.

그게 조너스의 표정에 드러난 듯, 지야드는 믿을 수 없다는 표정을 짓는다. "제가 여기 들어오기 전에 박사님 이름으로 검색도 안 해볼 줄 알았습니까?"

적절한 지적이다. 조너스는 적대적 관계인 상황에도 불구하고 지야드가 마음에 든다. 처음에는 자신에 관해 설명할 마음이 없었지만, 협조하지 않을 이유가 없다고 판단한다. "그 사람에게 가려고 했습니다."

"네?"

"실험이 아니었어요." 조너스가 말을 잇는다. "그 사람에게 가려는 거였습니다. 어맨다에게. 함께 있으려고."

지야드가 아연한 표정을 짓는다. 앉은 자리에서 불편하게 자세를 고친다. 형사가 무슨 생각을 하는지 분명하다. 저명한 과학자를 심문하는 줄 알았던 그는 조너스에게 모종의 정신질환이 있을 가능성을 고려하기 시작한다. "컬런 박사님……." 지야드는 적절한 말을 찾느라 잠시 멈춘다. "부인은 돌아가셨습니다."

조너스는 차분하다. 누구나 이해하기 어려운 개념임은 알고 있다. "이 세계에서는 죽었죠. 하지만 다른 세계가 있습니다. 거의 무한한 수로." 지야드가 여전히 혼란스러운 모양이라서 조너스는 이렇게 덧붙인다. "그 세계, 그 사람이 살아있는 평행우주로 가려는 거였어요. 그 사람이 아직 살아있는 현실로."

지야드의 반응은 거의 느껴지지 않는다. 온 힘을 다해 불신과 회의를 감추고 있다. "알겠습니다, 박사님." 지야드가 말한다. "대사관과는 연락 중입니다. 아시다시피, 이 사건으로 여러 가지 외교 문제가 발생할 수 있습니다." 그 정도가 아닐 텐데. 형사가 말을 잇는다. "구치소로 이동한 뒤, 기소 인정 여부에 따라서⋯⋯." 그때 조너스의 눈에 처음으로 그것이 들어온다.

지야드의 군용 시계. 숫자가 빙 둘러 적혀있다. 1, 2, 4, 3, 5, 6⋯⋯ 12까지.

그 모습에 조너스는 가슴이 철렁한다.

'4와 3의⋯⋯ 위치가 바뀌어 있어.'

조너스는 고개를 젓는다. 눈을 깜빡인다. 4와 3은 바뀐 그대로다. 소총으로 머리를 맞은 사실을 기억한다. 뇌진탕이다. 혼란스러⋯⋯

잠깐.

탁자 위에 펼쳐진 지야드의 파일. 조너스 쪽에서 보면 서류가 뒤집혀 있는데, A나 I 같은 익숙한 모음이 있어야 할 자리에 낯선 기호가 보인다. 희망의 불꽃이 튀어 오른다. 조너스는 그것을 끌어당기며, 작은 희망의 불씨를 붙잡으려는 마음을 진정시키려고 한다. 그런 변칙을 설명할 여지는 수없이 많다. 특히 외국에서는.

"박사님?" 지야드가 조너스의 시선이 딴 데 가있는 것을 감지하고 묻는다.

결국 답은 바로 앞에 있다. 지야드 왼쪽 가슴에 꽂힌 프랑스 국기다. 익숙한 삼색기다. 청색. 백색. 하지만 적색 대신 **녹색**이다. 조너스는 그것이 디자인의 변용일 수 있다고 생각하지만, 예가 이렇게 많다면 우연이 아니다.

조너스는 파일을 집어 들고 덮은 다음 표지에 새겨진 프랑스 국기를 확인한다. 같은 모양이다. 청색과 백색과 녹색.

지야드가 공무용 파일을 몇대로 가져간 것에 항의하지만, 조너스 귀에는 아무 소리도 들리지 않는다. 머릿속이 너무 빠르게 돌아간다. 손을 만져보고 반지가 없는 것을 확인한다. 그는 차오르는 당혹감을 억누른다. 그의 눈길이 지야드가 찬 시계의 바뀐 숫자와 제복 위의 변한 국기, 파일의 낯선 글자를 번갈아 본다. 그것은 동시에 가능성을 지시한다. 바로 몇 분 전만 해도 조너스가 불가능하다고 여긴 일의 상당한 증거가 된다.

조너스는 탁자 위로 몸을 던진다. 기습만이 유일한 가능성이라 여기고 빠르게 움직인다. 몸이 금속 탁자 표면을 미끄러지며 파일을 날려 보낸다. 관성에 의해 그는 형사를 향해 날아가고, 중력이 두 사람을 콘크리트 바닥에 쓰러뜨린다. 지야드는 버둥거리며 조너스를 떨어내려고 하면서 프랑스어로 고함친다. 조너스는 아랑곳하지 않는다. 그는 지야드 허리에 달린 권총집을 쥐고 가죽 고정장치를 연다. 이에 지야드는 두 배로 세게 버둥거린다. 그의 주먹이 조너스의 코를 쳐서 이전의 부상을 악화시킨다. 조너스의 눈앞에 별이 보인다. 조너스는 움츠리며 비틀거리면서 일어선다. 그는 한 손으로 입에 흘러드는 코피를 닦는다.

다른 손은 지야드의 총을 쥐고 있다.

훈련받았던 글록처럼 단단한 총이다. 브랜드가 무엇이든, 작동 방법은 비슷하다. 조너스는 엄지로 안전장치를 푼다. 지야드는 달칵 소리에 놀란 표정을 짓는다. 조너스가 총기 사용법을 모르기를 바랐다면 그 바람은 증발한다.

"컬런 박사님." 상황에 미루어 보면 지야드의 목소리는 놀랍도록 침착하다. "이러지 마세요."

조너스는 그 말을 무시하고 지야드를 일으켜 세운다. 빠른 심장 박동이 알리는 시간이 다해간다. 사실, 그가 아직 죽지 않은—혹은 그보다 더한 상태가 아닌—것은 어마어마한 행운이다.

"일어나요." 조너스가 명령한다. "시간이 없어요."

"박사님, 진정……."

"난 진정할 상황이 아니에요." 조너스가 말한다. 그는 총구로 지야드의 등을 찌르고 문으로 밀고 간다. 지야드에게 문을 열라고 한다. 총은 설득력이 좋다. 문이 열리자 조너스는 지야드 앞으로 한 팔을 돌리고 다른 팔로 관자놀이에 총을 댄다. 그들은 기묘한 춤을 추는 연인처럼 얽힌 채로 그곳에서 벗어난다.

복도의 경찰과 지원 스태프는 자기편이 인질이 된 모습에 즉각 반응한다. 총을 겨눈다. 영어와 프랑스어로 명령을 외친다. 하지만 조너스는 지야드의 귀에 대고 중얼거린다. "날 데려왔을 때 왼손에 반지가 있었죠. 그거 어디 있어요?"

"대화로 해결해요." 지야드는 인질 협상 수업에서 배운 마법의 문구를 사용한다. 이것이 협상이 아니라는 사실을 모르는 모양이다.

"그 반지가 필요해요."

멀리서 경적이 울리기 시작한다.

"가져다줄 수 있습니다." 지야드는 여전히 거래 시도를 포기하지 않는다. "하지만 이성적으로 행동하세요. 지적인 분이시잖아요. 정신적인 충격을 겪고 있다는 걸 알아야 합니다."

"그 반지에 감상적인 가치는 없어요. 대형 강입자 충돌기로 내 현실에서 벗어나서 당신 현실로 온 것뿐이죠."

"적어도 현실에서 벗어났다는 점엔 동의할 수 있습니다." 지야드가 말한다.

하지만 지야드는 상황을 이해하지 못한다. 당연하다.

그리고 기적이 일어난다. 근처에 프랑스어로 '압수 증거품'이라고 써 붙인 문이 있다. 조너스는 다시 희망을 품는다. 지야드를 그쪽으로 밀고 가자, 주위를 에워싼 경찰관들이 갈라진다.

"열어요." 조너스가 지시한다.

"다칠 겁니다, 박사님……."

"열어요. 어서." 목소리가 높아지기 시작한다. 손발이 간질거리는데, 아드레날린 탓인지 시간이 다 됐다는 신호인지 알 수 없다. 경찰이 다가오는 것을 감지한 조너스는 지야드 머리에 권총을 찔러 상기시킨다. "총 내려놓고 물러서라고 해요."

지야드는 내키지 않는 표정으로, 이를 악물고 중얼거린다. "Si vous avez un coup de feu, prenez-le.(기회가 보이면 붙잡아.)"

"무기 내려놓으라고 해요." 조너스가 되풀이한다. 스트레스와 경보음 때문에 고함을 치고 있다.

"그렇게 말했어요."

"그 말을 믿었겠지." 조너스가 받아친다. "내가 프랑스어를 몰랐다면." 그 말과 동시에 그는 권총으로 지야드를 내리치고, 지야드는 조너스 발치에 쓰러진다. 다른 경찰관들이 함부로 총을 쏘지 못할 위치였다. 조너스가 번 소중한 몇 초는 문을 여느라 허비된다. 문이 잠겨있다. 등 뒤에서 경찰관들이 총을 겨누고 다가온다. 그는 그들을 무시한 채 지야드의 총을 아래로 겨누고 재빨리, 평생 처음 발포해 자물쇠를 부순다. 문을 홱 연 다음 재빨리 닫는다.

조너스는 파일 캐비닛과 선반, 사물함이 가득 찬 그 방을 살핀다. 총을 내려놓고, 아드레날린에 들떠 문 앞으로 대형 캐비닛 하나를 끌어당긴다. 경찰관들이 함께 몸을 부딪치며 밀지만, 파일 캐비닛은 소리 없는 보초병처럼 버텨낸다.

조너스가 서랍을 열고 선반에 든 물건을 뒤지며 물에 빠진 사람이 밧줄을 잡으려고 할 때처럼 허우적거리는데 주위 현실이 바뀌기 시작한다. 처음에는 그 현상을 불빛으로 인한 착시나 혈관에 흐르는 아드레날린의 부산물로 착각했다. 아스팔트 도로에서 어른거리는 아지랑이처럼, 세상이 흐릿해지면서 형태를 잃는다. 조너스가 아무리 집중하려 해도, 구부러지고 희미해지는 시야는 급속도로 바뀔 뿐이다. 실용적인 회색으로 칠한 벽은 카키색으로, 이어서 미색으로 변한다. 파일 캐비닛이 작아졌다가 커진다. 선반의 방향이 바뀐다. 바닥 문양의 색이 바뀌고, 리놀륨 타일이 위치를 바꾸고 뒤집힌다. 파일 캐비닛이 방 안쪽으로 조금 더 밀린다. 바깥의 경찰관들이 밀고 있다.

조너스는 시간의 흐름을 느낀다. 주위 실내가 깜빡인다. 새로운 우주—새로운 실내, 새로운 풍경—가 요지경을 통해 보는 것처럼 획획 지나간다. 밤. 비. 눈. 일출. 도시. 숲. 번쩍일 때마다 증거물 보관실이 점점 더 멀어지는 듯하다.

조너스는 항복해야 한다고, 자신이 풀어놓은 우주의 힘에 몸을 맡기고 무한한 수의 평행우주를 지나가야 한다고 생각한다. 포기하고 손을 놓으며, 우주에—**다중우주에**—정의가 있다면 어떻게든 어맨다와 재회하기를 기도한다.

그것이 보이자, 조너스는 환영이라고 생각한다. 현실 같지 않다.

현실일 수가 없다. 하지만…… 그것이 있다. 하얀 바탕에 검은 글씨로.

그의 이름이다.

조너스 정크먼

두툼한 우윳빛 봉투에 스티커가 붙어있다. 조너스는 그것을 향해 다급하게 튀어 나간다. 주위 세계가 흔들리고 미끄러지고 변한다. 라디오 주파수를 맞출 때처럼, 다른 우주가 흘낏흘낏 보인다.

조너스가 그 봉투를 붙잡는다. 텅 빈 공간, 비슷한 증거물 봉투 더미 위에 놓여있다. 마음 한구석에서 그것을 더 일찍 알아차리지 못했다는 자책이 든다. 증거품으로 제출되어야 하니, 아직 캐비닛에 들어가지 않은 것이 당연하다. 봉투는 공기처럼 가볍다. 그 안에 든 하나의 내용물, 반지를 꺼내니 하얀빛이 여전히 맥박치고 있다. 그는 그것을 봉투에서 꺼낸다. 아드레날린이 솟구쳐 손이 떨린다. 주위에서 현실이 미끄러져 나가며 방향감각이 사라진다. 그는 힘껏 집중하며 손 떨림을 멈춘다.

신이시여, 이 반지를 손가락에 끼는 일만 하게 해주세요.

전능자가 그 순간 기도를 듣지 않은 듯, 조너스의 발치에서 바닥이 사라진다. 슬쩍 훔쳐보니 바닥만이 아니다. 방 전체, 건물 전체가 깜빡이듯 사라지고, 조너스는 순식간에 혼자서 자유낙하 중이다. 유화로 그린 듯한 석양을 뚫고서.

반지가 손가락 사이를 구른다. 한 초 한 초 지날 때마다 그는 반지를 놓친다.

그의 주위에서 석양이 매캐한 회색 하늘로 변한다. 지평선이 솟아올라 삐죽삐죽한 종말의 광경이 되어 그를 맞이한다. 그는 추락해서 땅에서 창처럼 솟아있는 비행기의 뒤집힌 날개를 향해 곤두박질친다. 그 위에 꽂히기 몇 초 전······

날개가 사라진다. 대신 도시가 등장하고, 그곳 건물들은 덩굴과 온갖 녹색 식물과 하나가 되어있다. 도시와 숲이 완벽하게 하나가 된 광경이다. 숨 막히게 아름답다.

또 한 차례 현실을 이동하며 도시는 깜빡이듯 사라진다. 이제 그를 향해 달려드는 땅은 소도시 크기의 완벽한 정원이 되어있다. 그 정원은 서너 층 높이의 반투명 돔으로 덮여있다. 머리 위에서 불꽃놀이 같은 폭발이 일어나 그 유리 표면에 반사된다.

그리고 고층 빌딩 여러 채가 땅에서 솟아나 하늘을 움켜쥐고 태양을 차단한다. 그것이 조너스를 향해 튀어나오는데도 반지는 협조할 생각 없이 손에서 벗어나고, 조너스는 한 번 더 기적을 간구한다······.

반지가 너무나 간단히 손가락에 안착하자, 조너스는 애초에 왜 그렇게 어려웠는지 궁금해진다. 눈 깜빡할 사이, 그를 향해 솟아오르던 건물이 사라진다. 중력이 그를 붙잡고, 그는 계속 낙하한다.

자동차 한 대가 그에게 충돌할 때까지.

아냐, 그 판단은 옳지 않아. 조너스는 생각한다. 자기 위치를 떠올린 그는 **스스로** 차에 충돌했다고 **결론** 내린다. 위에서부터. 자동차의 지붕이 그의 무게에 우그러지고, 창문이 산산이 부서져 삐죽삐죽한 자갈처럼 튀어 나간다.

조너스는 뻗어있다. 온몸이 쑤신다. 온 신경이 고통에 신음하지만, 그것은 적어도 살아있다는 증거다. 조너스는 위를 바라보며 주위를 확인한다. 유럽입자물리연구소 근처의 소도시, 스위스 국경에서 2킬로미터 조금 더 떨어져 있는 프레냉이다. 다른 현실이기는 했으나 전에 와본 곳이라서 그곳 건물과 건축구조를 알고 있다. 자신이 아직 프랑스에 있다는 것을 머릿속으로는 알고 있지만, 주택과 구조물에는 일본의 미학이 담겨있다.

따뜻하다. 배 속에 경이가 차오른다. **환희가.**

해냈다. 그는 다중우주 사이를 여행하고 여러 현실을 가로지른 최초의 인간이 됐다. 그 엄청난 성과가 문득 실감 난다. 노벨상까지 탈 정도로 기념비적인 업적이었던 다중세계 이론 증명조차 이 성과에 비하면 사소하게 느껴진다. 평행세계의 존재를 증명한 것은 학계에서 에베레스트 정상 등반에 해당했다. 하지만 평행세계로의 **여행**이라니…… 그것은 달 착륙이다.

온갖 질문과 의문이 마음속에 떠오른다. 어맨다가 여기 있을까? 어떤 현실에 온 것일까? 어맨다가 여기 있을까? 이 우주가 맞을까? 어맨다가 여기 있을까?

그의 의식으로 소리가 들어오기 시작한다. 다급한 프랑스어로, 여러 사람이 말하는 소리가 겹친다. 무슨 일인지 알아보러 사람들이 집에서 나온다.

"이 남자, 하늘에서 떨어졌어."

조너스는 흥분한 목소리와 그에게 달려오는 발소리를 듣는다. 구겨진 강철 위에서 몸을 펴려고 움직여 보지만, 처음 느껴보는 통증을 얻는다. 통증은 눈 뒤에서부터 온몸으로 퍼지고, 그는 차에서 굴러 아스팔트에 세게 떨어진다. 조그단 안전유리 조각이 얼굴을 파고들고, 조너스는 정신을 잃는다.

5년 전

조너스는 재개발과 힘겹게 싸우는 예술인 구역, 소호를 가로지르며 아파트와 의류점, 길거리 상인들과 식당들을 지나쳤다. 휴대전화의 지도를 참고했다. 공기에서 꽃가루 맛이 났다. 태양이 따사로웠다. 봄날이었고, 온 세상이 새로웠다.

걸어가는 동안 조너스는 맥박수가 오르는 것을 느꼈다. 사흘간 머릿속에는 어맨다의 기억이 가득했다. 어맨다의 눈동자를 비추는 햇살. 살짝 올라간 입가에 생긴 보조개. 짧은 만남을 회상하면 할수록 새롭게 떠오르는 것들과 그것이 선사하는 환희.

물론 그는 어맨다에게 끌렸다. 가슴을 덮은 티셔츠와 다리의 피부색이 완벽하게 기억났다. 매끈한 살결도. 온갖 전통적인 의미에서 아름다운 사람이었다. 하지만 그것은 전부 부차적이고 거의 무관하게 느껴졌다. 그를 매료시킨 것은 어맨다의 기운, 활력이었다. 어맨다에게는 조너스를 곧바로 끌어들이는 상냥함이 있었고, 조너스는 그것을 좀 더 알아보고 싶었다. 어맨다는 모든 각도에서 살펴볼 때마다 새로운 빛깔을 보여줄 다이아몬드였다.

조너스도 연애는 제법 했지만, 그가 가진 미적 자질은 늘 '지루하고' '학술적인' 직업에 가려졌다. 양자물리학에서 여러 개의 박사학위를 가진 것은 매력이 아니었다. 그렇다. 이따금 학생/교수 관계가 유혹적이라고 생각하는 대학생이 있기는 했지만, 조너스는 그런 관계는 꿋꿋이 거부했다. 그런 것은 저속하게 느껴졌다. 그 자신이 권력을 오용하는 관계 같았다. 조너스가 간절히 원한 것은 좀 더 단단한 관계였다. 연애나 장기적인 관계를 원하지도, 필요로 하지도 않았다. 그렇다고 거부한 것도 아니었다. 그보다는 다른 인간에게 자석처럼 끌려 **연결**되고 싶은 갈망이 있었다.

손에 든 휴대전화가 진동하며 목적지에 다 왔음을 알렸다. 소박한 갤러리는 소호의 여느 상점과 다를 바 없었다. 그곳의 갤러리는 그 지역 전체를 집어삼키려고 드는 아파트의 파도에 맞서는 방파제였다. 이 갤러리에는 참나무 바닥과 강철 기둥이 있었다. 노출 천장에 달린 두꺼운 강철 케이블에 대형 캔버스가 매달려 있었다. 작은 카드에 그림 제목과 화가, 재료가 적혀있었다. 조너스는 온갖 작품이 전시된 갤러리 내부를 살피며, 어맨다의 작품을 알아맞힐 수 있는지 머릿속으로 혼자 게임을 했다.

가로세로 1.2미터 혹은 1.8미터의, 수채물감과 구아슈로 덮인 캔버스 연작이 조너스를 끌어당겼다. 작품은 저마다 다른 위치에서 본 뉴욕시의 스카이라인이었다. 높고 넓고 광활한 모습. 신이 보는 맨해튼을 그린 것이었다. 하지만 유난히 눈에 들어오는 작품은 하나였다. 다운타운, 특히 원 월드 트레이드 센터의 옥상에서 북쪽에 펼쳐진 맨해튼을 바라본 광경이었다. 마치 거인의 발끝에 앉아서 위를 바라보는 듯한 각도였다. 작품 제목은 〈정점(Pinnacle)〉이었다.

조너스는 자신이 너무나 잘 아는 도시를, 본 적도 상상한 적도 없는 방식으로 그려낸 그 그림이 굉장하다고 느꼈다. 〈정점〉과 그 연작은 사진으로 찍은 듯 사실적이었지만 인간의 시각으로는 볼 수 없는 광경을 제공했다. 타당하지도 않고 설명할 수도 없는 일이었지만, 조너스는 어맨다의 손에서 그 믿을 수 없는 그림이 나왔음을 즉시 알 수 있었다. 조너스는 각 그림 아래 붙은 이름표를 한 번 보고 자신의 추측을 확인했고, 더욱 깊은 사랑에 빠졌다.

조너스가 그림 한 점을 찬찬히 보며 세세한 부분을 감상하고 기교에 감탄하고 있을 때, 딜러가 다가왔다. 스무 살쯤 되는 나이에 귀고리를 하고 힙스터 복장을 한 청년은 예술 전공 대학생이 틀림없었다.

"멋지죠?" 딜러가 물었다.

"멋지네요." 조너스도 동의했다. "부탁이 있어요. 어맨다 먼로를 찾고 있어요."

"이거예요." 딜러는 조너스가 감상하던 그림을 가리키며 말했다.

"굉장한 그림이군요." 조너스가 진심으로 답했다. "하지만 어맨다, 사람을 찾고 있어요."

"어맨다는 오늘 와있어요." 딜러가 대답했다. "작품 구입에 관해 의논하고 싶은가요? 꼭 한 작품만 사시란 법은 없어요."

조너스는 그 농담에 어깨를 으쓱하며, 학부 시절부터 쓰던 메신저백에 손을 넣어서 11달러 51센트와 세금을 주고 월그린스마트에서 산 프리스비를 꺼냈다. "이것만 전해주세요." 조너스가 씩 웃으며 말했다.

딜러는 어리둥절한 표정으로 프리스비를 받더니 갤러리 안쪽으로 사라졌다. 기다리는 동안 조너스는 어맨다의 그림으로 시선을 돌렸다. 붓 터치 하나하나를 찬찬히 보며 그 그림을 살폈다. 그는 자신이 미술에 안목이 있다고 생각해 본 적 없지만, 무슨 영문인지 그 작품은 그에게 말을 걸었다. 기교가 뛰어난 게 분명했다. 어맨다는 사진처럼 사실적이되 꿈처럼 순간적인 풍경을 포착해 냈다.

"찾았군요." 등 뒤에서 목소리가 들려왔다. "어떻게?"

조너스가 돌아섰다. 어디 한번 좋은 인상을 남겨보라는 듯 어맨다가 허리를 살짝 비틀고 서있었다. 파스텔 색조의 원피스에 종아리 위로 올라오는 부츠 차림이었다. 놀랐다기보다는 재미있다는 듯, 눈빛이 반짝였다.

조너스는 어깨를 살짝 으쓱였다. '문신이요.' 그가 말했다. "문신 주위 피부가 조금 붉어요. 그래서 새로 한 거라고 생각했죠. 검색해서 문신 가게를 찾아냈어요." 어맨다의 눈이 조너스를 향해 강하게 빛났다. "전화를 걸어서 최근 고객 중에 오른쪽 손목 안쪽에 우로보로스 문신을 한 여성이 있는지 물었죠."

어맨다는 믿을 수 없다는 표정으로 그를 마주 봤다. "맨해튼에 문신 가게가 아마…… 오십 곳은 넘을 텐데." 어맨다는 한숨을 내쉬었다.

"일흔세 군데였어요. 그리고 다른 구에 열아홉 곳이 더 있고."

조너스는 반항심과 자부심을 동시에 느끼며 어맨다를 봤다. 어맨다의 표정이 바뀌면서 흥미를 드러냈다. 처음으로 조너스를 제대로 보는 듯했다. 어맨다의 표정은 조너스가 그녀를 만난 후 거울에서 본 그의 표정과 같았다. 완전히 반해버린 사람의 표정.

조너스는 살짝 만족감을 드러내며 어맨다를 봤다. **"이제** 번호 알려줄래요?"

조너스는 벌떡 일어나다가 머리가 욱신거려 멈춘다. 다시 눕던 그는 침대 위라는 사실을 깨닫는다. 주위를 살피며, NH 제네바 에어로포트 호텔 방일 것이라고 예상한다. 하지만 방 안은 흰색이다. 벽지가 없다. 대량생산된 스위스 시골 그림도 벽에 없다. 바닥에는 토사물 색의 카펫 대신 리놀륨이 깔려있다. 이상한 무늬의 이불 대신 얇은 흰색 시트가 덮여있다. 팔에 꽂힌 튜브는 정맥주사 스탠드에 걸려있다. 소독된 냄새와 분위기가 느껴지는 방이다.

병원이다.

새로운 염려가 번개처럼 치고 들어온다. 시트를 젖히고 손을 찾는다. 손은 그 자리에 있다. 반지. 반지도 있다. 안도의 한숨이 나온다.

침대에 다시 누우며 조너스는 상황을 재빨리 정리한다. 그는 살아있다. 평행현실 속에 와있다. 다른 우주다. 그리고 의식을 잃은 사이에 그곳에 머물렀다. 그 모든 상황이 벌어질 확률은 도저히 생각할 수 없을 정도로 낮다. 그는 다중우주 사이를 이동한 최초의 인간이며 그 과정에서 죽지 않았다.

조너스가 그 엄청난 의미를 생각하고 있는데 의사가 들어온다. 의사는 육십대 후반 정도로, 친절한 얼굴의 남자가 녹색 수술복 위에 흰 가운을 입고 있다. 목에는 청진기가 걸려있다.

"Bonjour, vous êtes un homme très chanceux.(안녕하세요, 운이 아주 좋은 분이로군요.)" 의사가 프랑스어로 말한다.

조너스는 그의 가운에 수놓인 이름을 확인한다. 구에르. "Où suis-je?(여기가 어딘가요?)" 조너스가 묻는다.

"Covance Hospital.(코방스 병원입니다.)" 대답이 들려온다.

"Suis-je toujours en France?(프랑스인가요?)"

의사가 고개를 젓는다. "Non, vous êtes en Suisse.(아뇨, 스위스입니다.)"

조너스는 이해하고 끄덕인다. 스위스로 돌아왔다. 구급차가 와서, 어느 나라든 상관없이 가장 가까운 병원으로 이송했을 것이다.

"Nous sommes l'hôpital le plus grand.(여긴 아주 큰 병원입니다.)" 구에르가 말한다. "proche de l'endroit où vous avez été trouvé.(환자분이 발견된 곳 근처죠.)"

"Parlez-vous anglais?(영어 하세요?)" 계속 프랑스어로 말하기에 조너스는 머리가 너무 아프다.

"물론입니다." 구에르가 대답한다. "미국인입니까? 미국 억양이 섞인 프랑스어를 하는군요."

한 가지 생각이 떠오르자 조너스는 마음이 들뜬다. 그가 살던 현실에서 조너스는 평행우주의 존재를 최초로 증명해 낸 일종의 유명인이었다. 노벨상위원회뿐 아니라, 소셜미디어와 토크쇼에서도 조너스는 관심을 모았다. 그의 유명세가 유럽까지 퍼졌으니, 이 의사가 그를 알아보지 못한다면 이 우주에서는 조너스란 존재가 없기를 바라도 좋을 듯하다. 적어도, 다중세계 이론 증명을 해낸 조너스는 없을 것이다. 노벨상도, 아울라 마그나에서의 연설도 없었다. 그가 탄 리무진이 미끄러져 이카루스처럼 곤두박질친 사건도 없었다.

어맨다가 이 우주에 있다면, 아직 살아있을 가능성이 높다. 조너스의 마지막 기도—마지막 요청이라고 맹세한다—는 어맨다가 살아있게 해달라는 것이다. 다시금 희망이 생겨난다. 조너스는 침대에서 내려가고 싶어서 일어나 앉는다. 의사가 염려스러운 표정으로 지켜보는 동안, 조너스는 팔에서 주사를 뽑고 일어서려고 한다. 하지만 그때, 갑자기 온몸으로 통증이 내달리며 병원에 와있는 이유를 상기시킨다.

"아, 좋은 생각이 아닌 것 같은데요." 구에르가 진지한 표정으로 말한다.

"여기서 나가야 해요."

"그러고 싶으신 것 같군요. 하지만 현명한 행동이 아니에요. 환자분의 몸도 그렇게 생각하는 모양이고요. 이틀 동안 혼수상태였고, 심한 뇌진탕이 있었습니다. 쉬어야 해요."

"나가야 해요. 찾아야 할 사람이 있어요."

구에르 박사는 고개를 젓는다. "정신과 협진을 요청했습니다."

"선생님을 비난할 생각은 없지만……."

"자동차가 찌그러질 정도로 그 위에 떨어진 건 보통 일이 아니니까요." 구에르가 말을 자른다. "지갑도 없고. 신분증도 없고. 동료들은 환자분이 스카이다이버가 아니냐고 하지만, 낙하산 없는 스카이다이버는 처음 봅니다." 그는 조너스를 가만히 들여다본다. "자살 시도라고 가정한다 해도, 그 근처에는 그럴만한 높은 건물이 없었습니다. 그러니 자살하려던 것이면 실패했다고 말씀드려야 되겠군요."

"자살하려던 건 아니었어요." 조너스가 다시 반박하려는데 송곳이 눈 뒤쪽에서 찌르는 것 같다.

"협진을 요청한 정신과 의사는 내 친구입니다. 의학을 전공하기 전에 물리학을 전공했죠. 환자분 문신이 흥미롭다고 여길 것 같았습니다." 구에르의 턱이 조너스 팔에 새겨진 수식 쪽을 가리킨다.

다시 일어서려던 조너스는 통증에 이를 악문다. 이번에는 천천히 움직이니, 후들거리는 다리로 겨우 걸을 수 있다. "정신과 의사는 만나고 싶지 않아요." 조너스는 옷을 찾는다. "나가고 싶을 뿐이에요."

"어딜 갈 수 있는 상태가 아니란 걸 환자분도 알고 나도 압니다."

그 말을 무시하고 조너스는 병실 안을 살핀다. 의료 장비와 의자, 벽에 걸린 티브이 외에는 아무것도 없다. "내 옷은 어디 있죠?"

"뇌진탕을 겪어서……."

"내 옷은 어디 있죠?"

"어서 누워야 합니다."

조너스도 그러고 싶다. 머리는 어지럽고, 숨을 쉴 때마다 통증이 느껴진다. 그럼에도 불구하고, 그는 의사에게 다가간다. 폭력을 쓰고 싶지 않지만, 병원을 벗어나야 한다는 강한 욕망에 통제 불능이 된다. 밖으로 나가면 생각을 정리할 수 있다. 어디가 어딘지 확인할 수 있다. 다음 행동을 정할 수 있다. 어맨다가 여기 있는지 확인하고, 있다면 **찾아낼 수 있다.** 조너스의 머릿속에는 그것뿐이다. 무한한 수 가운데 그에게 존재하는 현실은 그것뿐이다.

∞

    코방스 병원은 에바 스탬퍼의 사무실에서 보통 35분 거리다. 좁은 도로에서 차가 막히면 한 시간 가까이 걸린다. 오늘은 막히는 날이다. 그래서 에바는 기분이 좋지 않다. 병원에 근무하는 정신과 의사와 심리학 박사는 수없이 많다. 그런데도 우정을 빌미로 에바를 부른 것을 폴 구에르 스스로도 잘 알 것이다.

    "자살 시도 같은데." 구에르가 전화로 말했다.

    "그래서요?" 에바가 물었다. "그런 거 전문인 사람들 많잖아요. 실력 좋은 사람들."

    "알아. 하지만……." 그러더니 구에르의 목소리가 잦아들었다.

    "하지만 뭐요?" 에바는 그렇게 묻고 곧바로 미끼를 문 스스로를 질책했다.

    "이 환자에겐 어딘가 다른 점이 있어."

    "어떻게 다른데요?"

    "우선, 팔 안쪽에 문신이 있어." 에바는 어이없다는 표정을 지은 기억을 떠올린다. "그런 건 처음 봐."

    "무슨 문신인데요?" 에바는 질문을 할 때마다 관여하고 싶지 않은 상황에 한 걸음 더 들어간다는 사실을 알면서도 질문한다. 아니, 정확히는 그게 아니다. 시간이 없는 것이 문제였다. 구에르의 취미 생활에 관여하지 않아도 에바에게는 자기 환자가 차고 넘쳤다.

    "무슨 공식 같아." 구에르가 설명했다. "수식인데, 너라면 알 것 같더군. 나는 모르겠어. 의대에서 배운 내용은 아니야. 하지만 특이해."

    "그게 내 환자를 취소하고 한낮에 거기까지 갈 이유는 못 되죠."

"오전 10시도 안 되었잖나."

"내 말뜻 알잖아요, 폴."

구에르가 서른 살이나 많지만, 두 사람은 연애 감정 엇비슷한 가까운 관계를 늘 즐겼다. 에바의 남편이 사망하고 몇 달 뒤 어느 날 저녁, 에바는 술에 취해서 그 선을 넘으려고 서툰 시도를 했지만 구에르는 상냥하면서도 예의 바르게 거절했다. 다른 생, 다른 우주에서라면 그들은 연인이 될 수도 있었다. 둘 다 그 사실을 알고 있었고, 그래서 뜻밖에 강한 유대가 생겼다. "사실은, 에바." 구에르가 전화상으로 살짝 짓궂게 말했다. "넌 이 일의 가능성을 잘 모르고 있어."

그러자 에바가 비웃을 차례다. "어째서 그렇죠?"

"내가 **네게** 도움을 주는 것일 수도 있다고. 이걸로 논문을 쓸 수도 있으니까." 구에르가 말했다.

"젠장, 매번 그렇게 말하죠." 에바는 애정을 담아 쏘아붙인다. "그런데 한 번도 그렇게 된 적 없고." 그리고 둘은 소리 내어 웃는다.

그리고 에바는 코방스에 도착한다. 구에르가 방문자용 주차권을 신청해 두었다. 에바는 기억하는 대로 복도를 지나며, 이곳에 너무 많이 왔고 구에르의 환자를 '부탁받아' 너무 많이 봤다는 사실을 인정하면서, 그가 왜 이런 식으로 자신을 부르는지 궁금해진다. 왜 자신은 그 요청을 받아들이는지.

하지만 병실에 들어가자마자 모든 것이 바뀐다. 에바는 모든 것이 장난인가 싶다. 세상에는 이치에 맞지 않는 일이 너무 많다.

"이게 뭐죠?" 에바가 묻는다.

에바가 환자를 살피는 동안 구에르가 수수께끼 같은 표정으로 지켜본다. 환자는 삼십대의 남성으로 약간 여윈 편이다. 검은 머리칼은 군인처럼 짧다. 블랙진을 입고, 검은 티셔츠를 당기자 구에르가 말한 문신이 보인다. 에바의 시선이 문신과 남자의 얼굴 사이를 오간다. 자신이 보는 광경을 이해하려고 하지만, 구에르가 자신을 놀리려 한다는 의심이 가시지 않는다. 구에르가 배우, 일종의 가장 배우를 고용한 것이 틀림없다. 그래도 그가 이런 장난을 치는 이유는 가늠할 수 없다. 너무 무작위적이다. 너무 구체적이다.

"이게 뭐죠?" 에바는 결국 묻는다.

"무슨 소리야?" 구에르가 되묻는다. 그도 에바처럼 어리둥절하다. 연기라면 뛰어난 실력이다.

에바는 자신을 향한 시선을 느끼고 환자를 돌아본다. 그러고는 환자를 가리키며 최대한 확신을 담아서 단언한다. "이 남자는 죽었어요."

"뭐?"

"이 사람이 누군지 알아요?" 에바가 환자 쪽을 가리키며 다그친다.

"그…… 이름이 조너스라던데." 구에르가 더듬거린다.

그 이름이 에바 앞에 놓인 증거를 오싹할 만큼 확실하게 만들어준다. "그래요." 에바가 중얼거린다. "조너스 컬런이죠." 남자는 에바가 그를 알아봤다는 사실에 놀라 움찔한다. "이 사람은 2년 전에 부인과 함께 자동차 사고로 사망했어요."

구에르의 얼굴이 하얘진다. 조너스 컬런이라는 남자 역시 휘청거리더니 슬픔에 고개를 푹 숙인다.

"그 사람은 여기 없군요." 남자의 갈라진 목소리에 에바는 가슴이 미어진다. "여기 없어." 남자는 더욱 확신하며 다시 침통하게 중얼거린다.

"무슨 말이에요?" 구에르가 묻는다. "'그 사람'이라니 누구 말입니까? 당신은 누구죠?"

에바가 지켜보는 사이 조너스 컬런을 닮은 인물은 의자에 털썩 앉는다. 그의 공허한 눈빛을 에바는 안다. 남편이 죽었는지 살았는지 소식을 기다리는 동안 에바의 눈에도 똑같은 공허가 서려있었다. 사라진 희망과, 애초에 희망 같은 건 무의미하다는 쓰디쓴 각성이 합쳐진 공허. "이분과 따로 이야기 나눠도 될까요, 폴?"

구에르가 병실에서 나가자 에바는 물리학을 공부하던 시절의 기억을 더듬는다. 낯선 사람의 문신 공식이 기억을 끌어당긴다. 에바는 눈앞의 엄연한 사실을 퍼즐처럼 짜맞춘다. 조너스 컬런이 죽지 않았다. 그가 멀쩡히 살아있다. 하지만 그의 아내는 죽었고, 그는 그 사실에…… 놀란 건가? 에바는 이 각각의 생각을 조합해 본다. 하지만 퍼즐 조각은 맞아 들어가지 않고……

"내가 누군지 어떻게 압니까?" 그가 묻는다. 겨우 들릴 정도의 목소리다.

에바는 어깨를 으쓱인다. "지난주에 구글 뉴스에서 사고 기사를 읽었어요."

"지난주라고요? 2년 전이 아니라?"

"지난주였어요. 내가 비극적인 사건을……" 에바는 적당한 말을 찾는다. "잘 기억하는 경향이 있거든요. 부인이 임신 중이었죠?"

남자가 의자에서 고개를 푹 숙인 채 고개를 끄덕이는 것조차 힘겹다는 듯 끄덕인다. 완전히 갈피를 잃은 듯, 눈에서 생기가 사라졌다. 에바가 희망을 잃은 수백 명의 환자들에게서 본 눈빛이다. 절망의 눈빛.

에바는 조너스가 울 것이라고 예상하지만 그는 울지 않는다. 이미 눈물이 말라버린 모양이다. "팔에 있는 공식이요." 에바가 말한다. "전에 본 적 있어요. 대학교에서. 슈뢰딩거의 공식이죠?"

약간의 반응이 나온다. "맞습니다." 조너스가 안개 속에서 서서히 벗어나며 말한다. "대학 시절에 배운 것 중에 뭘 기억하죠?" 기어들어 가는 목소리다.

에바는 이해 못 하는 문자와 기호는 무시하며, 문신과 기억에서 슈뢰딩거 공식을 발굴해 내려고 애쓴다. 남자가 지켜보는 시선이 느껴진다. 결승선을 향해 달려가는 마라톤 선수처럼, 진실을 향해 다가가는 것이 느껴진다.

"이건 선형 미분방정식이네요." 에바가 말한다. "양자-기계 시스템의 상태 함수를 나타내죠." 에바의 사고에 가속도와 형태가 모이기 시작하더니 구르는 눈덩이처럼 질량과 속도가 불어난다. "당신이 여기 있는데 부인은 없는 이유는……." 에바는 차마 소리 내어 말할 수 없어 멈춘다.

조너스가 짐짓 진지한 표정으로 말한다. "평행우주에서 온 사람을 만났다고 확신하는 사람치고 침착하군요."

"내가 침착해 보이나요?" 에바는 답을 알면서 묻는다.

조너스가 의자에서 일어선다. "놀라게 해서 죄송합니다. 보러 와주셔서 고맙지만, 구에르 선생님이 선생님의 시간을 낭비한 것 같아요. 난 여기 있을 수 없어요."

조너스가 문 쪽으로 걸어가는데 에바가 막는다. "어딜 가는데요?"

조너스가 돌아선다. 에바는 등을 꼿꼿이 세운다. 에바는 이 사람, 기적의 화신 같은 이 사람이 에바 자신의 인생에서 벗어나면 안 되는 이유를 알지 못한다. 하지만 운명이라는 느낌이다. 필연이라는 느낌. 에바는 다른 세계에서 찾아온 이 사람을 떠나게 둘 수 없다고, 그래서는 안 된다고 생각한다. "심리학자가 아니라도 당신에게 도움이 필요하다는 건 알겠어요."

"정신질환 같은 건 없어요." 조너스가 말한다.

"그런 도움 말고요. 지금 상황에…… 필요한 도움이요."

조너스의 입술에서 얼음이 쪼개지듯 씁쓸한 웃음소리가 새어 나온다. "내 상황이 어떤지 모를 겁니다."

"그럼 말해보세요. 말하면 도와드릴게요. 운명을 믿으세요, 컬런 박사님?" 조너스가 그 질문을 곱씹는다.

"아뇨, 믿지 않아요."

"음, 믿게 될지도 모르죠. 물리학 지식이 있는 심리학자가 방금 박사님 앞에 나타났으니까요. 그건 우연도, 사고도 아닐 거예요." 에바가 조너스를 똑바로 본다. "그리고 박사님도 이것이 우연이나 사고가 아니라고 믿게 되는 건 시간문제라고 생각해요."

조너스는 그 말도 곰곰이 생각한다. 에바는 똑똑한 사람들을 많이 알지만, 진정한 천재는 지금까지 만나본 적 없다.

"주위에 술 마실 데가 있나요?" 조너스가 묻는다.

에바가 놀란다. "바……에 가고 싶어요?"

조너스가 어깨를 으쓱인다. "선생님 말이 맞아요. 도움을 받으면 좋을 것 같군요." 그는 잠시 멈춘 뒤에 말한다. "그리고 선생님은 한잔하는 게 좋겠고요."

∞

에바는 병원에서 도보 5분 거리의 조용한 바로 조너스를 데려간다. 온몸의 뼈 마디마디가 아프다고 삐걱거리지만, 조너스는 바깥에 나오니 상쾌하다고 느낀다. 경찰 구금 시간은 다행히 짧았지만, 자유는 무더위에 마시는 시원한 음료 같다. 가는 길에 에바는 자신을 소개한다. 에바 스탬퍼 박사라고. 에바의 눈부신 미모를 조너스는 깨닫는다. 180센티미터에 가까운 큰 키에 황갈색 블라우스와 진회색 펜슬 스커트를 입고 있다. 그 단순한 복장이 적갈색 피부와 인상적인 검은 머리칼, 예리한 녹색 눈동자와 잘 어울린다.

걸어가던 중, 조너스는 스위스의 이 지역에도 프랑스에서 본 것과 같은 일본풍의 건축물이 있음을 알아차린다. 신문 가판대를 지나갈 때 조너스는 걸음을 멈추고 대체현실 속의 뉴스를 처음 살펴본다. 반짝이는 잡지 표지를 장식한 유명인들은 누구도 알아볼 수 없다. 영어 신문에는 "미국 창(Chang) 대통령 러시아에 엄중 경고"라는 표제가 적혀있다. 그 기사에는 조너스가 모르는 육십대의 중국인 남성 사진이 실려있다.

조너스의 놀란 표정을 에바가 지켜본다. 조너스가 이 세계의—그다지 다르지 않은—차이점을 하나씩 알아가는 과정을 주시한다. 조너스는 에바가 여러 가지 질문을 던지리라 예상하지만, 에바는 바에 자리를 잡을 때까지 침묵을 지킨다.

푀브 데 베르제라는 곳이다. 번역하면 '난초 바'라는 이름인데, 조너스는 바 이름치고 특이하다고 여긴다. 붉은 벽돌로 장식한 벽에 맥주병과 그 밖의 술병이 늘어서 있고, 보라색 조명이 비춘다.

조너스가 테이블을 찾는 사이 에바가 지역 맥주 두 병을 주문한다.

에바가 맥주를 한 모금 마시더니 후회한다. "좀 더 센 걸 주문할 걸 그랬네요. 박사님이 들려줄 이야기를 생각하면 말이죠." 에바는 맥주병을 내려놓는다. "어디서부터 시작할까요?"

"다중세계 이론에 대해 뭘 알고 있죠?" 조너스가 묻는다.

"양자역학개론에서 배운 것뿐이죠." 에바가 씩 웃는다. "그래도 A 학점은 받았어요."

"그랬을 것 같네요." 조너스는 놀라서 대답한다. 에바가 눈을 찡긋한다. 조너스가 아내에게서 처음 본 것과 같은 짓궂으면서도 지적인 내면의 빛이 느껴진다. 그가 그토록 깊이 사랑했던 따스한 눈부심.

조너스는 에바에게 동전을 하나 달라고 한다. 에바가 핸드백을 뒤져 2유로짜리 동전을 건넨다. 조너스는 그것을 뒤집어 본다. 어맨다에게 했던 것처럼 다중우주 이론을 에바에게 설명하려는 의도다. 첫 데이트 때였다. 두 사람의 손이 처음 닿았던 때였다. 기억 속에서 그 순간이 되살아나자 그의 눈어 눈물이 글썽인다.

"괜찮아요?" 에바가 묻는다.

"괜찮습니다." 조너스가 추억을 쫓아버리며 겨우 대답한다. 그가 던진 동전이 술집 불빛에 반짝이며 손 위에 내려앉는다. "앞일까요, 뒤일까요?"

"뒤요." 에바가 어깨를 으쓱한다. 조너스가 손에 쥔 동전을 내보인다. 앞이다. 에바가 찡그린다. "틀렸네요."

"꼭 그렇진 않아요. 그러니까, 다중세계 이론은 이 동전의 뒷면이 나온 우주, 다중우주 혹은 '대체현실'이 존재한다고 주장하니까요."

에바는 이맛살을 찌푸린다. "전에도 그 말이 이해되지 않았어요. 그렇다면 계산할 수 없이 많은 현실이 생겨날 거예요. 우주가 효율성을 선호한다면, 누가 동전을 던질 때마다 새 우주가 생겨난다는 건 타당하지 않아요."

"맞아요. 동전 던지기는 일반인에게 사용하는 편리한 설명에 불과하니까요."

에바가 의자에 등을 기댄다. "일반인이라고요? 상처를 주시네요." 짐짓 기분 나쁜 표정이다.

"하지만 선생님 말이 절대적으로 옳아요." 조너스가 계속 이야기한다. "다중우주는 실제로 효율성을 선호해서, 분기점, 즉 오른쪽이나 왼쪽을 선택해 새로운 우주를 만들어 내는 경우의 수를 제한해요. 그 일이 일어나는 수를 줄여서 말이죠."

"어떻게요?" 에바가 묻는다.

"특정 결과를 **선호함**으로써. 그래서 다중우주 속 현실의 총합을 무한에서 적당한 수로 제한하는 거예요."

"그걸 어떻게 아세요?"

조너스는 에바에게 다중세계 이론 증명에 대해 알려준다. 노벨상을 수상한 일도. 스톡홀름에서의 그날 밤. 사고. 목소리를 떨지 않고 그 이야기를 어떻게 다 전했는지 알 수 없다.

"정말 유감이에요." 에바의 목소리에서 진심 이상의 무언가가 느껴진다. 조너스는 같은 경험이 있음을 감지한다. 에바도 그 불운한 감정을 겪어본 것이다.

"다른 현실 사이를 이동할 방법을 고안해 냈어요." 조너스가 말한다. "어맨다가 아직 살아있는 곳을 찾으려는 희망을 갖고."

"**희망**이요? 그런 희망은…… 음, 많을 것 같은데요. 그러니까, 무한한 우주 가운데 한 우주에 있을 테니까."

"그렇죠. 하지만 잊고 있는 게 있어요."

에바의 얼굴이 밝아진다. "우주는……."

"특정 결과를 선호한다는 거죠."

에바는 조너스에게서 들은 내용을 열심히 생각하며 맥주를 한 모금 마신다. "부인이 살아있는 세계를 찾아냈는데…… 거기에 박사님도 있으면 어떻게 되죠?"

"모르겠어요." 조너스는 인정한다. "아까 말한 우주의 성향을 감안하면 그럴 가능성은 적다고 봐요."

"하지만 만약 그렇다면요?" 에바가 집요하게 묻는다.

"그럼……." 조너스는 말끝을 흐린다. "그럼 '누구의 품질이 더 우수하냐'의 범주에 속하겠는데요."

"확실히 세상에서 가장 흥미로운 삼각관계는 될 것 같네요."

"그걸로 책을 쓸지도 모르죠." 조너스가 농담처럼 말한다. "노벨상에 퓰리처상까지 받고."

에바는 여전히 그 이야기를 곱씹으며, 조너스에게서 들은 내용과 그의 팔의 문신을 받아들일지, 아니면 상식을 따르지 고민한다. "현실 사이를 이동하는 데 드는 에너지가 얼마나 될지 상상도 못 하겠어요."

"당연히 할 수 있어요." 조너스가 말한다. "여기가 어딘지 생각해보면."

"스위스죠."

"스위스 메헝이죠." 조너스가 **구체적으로** 알려준다.

"대형 강입자 충돌기." 에바는 깨달은 바를 중얼거린다.

조너스가 정답이라는 뜻으로 에바를 가리킨 뒤 말한다. "지금 내 몸은 양자에너지로 가득해요. 내 현실에서 선생님의 현실로 떨어지는 과정을 겪었죠."

맥주병을 비운 에바는 눈을 동그랗게 뜨고 조너스의 병을 집어든다. "그게 사실이라면……." 에바는 이해하기 시작한 표정이다. "왜 계속해서 '떨어지지' 않는 거예요? 왜 **이** 현실에 계속 있는 거죠?" 이해가 빨라지자 에바는 조너스의 답을 기다리지 않는다. "아니, 어째서 영원히 현실 사이를 이동하지 않는 건가요?"

"이것 덕분이죠." 조너스는 손을 내밀어 반지를 보여준다. "나는 '사슬'이라고 불러요. 나와 함께 이동할 수 있는 비유기적 물질은 이것뿐이에요."

"비유기?"

"합성된 물질." 조너스가 설명한다. "치아를 치료한 것도 은으로 바꿔야 했어요."

"하지만 **왜요?**" 에바가 묻는다.

"근본적으로, 우리가 다루는 것이 '방사선'이라는 걸 기억해야죠. 양자 방사선이긴 하지만, 그래도 방사선이에요. 종류가 다른 물질은 방사선을 서로 다른 방식으로 흡수하고 유지해요. 처음 시작했을 때 내 컴퓨터는 전부……." 조너스는 적당한 단어를 찾는다.

"완전 망가졌나요?" 에바가 묻는다.

"전문용어를 쓰자면 그렇죠." 이번에는 두 사람 모두 미소 짓는다. 기억에 남는 순간이다. "어쨌든, 유기물질만 고려했더니 모델의 결과가 달라졌어요."

"'사슬'만 예외군요."

조너스가 손가락의 반지를 가리킨다. "이건 문제의 방사선을 **통제하기** 때문에 달라요. 이걸 끼고 있으면 하나의 우주 속에서 지내게 되죠."

"그걸 빼면요?"

조너스는 손가락을 흔들며 손을 위로 든다. "바람에 날리는 깃털처럼 우주 사이를 이동하죠."

"그럼, 그걸 다시 끼면 **착륙**하나요?"

"사실, 한두 개의 우주를 지나야 정착해요."

"정착이요?"

"룰렛이 완전히 멈추기 전 속도를 늦추는 것처럼요."

에바는 눈썹을 찡그린다. 들은 내용을 이해하느라 그렇다. 가능하지도 않고, 믿을 수도 없는 그 상황을 머릿속에서 여러 각도로 살피고 있다.

"참 잘 받아들이는군요." 조너스가 말한다.

에바는 칭찬을 제대로 듣지 못한 채 생각에 잠겨 캐묻고 있다. "옷은요? 벌거벗고 나타났다는 말은 못 들었는데."

조너스가 셔츠를 당긴다. "전부 천연섬유와 천연 재료로 만든 옷이에요. 구두도."

"그래서 돈은 안 갖고 다니는군요." 에바가 말한다.

"좋은 지적이군요. 술값은 선생님이 내야 해요." 제정신인가 싶은 대화를 나누면서도 두 사람은 또 한 번 통하는 느낌을 받는다.

"그럼, 문신은……."

조너스가 소매를 걷고 팔을 돌려 보인다. "충돌기는 아주 정확하게 계산해야 하니까."

"그렇겠죠."

"이걸 전부 기억에 의존할 수만은 없고, 노트와 계산 결과를 가지고 다닐 필요가 있었어요. 면직물에 오징어 먹물 같은 것으로 글을 쓸까 싶었지만, 그러다가는 공식을 잃어버릴 수 있으니 당연한 해결책을 이용한 거죠."

에바가 문신을 훑어본다. 다시 한번, 계산 한가운데의 슈뢰딩거 공식, 다중세계 이론의 핵심에서 눈이 빛난다. "내…… 우주의 조너스 컬런이 노벨상을 받은 과학자가 아니었다면 절대 믿지 못했을 거예요."

조너스는 적어도 두 군데 우주에서 노벨상을 탔다는 사실에 살짝 자부심을 느끼며 미소 짓는다. "여기선 무슨 업적으로 상을 받았나요?" 묻지 않을 수 없다.

에바가 눈을 찌푸리며 기억을 더듬는다. "얽힘 상태에서 입자 통제에 관한 내용? 하지만 그건 잠깐 잊도록 해요."

"노벨상 탄 걸 잊으라고요? 뭐, 그러죠. 어려울 것 없어요."

"농담 아니에요." 에바가 말한다. "진지한 얘기예요. 물어볼 것이 있는데……." 에바는 다음에 이을 말을 고민하느라 잠시 멈춘다. "그냥…… 왜 이런 고생을 하는지 이해가 안 돼서요. 그러니까, 박사님과 아내분이 모두 돌아가신 현실로 오느라 목숨을 건 거잖아요."

조너스는 한숨을 내쉰다. "이보다는 훨씬 더 똑똑한 분 같은데요, 스탬퍼 박사님."

"길을 잃었군요." 에바가 한숨 쉬듯 결론을 말한다. 당연한 대답이다.

조너스는 그것들에 배신당했다고 느끼며, 문자와 숫자와 기호가 뒤섞인 문신을 손끝으로 쓰다듬는다. "어맨다가 아직 살아있는 우주에 도착하기 위해서 대형 강입자 충돌기를 어떻게 맞춰야 하는지 정확하게 알아냈다고 생각했어요."

"정확히 어떻게 하는 건가요?"

"아주 기술적인 문제죠." 조너스가 잘라 말한다.

"정말요?" 에바의 표정은 냉소적이다. "상상하기 힘든데요."

조너스가 에바에게 다가가 손을 내민다. '좋아, 설명해 보자.'

"대형 강입자 충돌기를 변형시켜서 소량의 양자 방사선을 흘리도록 했어요. 방사선은 에너지를 파동으로 방출하는 것이죠. 파동에는 **주파수**가 있고. 주파수를 바꾸면 방사선의 성질이 달라져요. 방사선 성질이 달라지면 그것이 인체 세포에 미치는 **영향**도 바뀌어요. 이 경우에는 내 신체죠."

에바가 고개를 젓는다. "못 따라가겠는데요."

"경고했잖아요." 조너스가 장난스레 꾸짖는다.

"네, 그랬죠." 에바가 조너스를 빤히 본다. 에바의 표정에서 끌림이 느껴지지만, 조너스는 그런 생각을 차단한다.

"어쨌든, 그 양자 방사선을 이용해서 내가 속한 우주의 현실에서 벗어날 생각이었어요. 그것도 아주 구체적인 방식으로 벗어날 계획이었죠. 헬륨 풍선을 띄워서 채광창을 통과하도록 하는 것과 비슷하게."

"그 이론상의 '채광창'이 아내분이 살아있는 현실로 가는 길이군요."

실망감에 조너스의 속이 쓰리다. "어맨다는 아직 살아있고 나는 없는 현실을 찾았다고 생각했어요. 분명히, 내 계산에 뭔가가 부족

했어요. 애초에 어맨다가 이미 죽은 현실에 도착했으니까."

에바가 무슨 소리냐는 표정을 짓는다. "뭐라고요?"

조너스는 자신이 체포당한 일과 지야드를 만난 일을 이야기한다. 심문 중 지야드는 어맨다의 '사망'을 언급했다. 그때 조너스는 현실을 벗어났는지 어쨌는지 몰라서 지야드가 **조너스 자신이 속한 우주의** 어맨다를 일컫는 줄 알았지만, 지야드가 평행우주의 사람임을 깨닫자 지야드의 현실 속 어맨다도 사망했다고 결론 내렸다.

조너스는 사슬을 압수당하는 바람에 이 우주에 도착하게 된 과정을 이야기한다. 현실 사이를 지나갈 때, 공간이나 시간 속에서 움직이는 것이 아니라는 설명도 한다. 만약 그가 다른 우주로 감으로써 사라지게 되는 건물 삼층에 서있다면 떨어져서 죽을 수도 있다. 자동차가 막아주지 않는다면 말이다. 그렇게 그는 구에르 선생의 병원에 도착한 것이다.

"그럼 이제 어떻게 할 건가요?" 에바가 묻는다.

"모르겠어요." 조너스는 절망을 드러내지 않으려고 애쓴다.

1분 정도 시간이 흘러간다. 바 안의 소음이 침묵을 채운다. 수십 명이 나누는 대화가 불분명하게 겹치는 소리, 테이블에 잔 내려놓는 소리, 그 모든 소리를 누르고 들리려고 기를 쓰는 팝송. 조너스는 에바에게 시선을 돌리고 그 눈에서 익숙한 감정, 어맨다가 세상을 떠난 후로 수없이 본 감정을 만난다.

동정이다.

∞

동정이 아니다.

에바는 상실의 길을 걷는 동지로서 공감하고 이해하는 눈빛으로 조너스를 본다. 에바는 조너스보다 먼저 그 일을 겪은 사람으로서 자신과 닮은 절망, 시간이 흐르면서 남은 상처를 그에게서 본다. 하지만 조너스에게 어맨다를 잃은 일은 여전히 새롭다. 그에게서 그 이야기를 듣고 있으니 얼마나 큰 슬픔인지 알 것 같다. 하지만 에바는 그것을 한심하다고 여기지 않고 매력적이라고 생각한다. 조너스의 슬픔은 사랑만큼 순수하다. 그런 헌신을 매력적으로 생각하지 않을 사람이 있을까? 어맨다를 향한 조너스의 마음을 원하지 않을 사람이 누가 있을까?

"미안해요. 한심한 모습이라…….' 조너스가 말한다.

"한심하지 않아요." 에바는 진심으로 말한다. "사람을 사랑하는 것은 한심한 일이 아니에요. 애도하는 것도 한심하지 않고." 에바는 깍지 낀 손으로 입을 가리고 생각에 잠긴다. "그리고 박사님이 하는 일…… 부인을 찾는 일, 다시 만나기 위해 **모든 것**을 거는 일…… 그건 위대한 일이에요."

조너스는 그 말에 얼굴을 붉힌다. 에바의 칭찬을 들은 그는 허리를 조금 더 곧게 세우고 결심을 더욱 굳힌다. 얼굴에 미소가 번진다. 그 얼굴이 매력적이라는 생각이 들자 에바는 퍼뜩 놀라 곧바로 그 생각을 떨쳐낸다. 조너스는 정신질환을 갖고 있거나, 다른 우주에서 온 존재다. 아니, 아마도 둘 다일 것이다. 그래도 그 미소는…….

∞

조너스와 에바는 저녁때가 되어서 바를 나온다. 공기는 쌀쌀하고 나무 태우는 냄새가 난다. 밤이 되어 건물에 불이 들어오니 유럽과 일본이 기묘하게 섞인 건축양식이 더욱 두드러진다. 조너스는 에바에게 그 대체세계의 역사를 요약해 달라고 하고 싶지만 꾹 참는다. 시간은 충분할 것이다. 원하는 만큼 그 토끼굴 깊숙이 들어갈 수 있다. 하지만 이 우주에서 영영 머물 수는 없다. 그가 찾는 곳이 아니니까…….

"한 가지 더 질문해도 될까요?" 에바의 말에 조너스는 정신을 차린다.

"이런 이야기까지 다 했는데 대답 못 할 것이 없겠죠."

"음, 이건 좀 까다로운 문제예요."

"심리학자가 던질법한 질문 같군요." 조너스는 의자에 등을 기댄다. 그가 손을 펼친다. **해봐요.**

"내가 다중세계 이론을 제대로 이해했다면, 박사님과 아내분 둘 다 살아있고, 사고가 일어나지도 않은 우주가 있겠죠."

"질문이 뭔가요?"

에바는 떨리는 눈으로 조너스를 본다. 결국, 질문이 아니다. "이미 박사님이 행복하게 사는 세계가 있어요." 에바가 잘라 말한다.

"난 그 세상이 어떤 모습인지 몰라요." 조너스의 목소리가 갈라진다. 울지 않으려고 그는 길거리를, 그 도시—한 세상을 대표하는 곳—의 이것저것을 내다본다. 그의 고향과는 다른, 무한한 방식으로 펼쳐지는 삶을 살아가는 사람들로 가득한 곳. 조너스는 그 어마어마한 의미를 실감한다. 오랜 세월 동안 이론으로만 존재했던 것이 이제 현실이 되어 만질 수 있게 되다니, 그의 이해를 넘어설 수준이다.

"그럼," 에바가 회의적인 말투로 묻는다. "부인을 찾을 때까지 우주를 이곳저곳 돌아다닐 건가요?"

"그럴 순 없어요." 조너스가 대답한다. "결국 충돌기에서 얻은 에너지를 다 쓰게 될 거예요. 우선, 밀 타작기 같은 것에 들어가지 않는다 가정하고 하는 말이지만." 그런 위험을 생각하자, 조너스는 희망이 가라앉는 것을 느낀다. "내가 목적지로 삼았던 현실을 찾았지만 그곳이 아니었어요. 어떻게든 계산이 틀렸으니 그것부터 해결하지 않으면 또 길을 잃을 거예요."

"그래서 날 믿기로 한 거라면, 평행우주 이론은 내 전공이 아니라는 사실을 잊지 마세요."

조너스가 고개를 갸우뚱하더니 장난스레 웃는다. "하지만 양자역학에서 A를 받았다고 하지 않았어요?"

그 말에 에바는 재미있다는 표정을 짓는다. 그러자 조너스는 두 사람 사이에 보이지 않는 전류를, 연결점을 감지한다. 평생의 친구 사이에서 생겨나는 원자가(原子價)다. 그런 끌림을 마지막으로 느낀 것은 5년 전이었다.

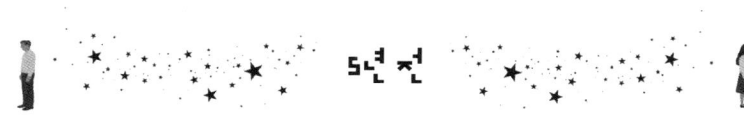

그 레스토랑의 이름은 중요하지 않았다. 18개월 뒤 폐업 예정인, 트리베카의 작은 식당이었다. 그래도 조너스는 그곳 이름이 잭슨스(Jackson's)라는 사실을 결코 잊지 못했다. 노출 벽돌과 파이프로 장식된 곳이었다. 설계자는 벽과 천장을 모두 떼어내고 《건축 다이제스트》에 나오는 의자와 테이블, 뉴욕 현대미술관 기념품 가게에서 파는 엽서에서 영감을 받은 미술품으로 공간을 채울 생각뿐이었던 듯하다.

조너스는 너무 긴장한 나머지 데이트 전에 아파트에서 두 블록 떨어진 주류 상점으로 달려가 계산원이 추천한 위스키를 한 병 샀다. 그는 그 위스키를 얼음 잔에 붓고 한 모금 크게 마셨다. 위스키를 마시니 입이 타는 듯했고 가슴에 불이 붙었으며 불안은 잦아들지 않았다. 그는 병을 노려보며 알코올이 들긴 한 거냐고 물었다.

하지만 돌이켜 보면, 조너스에게는 알코올 진정제가 필요하지 않았다. 어맨다를 다시 보는 것만으로도 선물을 여는 것 같았기 때문이다. 어맨다는 빛이었다. 햇살이었다. 인간의 모습을 한 빛나는 따스함이었다. 그런 어맨다가 와있었다. 정말로. 수없이 많은 방식으로 보낼 수 있는 시간을 그와 함께 보내기로 한 것이다. 조너스는 평생을 학문에 바쳤다. 이론에. 하지만 **어맨다는** 현실이었다.

그리고 어맨다도 조너스를 좋아하는 것 같았다. 조너스는 늘 예술과 과학이 서로 닿을 수 없는 동전의 양면이라고 여겼다. 회화와 양자역학에 연결점이 있으리라 상상한 적 없었는데, 어맨다는 곧바로 그것을 찾아냈다. 그들의 작업은 양식과 연결점을 규명해야 하는 일이라고 어맨다가 말했다. 두 사람 모두 추측에서 현실—적어도 현실의 면모—을 불러내기 위해 노력했다. 조너스의 연구와 어맨다의 예술(**어맨다가** 하는 예술)은 바꿀 수 없는 물리적 한계에 묶여 있기도 했다. 빛. 관점. 인간의 관찰력이 지니는 한계. 그들 모두 경이로운 창조를 이해하고 해석하는 일을 하고 있었다.

"지금은 무슨 연구를 해요?" 어맨다가 물었다.

"별로 재미없는 일이에요." 조너스가 말했다. "어맨다는 무슨 작업을 하고 있어요?"

"장소를 찾고 있어요. 다음에 그림 그릴 옥상을 물색하고 있죠. 다음번 '시점'이라고 부르면 더 그럴듯하겠죠." 어맨다는 살짝 자조를 담아 덧붙였다. "그쪽은요?"

"평행우주의 존재를 수학적으로 증명하려고 연구 중이에요." 조너스는 그렇게 말하자마자 후회했다. 터무니없고, 아무도 모르는 얘기 같았다. 조너스는 와인잔을 비웠다.

"평행우주라고요?"

"들어본 적 있어요?"

어맨다는 어깨를 으쓱였다. "다들 들어봤을걸요. 그러니까, 영화는 다들 봤잖아요. 적어도 한 편은요. 평행우주는…… 다들 들어보기는 했지만 잘 모르는 말 중 하나 같아요."

"정확한 표현이군요." 조너스가 말했다.

"하지만 그게 실재는 아니죠. 그냥, 이론이잖아요." 어맨다는 못마땅한 듯 얼굴을 찡그렸다. "미안해요. 그쪽 연구를 무시하는 것처럼 말하고 있는데, 절대 그러고 싶지 않아요." 어맨다는 창백한 얼굴로 말을 멈췄다. "그러니까……."

조너스가 양손을 들어 보였다. "괜찮아요. 그 말이 맞아요. 옳은 말이에요. 이상하고, 좀 어리석은 소리죠. 아니, 그러니까 과학과 과학소설의 차이가 뭐냐고요, 이거죠?"

"그쪽이 설명해 줘야 할 것 같은데요."

조너스는 고개를 갸웃했다. '적절한 지적이다.'

"주머니나 가방에 돈 있어요?"

"와. 아직 계산서가 나오지도 않았는데."

조너스는 고개를 숙였다. '멋진 응수다.'

"동전 있어요? 혹시 25센트짜리로?"

"마술 보여주려고요?" 어맨다가 장난스레 물었다.

"두고 봐요." 조너스가 놀리듯 말했다. "동전 있어요?"

어맨다는 가방을 뒤져서 25센트 동전을 찾아냈다. 그것을 내밀었지만, 조너스는 고개를 저었다. "아뇨. 갖고 있어요." 어맨다가 호기심 어린 표정으로 조너스를 지켜봤다. "던지기만 해요. 던진 다음 잡아요. 그리고 보지 말아요."

"진심이에요?"

"해봐요."

"그러죠." 어맨다는 시키는 대로 했다. 두 사람이 지켜보는 가운데 동전이 잠시 빙글빙글 돌았고, 어맨다는 동전을 잡아서 다른 손등에 붙였다.

조너스가 손을 뻗어 어맨다의 손을 잡았다. 살갗이 어맨다의 살에 닿자, 조너스는 전기가 흐르는 느낌을 받았다. 조너스가 지켜봤지만 어맨다는 손을 빼내려 하지 않았다. "자." 조너스가 어맨다에게서 눈을 떼지 않은 채 말했다. "동전은 앞면 아니면 뒷면이겠죠?" 어맨다가 끄덕였다. "그러면 이제, **두 개의** 우주가 생겼어요. 하나는 앞면, 하나는 뒷면." 어맨다의 손은 여전히 조너스에게 잡혀있었다.

"학부생 몇 명에게 이걸 시도했나요?" 질문에서 장난기가 느껴졌다.

"이건 슈뢰딩거 고양이의 변형일 뿐이에요. 양자 가설의 역설을 설명하는 방법이죠."

"양자 가설요?" 어맨다는 그 단어를 처음 말해보는 사람처럼 또박또박 발음했다.

"네. 손을 떼기 전까지, 동전은 앞면과 뒷면 **둘 다**라는 뜻이죠."

"동시에?"

"동시에. 하지만 손을 떼면……." 조너스는 손을 떼고 어맨다의 손에서 동전을 드러냈다. 조지 워싱턴의 옆얼굴이 어맨다의 손등에 놓여있었다. "……하나의 우주가 드러나죠. 하지만 **또 하나의** 우주를 만들어 낸 거예요. **다른** 우주. 동전의 뒷면이 나온 우주죠."

"솔직히 말인데요, 이거 학생에게 한 번도 안 해봤다면 안타까운 일이네요."

"꼭 맞는 학생을 기다리고 있었던 걸지도 모르죠."

어맨다는 그를 향해 검지를 흔들었다. "어, 그거 좋았어요. 아주 잘하네요."

그들은 함께 웃고 의자에 등을 기댔다. 조너스는 긴장이 풀리는 것을 느꼈다. 위스키나 와인 탓이 아니었다. 어맨다와의 대화는 숨 쉬기처럼 편했다. 그리고 숨쉬기처럼, 멈출 수가 없었다. 조너스는 어맨다에 관한 모든 것을 알고 싶었다. 어떻게 화가가 됐는지, 왜 화가가 됐는지, 꿈은 무엇인지. 세상을 어떻게 봤는지. 어맨다에게서 자신은 어떤 위치를 얻을 수 있는지.

전채 요리와 식사, 디저트가 차례로 나왔다. 그들은 술을 한 잔 더 마셨다. 조너스는 그날 저녁이 끝나지 않기를 바랐고, 어맨다도 같은 마음인 것 같았다. 조너스는 어맨다가 시인, 화가와 함께 쓰는 방 세 개짜리 첼시의 아파트까지 바래다주겠다고 했다. 문 앞에 도착해서 근처 가로등이 비추는 하얀 불빛 속에 서자 조너스의 손에 땀이 났다. 잠시 긴장이 흘렀고, 조너스는 어맨다가 키스를 원할지 짐작해 보려고 애썼다. 어맨다의 눈길은 조너스에게서 떨어지지 않았고, 함께하는 공간은 자력 비슷한 것으로 가득했다.

어맨다의 입술이 살짝 벌어졌고, 두 사람 사이 공기가 달아올랐다. 조너스가 다가가 어맨다의 입술을 찾았다. 딸기 맛이 났다. 상대의 등을 감싸 안으며 조너스는 어맨다의 혀를 느꼈다. 품속의 어맨다는 작고 단단했다. 어맨다의 양손이 조너스의 목덜미에서 올라와 얼굴을 감싸 쥐었다. 미풍처럼 부드럽게, 어맨다는 조너스의 양 뺨을 쥔 채로 몸을 뒤로 뺐다. 둘의 입술이 떨어지며 거의 들리지 않는 소리를 냈다.

"멋진 저녁 고마워요." 어맨다가 말했다. "식사도. 바래다준 것도."

조너스는 대답을 찾았지만, 말이 떠오르지 않았다. 그 모든 감정을 어떻게 말로 표현할 수 있을까? 어맨다의 룸메이트라는 시인이 누구냐고 물어볼까 했지만, 대신 미소를 지으며 그 순간의 감정이 표현되기를 바랐다.

어버버하는 조너스가 귀엽다는 듯 어맨다는 작게 웃었다. 어맨다의 얼굴에 그 표정이 또 떠올랐다. 자신이 조너스보다, 적어도 마음의 문제에서는 더 똑똑하다고, 그보다 다섯 수에서 열 수 앞서 생각한다고 놀리지만, 그래도 그에게 끌린다고 말하는 표정. 조너스는 그때 그 자리에서 남은 평생 어맨다만 바라보며 살 수 있다고 생각했다.

결국 어맨다는 아파트 건물로 들어갔다. 조너스는 그 후에도 적어도 1분 동안 보도에 서있었다. 집으로 걸어가는 조너스의 발걸음이 난생처음 그렇게 가벼울 수가 없었다.

그는 이튿날 아침 어맨다에게 메시지를 보냈다. 데이트 규칙 따위에는 신경 쓰지 않았다. 그건 다르다고 생각했다. 그가 원하는 것은 데이트가 아니라 구애였다. 터무니없이 구식인 표현이지만 그랬다. 조너스는 기다릴 수 없었다. 어맨다를 다시 보고 싶었다. 어맨다도 그렇거나, 그렇지 않을 터였다. 어쨌든 그 결정은 다음 데이트를 청하는 타이밍이나 방식과는 무관하게 내려질 것 같았다.

그들은 다음 금요일에 만나기로 했다.

조너스는 바에 가거나 레스토랑에 가거나 영화를 보는 평범한 시간보다, 기억에 남는 저녁을 계획하고 싶었다. 떠오르는 생각마다 멍청하다거나, 필사적이라거나, 낭만적이지 못하다고 자책했다. 조너스는 희한하게도 결혼할 상대를 만난 빅터에게 물었다. 동료에게 묻고, 대학원생과 조교들을 심문했지만 망신스럽고 짜증만 날 뿐, 대통령 취임식도 그보다는 덜할 것 같다는 생각이 들었다.

결국 자연사박물관의 헤이든 천체투영관에 가기로 정했다. 어맨다가 진부하다거나 부족하다거나—연애에서 가장 큰 죄인—필사적이라고 느낄 것이라는 생각을 무릅쓰고 내린 결정이었다. 어쩌면 그 모든 문제를 죄다 내포한 결정일지 몰랐지만, 조너스는 지인에게 도움을 청해 헤이든의 우주관에 단둘이 앉게 되었다.

"사람들은 다 어디 있어요?" 안으로 들어가면서 어맨다가 물었다. 어맨다는 원피스를 입고, 흘러나온 머리카락을 왼쪽 귀 뒤로 넘기고 있었다.

"음, 알고 보니 여기 도슨트가 예전에 가르쳤던 학생이면 특별한 데이트 장소로 쓸 수 있더군요."

그 말과 동시에 극장 안 차이스 성도 프로젝터(Zeiss Star Projector)가 중앙에서 회전하면서 실내등이 서서히 꺼졌다. 어맨다가 따뜻하게 웃었다. "멋지네요."

"이렇게 타이밍이 잘 맞을 줄은 몰랐어요." 조너스가 소리 내어 웃으며 말했다.

천장에서 프로젝터가 밤하늘의 고해상도 영상을 비췄다. 마법 같았다.

어맨다는 목을 쭉 빼고 영상을 관람했다. "왜 이걸 보여줘요?" 경이로움이 느껴지는 목소리였다.

"3학년 때, 웨인가턴 선생님 수업에서 이걸 처음 봤어요." 조너스가 어깨를 으쓱였다.

머리 위에서 밤하늘 광경이 은하수로 변했다. 성운들이 춤췄다.

조너스는 그 모든 것을 바라보며 처음으로 인생이 변하던 순간을 떠올리고, 두 번째로 인생을 바꾼 사람과 그것을 함께하는 전율을 느꼈다.

"이…… 경이로운 광경 앞에서," 조너스가 말했다. "나는 작게 느껴졌어요. 무의미하게 느껴진 건 아니었어요. 사실, 반대였죠. 영감을 받았어요. 이 모든 것이 어디서 왔을까? 왜? 누가 만들었을까? 그것을 만든 존재는 또 누가 만들었을까? 질문이 쏟아졌고, 매번 반복됐어요. 머리가 빙빙 돌기 시작했어요." 조너스의 눈이 경의(敬意)로 빛났다. "그렇게 낚였죠."

어맨다가 조너스를 빤히 보고 있었다. 조너스는 불쑥 자의식을 느꼈다. 선을 넘었고, 너무 진부하게, 너무 많은 것을 밝혔다. 겨우 두 번째 만남에. 왜 그랬을까? 조너스의 얼굴이 창백해졌다. 속이 메슥거렸다.

"나도요." 어맨다가 말했다.

"네?"

"낚였어요."

조너스는 무슨 말인지, 무슨 일인지 이해하려고 집중했다. 어맨다의 몸짓 전체가 순식간에 변했다. 좀 더…… 세속적으로. 위험하게. 어맨다의 얼굴에 떠오른 욕망을 조너스는 알아보지 못했다. "여기에 우리만 있어요?" 어맨다가 물었다.

조너스는 주위를 둘러봤다. 아무것도 알 수 없었고, 이해할 수 없었다. "네."

"저…… 저걸 켠 사람은……."

"스타 프로젝터요." 조너스가 말했다.

어맨다가 회의적인 표정으로 그를 봤다. "정말, 그게 이름이라고 요?"

"너무 정확하죠?"

조너스도 맞장구치며 어깨를 으쓱였다. 두려움과 당혹감 사이에 서 머릿속이 빙빙 돌았다. "천체투영관을 설계한 사람들은 직관적 인 이름을 좋아하는 모양이죠." 그렇게 말한 것 같다. 확실하지는 않았다.

"어쨌든 저걸 켠 사람들, 우릴 볼 수 없어요?" 어맨다가 캐물었다.

"네. 버튼만 누르고 나가요. 왜요?"

어맨다는 키스로 답했다. 그것만이 아니었다. 어맨다의 손이 조너 스의 몸을 더듬어 내려가 붙잡았다. 조너스도 서서히 깨닫고 어맨다 의 손길에 답했다. 그들은 서로의 옷을 벗기고 바닥에 누웠다. 그들 위로 웅장한 우주가 빙빙 돌아갔다. 그들의 격정을 알지 못한 채.

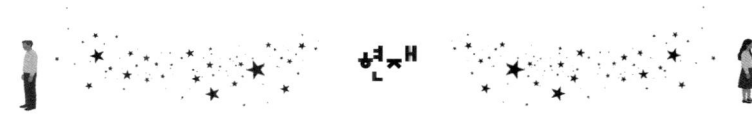

조너스와 그 여자의 관계는 루 버지니오-말나티 건너편에서 봐도 분명하다고, 빅터 코바체비치는 생각한다. 승용차와 트럭과 버스가 지나가며 두 사람을 가린다. 하지만 더 볼 필요도 없다. 빅터는 무한한 수의 건초더미에서 찾던 바늘을 발견했다. 조너스가 하는 말에 그 여자가 웃는 모습을 보며, 빅터는 자기 목소리만큼 친숙한 시기심을 느낀다.

빅터는 팔찌를 조작하려고 손을 내린다. 손이 닿자 팔찌 안에 든 정전 용량 센서가 작동하고, 빅터는 우주 에너지를 느낀다. 그는 눈을 감고 싶은 충동을 억누른다. 이 우주가 접히고, 한 현실에서 다른 현실로 사라지는 과정을 끝까지 지켜보고 싶다. 그 광경을 보면 하늘에서 불꽃이 터질 때 연못 표면에 물결치며 반사되는 광경이 떠오른다. 그리고 그 현상이 끝나고 곰이 전기 소켓에 끼워진 듯한 느낌이 멈추면, 맨해튼의 아파트로 돌아온 것을 알 수 있다.

보통 통창으로 어퍼이스트사이드의 숨 막히게 아름다운 풍경이 보이지만, 빅터는 몇 달째 그 커튼을 달아두고 살고 있다. 거액을 들여 사 모은 원본 예술 작품이 걸려있던 벽은 텅 비었다. 스타인웨이 그랜드피아노가 놓여있던 곳 마룻바닥이 바래있다. 하지만 그것은 모두 뱀 허물처럼 벗어던진 물건일 뿐이다. 그 아파트는 이제 집이 아니다. 아내가 떠난 이후로 그렇게 됐다.

예술품과 가구와 감상적인 물건들이 나가면서 남긴 공간에는 특이한 수식이 가득 적힌 화이트보드가 줄줄이 놓여있다. 그 양옆에는 특이한 금속으로 만든 커다란 장치가 있는데, 빅터는 그것을 보면 거대한 로봇이 떠오른다. 사람 팔 굵기의 케이블이 거기서 나와 바닥에 놓여있다. 그 케이블을 통해 도시 열 블록만큼의 전력량을 보낼 수 있다. 에디슨 에너지 회사에서 필요한 허가를 받기 위해 변호사 한 팀과 수백만 달러가 들었다.

초인종 소리에 빅터는 놀란다. 이따금 음식 배달 이외엔 몇 달째 찾아오는 사람이 없었다. 그는 스위스의 추위를 막기 위해 입었던 외투를 벗고 문으로 걸어가 누군지 확인도 하지 않고서 연다.

컬럼비아 대학교 도러시 스탠턴 학장이 서 있다. 왜 몰랐을까. 몇 주 전부터 학장이 찾아오리라 예상했어야 했다.

"안녕하세요, 빅터." 칠십대 후반, 160센티미터의 그녀는 마지막으로 본 모습과 똑같다. 살갗은 말라버린 사과 같다.

"도러시." 빅터는 음성에 겨우 온기를 담아 말한다. "잘 지내셨어요?" 얼굴에 미소가 떠오르기를 바란다.

"들어가도 될까요?"

빅터는 그 질문에 필요 이상 오래 생각한다. 결국 매너를 지켜야 한다는 사실을 기억해 내고 손짓한다. "마실 것 드릴까요?" 격식을 찾아야 한다는 어렴풋한 생각에 먼저 제안한다. 도러시는 대답이 없다. 아파트 내부를 살핀다. 어떤 꼴일지 빅터는 알고 있다. 800만 달러짜리 맨해튼 어퍼웨스트사이드의 펜트하우스가 실험실로 전락하다니. 도러시는 기묘한 광경이라고 여길 것이다.

"선생님 조교들이 찾아왔어요." 도러시가 말한다. 단어를 조심스레 고르고 있다. "전원이요. 선생님 강의를 대신 하고 있다더군요."

"조교가 그러라고 있는 것 아닌가요?" 빅터는 웃어 보이려고 하지만, 기괴한 표정을 지은 것 같다.

"지난 석 달 동안 강의를 대신 했다던데요."

"최근 연구 때문에 바빠서요."

도러시는 방 안의 코끼리처럼 거대한 장치 쪽을 고갯짓한다. "그런 것 같군요." 건조하기 짝이 없는 말투다. 도러시는 경멸이 느껴지는 표정으로 빅터를 본다. 빅터가 너무나 많은 사람들에게서, 너무나 많은 슬픈 표정에서 보아온 감정이다. 그 표정에 빅터는 화를 내지 않기 위해 주먹을 꽉 쥔다. **동정심.** "페드라 이야기는 들었어요. 유감이군요, 빅터."

빅터는 분노를 삼킨다. 그것도 연습하면 쉬워진다. "늦은 시각이지만, 지금 좀 바빠서……."

"걱정이 돼서 그래요, 빅터." 그때만큼은 도러시의 말에서 진심이 느껴진다. "사실, 대학 사람들 모두 걱정하고 있어요."

"전 멀쩡합니다." 빅터는 자기 말을 믿는다.

"그런 것 같지 않은데요." 도러시는 이렇게 말하기 싫은 표정이다. 하지만 빅터도 알고 있다. 그들이 자신을 어떻게 보는지, 모두가 어떻게 판단하고 경멸하는지 알고 있다.

"지금 하는 일에 너무 집중한 모양이네요." 빅터는 심문 중에 연습한 거짓말을 반복하는 용의자처럼 말한다. "하지만 정말이에요. 전 괜찮습니다."

"여긴 괜찮은 사람의 집이 아니에요, 빅터." 도러시가 가식을 버리기로 한 모양이다.

빅터는 감정을 삭이려고 애쓴다. 맡은 배역을 연기하는 것뿐이라고 생각한다. "여긴 연구에 몰두하는 독신 남자의 집이에요. 삶을 충만하게 해주는 연구 말입니다."

"좀 쉬는 게 좋겠어요." 도러시는 머릿속으로 대사를 연습한 사람 같다. "자신을 돌보고. 이혼과…… 병들게 하는 일을 처리하면서."

"말씀드렸잖아요. 전 괜찮습니다." 말이 빅터의 생각보다 날카롭게 튀어나간다.

그 순간, 빅터는 도러시가 나쁜 소식을 전하러 온 것임을 깨닫는다.

"이사회에서 오늘 밤 선생님의 정직을 결정했어요." 결국 도러시가 말한다. "1년간. 연봉은 절반으로."

1년 정직이란 대학에서는 사형 선고다. 빅터는 차분히 말하려고 애쓴다. "청문회도 없이요? 지나치다는 느낌이군요." 주차장 자리만 바뀌었다는 듯한 말투다.

"내가 할 수 있는 건 그뿐이었어요." 도러시의 말투에서 진심 어린 동정이 느껴진다. 빅터는 그것에 가장 화가 난다.

"음, 그거 고맙습니다." 눈곱만큼의 진심도 담지 않고 빅터는 인사치레를 내뱉는다. 도러시가 다시 입을 여는데 빅터가 자른다. "나가주세요." 도러시가 교수 한 명이 추천한 상담의에 관해 헛소리를 지껄이지만, 그저 잡음에 불과하다. 빅터는 참을 만큼 참았다. "나가라고요!" 그도 자신의 분노에 놀란다. 그가 지른 고함에 전등이 흔들린다. 빅터는 진정하고 심호흡한다. "부탁합니다." 기도처럼 새어 나간 말이다.

그는 장치 쪽으로 다가가서 보정을 시작한다. 그가 하는 작업은 연인의 행동 같다. 일에서 피난처를 찾는다. 빅터는 집중하느라 도러시가 문 닫는 소리도 듣지 못한다.

∞

에바는 스위스에 산다. 두 개의 고층 건물 사이에 낀 저층 아파트에 에바의 집이 있다. 그곳에서 첫 주를 보낸 뒤 문제가 곧 해결될 것 같지 않자 조너스는 지낼 곳을 얻겠다고 한다. 에바에게 더 이상 폐를 끼치고 싶지 않은 마음이지만 에바는 조너스에게 일자리도, 돈도 없다는 사실을 상기시킨다. 사실 조너스에게는 신분증도 없다. 에바는 공식적으로 존재하지 않는 남자에게 숙소를 제공한 것이다.

매일 밤 조너스는 거실 소파를 침대로 바꿔 쓴다. 낮이 되면 임시 침실을 임시 실험실로 바꿔 에바의 신용카드로 아마존에서 산 화이트보드를 세워둔다. 그는 부지런히, 몇 시간씩 연구하며 화이트보드에 색색의 마커로 수식을 썼다 지우기를 반복한다. 그는 중고 맥북 프로를 사서 그것의 처리 능력을 한계까지 끌어다 쓴다. 에바에게 비용을 모두 갚겠다고 약속하지만, 그가 떠나고 나면 돌아오지 못한다는 사실은 둘 다 알고 있다.

몇 주, 몇 달이 흐른다. 어느 날 저녁, 에바가 한 손으로 목욕가운 앞섶을 쥐고 다른 손에는 뜨거운 커피를 들고서 거실로 들어온다. "안 잤어요?" 침대로 바뀌지 않은 소파를 보고, 에바가 묻는다.

"시간 가는 줄 몰랐군요." 조너스는 화이트보드로 다가가서 손바닥으로 수식을 지우고 다른 계산 내용을 적어 넣는다.

"박사님 부인은 좋겠어요." 에바가 말한다. 그 음성에서 느껴지는 것이 부러움일까?

"자기가 죽었다고 하면, 그 사람은 동의하지 않을지도 몰라요." 조너스가 말한다.

"자기를 찾아서 온 우주를 뒤지겠다는 남자가 있으면 누구나 기쁠 거예요. 그분에겐 **무한한 수**의 세상을 뒤지겠다는 남자가 있잖아요."

화이트보드 앞에 있던 조너스는 쓰기를 멈춘다. 여기까지 온 것은 그것이 얼마나 엄청난 과제인지 인정하지 않은 덕분이다. 그것을 일깨우는 일은 사양하고 싶다.

"앙리 티볼트라는 사람 들어봤어요?" 에바가 묻는다.

"당연하죠." 조너스가 드디어 화이트보드에서 돌아서며 말한다. "그 사람의 봄 역학(Bohmian mechanics) 논문이 다중세계 이론 증명의 기초가 됐잖아요."

"그 사람에게 도움을 청하면 어떨까요."

"당연히 그러고 싶죠. 그 사람이 8년 전에 죽지 않았다면." 조너스는 잘난 체하는 말투로 들리지 않기를 바라며 말한다.

에바가 한쪽 눈썹을 치켜뜬다. "컬런 박사님, 그보다는 똑똑한 줄 알았는데요." 에바는 처음 만났을 때 조너스가 한 말을 장난스레 반복한다.

조너스는 그제야 사실을 깨닫는다. "이 현실에서는 티볼트가 살아있군요."

"약속 잡기가 참 힘든 사람이에요. 다행히 내 환자 한 명이 그분과 연락을 취해줄 사람을 알고 있죠." 에바는 비밀을 밝힐 것처럼 잠시 말을 멈춘다. "박사님보다 똑똑한 사람을 만나보겠어요?"

∞

그날 저녁, 조너스와 에바는 로잔 연방공과대학교의 드넓은 현대식 캠퍼스 가운데 서있다. 학생들과 교수들이 날아가는 양자 모양으로 인공 잔디를 심은 콘크리트 바닥을 바삐 걸어간다.

조너스는 눈앞의 벤치에 앉아 그의 맥북을 열심히 보고 있는 남자를 지켜본다. 살아있다는 점 외에, 이 우주의 앙리 티볼트 박사는 조너스가 그의 현실에서 알던 사람과 다를 바 없다. 이 티볼트도 똑같은 가는 금속테 안경과 트위드 재킷을 좋아하고, 자기 나이보다 늙어 보이며, 흡연 경력만큼 기침을 끊임없이 한다. 조너스는 티볼트에게 그의 도플갱어가 폐암으로 죽었다고 말해볼까 생각하다가 그만둔다.

티볼트가 조너스의 연구에 판결을 내리는 데 천년이 걸리는 느낌이다. **뭐든지** 반응이 나오기를 바라며, 조너스는 유머를 시도한다. "의사들을 부르지 않아서 다행이군요."

티볼트가 그 말이 재미있다고 생각하는지 표정에 드러나지는 않는다. 그는 컴퓨터 화면에서 눈을 떼지 않은 채 이렇게 말한다. "컬런 박사님, 당신은 부인과 함께 2년 전에 돌아가셨습니다. 부고를 읽었어요. 그런데 여기 내 앞에 서서 달하고 계시는군요. 정신과 의사를 부른다면, 내가 만나려고 부를 겁니다."

"두 분 모두 안심하세요." 에바가 말한다. "저는 환자를 보는 심리학 박사예요. **면허**도 있고 **논문**도 냈죠. 두 분 다 말짱한 제정신이라고 보증하죠." 그리고 조너스만큼이나 초조한 듯 에바가 덧붙인다. "조너스의 수식을 어떻게 생각하세요?"

"남은 평생 이걸 연구해도 다 모를 것 같군요." 티볼트가 말한다. 그는 화면에서 시선을 떼고 조너스를 바라본다. "이 연구는 아인슈타인과 하이젠베르크 수준이에요. 포돌스키와 로젠 수준. 이런 종류의 패러다임 변화를 규명하려고 평생을 연구하고 **기도(祈禱)한** 이론물리학자들 말입니다."

조너스가 에바에게 설명했듯이, 그 패러다임 변화란 다중우주의 범위가 무한하지 **않다**는 것이다. 우주는 특정 결과를 선호해서, 작은 차이로는 새로운 현실이 생겨나지 않는다. "다중우주가 일련의 계산으로 치환되면, 수학은 하나의 **가능성**으로 변하죠. 그리고 그 우주가 **특정** 현실의 성향을 가지면, 그 현실이 생겨날 **확률**을 계산할 수 있게 되고." 티볼트가 신이 나서 말한다.

"죄송하지만 못 따라가겠어요." 에바가 인정한다.

"해변을 생각해 봐요." 티볼트가 말한다. "셀 수 없는 모래알과 바위, 돌멩이, 조개껍데기가 있어요. 그것을 전부 목록으로 만들기는 불가능하겠죠. 하지만 조너스는 모래알이 몇 개, 바위가 몇 개인지 등을 계산, **예측**할 방법을 알아낸 겁니다."

에바가 핵심을 파악한다. "그리고 부인이 아직 살아있는 모래알을 찾는 거군요."

"그렇습니다." 티볼트가 체념한 표정으로 일어서자 조너스는 두려움을 느낀다. 저주받은 MRI 사진을 들고 선 암 전문의를 만나는 기분이다. "하지만 내가 무슨 말을 할지 이미 아는 것 같군요."

조너스는 알고 있다. "어맨다가 사고에서 살아남은 현실을 계산하기가 그렇게 어려운 까닭은……." 그의 목소리가 잦아든다. 희망이 없다고 말하려니 기운이 빠진다.

조너스가 하는 생각을 티볼트가 이어서 말한다. "거의 무한한 가능성 중에서 부인이 아직 살아있는 것은 단 하나입니다."

희망이 살아있는 존재라면, 이것은 사형선고다. 조너스가 몇 주전 알아냈지만, 직면할 용기가 없었던 결론이다.

에바가 혼란스러워 고개를 젓는다. "잠깐, **잠깐만요**." 두 남자는 에바가 불가능한 사실을 해결하려고 생각하는 모습을 지켜본다. "다중우주 전체에서 어맨다가 매번 죽는다는 말인가요?"

티볼트가 먼저 대답한다. "스탬퍼 박사, 내 말은 세계가 무한히 존재한다 해도 전부 같은 성질을 향해 움직인다는 것입니다. 가령, 모두 중력이 있죠. 산소도 있고. 사람도. 다중우주에는 이런 경향, 말하자면 '법칙'이 가득해요. 물체의 경우 '물리학'이라고 부르죠. 하지만 사람의 경우에는 그걸……."

"운명이군요." 에바가 드디어 깨닫고 나지막이 말한다.

"운명이죠." 조너스가 되풀이한다. "숙명이랄까." 운명과 숙명은 과학자들이 신앙과 종교와 마찬가지로 다루지 않는 현상이지만, 그렇다 하더라도 시간처럼 실재하고 중력처럼 변치 않는 것이다. 조너스는 목이 멘다. 그의 마음속에서 아내가 수백만 번째 죽는 모습이 떠오른다.

"몹시 유감입니다." 티볼트가 말한다.

"그러니까……." 조너스가 어쩔 줄 몰라 하며 말한다. 온갖 생각이 곤두박질치면서, 뭐라도 잡아보려고 버둥거린다. "제 계산에 따르면 어맨다가 살아있는 현실이 하나 있다고 하셨죠. '하나의 현실'이라고 하셨잖아요." 조너스는 티볼트에게 사실이라 말해달라고 간청한다.

티볼트는 고개를 살짝, 천천히 끄덕인다. 조너스는 그의 천재적인 두뇌가 돌아가는 것을 느낀다. 학생들이 곧잘 말했듯이, 인재는 인재를 알아본다. "우리 대학에서 그곳을 정확히 짚어내기 위해 필요한 계산을 하는 데 도움이 될 슈퍼컴퓨터를 이용할 수 있습니다."

조너스는 고마움에 무릎을 꿇고 싶지만 꾹 참는다. "그렇게 해주시겠어요?"

"어려움 없이 논문이 나옵니까." 티볼트는 대수롭지 않다는 듯 말한다. 그리고 공모자가 되어 눈을 찡긋한다. "노벨상을 한 번 더 꼭 타고 싶거든요." 그는 노트북컴퓨터를 조심스레 들어 올린다. "농담은 그만하고, 컬런 박사님, 이 연구는 노벨상을 한 방 가득 모아놓아도 부족할 정도입니다."

조건을 협상한다. 티볼트는 최소한 일주일이 필요하다고 말한다. 원하는 내용 무엇이든, 어디에나, 논문을 쓸 것이고, 조너스의 이름과 계산 내용을 모두 이용할 것이다. 하지만 티볼트가 협상하는 도중에도 조너스의 마음은 딴 데 가있다. 그는 너무나 낯선 감정, 입자물리연구소에서도 느끼지 못했던 감정을 느낀다. 2년 만에 처음으로 그는 희망을 느낀다.

∞

밤이 되고, 에바가 중고 피아트를 몰고 조용한 이차선 고속도로 자이덴스트라세를 달리는 동안 조너스는 들떠있다. 에바는 말이 없다. 30분째 달리고 있으려니, 침묵이 견딜 수 없어진다.

"무슨 생각 해요?(Penny for your thoughts?)" 조너스가 말한다. "이 표현이 이 우주에도 있나요?" 유머로 분위기를 밝히고 싶다.

"말하고 싶지 않아요." 에바가 말한다.

그 말을 진심으로 하는 사람은 없다고 조너스는 생각한다. "왜 그래요?"

"말하고 싶지 않다고 했어요." 근처 도시 불빛이 빠르게 지나간다.

"알아요. 속상한 일이 있는 것 같은데."

"그렇게 말할 수도 있겠네요."

"아니면 선생님이 달리 말할 수도 있죠." 조너스가 말한다. "마음에 걸리는 일이 무엇인지 말해봐요."

"좋아요." 에바가 살짝 비꼬듯 말한다. "말하고 싶지 않다고 했을 때, **사실은** 말하고 싶다는 뜻이었으니까요."

"그렇죠. 졸라서 미안해요."

차가 계속 달린다. 조용한 차 안에서 작은 소리 하나하나가 증폭되어서 들린다. 고속도로 바닥 이음새를 지나가는 타이어 소리. 엔진 소리. 조너스가 불편한 마음을 달래려고 손등을 누르는 소리.

결국 에바가 침묵을 깬다. "박사님은 부인에게 돌아가려는 시도가 고결하고…… 심지어 영웅적인 일인 것처럼 말했어요."

조너스는 무슨 소리인가 싶다. "그래요. 내가 하려는 일은 그것뿐이에요."

"티볼트는 우주가 특정 결과를 선호한다고 했어요." 에바의 말에서 비난의 기색이 느껴진다.

"사실, **내가** 그렇게 말했죠. 몇 주 전에 내가 한 말이고, 티볼트는 그것이 사실임을 확인만 했어요." 조너스는 영문을 몰라서 고개를 젓는다. "왜 이러는 거죠?"

에바는 핸들을 꽉 쥔다. "아까 학교에서 티볼트에게…… 아내분이…… 이런 식으로 말해서 죄송해요, 그런데 아내분의 운명은 그 사고에서 사망하는 거라고 했죠." 에바는 못마땅하니 인상을 쓰며 말한다. 하지만 조너스가 못마땅해서 짓는 표정은 아니다. 에바 자신이 못마땅한 것이다.

"그래요. 그래서요?"

"그래서," 에바는 한 마디 한 마디를 뱉듯이 말한다. "박사님은 우주의 근본 법칙을 망치고 있어요."

"사실, 나는 **다중우주**의 근본 법칙을 망치고 있죠." 분위기를 밝히려는 또 한 번의 시도다.

소용없다. "가볍게 말하지 말아요." 에바가 불쾌한 표정으로 말한다. 그리고 좀 더 차분히 입을 연다. "우리 물리학 기초 교수님은 '아인슈타인이 우주는 정밀 시계처럼 작동한다고 묘사했다'고 자주 말했어요."

"그렇죠. 아인슈타인이 그렇게 말했어요. 미안하지만, 무슨 말을 하려는 건가요?"

"그 시계는 **연약해요**." 에바는 숨을 깊이 들이쉰다. 흐느끼는 듯한 소리를 낸다. 원초적인 소리. 에바는 도로에서 시선을 떼어 그의 눈을 본다. "상실을 겪은 사람이 박사님뿐인 것 같아요? 상황이 달라지기를 바라는 사람이? 인생이 굴린 주사위 눈이 다르게 나오기를 바란 사람이?" 에바는 음성은 낮지만 분노로 떨리고 있다. 에바는 고속도로로 시선을 돌려 멀리 고통스러운 기억을 응시한다. "나도 결혼했어요. 남편은 미 육군 레인저였어요. 아프가니스탄 팍티야주에 파병되기 전에는 여기 주둔했고요. 그 사람 부대에 '잠재적' 탈레반 거점에 관한 정보가 들어왔어요." 에바는 눈물을 삼킨다. 입안이 쓰디쓰다. "'잠재적'이란 말은 의미 없었어요."

자그만 차 안을 채우는 에바의 슬픔이 너무나 분명해 조너스는 손으로 만질 수 있을 것 같다. 마음속에 위로의 말이 떠오르지만, 전부 공허하고 부적절하게 느껴진다. 에바의 얼굴에 눈물 한 줄기가 흐른다. 에바는 그것을 닦아버린다.

"미안해요." 조너스가 말한다. "몰랐어요. 묻지 않아서 미안해요."

"왜 **박사님만** 두 번째 기회를 얻어야 하죠? 무엇 때문에 박사님만 그렇게 특별해요?" 에바의 음성에서 조너스는 상상도 못 한 울분이 느껴진다. 결국 인간은 누구나 똑같은 한계, 똑같은 고통을 갖고 있다는 사실을 환기시킨다.

"나도 특별할 것 없다는 걸 알잖아요." 조너스는 조심스레, 진심을 담아 말한다. "어맨다를 생각하는 내 마음과 선생님이 남편을 생각하는 마음이 같다면, 내가 왜 이러는지 알 거예요."

"알아요. 물론 알죠."

"그런데요?"

그 질문에 대답이 나오지 않는다. 둘 사이에 침묵이 흐른다. 그다음 몇 분은 자동차 엔진 소리와 지나가는 차량 소리로 채워진다.

결국 조너스는 에바가 했던 말을 상기시킨다. "도와주겠다고 했잖아요."

"이게 돕는 거예요." 에바가 반박한다. "애도의 다섯 번째, 마지막 단계는 수용이죠. 부인은 돌아가셨어요. 박사님도 그걸 받아들여야 해요." 에바는 뜻을 분명히 전달하려고 다시 조너스를 보고 말한다. "우주의 흐름을 거스를 수는 없어요."

그 말은 진실로 조너스를 타격하고 쓰러뜨린다. 현실로. "난 안 믿어요." 조너스가 중얼거린다.

"믿을 수 없다는 건가요, 안 믿겠다는 건가요?"

"믿을 수 없어요." 조너스는 고해성사를 해본 적 없지만, 회개하는 신자처럼 절실하게, 굳건히 말한다. "그 사람을 그냥 보낼 수 없어요. 무한한 수의 세상 중에서 어맨다와 함께할 수 있는 세상이 하나도 없다는 사실을…… 도저히 받아들일 수 없어요."

에바의 얼굴에 동정심이 스치는 것은 처음이 아니다. "하지만 받아들여야 해요."

"왜죠?" 조너스는 솔직히 이유를 알 수 없다.

"우주와 싸우는 거니까요."

"알아요." 조너스도 인정한다. "하지만 그게 어때서요?"

"그럼 우주도 맞서 싸우겠죠."

그 말을 증명하듯이 자동차 운전석 쪽이 갑자기 우그러들며 유리와 철판이 부서진다. 그 충격에 조너스는 지금과 크게 다르지 않은 스위스의 또 다른 도로를 떠올린다. 역사는 반복되는 경향이 있다고 했던가, 그 말에는 이유가 있을 것이다. 무한한 사건이 똑같은 방향으로 끝없이, 무한을 향해 반복된다면?

에바가 핸들을 움켜쥐고 차를 조종하려고 기를 쓴다. 운전석 쪽 창문에서 바람이 들이친다. 가장자리가 삐죽삐죽한 유리창의 구멍을 통해 충돌을 일으킨 것이 보인다. 작은 집채만 한 대형 트럭이 옆에서 달리고 있다.

조너스의 머릿속이 빙빙 돌며 이유를 찾는다. 기사의 음주운전이다. 아니면 졸음운전이다. 아니면 그저 부주의다. 하지만 그 모든 가능성이 박살 나고, 트럭은 자기 차선을 벗어나 피아트의 구겨진 옆면을 향해 돌진한다.

에바가 소리를 지른다. 그 소리에서 공포와 혼란이 모두 느껴진다. 두 사람 모두 한 번은 우연, 두 번은 그의라는 말을 의식하고 있다.

이것은 **공격**이다.

에바는 솜씨 좋게 도로에서 벗어나지 않고 차를 몬다. 가속기를 밟아 피아트의 작은 엔진에서 뽑아낼 수 있는 속력을 최대한 낸다. 두 사람은 본능적으로 같은 생각 중이다. 또 한 차례 충돌이 일어나면 둘 다 살아남지 못한다. 유일한 길은 고가도로에서 벗어나 달아날 공간이 많은 지면으로 내려가는 것이다.

트럭이 뒤로 처지고 다음 공격을 준비하는데, 조너스가 운전기사를 본다. 놀랍게도, 불가사의하게도, 조너스가 아는 사람이다. 기사의 얼굴을 잊을 수 없다. 죽은 사람의 것이다.

그는 메이컨이다.

조너스에게 처음 든 생각은 환각이 아닐까 하는 것이다. 메이컨이 그곳―그 시각, 그 장소에서 악의를 갖고 행동한다니, 아드레날린에 의해 생긴 신기루가 분명하다. 하지만 조너스가 눈을 믿지 못하는 사이, 기사의 눈에는 파충류처럼 차가운 빛이 서린다. 이 우주의 메이컨이 누구든, 어떤 이유에서든, 조너스를 죽이려는 의도가 분명하다.

조너스가 지켜보는 사이, 메이컨은 피아트를 목표로 삼으며 얼굴을 악랄하게 일그러뜨린다. 메이컨의 손목에 감긴 청회색 팔찌가 보이는 순간, 트럭이 에바의 차를 다시 들이받는다. 시속 100킬로미터로 달리며 벌이는 다윗과 골리앗의 전투다. 하지만 이번 다윗에게는 새총이 없다.

에바가 비명을 지른다. 아니, 트럭이 피아트를 가드레일에 들이박을 때 금속이 구겨지는 소리일지도 모른다. 자이덴스트라세가 레만 호수로 접어들기 시작하는 지점에서, 금속이 울부짖는다. 트럭이 한 번 더 뒤로 처지더니 다시 들이받는다. 가드레일이 우그러지고 피아트가 붕 떠오른다.

본능과 슬픈 경험 덕분에 조너스는 움직인다. 안전띠를 풀고 에바를 끌어안는다. 그는 어맨다와 겪은 사고를 머릿속에서 백만 번 되돌렸고 그때마다 바람대로 어맨다를 끌어안았다. 오늘 밤, 조너스는 아내를 안고 싶었던 것처럼 에바를 끌어안고 그것이 생사를 가르기를 바란다.

조너스는 눈을 감는다. 경험으로 그다음에 벌어질 일을 알고 있다. 충격. 극심하고 갑작스러운 충격. 세상이 끝나는 소리. 구약성서의 한 장면에 어울리는 가혹하고 혼란스러운 충격이 일어날 것이다.

피아트가 콘크리트를 들이받는다. **아니, 콘크리트가 아니다.** 레만 호수의 물이다. 차는 곧바로 새카만 물속으로 가라앉는다. 엉망이 된 운전석 쪽으로 물이 쏟아져 들어온다. 물이 주먹처럼 에바를 두드린다. 그리고 물이 쏟아져 들어올 때마다, 차는 더 **빠르게** 가라앉는다.

조너스가 본능적으로 안전띠를 푼 것은 작은 기적이다. 그들이 여기서 살아남는다면 그것 덕분일 것이다. 조너스는 숨을 참고 에바의 안전띠를 풀려고 하지만 물 때문에 살갗과 금속이 모두 얼음처럼 미끄러워 버튼을 찾기 어렵다. 에바는 충격과 공포에 눈을 휘둥그레 뜨고 숨을 쉬려는 원초적 본능에 입을 다물지 못한다. 입에서 작은 이산화탄소 방울이 새어 나온다. 그 방울들이 입술에서 우아하게 떠오른다. 에바가 마지막으로 보는 것이……

조너스는 손에 힘이 들어가는 것을 느낀다. 안전띠가 말을 듣는 것을 느끼자 심장이 세차게 뛴다. 에바가 풀려난다. 조너스는 안도하지만, 에바의 허리에서 붉은 구름이 솟는 것이 보인다. 폐가 타는 듯하다. 당황해 어쩔 줄 몰라 하며 내려다보니 운전석 문에서 튀어나온 금속 조각이 에바의 복부를 찌르고 있다.

조너스의 몸이 차갑게 식는다. 어맨다가 이렇게 죽지는 않았지만, 그것만으로도 그의 영혼은 괴롭다. 에바가 처한 긴급한 상황 탓인지, 산소 부족 탓인지, 조너스는 의식적인 사고를 잃어버린다. 그의 머릿속에 떠오르는 것은 에바를 데리고 탈출해야 한다는 것뿐이다. 너무나 다급하다.

그다음 몇 초는 흐릿하다. 나일론 안전띠에서 에바를 풀어낸다. 뾰족한 쇳조각에서 끌어낸다. 탁한 호숫물이 붉게 변한다. 문이 열리지 않자, 레만 호수의 물 무게를 이길 수 없다는 것을 깨닫는다. 조너스는 부서진 창문으로 빠져나간 뒤 에바를 끌어낸다. 삐죽삐죽한 유리가 달려드는 이빨처럼 찰과상을 낸다.

몇 초 뒤, 조너스는 에바를 품에 안고 수면 위로 솟아오른다. 기적이다. 물가로 겨우 나간다. 땅은 딱딱하고 불편하며 몹시 차갑지만, 선물처럼 반갑다. 에바를 눕히고 심폐소생술을 시도하려고 한다. 고등학교 수업과 숱한 영화에서 배운 것뿐이지만.

조너스는 에바의 가슴을 누르고 폐에 숨을 불어넣기를 반복한다. 에바의 입술에서 입을 떼어낼 때 구리 맛이 난다. 내출혈이 있다는 뜻이다. 에바를 놓칠 것 같다. 다시 몸을 숙이고, 손바닥으로 에바의 흉골을 누른다. "제발." 그가 중얼거린다. "제발……."

조너스가 에바의 얼굴로 다가가 한 손으로 코를 잡고 다른 손으로 입을 벌린 뒤 숨을 불어넣으려는데 에바가 기침한다. 입에서 피가 섞인 물이 쏟아져 나오는 동시에 에바는 눈을 번쩍 뜬다. 혼란스럽고 두렵고 당황한 표정이다.

조너스의 머릿속에 트럭에 앉은 메이컨의 모습이 떠오른다. '그자가 뭘 하는 거지? 왜?' 우연일 리 없다. "마, 말하지 말아요, 에바. 숨만 쉬어요. 숨만."

에바가 그 말에 따르는 동안, 조너스는 복부를 살핀다. 흉골 아래 상처가 번들거리며, 놀란 심장이 뛸 때마다 피를 뿜는다. 조너스의 손이 출혈을 막아보지만, 손가락 사이로 에바의 뜨거운 피가 흘러나간다.

"조너스." 에바가 힘겹게 말한다. "추워요."

조너스가 셔츠를 벗어 붕대를 만들려고 찢는데 사이렌 소리가 들린다. 점점 커진다. 가까워진다. 남은 셔츠로 에바의 상처를 감싸지만, 천은 금세 피에 젖어버린다.

"가요." 에바가 말한다.

"당신을 두고 가지 않을 거예요." 조너스에게 확실한 것이 있다면 그것이다.

"**나는** 가요." 에바가 중얼거린다.

"병원에 갈 거예요."

"너무 늦은 것 같아요." 에바가 몸을 떤다. 비자발적인 경련이다. 곧 잠들 것 같다. 사이렌이 멀리서 메아리친다. "당신은 체포돼선 안 돼요." 에바가 말한다.

"날 체포하지 않을 거예요."

"**할 수도 있죠.**" 에바가 가쁜 숨을 들이쉰다. "사고 현장에 있었 잖아요. 그리고 만약 구속되면…… 사슬을 빼앗길 거예요." 에바는 이를 악물고 피할 수 없는 결론을 내린다. "**당신은 가야 해요.**"

에바가 겨우 말을 맺는데 모든 것이 붉은 불빛에 잠긴다.

"Geh runter!(엎드려!)" 독일어가 들린다. "Geh weg von ihr!(여 자에게서 떨어져!)"

그다음에는 발소리가 들린다. ㄱ드레일을 뛰어넘는 소리다. 장 비를 펼치고 총을 꺼내는 소리.

"슬퍼하지 말아요." 에바가 말한다. 만족한 표정이다. "괜찮아요. 내가 살아있는 다른 현실도 있을 거예요."

조너스는 울컥한다. 슬픔. 하지만 죄책감도 있다. 메이컨이 **그를** 잡으러 온 것임을 알기에. 에바는 조너스가 나타났기 때문에 죽는 것이다. "고마워요." 조너스가 눈물을 삼키며 말한다. "모두 다."

하지만 에바는 떠났다. 한마디도 듣지 못한 것은 아닐까. 슬픔이 파도처럼 조너스를 덮친다. 어맨다가 떠났을 때처럼 심장이 터질 것 같지는 않았지만, 그래도 깊은 슬픔이었다.

"Geh runter! Geh runter!(엎드려! 엎드려!)"

스위스 경찰이 그를 포위한다. 총을 겨누고 있다. 목소리가 높아 진다. 에바의 말이 옳았다. 이곳은 이제 범죄 현장이고, 모두가 용 의자다. 조너스는 이곳 현실의 경찰이 특히 과잉 대응할 가능성을 고려한다.

"Beweg dich nicht!(꼼짝 마!)"

조너스는 그 말에 반응하지 않는다. 에바에게서 등을 돌리지 않는다. 생각 중이다. 불가능한 선택이 주어졌다. 에바의 말이 옳았다. 구속되면 사슬을 압수당할 수 있다. 운 좋게 사슬을 내놓지 않도록 경찰을 설득하거나 현실 이동 전에 되찾을 가능성은 몹시 낮다. 하지만 이 우주를 떠난다면 티볼트와, 어맨다가 아직 살아있는 현실을 찾아주겠다는 티볼트의 약속을 버리고 떠나는 것이다.

"Beweg dich nicht!(꼼짝 마!)" 경찰이 용의자 대하듯 외친다. 조너스는 경찰에 구속됐을 때 사슬을 갖고 있게 될 확률과 티볼트의 도움 없이 어맨다의 위치를 찾아낼 확률을 비교한다.

그는 천천히 손가락에서 반지를 빼낸다.

이번에는 당황하지 않는다. 이번에는 심장이 터질 것 같지도 않다. 이번에는 숨이 막히지도 않는다. 이번에도, 경찰이 달려들며 외국어로 외쳐대지만 이번에 그는 침착하다. 눈을 크게 뜨고 앞을 또렷이 본다.

기적을 지켜볼 방법은 그뿐이다.

그 광경을 달리 어떻게 설명할까? 역사상 그 누구도 본 적 없는 광경을? 우주가 펼쳐지는 광경을. 다중우주를 가로지르는 움직임은 연못 위로 튀는 돌멩이나 새로운 방송국이 들어왔다 나가는 라디오 주파수 맞추기 같다.

그가 인지하는 것 중 가장 의외인 점은 꼼짝 않고 서있다는 사실이다. 대신 주위의 세상, **여러 세상**이 변하고 있다. 조너스는 석상처럼 서있는데 주위가 변하고 바뀐다. 놀랍게도, 또렷하게 느껴지는 심박이 꾸준히 기계적으로 뛰는 것이다. 한 번 두근거릴 때마다 주위 세상이 변한다.

두근. 스위스 경찰이 사라지고 레만 호수 표면에 에메랄드 불빛이 타오른다.

두근. 주위에 포탄이 떨어진다. 폭발이 일어나며 무시무시하게 흙이 튄다.

두근. 누가 스위치를 누른 것처럼, 폭격이 순식간에 끝나버린다. 이전의 빗발치던 폭격과 현재가 무관하다는 것을 알면서도, 스와스티카로 가득한 먼 하늘의 광경에 조너스의 피가 얼어붙는다.

두근. 레만 호수가 갑자기 사라지고, 조너스는 미래적이지만 1960년대 미학을 지닌 기이한 자동차들이 이십차선 고속도로를 총알처럼 달리는 가운데 서있다. 차들은 저마다 조너스를 가까스로 비켜나지만, 점점 다가온다.

조너스는 한 걸음만 잘못 디뎠다가는 달려오는 차에 부딪힐까 두려워 어쩔 줄 모른다. 하지만 곧, 다가오는 차 바로 앞에 있다는 사실을 동물적인 본능으로 깨닫는다. 그는 어깨 너머를 한 번 돌아보고 이 사실을 확인한다. 차 한 대가 그를 향해 돌진하지만 조너스는 두려움에 꼼짝할 수 없다.

마음속 어딘가에서 명령을 외친다. 조너스는 그것이 무엇인지 파헤치지만, 생각이 잡힐 듯 잡히지 않는다. 다행히 떠오른 생각이 고집스레 떠나지 않는다. 들어달라고 울어대는 갓난아기 같다. 오른손에 쥔 금속, 엄지와 검지 사이에 낀 금속을 느끼라고 고함친다.

사슬을.

맨해튼 파크애비뉴 432번지의 고층 건물은 건설 당시 서반구에서 가장 높은 주거용 건물이자, 미국에서 다섯 번째, 세계에서 스물여덟 번째로 높은 건물이었다.

옥상으로 승강기를 타고 올라가면서, 어맨다는 조너스에게 이 통계를 알려줬다. '이 건물 높이는 425미터래. 125채의 아파트가 있고, 주민용 식당도 있대.' 어맨다는 건물에 관련된 다양한 일화와 인상적인 사항을 모두 기억해서 읊고 있었다. 건물의 모든 면모가 어맨다에게는 중요했고, 조너스는 그런 열정에 매료되었다.

옥상에 나서자 조너스의 얼굴에 바람이 닿았다. 화가인 것치고 어맨다는 사람 눈을 가리는 데 굉장히 능숙했다. 빛은 보이지 않았고, 시야 가장자리로 그림자도 구분할 수 없었지만, 조너스는 어맨다의 손이 이끄는 대로 옥상 가운데로 걸어갔다.

정확히 세 번째 만남이었다. 하지만 그들은 이미 일곱 차례 사랑을 나눴고 전화와 영상통화, 문자메시지로 셀 수 없는 시간을 함께했다. 그들은 이미 수족처럼 뗄 수 없는 사이가 됐다. 사랑한다는 말을 하고 싶은 충동을 견딜 수 없는 때가 있었지만, 마음 한구석에서 참으라고 애원했다. '너무 일러.' 그 음성이 경고했다. 아무리 한마음이고 아무리 서로 끌린다 해도, 조너스는 어맨다도 자신과 똑같은 감정일 것이라고 넘겨짚을 수 없었다. '어리석은 짓이야.' 차근차근해야 했다. 어쩔 줄 모르고 두근거리는 심장과, 어맨다와 떨어져서 보내는 순간마다 차오르는 그리움 말고는, 급할 것 없었다.

"있잖아." 조너스는 옥상 가운데로 걸어가며 짐짓 진지하게 말했다. "나는 롱아일랜드에서 자랐어. 대학 입학한 뒤로는 맨해튼에서 자랐고. 이 도시를 수천 번은 더 봤을 거야." 조너스는 마음속으로 옥상 어디까지 걸어왔을까 계산해 봤다. 끄트머리에 다가왔을 터라, 조너스는 살짝 당황스러웠다.

그다음, 어맨다가 조너스의 어깨를 잡아 안내하면서 계단을 오르도록 했다. 한 계단 더 위로. 또 한 계단 더 위로. 조너스는 바닥이 살짝 흔들리는 것을 느끼고 사다리를 오르는 것이라 짐작했다. 사다리가 흔들리면서 어맨다가 꼭 잡아주었지만 불안해졌다. 그의 무게를 버티기에는 사다리가 약하게 느껴졌다.

"나처럼 본 적은 없잖아." 어맨다가 말했다.

그리고 눈가리개를 벗겼다.

조너스는 옥상 난간 모서리에 서있었다. 조너스는 본능적으로 놀라 몸이 떨리는 것을 느꼈지만, 어맨다가 그를 꼭 잡고 있었다. 현기증이 멈추자, 마음이 차분히 가라앉으며 아름다움이 느껴졌다. 아드레날린의 효과로 조너스는 움찔거리고 살짝 휘청거렸다. 하지만 어맨다의 손길은 부드러우면서도 단단한 생명줄이 되어주었다.

조너스는 눈을 휘둥그레 뜨고서, 하늘을 나는 비둘기와 같은 지점에서 맨해튼을 봤다. 파랗고 흰 하늘 아래 땅에서 솟아 나온 유리와 강철, 회색과 은빛의 기둥과 축이 끝 간 데 없이 펼쳐진 지평선. 조너스는 어맨다의 그림 **속**에 서있는 느낌이었다.

"어떻게 날 여기까지 데려온 거지?" 조너스는 답을 이미 알면서 속삭였다.

"당신이 날 믿으니까."

조너스는 살짝 아래를 봤다. 아래 펼쳐진 콘크리트 협곡에 현기증이 되돌아왔다. "사람들이 내 묘비에 이렇게 쓸 거야. '그는 그녀를 믿었다.' 바닥에 떨어진 날 떼어낸 **다음에.**" 농담 같지만, 아니었다. 두려웠지만, 아니었다. 그는 기이하게 뒤섞인 경이와 공포에 맞서, 우스갯소리로 피신하는 것뿐이었다. 그것은 사랑에 빠질 때의 감정과 아주 닮았다고 조너스는 나중에 생각하곤 했다.

"내려가고 싶어?"

조너스가 씩 웃었다. "나중에. 안전하게. **천천히.**"

"뭐, **당신이** 마법 같다고 느끼는 걸 보여줬잖아. 나도 보여줘야 공평하지."

조너스는 검지를 들어 보였다. "잊지 마. 천체투영관에서 죽은 사람은 없다고."

"꼭 그렇진 않을걸." 어맨다는 한 손으로 조너스를 붙잡고 다른 손으로 턱을 살짝 밀어 하늘을 보게 했다. "봐." 어맨다의 목소리에 경이가 가득했다. "자동차마다. 창문마다. 골목마다 생명으로 가득해. 헤이든에서 본 별처럼 무수해. 저녁 하늘의 별처럼." 어맨다는 랍비나 목사처럼 숭배하는 목소리로 말했다. "하지만 **여기** 별에는 누군가의 희망과 꿈이 담겨있어. 저마다, 각각의 작은 우주야."

조너스가 밖을 내다봤다. 자신을 붙잡은 작은 손 하나가 죽음을 막아주는 전부라는 현실에 시야가 더욱 명징해졌다. 그 자리에서 본 도시는 다채로운 색과 직각과 수직선이 이룬 미궁이었다. 어맨다가 보듯이 바라보자, 경이로웠다.

"저걸 캔버스에 그려내려고 해." 어맨다가 겸허하게 말했다. "저 모습이 아니고. 저 **느낌**. 생명력. 사람들. 그 사람들의 꿈들. 저 **우주들.**" 어맨다도 그 순간 조너스와 같이 숨을 몰아쉬었다. 그들 앞에 펼쳐진 장엄한 광경에 겸허해진 마음이었다. "아직 성공한 적이 없어. 한 번도. 아직은. 하지만 언젠가. 언젠가는……."

"당신 작품을 봤어." 조너스가 말했다. "성공한 것 같아."

"다정하네. 하지만 저…… **모든 걸** 포착한 그림은 그리지 못했어." 어맨다는 문득 깨달음에 말을 멈췄다. "이렇게 많은 사람들 중에서 당신이 날 찾았어." 어맨다가 한숨을 내쉬었다. 그 목소리에서 느껴지는 경외심은 조너스의 감정과 같았다.

조너스가 돌아서고, 둘의 눈이 마주쳤다. **"언제나** 당신을 찾을 거야." 조너스가 말했다. "아무리 많은 사람 속에서도. 그 어떤 **생**에라도." 약속이 맹세처럼 느껴졌다.

조너스에게 닿은 어맨다의 심장박동이 느껴졌다. 둘은 끌어안고 서로의 입술을 찾았다. 그곳의 높이와 불안한 사다리는 잊었다. 그들은 500미터 높이의 공중에 있었다. 어맨다는 조너스를 붙잡지 않았다. 그들은 서로를 안고 있었다.

"사랑해." 조너스는 그 말이 부담스러울지, 너무 이른지 신경 쓰지 않았다. 그것이 진실이었고, 언제나 진실이리라 믿었다. "너무 사랑해."

"내가 더 사랑해." 어맨다가 환히 웃었다.

둘은 다시 키스했다. 그들이 하늘을 나는 동안, 발아래 도시는 밝게 빛났다.

맨해튼의 동맥은 자동차와 트럭으로 막혀있다. 관광객과 공용 자전거를 탄 금융업계 전사들이 자전거용 차선을—헬멧도 쓰지 않고—지나간다. 공사장 망치 소리가 울려 퍼진다. 숱한 구멍에서 증기가 쏟아져 나온다. 도시 3분의 1을 비계가 채우고 있다.

빅터는 그 어디에도 관심을 주지 않는다. 그는 뉴욕시의 광경과 냄새와 소리에 굴복하기 위해서가 아니라 머리를 식히려고 걷는다. 휴대전화로 통화 중인 헤지펀드 매니저들과 흰 운동화에 바지 정장을 입은 여자들이 그의 진로를 막는다. 세계 수도의 인간 군상이다.

모퉁이를 돌아 집에 다가가는데, 페드라가 보인다. 단아한 블라우스와 스커트 차림으로 건물 앞에 서서 화난 표정을 짓고 있다. 처음 만난 그날처럼 여전히 아름답다. "경비원에게 날 올려 보내지 말라고 했어?" 페드라가 따진다.

"이제 여기 안 살잖아." 빅터는 분노를 누르며 대답한다. 아무렇지 않은 척 어깨를 으쓱이지만, 연기에서 그다지 성의가 느껴지지 않는다.

"도러시 스탠튼이 전화했어. 당신이 걱정된다고."

"걱정된다면 날 자르지 말았어야지." 빅터가 받아친다.

"**정직** 처분이잖아." 페드라가 정정한다. "당신 건강이 걱정되니까."

"그렇다면 당신의 걱정도 고마워해야겠군?" 빅터는 반감을 감출 시도조차 하지 않는다.

빅터가 기분이 나빠지면 어떤지 잘 아는 페드라는 미끼를 물지 않는다. "당신이 우리 집을 조너스 컬런에 대한 집착 기념관으로 바꿔놓았다고 도러시가 알려줬어."

"이제 '우리' 집도 아니잖아. 그리고 난 집착하지 않아." 그 말이 거짓임은 둘 다 알고 있다.

"정말? 그럼 우리 결혼이 왜 망했는데?" 그 질문에 이어지는 침묵에는 회한과 둘의 역사가 담겨있다.

결국 빅터가 말한다. "페드라, 우리 결혼이 왜 망했는지 나는 몰라. 당신이라면 그 죽음이 양자 얽힘의 사례라고 할 수도 있겠군. 원인과 결과가 동시에 존재하는 것."

빅터의 예전 학생이자 실험물리학자인 페드라는 그 비유를 이해한다. 동의하지는 않는다 해도. "당신은 복수를 위해 우리 결혼을 이용했어. 내가 지지해 주지 않았다면……."

"지지 안 했잖아." 빅터가 내뱉는다.

"당신을 **이해**할 수 없었으니까. 남을 왜 그렇게 시기하는지 이해할 수 없었어. 자기 **친구**였던 사람을. 왜 그 사람을 해고했는지, 왜 논문을 발표하지 못하게 했는지 이해할 수 없었어."

"내 연구를 훔쳐 갔으니까." 간단한 답변이다.

"당신 연구를 발전시킨 거지." 페드라가 정정한다. "타인의 업적을 발전시키는 게, 모든 인간의 업적은 아니라고 한다 쳐도, 과학 연구의 핵심 아니야?"

빅터는 지친 표정으로 한숨을 푹 내쉰다. 똑같은 말다툼이 몇 번째인가? "그 자식은 내게 **묻지도** 않고 내 연구를 기초로 자기 연구를 했어." 빅터는 언성을 높이지 않은 것이 놀랍다.

"그런데 그것 **한 번** 잘못한 걸 용서할 수 없었어?" 페드라가 묻는다. "가장 친한 친구였는데."

"바로 그것 때문이지."

페드라는 믿을 수 없다는 표정으로 빅터를 노려본다.

"나도 학계에 있을 만큼 있었고, 동료와 경쟁자에게 칼침을 놓는 것도 많이 봤어." 빅터가 설명한다. "하지만 친구에게 배신당하는 건······." 그는 지긋지긋하다는 듯 고개를 젓는다. "내가 그걸······ 긍정적으로 대처하지 못한 건 인정해. 그건 후회하고." 진심으로 참회하는 듯하다. "하지만 배신이 너무 괴로웠어."

페드라는 그 말을 이해하려고 노력한다. 빅터는 아주 잠시, 자기 말이 타당하고 공감을 사서 페드라와의 사이를 다시 시작할 수 있을까 희망을 갖는다. 그의 유일한 잘못은 페드라에게 자신의 마음을, 그렇게 괴로워하며 비난한 이유를 더 일찍 알려주지 못한 것이었다.

"유감이야." 페드라는 빅터의 바람대로 말한다. 진심으로 사과하는 것 같다. "당신이 이해하지 못해서 유감이다."

빅터는 우려를 느낀다. "뭘 이해하지 못한다는 거야?"

"아무도 당신을 배신하지 않았다는 거." 페드라는 한숨 쉬듯 그 생각을 중얼거린다. "조너스는 함께 연구하자고 당신을 **초대했고**, 당신은 꺼지라고 했어."

빅터의 적개심은 이제 완전히 타당해진다. "내 연구에 함께하자고 초대했다고. 그래. 참 친절하기도 하다. 내가 그렇게 착각하다니 믿을 수가 없군." 내뱉는 한마디 한마디에서 냉소가 뚝뚝 떨어진다.

"상담을 받아, 빅터." 페드라가 체념하는 표정으로 말한다. "대학에 실력 좋은 사람들이……."

"고마워." 빅터가 으르렁거리듯 말한다. "염려 고맙군."

그는 휙 돌아서서 **그들의** 아파트였던 곳으로 향한다. 페드라는 분개와 독설을 남기고 걸어가는 그의 뒷모습을 지켜본다.

그것이 페드라가 보는 빅터의 마지막 모습이다.

조너스가 눈을 뜨고 처음 깨닫는 것은 죽지 않았다는 사실이다. 고속도로는 사라지고, 에바의 현실에서 떠날 때 본 물가가 있다. 지평선이 보인다. 아직 제네바지만, 화가가 붓으로 지운 것처럼 일본 건축양식은 사라졌다. 건축가와 정원사가 동시에 작업해서 지은 것처럼, 도시와 자연이 완벽하게 조화를 이루는 곳이다.

고작 몇 초 만에 조너스는 완전히 새로운 세상에 대한 경이를 떨쳐낸다. 그에게는 단 하나의 목표뿐이다. 무작위로 도착한 현실은, 어맨다가 그곳에 아직 살아있을 가능성이 희박하게나마 존재할 때만 흥미로운 곳이 된다.

조너스는 자이덴스트라세, 혹은 이 새로운 세계에서 뭐라고 부르는지 몰라도, 그 도로로 이어지는 비탈을 오른다. 고향 우주와 방금 떠나온 곳에서 그랬듯이 자동차와 트럭이 빠르게 지나간다. 조너스는 점점 추워지는 날씨에 찢어진 셔츠를 여미고 갓길을 따라 걸으며 빈손의 엄지를 들어 지나가는 차량을 세워본다. 문득 이런 생각이 든다. 이 세계에서도 엄지를 내미는 게 히치하이킹을 원하는 신호일까?

그렇다. 차 한 대가 서며 부드러운 전기 엔진음을 낸다. 갈매기 날개 같은 문이 올라가고, 차에 올라타던 조너스는 차체 뒤쪽이 좁아지며 바퀴가 하나임을 확인한다.

이십대 여성인 운전자는 영어를 못하지만 조너스는 프랑스어로 목적지, 에바가 사는 제네바 외곽 지역을 전달할 수 있다. 아니, 다른 우주에서 에바가 살았던 곳 말이다. 자동차—'삼륜차'라고 한다—는 에바의 아파트가 있던 자리에서 다섯 블록 떨어진 곳에 그를 내려준다. 조너스는 나머지 거리를 걸어서 간다. 도착해 보니, 다른 우주에서 에바의 아파트 양쪽에 서 있던 고층 건물 두 채는 여전히 있다. 하지만 그 사이에는 공터뿐이다. 그 땅은 공공 정원으로 할당되어 있다.

∞

조너스는 걷는다. 히치하이킹을 할 의미가 없다. 히치하이킹은 목적지가 있는 사람을 위한 것이다. 하지만 그는 갈 곳이 없다. 제네바뿐 아니라—조너스도 주민 못지않게 그곳을 잘 안다—그 우주 전체에 갈 곳이 없다. 조너스는 무의식적으로 동쪽으로 걷다가 가장 가까운 대학교, 제네바 대학교 쪽으로 가고 있다는 사실을 깨닫는다.

조너스는 노숙자처럼 대학 도서관 난방 환기구 위에서 잔다. 사실, 문자 그대로 그는 노숙자다. 자기 고향 우주에서 서너 개의 우주를 건너온 조너스는 그 누구보다 갈 곳 없는 사람이다.

결국 아침 햇살이 그를 비추며 깨운다. 조너스가 세 시간 동안 캠퍼스를 돌고 나니 도서관이 문을 연다.

조너스는 안으로 들어가 공용 컴퓨터를 찾는다. 옷을 입은 채로 잔 행색의 남자가 들어서자 호기심 어린 눈으로 쳐다보는 사람들이 많지만, 조너스는 무시하고 작업을 시작한다. 그는 구글 페이지를 열려고 하지만, 404 코드가 http://google.com은 존재하지 않는다고 알린다. 이 말에 조너스는 웃음이 나온다. 구글 없는 현실을 상상이나 할 수 있을까? 결국 그곳 현실이 선호하는 검색엔진을 찾았다. 그 우주에서는 애플사가 인터넷 검색까지 담당하는 모양이다.

조너스는 우선 에바의 이름을 검색한다. 결과가 없다. 앙리 티볼트가 다음이다. 화면에 다양한 결과가 넘치자, 조너스의 마음에 희망이 차오른다. 검색된 정보를 훑어본다. 초등학교 교사. 과학 페스티벌. 팬픽션. 만화책 수집. 자녀 둘. 조너스의 마음이 어두워진다. 이 현실 속에서 티볼트의 인생은 매우 다른 방향으로 나아갔다.

조너스는 자기 이름을 검색한다. 그의 삶을 요약해서 보여주는 웹사이트가 나온다. 상세한 내용은 부족하지만, 중요한 부분은 고무적이다. 물리학 박사학위, 양자역학 박사학위, 양자장이론 박사학위, 컬럼비아 대학교 교수. 적어도 2년 전까지는 그랬다. 그리고 내용은 끝난다. 조너스는 컬럼비아 대학교 경력을 클릭하며 불길한 느낌을 받는다. 내용을 읽자, 예감이 옳았음이 확인된다.

그는 2년 전 사망했다.

조너스는 좀 더 다급한 마음으로 검색을 계속해서 자신의 부고를 찾는다. 어울리지 않는 반응이지만, 사인(死因)을 보자 기운이 난다. 그 내용을 본 조너스는 참고 있는 줄도 몰랐던 숨을 가쁘게 내쉰다.

도서관 이용자가 그를 의심쩍은, 불편한 눈초리로 흘끔거리는 것도 처음이 아니다. 조너스는 상관하지 않는다. 같은 말을 자꾸 반복해서 읽을 뿐이다.

유족으로는 부인 어맨다가 있다.

지난 2년간 느끼지 못했던 가벼운 마음이 든다. 머릿속이 멍해지며 안도와 기쁨에 기절할 것 같다.

'살아있다. 어맨다는 여기 있고, 살아있어.'

가능성의 문제가 아니다. 불가능한 일이다. 해변에서 모래알 한 알을 찾는 것처럼. 하지만……

우주가 은혜를 베푼 것일지도 모른다. 그의 계산이 생각만큼 빗나간 것이 아닐지도 모른다. 지야드가 있는 우주에 도착한 것이 양자적 실수, 특이점일지도 모른다. 현실 이동이 그가 의도한 그대로 이루어진 것일지도 모른다. 조너스는 다시 화면을 확인한다. '유족으로는 부인 어맨다가 있다.' 아무리 여러 번 읽어도 그 내용은 변하지 않는다. 놀랍게도 그는 자동차 사고로 어맨다 대신 그 자신이 죽는 유일한 현실에 도착한 것이다. 그런 현실은 단 하나라고 티볼트가 장담했는데도.

숨 가쁘게 검색해 보니 어맨다는 맨해튼의 아파트에서 여전히 살고 있다. 같은 아파트에. 상상을 초월하는 일이다.

조너스의 머릿속이 빙빙 돈다. 가장 먼저 든 생각은 어맨다에게 전화를 걸어 목소리를 듣고, 자신이 살아있으며 만나서 모든 내용을 설명하겠다고 알리고 싶다는 것이다. 하지만 곧 마음을 바꾼다.

어맨다를 놀라게 하고 싶지 않다. 당자의 전화? 아니 될 일이다. 어맨다는 사기라고 생각할 것이다. 직접 만나는 편이 낫다. 불현듯, 급할 것 없다는 생각이 든다. 갑자기 그에게—그들에게—시간이 얼마든지 생겨났다.

조너스는 어지럽다. 행복해서만은 아니다. 과호흡이 일어난다. 조너스는 진정하려고 노력하며 호흡을 늦춘다. **시간은 얼마든지 있다.** 가장 중요한 것은 어맨다를 찾았다는 사실이다.

조너스는 책상을 꽉 쥐고 찬찬히 심호흡한다. 어맨다를 만나러 가야 한다. 돈도, 여권도, 신분증 하나 없이 지구 반 바퀴를 돌아가야 한다. 전화하는 편이 쉽겠다는 생각이 다시 든다. 어맨다가 오면 되니까. 그 편이 쉽지 않을까? 하지만 새로운 생각이 퍼뜩 치고 든다. 얼마나 간단한 해답인지, 눈살을 찡그리며 입력한다.

도난당한 신용카드 복구

∞

대학교에서 제네바 공항까지 차를 얻어 타고 가는 데 90분도 안 걸린다. 줄줄이 나타나는 에스컬레이터를 타고 올라가면 오메가와 랄프 로렌 사이에 아메리칸익스프레스(Amex) 사무소가 있다. 카운터 뒤 아멕스 직원은 스물일곱이 넘지 않아 보이는 명랑한 여성이다. 조너스는 다행이라고 생각한다. 나이가 들면 의심이 많아지는데, 조너스의 계획이 성공하려면 남을 잘 믿는 사람이어야 하니까.

조너스는 소매치기를 당해 미국 여권과 신용카드, 운전면허증,

현금이 든 여행 지갑을 잃어버린 슬픈 이야기를 준비한 대로 전한다. "너무 바보 같죠." 그는 어깨를 으쓱이며 자신을 나무란다. "하지만 스위스는 세계에서 가장 안전한 나라로 유명하지 않습니까."

젊은 여성은 동정한다. "이런 일은 언제나 일어나죠." 여자가 조너스를 안심시킨다. "생각보다 자주 있어요." 여자는 아주 긴 보안 관련 질문이 적힌 문서를 내민다. 조너스는 모두 답변하며 기억하는 사항(사회보장번호, 맨해튼 주소, 어머니의 결혼 전 성, 첫 자동차의 브랜드 등)이 이 현실에서도 그대로이기를 바란다. 그래야 이 계획이 성공한다. 신청서를 작성하는 동안 조너스는 직원과 잡담을 나누면서 호감을 사려고 한다. 사적인 연결고리가 생겨야 필요할 때 이용할 수 있기 때문이다.

작성한 신청서를 받은 직원은 안쪽으로 사라지더니 영원처럼 느껴지는 시간 동안 나오지 않는다. 조너스는 그사이에 계획이 통하지 않으면 어떻게 할지 궁리한다. 죽은 사람의 신분과 재정을 되살려 내다니, 흥미로운 도전이라고 생각한다. 하지만 그가 아메리칸 익스프레스사에 사기를 치고 사망자의 신분을 훔치려는 것처럼 보인다면, 재빨리 달아나야 한다.

다시 등장한 직원의 표정이 굳어있다. 조너스는 가슴이 철렁한다. 새로운 염려가 떠오른다. 그가 사기를 치려는 것으로 의심한다면? 경찰에 신고했다면? 조너스는 구속될 수도 없고, 이 우주를 떠날 수도 없다. 이곳에 도착한 것은 우주 차원의 복권 당첨이나 다름없다. 두 번 반복할 수 없는 일이다. 떠날 수도 없고, 떠나야 하는 상황을 만들 수도 없는 노릇이다.

조너스는 그저 운이 나쁜 날을 겪는 착한 사람임을 확신시키려고 상냥한 미소를 지어 보이고, 슬쩍 뒤를 돌아 재빨리 달아나야 할 경우에 대비해 아멕스 사무소의 문이 열려있는지 확인한다. 문제가 있는지 묻고 싶은 마음을 꾹 누른다. '그런 가능성을 인정하지 마.' 조너스가 자신을 다그친다. '아무것도 아닐 수도 있어. 네 불안일 뿐이야.'

하지만 그렇지 않다. 사실, 문제가 있다.

"컬런 씨, 계좌에 이상한 점이 있어요."

조너스는 애써 아무렇지도 않은 척 묻는다. "이상한 점이라뇨?"

"저희 기록에 따르면," 여자가 미안하다는 듯 말한다. "돌아가신 분이라는데요."

조너스는 그 전개가 뜻밖이라는 듯 활짝, 그러나 지나치지 않게 웃는다. "우습군요. 전 죽은 것 같지 않은데." 그가 잘라 말한다. '유머로 무장해제시켜.'

"정확한 지적이네요." 여자는 조너스가 겪는 일에 진심 동정하는 표정이다. "그런데 저희가 갖고 있는 사진과 일치하는 분이긴 한데, 계좌는 2년 전에 닫혔어요."

조너스는 그런 상황에 대비해 생각해 둔 것이 있었지만, 방금 알게 된 것처럼 말한다. "그것참, 이상하네요……. 정확히 언제였나, 한두 달 전에 《와이어드》지 기사에서 해커들이 그런 식으로 개인 정보를 바꾼다는 내용을 읽었는데. 그러니까, 사람을 죽은 걸로 만든다고요. 그러면 신분 도용이 더 쉽나 보죠." 조너스는 사이버 범죄를 잘 모르는 순진한 사람처럼 그렇게 말한다. 이제 그 직원과 앞서 형성한 연결고리를 이용할 차례다. "혹시 이 일을 의논할 매니저 같은 분이 있나요? 상황이 상황이니 말입니다."

직원은 알아보겠다고 하더니 안쪽으로 다시 사라진다. 그 직원이 전화하는 상대는 두 곳 중 하나일 것이다. 상사 혹은 공항 경찰. 조너스는 직원을 볼 수도, 몸짓이나 표정을 읽을 수도 없다. 그 자리에서 희망을 걸어야 할지, 냅다 달아나야 할지 알 수 없다. 조너스의 손이 포미카(가구 따위의 표면에 씌우는 가열 경화성 합성수지—옮긴이) 카운터에 땀자국을 남긴다.

조너스가 어깨 너머로 보니 두 명의 사복 경찰관이 사무소로 다가온다. 조너스는 침착하자고 다짐하지만, 주먹이 꽉 쥐어지고 다리는 후들거린다. 토하고 싶다.

"됐어요." 어디선가 잿빛 먹구름 사이로 서광이 비치듯 목소리가 들린다. 직원이 초록색 카드와 또 한 장의 서류, 펜을 가지고 카운터로 다가온다. "해결했어요. 여기, **살아계신** 모습을 직접 봐서 도움이 됐어요."

"그렇겠죠." 조너스는 안도감과 기쁨을 드러내지 않으려고 노력하지만, 결과는 우스꽝스럽다. 여자가 가지고 온 것들을 카운터에 내려놓으며 살짝 키득거린다. 초록색 카드는, 조너스의 바람대로 새 아메리칸익스프레스 카드다. 초록색과 흰색 바탕에 J-O-N-A-S-C-U-L-L-E-N이란 검정 글자가 눈에 띈다. 펜은 수령 확인증 서명에 쓸 것이다. 정해진 위치에 이름을 서명한다. 안도감이 밀려든다.

∞

새 아멕스 카드로 현금을 인출한 뒤, 조너스는 택시를 잡는다. 90분 뒤, 그는 스위스 미국 외교 공관 앞에서 줄을 서서 기다린다.

다행히 오래 기다리지 않아도 된다. 조너스를 담당한 공관 사무관은 머리가 희끗희끗한 오십대 남자인데 다정함이나 유머 감각은 전혀 보이지 않는다. 조너스가 아멕스 직원에게 발휘할 수 있었던 매력이 이 남자에게는 효과가 없다. 그럼에도 불구하고, 조너스는 준비한 말을 시작한다. "소매치기." "바보 같았죠." "스위스는 세계에서 가장 안전한 나라로 유명한데." 하지만 이번에는 "주머니에 따로 넣어둬서 다행이었어요"가 들어간다. 그리고 올림픽 금메달인 양 새로 받은 카드를 들어 보인다.

다시 한번 《와이어드》 기사와 사이버 살인을 저지르는 컴퓨터 해커 이야기를 꺼낸다. "네, 저도 읽은 것 같군요." 사무관의 말에 조너스는 자신이 지어낸 이야기가 아닐지도 모른다고 생각한다. 어쨌든 사진을 새로 찍고 세 시간 기다린 뒤, 조너스는 미국 시민으로 부활한다.

대사관을 나온 조너스는 택시가 적다는 것을 알고 대중교통을 이용해서 공항으로 간 뒤 새 여권과 신용카드를 스위스에어 항공사의 친절한 직원에게 건넨다. 일등석을 산다. 사망한 배우자를 만나러 집으로 가는 여정이 날마다 있는 것은 아니니까.

뉴욕 직항편의 출발 시각까지 두 시간이 남아서 조너스는 면도기와 아이패드를 구입하고, 맥도날드에서 요깃거리를 산다. 화장실에서 씻고, 공항 공용 와이파이로 얻을 수 있는 어맨다의 정보를 모두 모아 아이패드를 채운다. 갈아입을 옷을 살까 하다가 그것은 운명에 대한 도전이라고 판단한다. 현실을 이동할 때 입는 옷을 계속 착용한다.

스위스에어 4587편 좌석에 앉은 뒤, 조너스는 아이패드를 켜고 자신 없이 아내가 산 삶 속으로 뛰어든다. 어맨다가 다른 사람을 만났을지 모른다는 질투심이나 우려는 없다. 어맨다가 조너스 자신을 잊었을까 불안하지 않다. 어맨다는 이 현실에 살아있고, 그것이면 충분하다. 조너스는 인터넷에 나온 모든 사항을 들여다보며 새로운 전시에 대해, 《아트 뉴스페이퍼》, 《벌처》와의 인터뷰를 읽는다. 열광적인 팬의 마음이 된다. 모든 사실과 일화가 어맨다가 살아있음을 확인시켜 주자 조너스의 마음이 밝아진다.

'어맨다가 살아있다.' 조너스는 그 문장을 주문처럼 되뇐다. 그 생각을 머릿속에 굴리며 살핀다.

'어맨다가 살아있어.'

주문은 따뜻한 담요처럼 조너스를 덮어주고 위로해 준다. 그렇게 마음이 진정되자 결국 피로가 덮친다. 지난 2년간 의지로 밀어두었던 잠이 맹렬히 밀고 들어온다. 조너스는 깨어있으려는 싸움을 포기한다.

'살아있어.'

잠이 드는 순간, 조너스는 만족스러운 미소를 떠올린다.

사귄 지 두 달째, 조너스는 어맨다와 결혼하게 될 것이라고 믿었다. 하지만 그 이야기는 꺼내지 않았고, 어맨다도 마찬가지였다. 청혼은 급할 것 없었다. 우선, 사귄 지 두 달밖에 안 됐으니까. 조너스에게 중요한 일은 그들이 만족하는 것뿐이었다. 어맨다도 조너스처럼 행복해 보였다. 그들은 저질 영화나 싸구려 소설에 나오는 사람들처럼 잘 맞았지만, 그보다 훨씬 더 달콤했다. 그들은 "고마워"라고 인사하듯 자주 "사랑해"를 주고받았다.

어느 날 밤, 그들은 금융 지구의 바에서 만났다. 음악이 울리고 불이 번쩍이는, 새카만 바닥을 깐 고급 바였다. 바텐더가 아니라 믹솔로지스트가 일하는 곳이었다. 월스트리트에서 옵션이나 주식이나 헤지펀드 거래로 보낸 하루를 마치고 쉬러 온 사람들이 주 고객이었다.

조너스는 중개인과 은행 직원 사이를 뚫고 지나갔다. 어맨다가 기다리는 안쪽 자리로 아슬아슬하게 술을 들고 걸어가는 그를 향해 모두 한마음으로 돌진해서 넘어뜨리려는 듯했다. 조너스는 겨우 어맨다에게 칵테일을 건네고 자기 몫의 화이트와인을 들고 앉았다.

어맨다는 잔을 들고 빤히 봤다. 마티니 잔 가장자리에 빛이 비치며 반짝였다. 어맨다의 말은 음악 때문에 들리지 않았다. 바에는 가라오케 무대가 있었고 어느 이십대의 시장 분석가가 테일러 스위프트의 노래를 엉망으로 부르고 있었다.

"왜?" 조너스가 다가가며 물었다.

어맨다가 다시 잔을 들었다. 빈손으로 잔을 가리키며 목소리를 높였다. "이게 뭐야?"

조너스는 그 술을 보다가 자신 있게 말했다. "자주색." 어맨다가 귀를 기울였다. "바텐더가 추천했어." 조너스가 설명했다. "무슨 칵테일인지 알려줬는데, 솔직히 알아들은 건 '엘더베리'랑 '우려냈다'는 말뿐이야." 어맨다가 한 모금 마셨다. 반응을 해독하기 어려웠다. "어때?"

"그 말 맞네. 자주색이야."

"자, 내 거 마셔." 조너스는 자신을 술을 건네고 자주색 술을 마셔봤다. 새콤한 꽃향기에, 목욕 제품을 마시는 기분이었다.

어맨다는 가라오케 무대 쪽으로 눈길을 보냈다. 분석가의 노래가 후렴에 다가가고 있었다. "우리도 신청했어."

"뭘 신청해?"

"가라오케. '잇 해드 투 비 유' 알지?"

"프랭크 시내트라를 모르는 사람이 어디 있어. 근데 난 노래 안 해."

"**가라오케** 바에 오자고 하더니……." 어맨다가 믿을 수 없다는 표정으로 말했다.

조너스는 마티니 잔을 들어 보였다. "술 마시러 왔지." 웃음이 섞인 음성이었다. "저녁 예약한 식당하고 가깝고."

어맨다는 고개를 갸우뚱하더니 짓궂은 표정을 지었다. "매일 수십 명에게 강의를 하면서. 사람들 앞에서 노래를 못 불러?"

"응." 조너스가 말했다. "아니, 내 말은……." 어쩔 줄 모르는 조너스의 모습에 어맨다는 즐거워했다. "아니, 그러니까…… 노래는 안 해. 전혀."

어맨다가 믿을 수 없다는 듯 눈썹을 치켜떴다. "노래 안 하는 사람이 어디 있어?"

조너스는 초등학생처럼 손을 들었다.

어맨다가 짐짓 불쌍하다는 표정을 지었다. "춤도 안 추겠네."

조너스가 어깨를 으쓱였다. "그래."

"춤 안 추는 사람이 어디 있어?" 조너스가 또 손을 들려는데, 어맨다가 덧붙였다. "아니, 대체 **왜** 춤을 안 춰?"

"그보다는 왜 추느냐는 질문이 더 적절하지. 생각해 보면, 좀 바보 같잖아." 조너스가 첫 만남 때 느꼈던 불안이 폭포처럼 쏟아져 들어왔다. "이게 그렇게 중요한 문제인가?"

어맨다는 반항적인 표정으로 팔짱을 끼더니 입을 내밀었다. "글쎄. 노래나 춤이 바보 같다는 사람은 만난 적이 없어서." '바보 같다'는 말을 아주 길게 늘려 발음했다.

"생각해 보면 말이지." 조너스가 변명했다. "노래나 박자를 맞춘 동작으로 생각을 전달하는 건, 생물학적으로나 지적으로나 사회적으로나 유용하지 않아."

어맨다가 머리칼을 뒤로 넘기더니 화난 척 눈을 굴렸다. "세상에, 정말 과학자답네." 하지만 비난보다는 칭찬처럼 들리는 말이었다. "하지만 틀렸어."

"아니야."

"우선, 노래를 들으면서 발장단을 치는 건 인체와 박자 사이에 관계가 있다는 증거야." 조너스가 반론하려고 입을 여는데, 어맨다가 손가락을 들어서 막았다. "둘째, 춤은 스트레스를 풀어줘. 하지만 가장 중요한 건, 춤은 같은 성적 지향을 가진 사람에게 매력을 발휘하는 인류의 한 방식이라고."

"스트레스 완화와 아이디어의 전달은 인간의 의무와 관련 없어. **사실**, 내가 하려는 말이 그거야."

"반대하려고 찬성하는 척하네."

조너스는 고개를 갸웃했다. **적절한 지적이다.** "그리고 당신의 이론은 검증된 게 아니야. 나는 노래를 하지 않는데도 당신은 내게 끌렸으니까."

"춤도 마찬가지지." 어맨다는 실망한 척 덧붙였다. "자꾸 주지시키지 마." 어맨다가 잠시 생각하더니 말했다. "잠깐. 음악을 좋아하지 않는데 '잇 해드 투 비 유'는 어떻게 알아?"

"음악을 싫어한다고는 안 했어. 노래를 안 부를 뿐이지."

"**춤**도 안 추고."

"그래." 조너스가 대답했다. "하지만 시내트라를 모를 순 없지."

테일러 스위프트 괴롭히기가 끝나자 분석가가 가라오케 무대에서 어기적거리며 내려왔다. 벽에 걸린 화면에 어맨다와 조너스의 이름이 번쩍였다. 어맨다가 화면을 가리켰다. 마지막 기회야…….

"혼자 안 나가도 돼." 조너스가 말했다.

"나가야 할 것 같은데."

"아니, 안 나가도 된다고. 저녁 먹으러 가자."

어맨다는 꿋꿋이 말했다. "아니, 괜찮아. 자주색 술도 마셨는데. 이미 약간 **바보**가 된 것 같아." 어맨다는 조롱하듯 길게 늘여 발음했다.

어맨다는 자신감 넘치고 당당한 걸음걸이로 무대로 향했다. 무선 마이크를 들더니 스피커에서 음악이 나오자 조너스를 향해 윙크했다. 바이올린 연주가 흘렀다. 어맨다는 마이크를 입에 대고 시내트라의 명곡을 상당히 멋지게 소화했다.

왜 나는 당신이 하라는 대로 할까? 왜 당신 말을 들어야만 할까?

사람들이 잘한다고 환호했다. 할르겐 조명이 뒤에서 비추자, 음악에 맞추어 흔들리는 어맨다의 윤곽이 보였다.

왜 나는 한숨을 쉴까, 왜 잊으려 하지 않을까?

곡이 끝날 때까지 어맨다의 눈길은 조너스에게서 떠나지 않았다. 모든 음과 가사가 조너스와 함께하며 조너스의 삶을 아름답게 만들겠다는 약속이었다. 어맨다는 조너스를 더 나은 사람으로 만들었다. 더 밝게 빛나는 삶을 살게 해줬다.

연인들이 운명이라고 부르는 것이겠지……

운명 같은 **느낌**이었다. 두 사람이 함께하면 시간이 느껴지지 않았다. 과거도 없고. 미래도 없었다. 현재뿐이었다.

조너스는 어깨를 미는 느낌에 놀라서 깨어난다. 승무원이 온화하면서도 약간 미안한 표정으로 서있다. 독일어 억양이 강한 영어로 말한다. "정말 죄송합니다, 손님. 갤리에서 남자 손님 한 분이 깨워달라고 하셔서요. 손님께서도 원하실 거라고 하셨어요."

"갤리요?" 잠이 덜 깬 조너스가 어리둥절해한다.

승무원이 일등석 갤리 쪽을 가리킨다.

"착오가 있는 모양인데요." 조너스가 말한다. "이 비행기에 아는 사람이 없는데."

"아마 그러실 거라고 하셨어요." 승무원이 대답한다. "직장 친구라고 전해달라고 하셨어요." 조너스가 아직도 어리둥절한 표정인지, 승무원이 덧붙인다. "컬럼비아 대학교 시절?"

조너스는 눈을 문질러 정신을 차리려고 한다. 도움은 안 되지만……. 기내에 아는 사람이 있는 모양이다. 세상은 참 좁다. 어느 우주에서나. 이 현실에서 그가 죽었다는 사실은 아직 떠오르지 않는다.

"고맙습니다." 조너스는 안전띠를 풀고 통로로 나선다. 잠이 깊이 푹 들었던지라 깨기 어렵다. 일등석 갤리로 터덜터덜 걸어간다.

눈앞에 선 사람은 그 비행기에 탈 수 없는 사람이다. 세상이 아무리 좁다 해도, 손바닥보다는 크지 않은가. 이 남자가 등장한 것은 단순한 우연일 수 없다.

조너스 앞에 선 사람은 빅터 코바체비치다.

빅터는 조너스를 노려보며 재회를 즐기고 있다. 조너스가 마지막으로 본 때보다 늙었다. 단순히 세월 탓이 아니다. 빅터의 능글맞은 표정이 고대하던 순간임을 알린다.

"궁금한 게 많겠군." 빅터가 말한다.

조너스는 아무 말도 하지 않는다. 가만히 서있을 뿐이다. 비행기가 살짝 흔들린다. 갤리에서 컵과 잔과 병이 흔들리며 짤그랑거린다.

"가장 급한 것부터 시작하지." 빅터가 말한다. "아니, 여긴 자네 현실이 아니듯이 '내' 현실도 아니야. 나도 자네처럼 돌아다니고 있지."

조너스는 입을 다물고 있다. 백만 가지 생각이 앞다투어 몰려든다.

"둘째." 빅터가 계속한다. "내가 어떻게 이렇게 정확하게 이동할 수 있냐고? 어떻게 자네가 있는 곳을 정확히 아냐고? 어떻게 시속 970킬로미터로 날아가는 비행기에 올라탈 수 있냐고?" 그는 반응을 기다리며 미끼처럼 질문을 늘어뜨린다.

그래도 조너스는 아무 말도 하지 않는다. 비명을 지르지 않으려면 그 방법뿐이다. 이 사람, 이 건방지고 독선적이고 고압적인 인간을 주먹으로 치지 않으려면. 근처 플라스틱 고정장치에 든 와인병이 흔들리며 무기로 써달라고 자청한다. 조너스는 그 병으로 빅터의 머리를 내려치고 병목이 깨지며 와인이 사방에 퍼지는 광경을 떠올린다.

승무원 한 명이 병을 가지러 들어와 조너스를 놀라게 한다. "괜찮으세요, 손님?" 승무원이 묻는다.

"네. 감사합니다." 입안이 까칠하다. 목소리가 나오지 않는다.

"뭐 좀 드릴까요?"

"아뇨, 괜찮습니다." 빅터가 대답한다. "다리 좀 뻗으려는 겁니다." 그는 조너스 쪽을 가리킨다. "인사도 할 겸."

승무원은 와인을 들고 나간다. 빅터가 그 뒷모습을 지켜본다. "어디까지 했지? 아, 그렇지." 빅터는 짐짓 기억난 척 말한다. "내가 여기 어떻게 올 수 있었는지 이야기하고 있었지."

그는 신이 나서 손목을 든다. 손목에 강철 팔찌가 있다. 그 표면 아래서 하얀빛이 깜빡인다. 조너스는 그 모양을 알아본다. **사슬 팔찌다.**

"자넨 내 연구를 훔쳤어." 빅터가 설명한다. "내가 그것보다 **발전**시켰지."

조너스는 사실을 깨닫자 따귀를 맞은 느낌이다. 순식간에 모든 것이 명징해진다.

"메이컨." 조너스가 중얼거린다. "메이컨을 보냈군요." 죽은 사람이었던 메이컨이 트럭에 앉아 악의에 가득 찬 표정으로 인상을 쓰던 모습이 떠오른다. "그 사람을…… 보냈군요. 아니, 다른 버전의 그 사람을. 이곳 혹은 다른 현실의 도플갱어를."

빅터는 곰곰이 생각하는 것처럼 콧수염을 쓰다듬는다. "내 보기에는…… 극적인 결정이었지. 자네와 같은 용병을 고르는 게. 차이가 있다면, 나는 다중우주의 여러 메이컨을 다 조종할 수 있지. 하나가 죽으면 또 고용하면 돼. 그리고 또. 또."

"어떻게 알았어요?"

"메이컨에 대해서? 아니면 자네 계획에 대해서?"

"둘 다요."

빅터는 미소를 머금은 채 손을 벌린다. "자넨 용병 팀을 고용해서 입자물리연구소에 침입했잖아. 그 사건이 뉴스 한두 곳에 올라왔다고만 해두지. 물론 자네가 무슨 속셈인지, 왜 사라졌는지, 어디로 갔는지는 아무도 몰랐어. 그들에겐 미스터리일 뿐이지. 하지만 내 눈에 자네 의도는 아주 뻔했지."

"왜죠?" 조너스는 빅터가 메이컨을 고용해서 에바를, 누구든 살해할 까닭을 찾는다. 조너스와 빅터 사이 지난 4년간의 갈등이 아무리 심했어도, 사람을 죽일 정도는 아니었다. "이해가 안 되는군요, 빅터. 왜 당신이 메이컨에게 **살인**을 청부했는지. 왜죠?"

"사실, 자넬 죽일 생각은 없었어. 우리 둘 다에게 놀라운 소리인진 몰라도. 메이컨에게 지시한 건 자네를 막으라는 것뿐이었어. 그자가 어쩌다 보니 좀," 빅터는 천장을 보며 말한다. "열정이 과하더군."

"열정이라고요." 조너스는 이를 악물고 말한다. 입이 쓰다. "사람이 **죽었어요**, 빅터. 메이컨이 죽었다고요." 조너스는 손가락을 들어 빅터의 가슴을 찌르며 언성을 높인다. "**당신** 때문에."

놀라울 정도의 속도와 더욱 놀라운 힘으로 빅터는 조너스의 손을 쳐내고 조너스를 갤리 벽에 밀친다. 접시와 잔이 흔들린다. 비좁은 공간에서 그 소리는 귀가 먹먹할 정도로 크지만 승무원이 누구도 찾아오지 않아서 빅터는 멋대로 조너스의 소매를 걷어 문신을 드러낸다.

"이거." 빅터가 날카로운 목소리로 외친다. "이건 내 작품이야.

14년간 연구한 거라고."

그들의 코가 맞닿기 직전이다. 입술이 닿을 거리다. 조너스가 빅터에게서 나는 술 냄새를 맡을 수 있는 거리다.

"14년이라고." 빅터가 이를 악물고 내뱉은 소리가 워낙 커서 다른 승무원이 찾아온다. 갤리로 들어온 그는 노려보는 빅터의 눈빛에 얼어붙는다.

그래도 승무원은 겨우 이렇게 말한다. "손님, 목소리가 너무……."

"죄송합니다." 딱딱한 말투다. 빅터의 어조를 읽은 승무원은 곧바로 돌아서서 달아난다.

다시 둘만 남자, 조너스는 빅터의 손아귀에서 팔을 빼내고 분노를 터뜨린다. "위원회에서 내가 표절한 게 아니라고 판단했잖아요. 노벨위원회는 한 치의 의심도 없이 나 단독 저자로 상을 수여했어요."

스웨덴 한림원을 언급하자, 빅터의 분노가 더욱 치솟는다. "내 연구가 없었으면 자넨 성공하지…… **시작**도 하지 못했어. 그걸 인정해."

"빅터—."

"**인정하라고.**" 빅터가 조너스의 면전에 검지를 흔들며 으르렁거린다. "**내가** 먼저 시도하지 않았으면, 자네는 다른 현실의 존재를 증명할 생각조차 하지 못했어."

"좋아요. 그래요." 조너스가 털어놓는다. 인정한들 무슨 소용이랴? "그 말이 옳아요." 빅터가 미친개처럼 군다면, 조너스는 뼈 하나를 던져줄 수 있다.

그것으로는 충분하지 않다. "어떤지 아나?" 빅터의 말투에서 독기가 뚝뚝 흐른다. "14년이나 노력했는데, 그걸 다른 인간에게 **도둑질 당하면?**"

"훔친 적 없어요." 조너스가 항의한다. 오래된 언쟁이지만, 빅터의 분노가 살인 충동으로 자라났다는 사실은 새롭고 섬뜩하다.

"사람이 **망가지지.**" 빅터가 자기 질문에 답한다. "그런 일을 당하면 마음을 갉아먹혀. 영혼을." 빅터의 목소리가 갈라진다. "일을 할 수 없었어. 아무런…… 영감도 얻을 수 없었어."

빅터의 감정이 뜨거운 분노에서 자기 연민으로 변한다. 조너스는 두렵기도 하고 당황스럽기도 해서 빅터를 지켜보고 있다. 빅터가 텅 빈 목소리로 말을 잇는다. "페드라가 떠났어." 그는 페드라를 탓할 수도 없다고 어깨를 으쓱이며 털어놓는다.

"알아요, 빅터. 유감이에요." 조너스가 진심을 담아 말한다.

"화도 나지 않아. 난 이제 페드라가 사랑했던 사람이 아니니." 빅터는 아무런 감정 없이 인정한다. "하지만 그러다가…… 업보란 게 있잖나. 2년 전까지는 그걸 믿지 않았어."

무슨 말인지 깨달은 조너스는 충격과 공포에 휩싸인다. 어맨다 이야기다. 빅터는 사고 이야기를 하그 있다. 이 사악하고 옹졸한 놈이 어맨다의 죽음을 들먹이다니, 터무니없이 비뚤어진 짓이다.

"어맨다가 죽었을 때," 빅터가 계속 말한다. "그건 마치…… 마치 저울의 균형이 맞는 것 같았어. 우리 둘 다 사랑하는 사람을 잃었으니까."

"페드라는 여전히 살아있잖아요, 빅터." 조너스가 분노로 몸을 떨며 식식거린다.

"잘못된 일을 바로잡은 것 같았어. 하지만 자네…… 자네는 가만히 있지 못했지."

"**당신**은요?"

"이건 균형, 업보의 문제야. 그래서 자네가 죽지 않기를 바라는 거야. 그만두기만 바라지."

"그럴 수 없어요, 빅터. 그럴 수 없는 걸 알잖아요. 이유도 알고."

빅터는 목 울리는 소리를 내며 고개를 젓는다. 콧구멍이 벌게져서 벌름거린다. "대답만 해. 한 가지만. 궁금하니까. 모두…… 우리 모두…… 상실을 겪고, 그것을 잊어야 해. **잊는 법을 배워야 하지.** 하지만 자네만 예외야." 마지막 질문에서는 과학자의 매혹이 느껴질 지경이다. "자넨 뭐가 다르지? 자네만 뭐가 그렇게 특별한 거야?"

조너스는 당황스럽다. 지각을 버린 사람을 어떻게 이해시킬 수 있을까? "빅터." 조너스가 양손을 펼치며 말한다. "내 입장이라면, 당신도 이렇게 했을 거예요."

빅터가 고개를 세차게 흔드는 모습이 짜증 부리는 아이 같다. "아니, 아니. 자넨 이럴 수 없어. 내 연구…… **내 연구**를 이용해서 우주의 균형을 무너뜨릴 수는 없다고."

"아뇨." 조너스가 고개를 젓는다. "당신이 하려는 게 그거죠."

하지만 조너스의 말은 무시당한다. 빅터는 말할 때마다 침을 튀기며 말을 잇는다. "내가 그냥 두지 않겠어. 절대. 내가 막겠어. **내가 막을 거라고.**"

"빅터—."

"마지막 경고야." 빅터가 손가락으로 허공을 찌르며 말한다. "어맨다에게 접근하지 마. 우주의 판결을 받아들여." 그는 몇 초간 식식거린다. "안 그러면, 다음에 무슨 일이 일어나든 나는 책임 못 져."

빅터에게 달려들기 위해서인지, 한 대 치기 위해서인지, 둘 다인지 조너스가 앞으로 튀어 나가지만, 빅터가 서있던 공간이 접히기 시작한다. 순식간에 좁은 주방에 빛이 깜빡인다. 그리고 아무것도 없게 된다.

조너스는 떨기 시작한다.

조너스는 다급하게 잔과 가까이 있는 술병을 집어 든다. 술을 따라 들이컨다. 목구멍이 타는 듯하지만, 마음속에서 솟아오르는 두려움은 여전하다.

빅터가 에바를 죽인 사람을 보냈다.

빅터가 나를 막으려 든다.

조너스는 술을 한 잔 더 따른다. 승무원이 들어와 커피를 새로 내린다. 승무원이 조너스에게 말을 걸지만, 다른 행성에서 하는 말 같다. 우주 전체에 조너스와 손에 든 술밖에 없는 것 같다.

빅터는 내가 어맨다와 다시 만나기를 원하지 않는다.

이해할 수 없는 일이다. 불합리하다. 빅터의 태도는 이성적인 인간의 것이 아니다.

빅터가 너무나 시기한 나머지, 내가 아내와 다시 만나는 것을 막으려 든다.

다행히 술기운이 돌기 시작한다. 빅터는 지각을 버렸을지 몰라도, 조너스는 그러지 않아도 된다. 빅터는 이미 조너스의 목숨을 앗아가려고 했다가 실패했다. 이것은 달라지지 않을 것이다. 결국, 어맨다와 만나려는 조너스를 빅터가 막을 수는 없다. 죽음이 그를 막지 못했다면, 빅터 코바체비치도 할 수 없다.

적어도 조너스는 그렇게 믿으려고 대쓴다.

∞

조너스는 일등석에서 끝없이 내주는 술 덕분에 인사불성 상태로 남은 비행을 마친다. 그는 불안과 분노를 동시에 느끼며 술을 마신다. 빅터. 그자의 독선과 질투가 사람의 생명을 없앨 정도로 전이되었다. 조너스는 분노로 떨며 술 한 잔을 더 주문한다. 감정이 너무 격해져 빅터가 조너스의 위치를 두 번이나 두 개의 다른 우주에서 찾아낸 방법은 생각할 겨를조차 없다.

가슴이 철렁하지만, 그것은 항공기가 최종 목적지로 하강하기 때문이다. 독일어 억양이 느껴지는 승무원의 목소리가 스피커를 통해 들려온다. "우리 비행기는 잠시 후 뉴어크 힐러리 클린턴 공항에 도착하겠습니다. 착륙 준비를 위해 좌석 등받이와 테이블을 제자리로 해주시고……."

창밖에 보이는 조너스의 고향 스카이라인이 달라진 듯 뜻밖에 낯설어 보인다. 새로운 스카이라인이 하늘을 가르고 끝이 뾰족한 건물들이 예전에 지은 낮은 건물들 가운데 서있다. 딱지 앉은 흉터가 떠오르는 광경이다. 그렇게 생각하니 오싹하다.

착륙한 뒤, 사흘쯤 면도를 하지 않은 얼굴을 한 땅딸한 사십대 세관 직원이 조너스의 여권을 불안할 정도로 오랫동안 보고 있다.

"무슨 문제가 있습니까?" 조너스는 그러지 말아야 하는데도 묻고 만다. 그 질문에 문제가 있을 리 없다는 확신이 전달되기를 바랄 뿐이다.

"이상해서요." 직원이 말한다. "조너스 컬런이란 사람 중에 죽은 사람이 있거든요. 노벨상 받은 사람. 최근에 그 사람 관련 기사를 읽었어요."

조너스는 아무 관련도 없다는 듯 양손을 펼친다. "뭐, 전 살아있으니……."

"이상한 건 말이죠." 직원은 조너스의 여권 사진에서 눈을 떼지 않은 채 말한다. "**똑같이** 생기셨단 겁니다." 그는 휴대전화를 집어 든다. "자요, 한번 보세요……."

남자가 검색하는 동안 조너스는 당혹감과 싸운다. "저기요, 사실은 좀 급해서요." 조너스는 어쩔 수 없다는 듯 어깨를 으쓱이며 사과한다.

세관 직원은 수상쩍다는 눈빛으로 조너스 쪽을 확인한다. 남자가 쥔 휴대전화가 희미하게 빛난다. 조너스는 숨을 꾹 참는다. 다행히 직원은 조너스 뒤에 늘어선 지친 여행자들을 보고 그럴 시간이 없다고 판단한다. 조너스가 내쉬는 안도의 한숨 소리는 직원이 여권에 찍는 도장 소리에 묻힌다.

"어쨌든, 정말 닮았어요." 남자가 여권을 건네며 말한다.

"아내에게 그 이야기를 꼭 할게요. 아주 재미있다고 할 겁니다."

∞

택시가 맨해튼을 가로질러 달린다. 조너스는 뉴욕시에 교통 체증이 없는 우주는 없을 것이라고 생각하다가, 걷는 편이 나을까 고민한다. 택시가 움직인다. 한 걸음 전진하기도 힘들다. 조너스는 교통이 아니라 자신의 흥분 탓에 미드타운 진입이 힘들게 느껴진다고 생각한다. 간절히 기다리는 것들을 떠올리며 자신을 달랜다. 어맨다와 포옹하는 느낌. 그 목소리. 머리칼의 향기. 2년간 그는 그 기억에 매달려 살았지만, 차츰 기억이 희미해지고 있다.

센트럴파크에서 찍은 사진을 몇 시간씩 보며 지내도, 얼굴 모습마저 퇴색되었다. 다이아몬드 반지가 붙은 프리스비를 들고 있는 모습 대신, 공중에 거꾸로 매달려 피가 얼굴에 모이고 눈 밑에 눈물처럼 고이던, 지워지지 않는 처참한 모습이 떠오른다.

조너스는 눈을 꾹 감고 그 모습을 거칠게 밀어낸다. '이제 이것도 곧 끝날 거야.'

다섯 블록을 남기고 조너스는 조급증을 참지 못해 기사와의 사이에 있는 플라스틱 가림막 사이로 지폐를 밀어 넣는다. 그는 거리로 내려 걷기 시작한다. 아름다운 봄날이다. 도시는 겨울의 족쇄를 떨쳐내고 기지개를 켜는 듯 신선한 냄새를 풍긴다. 보도에서 따스함이 느껴진다. 강철과 유리 사이로 빛이 흘러든다.

두 블록을 남기고 그는 달리기 시작한다. 관광객 사이를 이리저리 지나간다. 개 목줄을 뛰어넘는다. 교차로를 내달리고 차량을 피하며, 그런 행동이 일으키는 경적을 무시한다. 그의 질주에 당황하고 호기심 어린 시선이 모인다. 조너스는 소형 운반차를 미는 작업자와 세찬 충돌을 가까스로 피한다.

그날이 무슨 요일인지도 알 수 없다. 어맨다가 집에 없을지도 모른다. 하지만 판단력과 이성과 지각은 전부 사라지고 없다. 과거 함께 살던 집에 가야 한다는 어마어마한 욕구뿐이다. '어맨다는 거기 있을 거야.' 믿음이 있다. 아니, 정확한 말이 아니다. 믿음이란 지식이 없을 때 하는 말이다. **어맨다는 집에 있을 것이다.** 조너스는 그것을 알고 있다. **기다리고 있을 것이다.**

그리고…… 조너스는 도착한다. 소박한 건물 앞 계단을 달려 올라간다. 현관문이 잠겨있다. 건물 안내판을 손끝으로 더듬어 컬럼을 찾는다. 해당 버튼을 누른다. 반복해서. 대답이 없다. 다급함이 절망으로 바뀐다.

그때, 뒤에서 숨을 몰아쉬는 소리가 들린다. 종이 구기는 소리. 유리 부딪히는 소리. 조너스는 기대하며 돌아서지만, 어맨다가 낸 소리가 아니다. 그건—이름이 뭐였지?—고메즈 부인이다. 짐을 너무 많이 들어 힘들어하는 육십팔 세의 부인이다. 부인은 고개를 들고 봉투 너머로 조너스를 본다. 조너스는 습관대로 손을 흔든다.

부인의 봉투가 툭 떨어진다.

내용물이 보도에 떨어진다. 병이 깨져 토마토소스가 튄다. 오렌지와 토마토가 굴러간다.

고메즈 부인이 조너스를 빤히 본다. 입이 벌어진다. 얼굴이 하얘진다. 가슴을 크게 들썩이지만, 힘이 들어서가 아니다. 과호흡을 일으키기 직전이다.

"Dios mío.(아이고, 주여.)"

"고메즈 부인—."

조너스가 한 걸음 다가가는데, 고메즈 부인이 부들부들 떨기 시작한다. "Estás muerto. Estás muerto.(돌아가셨는데. 돌아가셨어.)" 부인이 아랫입술을 떨며 중얼거린다. "No es posible…….(이럴 수가…….)"

이미 열린 부인의 입이 더 벌어지며 비명을 지를 것 같다. 비명을 지르면 소란이 벌어질 것이다. 소란이 벌어지면 사람들이 모일 것이다. 사람들이 모이면 경찰이 주목할 것이다. 경찰을 만나는 것은 너무 위험하다. 말 그대로 문 앞까지 왔는데.

조너스는 재빨리 계단을 내려가며 한 팔을 내밀고 손가락을 뻗는다. "제발." 조너스가 사정한다. "소리 지르지 마세요."

부인은 소리를 지르지 않는다. 그저 창백한 얼굴로 야채와 깨진 병, 빵 봉투 사이에 꼼짝 않고 서있을 뿐이다.

조너스는 최대한 안심시키는 표정을 짓는다. 천천히, 침착하게 말한다. "접니다, 고메즈 부인. 조너스입니다. 혼란스러우신 것 알지만, 정말 저예요. 유령이 아닙니다. 정말이에요."

"조너스 씨." 부인은 안도감에 어깨에서 힘을 빼며 한숨을 내쉰다. "돌아가셨다고 들었어요." 부인이 털썩 주저앉는다.

"이야기가 깁니다. 그저, 죽었다는 보도가 심하게 과장되었다고만 해두죠." 그 말에 부인은 멍하니 쳐다본다. 조너스는 허리를 숙여 굴러다니는 물건을 집어 들기 시작한다. "자, 도와드릴게요. 놀라시게 해서 죄송합니다." 그는 물건을 봉투에 담는다. 쓸 수 있는 것은 한 봉투에, 깨진 유리 조각은 다른 봉투에. "어맨다가 집에 있는지 아십니까?"

고메즈 부인은 말해보려고 애를 쓰며 고개만 젓는다.

양배추 한 통과 인스턴트커피 용기를 '쓸 수 있는 것' 봉투에 담던 조너스는 리버사이드 드라이브의 인파 속에서 어맨다를 발견한다. 길 건너, 퇴근하는 사람들과 자동차 사이에 가려져 있지만, 어맨다가 분명하다.

집어 들던 물건을 곧장 내려놓은 조너스는 벌떡 일어나 자동차 사이로 뛰어든다. 시간의 흐름이 늦어지고 세계가 조너스와 빵빵거리는 차량이 선 아스팔트 6제곱미터의 땅으로 줄어든다. 타이어가

끼익거린다. 브레이크가 신음한다. 자동차 경적이 요란하다. 택시 기사 한 명은 현란한 욕설을 퍼붓는다. 자전거를 탄 배달원은 조너스 옆을 아슬아슬하게 지나치며 가운뎃손가락을 치켜든다.

그때, 조너스에게 어맨다가 보인다.

어맨다는 놀란 표정이 아니다. 어맨다가 조너스를 기다리고 있었다는 생각이 들 정도다. 그럴만하지 않은가. 5년 전, 조너스는 다른 세계의 어맨다에게 반드시 찾겠다고 약속했다. 다중우주에 보편적인—'운명적인'—지점들이 가득하다면, 이 어맨다의 조너스도 그 어떤 생에라도 찾아오겠다고 맹세했을 것이다. 어맨다는 그 맹세를 믿었을 것이다.

그들은 길거리 한가운데서 부딪혀 서로를 얼싸안고 놓지 않는다. 아무 말도 없다. 말할 시간은 나중에도 충분할 것이다. 질문과 대답, 질문이 이어질 것이다. 밤새, 날이 밝도록 이야기할 것이다. 어맨다는 찾아줘서 고맙다고 할 것이다. 조너스는 기다려 줘서 고맙다고 할 것이다. 남은 평생을 계획할 것이다.

조너스가 드디어 어맨다의 머리를 안고 입술을 찾자, 두 사람의 키스는 필사적이다. 간절하다. 어맨다의 뺨이 미끄럽다. 울고 있다. 기쁨과 안도의 눈물이 어맨다의 뺨에 흐른다. 조너스가 눈물을 닦으려고 손을 올리고, 어맨다 역시 똑같이 손을 올리는 것을 보고 그 자신도 울고 있음을 깨닫는다.

그리고 조너스는 하얗게 질린다. 어맨다와 맞붙은 몸이 떨어진다. 온몸이 차갑게 식는다.

메이컨이 보도에 서있다.

"왜 그래?" 어맨다가 애처롭게 묻는다.

조너스는 고개를 젓는다. 뭐라고 설명할까? 어맨다의 어깨 너머를 확인하자, 여전히 메이컨이 보인다. 그자의 냉혹한 시선이 조너스를 향해 박혀있다. 그 두 눈에서는 용병의 냉혹함만 느껴질 뿐이다.

어맨다가 놀라지 않도록 조심하며 조너스는 손을 잡는다. "가자." 조너스가 말한다. "길 한복판이잖아." 건물로 돌아가는 길에 조너스는 어맨다 뒤로 살짝 움직여 메이컨과의 사이에 선다.

"왜 그래?" 어맨다가 다시 묻는다.

"아무것도 아니야." 조너스는 좀 더 믿을만한 거짓말을 지어낼 여유가 없다. 보도로 다시 오르는 사이, 안으로 들어가 집 안에 피신하자는 생각뿐이다. 경찰에 신고할 것이다. 세관 직원은 그가 이곳에서 노벨상 수상자라고 했다. 나름대로 유명인이라고. 두 사람 모두의 신변 보호를 요청할 수 있을 것이다. 안으로 들어가기만 하면된다…….

하지만 고메즈 부인이 양손에 봉투를 가득 들고 그들을 가로막는다. 부인은 눈물을 흘리며, 흥분해서 봉투를 흔들며 어맨다에게 말한다. "Es un milagro(기적이네요), 어맨다 씨. Un milagro(기적)." 부인이 외친다.

"그렇죠, 고메즈 부인." 어맨다가 말한다. "뭐라고 설명해야 할지 모르겠어요."

"안으로 들어가야 해." 조너스가 결국 침착한 체하던 표정을 버리고 다그친다.

"왜? 무슨 일인데?"

"들어가서 설명할게. 괜찮아. 아무 일도 없을 거야." 그는 다시 어맨다의 손을 잡고……

어디선가 자동차 폭발하는 소리가 들린다. 조너스는 깜짝 놀란다. 그 앞에 선 어맨다의 염려가 당혹감으로 변한다. "조너스?"

어맨다는 여전히 어리둥절한 표정으로 주저앉더니, 고메즈 부인이 들고 있던 봉투처럼 보도에 쓰러진다. 조너스는 무슨 일인지 이해할 겨를도 없이 무릎을 꿇고 앉아 어맨다를 끌어안는다. 고메즈 부인이 에스파냐어로 비명을 지른다. 손이 축축하고 미끄러워, 조너스가 한 손을 들어 보니 붉게 젖어있다.

조너스는 숨을 쉴 수 없다. 어쩔 줄 몰라 어깨 너머를 돌아보자 지나가는 차량 뒤, 길 반대편에 메이컨이 아직 서있다.

"조너스?" 어맨다가 부른다. 아이처럼 어쩔 줄 모르는 표정으로 그를 올려다보고 있다.

"괜찮을 거야." 조너스가 안심시킨다. 그렇게 해야 하니까.

"경고했잖아." 다른 목소리가 들린다.

조너스가 그쪽으로 고개를 돌린다. 그 뒤, 보도 위 몇 걸음 떨어진 곳에 권총을 들고서 빅터가 서있다.

"제대로 경고했어." 빅터가 말한다. "그건 인정하겠지."

"조너스?" 어맨다가 다시 부른다.

"여기 있어. 나 여기 있어." 사이렌 소리가 조너스의 제한된 인지 범위 속으로 들어온다. 희망이다. "구급차가 오고 있어."

빛이 반짝이며 빅터가 이 현실에서 벗어나는 광경이 슬쩍 보인다.

빅터가 감쪽같이 사라지는 믿을 수 없는 현상에 놀라서 외치는 소리와 다양한 반응이 들리지만, 조너스에게는 100만 킬로미터 떨어진 곳에서 나는 소리 같다.

"날⋯⋯" 어맨다가 말한다. "날 어떻게 찾았어?"

"사랑해." 그것은 선언이자 동시에 설명이다.

어맨다는 떨리는 손으로 조너스의 뺨을 건드린다. "이럴 줄 몰랐어." 한 마디가 힘겹다. 한 마디를 할 때마다 작은 핏방울이 턱에 튄다. "⋯⋯약속을 지킬 줄."

센트랄브론 아래에서 어맨다가 생명을 잃고 매달려 있는 모습을 보았을 때 조너스는 울지 않았다. 경찰이 아내의 죽음을 확인시켰을 때도 울지 않았다. 장례식 때도 울지 않았다. 친구들과 전 동료들, 조문객들이 모두 떠난 뒤, 어맨다와 함께 살던 아파트가 무덤처럼 쓸쓸하게 느껴질 때도 울지 않았다. 그의 슬픔은 끝없이 깊었고 온갖 방식으로 드러났지만, 울음으로 표현된 적은 없었다.

하지만 지금 조너스는 울고 있다. 조용히, 애절하게 운다. 눈물이 하염없이 흐른다. 얼굴을 타고 흐르는 눈물을 조너스는 느끼지도 못한다. 가장 괴로운 시간, 그는 모든 것을 잃었고, 더 이상 부서질 것이 마음속에 남아있지 않다는 믿음으로 자신을 달랬다. 이제 그 생각이 틀렸음을 안다. 마지막 살아남은 그의 한 조각, 그 영혼에서 단 하나 부서지지 않은 사분면이 산산이 조각났다.

"노력했어." 어맨다에게 하는 말인지, 조너스 자신에게 하는 말인지도 알 수 없다. "정말 노력했어."

이것이 마지막 기회였다. 그 생각이 조너스의 폐부를 친다. 처음 어맨다가 죽었을 때, 그의 의식 한구석은 돌이킬 방법을 찾느라 이미 열심이었다. 어렴풋한 한 가닥 희망 덕분에 끝 간 데 없이 느껴지던 깊은 절망을 이겨냈다.

어맨다의 입술이 움직이고, 잠시 후 말이 겨우 흘러나온다. 다가오는 사이렌과 주위의 소란 속에서 겨우 들리는 말이다. 하지만 어맨다는 영혼 깊은 곳에서 우러나는 힘을 실어 그 말을 전한다.

"당신을 너무 사랑해." 어맨다가 말한다.

조너스의 입술이 떨린다. 답해야 할 말―내가 더 사랑해―을 해야 하는데, 도저히 할 수 없다. 지금 어맨다에게는 잘못된 곳이 있다. 그것이 그의 심장을 찌르고, 그가 아직 느낄 수 있는 역설로 고문한다. 그가 아직도 슬픔을 경험할 수 있다는 역설. 상실과 절망이 아직도 그를 찾아올 수 있다는 역설. 어맨다의 눈에서 그것이 자리 잡는다. 멍한…… 두 눈. 공허한 두 눈에서.

조너스는 필사적으로 어맨다를 흔든다. "어맨다?" 하지만 조너스의 품에 안긴 어맨다는 축 처진다. "제발. 제발 가지 마." 조너스는 어맨다가 이미 죽었음을 알면서도 애원한다. "가지 마. 가지 마." 그리고 이번에는 이 순간에 그를 보낸 신에게 간청한다. "이러지 말아요. 제발. 또 이러지 말아요."

눈물로 시야가 흐려지면서 세상이 보이지 않는다. 누군가가 그를 일으켜 세운다. 다리에 힘이 없다. 조너스가 슬픔의 구름을 걷어내자 두 명의 구급대원이 어맨다에게 응급소생술을 하고 있다. 하지만 그들의 움직임에 헝겊 인형처럼 흔들리는 어맨다의 모습을 보니 구역질이 난다. 그들이 출혈을 막고 심장을 다시 뛰게 하려고 헛된 노력을 하는 사이, 어맨다의 머리가 이리저리 구른다. 어맨다는 죽었다. 묻는 것 외에 그녀의 몸에 하는 어떤 행동도 무의미하다.

그를 일으켜 세우는 손은 강하다. 남자의 손이다. 조너스는 버둥 거리며 그 손길과 싸운다. 어맨다와 함께 콘크리트에 쓰러지고 싶다. 어맨다와 함께해야 한다. 조너스는 남자의 손아귀 속에서 기를 쓰며 몸을 비튼다. 위로받을 수 없다.

"진정해요, 친구." 남자가 말한다. 브루클린 억양이 느껴진다. 파란 제복을 입고 있다. 봄 날씨라서 반소매다. 가슴에 방탄 보호장치를 차고 있다. 경찰관이다. "이 사람들이 일하게 비켜줍시다." 경관들이 구경꾼들을 막기 위해 현장에 더 투입되자, 그는 조너스를 붙잡았던 손을 놓는다. 조너스는 구급대원들로부터 멀어져 보도 아래로 밀려가기 시작한다. 하지만 브루클린 억양의 경관이 그를 따라온다. "몇 가지 질문할 게 있습니다.' 그가 거리를 좁히며 권위 있는 말투로 말한다.

조너스는 질문에 답하는 것만큼은 피하고 싶다. 발걸음을 재촉해 두 걸음 정도 뒷걸음질 치다가 돌아선다. 조너스는 빠르게 걷고 있지만, 경관도 속도를 유지한다.

"보세요." 경관이 말한다. "어떤 상황인지 알잖습니까. 구속할 수도 있어요."

"네?"

"이건 범죄 현장입니다. 모든 목격자를 불러 질문해야 합니다. 어서요. 10월 16일부터 법이 이렇지 않습니까."

10월 16일. 조너스는 알던 현실과 전혀 다른 현실에 왔다는 사실을 잊고 있었다. 경관은 벨트에 찬 수갑을 찾고 있다.

"서로 가서 조사받아야 합니다." 경관이 말한다. "의무 사항입니다. 내 재량의 문제가 아니에요."

한순간 조너스는 그 경관을 따라갈까 생각한다. 경찰에 체포될까. 경찰이 사슬을 압수하면, 남은 평생 우주 사이를 떠돌며 마지막 쉴 곳을 찾지 못하고 영혼 없이 떠도는 유령이 되어버리지는 않을 것이다.

경관의 두툼한 손가락이 무기를 찾는 순간, 조너스는 내달린다. 이유는 알 수 없다. 그저 본능이 이끄는 대로 달리기 시작한다.

조너스는 거리로 뛰어든다. 팔다리를 휘저어 앞으로 나아간다. 도주는 뜻밖의 일이라, 조너스가 몇 초 앞선다. 차량 사이로 뛰어들어 축구 선수처럼 배치된 자동차 사이를 요리조리 빠져나간다. 뒤에서 경관이 추격한다.

신호등이 바뀐 모양인지 차들이 조너스를 향해 돌진한다. 성난 경적의 도플러 파장이 지나치는 사이, 조너스는 꾸준한 차량의 흐름을 거슬러 달린다. 차 한 대가 스치고 지나가며 사이드미러에 부딪히자 나뒹굴 뻔하지만 조너스는 균형을 잡고 계속 달린다. 경찰관이 다가온 것이 느껴진다. 헉헉거리는 숨소리가 들리지만, 빠르다.

조너스는 도로 경계석을 뛰어넘고 수직으로 뻗은 거리를 내달린다. 경관은 고함을 지르며 사람들에게 "비켜요!"라거나 "자리 좀 내주십시오!"라고 간청한다. 구경꾼들은 거의 반응이 없다. 어느 우주에서나 뉴욕인들이 심드렁한 무관심으로 유명한 데는 이유가 있다.

조너스가 차량 정체가 심한 교차로로 뛰어드는데 머릿속 한구석의 목소리가 어쩔 계획이냐고 묻는다. 알 수 없다. 경관이 지쳐서 포기할지도 모른다. 그가 발을 헛디디거나, 그들 두 사람에게 달려드는 수십 대의 차 중 한 대에 치일지도 모른다. 초를 다투는 질주라 상대보다 1초 앞선 쪽이 이길 것이다.

그때 시내버스가 조너스를 향해 달려든다.

경적이 울리지만, 이미 늦었다. 건물 한 채가 날아오는 것과 같다. 조너스는 도로로 엎드려 버스 밑에 숨고 싶은 충동을 느끼지만, 본능적으로 계산한 결과 거리가 너무 가깝다. 그가 바닥에 엎드리기 전에 버스에 치일 것이다. 이 모든 생각이 100만 분의 1초 사이에 그의 마음을 스쳐 지나가고, 다가오는 버스 그림자가 그를 덮친다.

'어맨다…… 나도 갈게.'

경관이 어찌나 세게 쓰러뜨리는지, 조너스는 치아가 빠질 것 같다. 경관의 체중에 두 사람 모두 버스 앞에서 굴러 나간다. 보도에 부딪히는 순간, 버스 타이어에 조너스 왼발 구두의 밑창이 닿는다.

두개골이 콘크리트에 부딪히며 튄다. 댕댕 울리는 소리가 들리고 작은 별들이 주위를 날아다니며 터지는 모습이 시야를 가린다. 조너스는 의식을 잃지 않으려고 기를 쓴다.

경관이 팔을 당긴다. 팔이 빠진 느낌이다. "개자식." 경관이 자꾸만 되풀이해 말한다. 욕을 하는 것인지, 조너스를 부르는 것인지 모르겠다. 그는 능숙하게 조너스의 손목을 뒤로 가져가고 한 손으로는 수갑을 꺼낸다. 수갑이 짤그랑거리는 소리가, 기묘하게도 종소리를 연상시킨다. "반항하면 팔을 부러뜨리겠어." 경관이 장담한다. 의심할 이유가 없다.

그때 조너스는 그런 일을 기다릴 필요가 없다는 사실을 기억해낸다. 그곳에 있을 필요가 없다. 아직 사슬이 있다는 사실을, 슬픔과 경관과의 경주 때문에 잊고 있었다. 조너스는 손가락으로 반지를 긁어보지만 어맨다의 피가 너무 많이 묻어있다. 조너스가 애쓰는 사이, 경관이 수갑을 채운다. 혈액순환이 안 될 정도로, 아플 정도로 꽉 조인다. 무모하게 도주한 벌이다. 조너스는 안간힘을 쓰지만 사슬이 자꾸만 미끄러진다.

달칵. 나머지 한쪽 수갑이 채워진다. 조너스는 이를 악물고 힘을 준다. 두 마리 싸우는 오징어처럼 양손의 손가락을 꽉 쥐고 문지르니 감각이 사라진다. 위에서 경관이 체중을 옮겨 조너스를 일으키려고 하는데, 그 순간 조너스는—드디어—사슬을 꽉 잡아 손가락에서 뽑아 다른 손에 쥔다.

경관이 그다음 일을 어떻게 받아들일지는 알 수 없다. 경관이 자신 혹은 상관에게 뭐라고 설명할지도 알 수 없다. 분명, 모여드는 사람들을 심문하며 "그거 봤죠? 그거 봤잖습니까?"라고 애원할 것이다. 하지만 상관없다. 이제는 익숙한 간지러운 느낌이 다시 한번 온몸을 지나간다. 빛이 번쩍인다. 공간이 접힌다. 수갑, 약간의 현금, 새로 찍은 미국 여권, 아메리칸익스프레스 카드가 보도에 떨어지고, 조너스는 이 세상에서 사라진다.

∞

어쩌면 조너스가 땅에 누워있는 사실 탓일 것이다. 어쩌면 도저히 수습할 수 없이 상심한 탓일 것이다. 어쩌면 그의 몸이 세포에 가득 찬 양자 방사선을 처리하는 중인 탓일 것이다. 이유가 무엇이든, 현실을 이동하는 경험이 전과 다르다. 이번에 조너스는 어렴풋한 고통을 느낀다. 손발 끝이 저릿저릿하다.

보도가 그를 흡수하는 것처럼, 콘크리트가 몸 아래서 내려앉는다. 하지만 그것이 아니다. 콘크리트가 두툼한 풀밭으로 바뀐다. 풀잎이 얼굴을 간지럽힌다. 솔향이 가득하다. 조너스는 비틀거리며 일어나, 도시 전체가 사라졌다 보이는 데까지 오르락내리락 펼쳐진 풀밭이 대신한 광경을 본다. 아름답다. 하늘이 새빨갛다. 어느 새벽이나 석양보다 짙은 붉은빛이다.

조너스는 다시 쓰러진다. 도시가 그곳 어디에나 펼쳐진 아스팔트 도로와 함께 돌아왔다. 넘어지는 바람에 이미 겪은 뇌진탕이 더 심해지고, 처음 충격을 준 것이 또 한 차례 그를 공격한다. 물이다. 엄청난 물살이 그를 덮치고, 도시의 건물들은 거대한 수문 역할을 한다. 그 물살에 조너스는 다시 픽 쓰러져 드높은 고층 건물로 휩쓸려 간다. 강철과 유리 벽이 솟아나 맞이하자, 조너스는 또다시 끝이구나 싶다.

하지만 다시 이동하자 건물 대신 조금 덜 단단한 바닥이 나타난다. 조너스는 세게 떨어진다. 이번에도 뉴욕의 콘크리트는 냉혹하다. 우주들이 빙빙 돌며 지나가자 조너스는 방향감각을 잃는다. 현실이 바뀔 때마다 우주의 러시안룰렛이 돌아간다. 이 정도만 다친 것은 귀하디귀한 행운의 연속이다. 몇 초간 진정되자, 조너스는 사슬을 다시 손가락에 낀다. 폭포수처럼 이어지던 대체현실이 속도를 늦추고, 조너스는 손을 내려다본다. 사슬의 하얀 깜빡임이 어머니의 손길처럼 위로가 된다.

조너스가 숨을 깊이 들이쉬자 똥 냄새가 난다. 공기 중에 탄 고무와 전기 냄새도 가득하다. 바닥이 단단하다. 자갈이 엉덩이를 누른다. 신문지가 날아간다. 어둠 속에서 빈 병과 가방, 부츠 한 짝이 주위에 흩어져 있다. 쓰레기 중 하나는 빈 커피 컵이다. 여러 개의 현실, 전혀 다른 우주를 넘어왔는데 눈앞에 보이는 것은 스타벅스 로고다.

쥐 한 마리가 후다닥 달아나자 조너스는 깜짝 놀란다. 어딘지 모르겠지만 오래 머물고 싶은 장소는 아니다. 하지만 몸과 영혼이 다 부서진 조너스는 걷기는커녕 일어설 기운도 낼 수가 없다. 머리에 몰린 피가 심장이 뛸 때마다 공격을 개시한다. 숨 쉴 때마다 옆구리가 욱신거린다. 그래서 주위가 어두운데도, 쓰레기와 쥐와 탄 고무 냄새로 에워싸여 있는데도 도무지 움직일 수 없다. 단단한 땅과 등을 눌러대는 더욱 단단한 벽, 차갑고 딱딱한 그것이 너무나 폭신한 위로처럼 느껴진다.

호흡이 진정되고 맥박이 어느 정도 차분해지자, 상실과 절망이 나란히 그의 사고로 되돌아온다. 마음속 깊은 곳에서 감정이 차오른다. 슬픔이 그를 꽉 붙잡고 쥐어짠다. 눈에 눈물이 고이기 시작한다.

그리고 그 순간, 비명이 들린다.

아니, 그게 아니다. 인간의 비명이 아니라 고음과 저음의 휘파람과 두드리는 소리가 섞여서 들려온다. 소리가 차츰 가까워진다.

조너스가 누운 바닥이 떨린다. 자갈이 살짝 춤을 춘다. 가느다란 강철끈 세 줄이 바닥을 지나간다. 희미한 불빛이 흘러들며 그곳이 어디인지 드러낸다.

터널 안이다. 다가오는 불빛과 '비명'에 미루어, **지하철 터널**이다.

조너스는 벌떡 일어난다. 슬픔이 자리를 비켜주니 두려움이 자리 잡는다. 조너스는 다가오는 불빛으로부터 홱 돌아서지만 길게 뻗은 어둠밖에 보이지 않는다. 열차가 다가온다는 사실을 알리는 우르릉 소리가 지진처럼 느껴진다.

조너스는 이제 죽음의 유혹을 느낀다. 전에도 느낀 적이 있는 감정이다. 모든 것을 포기하고, 슬픔과 절망과 고통을 벗어나 드디어 잠들고 싶은 욕망. 다가오는 열차는 2년째 어맨다 없이 견뎌온 끔찍한 삶을 끝내줄 수 있다.

조너스는 아무 생각 없이 터널 가운데로 걸어가 다가오는 열차 불빛 속에 몸을 던진다. 몇 초, 몇 분 안에 열차가 그를 덮칠 것이다. 눈을 감으면 다가오는 것이 보이지 않을 터이다. 다가오는 열차의 열기라면 모를까, 아무것도 느끼지 않은 채 모두 끝날 것이다.

하지만 살고자 하는 인간의 의지는 아마도 가장 강한 충동으로, 다른 모든 욕구를 가능하게 하는 욕구인 모양이다. 그래서 다가오는 열차의 불빛이 밝아지며 왼쪽에 철제문 윤곽선이 보이자, 조너스는 그것의 정체를 깨닫는다. 나갈 방법. 살 방법이다. 터널이 더 밝아지는 순간, 조너스는 그것을 향해 달린다. 손잡이를 붙잡자, 그것이 버틴다.

지진이 더욱 강해진다.

겨우 몇 초 남았다는 생각이 드는 순간, 조너스는 열려던 문에 찰싹 붙는다.

끼익 녹슨 소리를 내며 손잡이가 돌아가지만, 문 밑에 슨 녹 때문에 1센티미터 이상 열리지 않는다.

터널이 더욱 밝아진다.

열차가 거의 다가왔다.

조너스는 점점 더 다급한 심정으로 문을 향해 몸을 던지며 어깨로 되풀이해 두드린다. 하지만 처음 1센티 밀린 것을 제외하면 문은 성벽처럼 꿈쩍 않는다.

열차의 도착을 알리는 금속성 고음에 귀가 먹먹하다.

조너스는 문에서 서너 걸음 뒤로 물러난다. 이제 열차가 보인다. 두 개의 할로겐 등이 그를 향해 비명을 지른다. 검은 유리벽 뒤에서 차장이 그를 보고 놀라 허둥댄다.

그때, 다친 짐승의 구슬픈 울음소리처럼 찌익 소리가 터진다. 시속 90킬로미터로 달리는 38,000킬로그램짜리 강철 미사일을 늦추려고 브레이크를 밟는 소리다.

조너스는 다시 고집 센 문에 몸을 던진다. 머리가 어깨에서 튀어나가며 쿵 소리를 내며 금속에 부딪힌다. 다시 쓰러진다. 주저앉는 것이 아니라 앞으로 나아간다. 콘크리트 바닥에 닿는 순간, 지나가는 열차가 일으킨 뜨거운 바람이 그를 덮친다. 그가 들어간 공간이 그 바람에 흔들린다.

조너스는 일어설 생각도 하지 않는다. 힘이 없다. 금속 계단 밑이다. 나머지 공간은 콘크리트다. 한쪽 벽에는 진청색 로고가 찍힌 표지가 있다. 원 안에 흰색으로 MTA라는 글자가 쓰여있다. '메트로폴리탄 교통공사'.

앞에 계단이 버티고 있다. 그것이 조너스를 부른다. 하지만 안전해지자 다시 비통함과 절망이 찾아온다. 상실감에 그는 꼼짝할 수 없어, 지하철이 방해한 일로 돌아간다.

울음이 터진다.

그러나 이 눈물은 어맨다를 마지막으로 안고서 숨을 거두는 모습을 지켜볼 때 가만히 흐르던 눈물과 같지 않다. 조너스는 온몸에서 눈물을 짜내며 엉엉 운다. 차가운 콘크리트 바닥에서 그는 통곡한다. 가슴이 들썩일 때마다 짐승 같은 비명이 튀어나오며, 스펀지에서 물을 짜듯 새로운 눈물이 쏟아진다. 아무도 방해하지 않는다. 조너스는 실컷 울고 고함지르며 몇 시간째 그 바닥에 쓰러져 있다.

다 울고 나자, 잠을 자고 싶은 마음뿐이다. 그렇게 지치기는 처음이지만 조너스는 몸을 일으킨다. 어맨다가 죽은 뒤, 연구 덕분에 어맨다와 재회할 수도 있을 것이라고 깨닫기 전까지의 시간을 기억한다. 그 사이, 절망과 희망 사이의 중간 시기, 조너스는 살면서 가장 힘든 일이 그저 사는 일이기도 하다는 것을 배웠다. 그때는 그저 살기가 불가능했다. 지금도 불가능하게 느껴진다. 하지만 자살을 제외하면, 달리 선택지가 없다.

조너스는 계단으로 다가가 오르기 시작한다.

그때 조너스는 양자 얽힘 강의를 하고 있었다. "철학은 두 가지 상반된 것이 동시에 사실일 수 없다고 합니다. 물리학은 두 개의 서로 다른 물체가 같은 시간, 같은 공간을 점할 수 있다고 합니다. 하지만 양자물리학은 철학자도 물리학자도 틀렸다고 합니다."

강의실은 반원형 극장 형태로, 조너스는 바닥에 화이트보드를 여러 개 세우고 서서, 진지한 관심을 가진 얼굴부터 지루해서 가수면 상태인 얼굴까지 다양한 표정으로 노트북컴퓨터를 놓고 앉아있는 학생들을 올려다보고 있었다. 강의실은 4분의 3 정도 차있다. 그가 파도를 타는 서퍼처럼 학생들이 내뿜는 에너지에 올라타려면 필요한 수, 일흔다섯 명 정도가 모여있었다. 강의하면서 조너스는 그 에너지 교환을 알게 됐다. 모인 학생 중에서 열심히 듣는 사람들에게 조너스는 에너지를 줬고, 그들이 그 에너지를 돌려주어 조너스는 더욱 기운이 났다. 그것은 플라이휠, 사실상 순환 작용이었다. 그 과정을 사랑하지 않는다면 거짓말일 것이다.

"지금 설명하는 내용은 두 개 이상의 입자가 주어진 공간을 공유해서, 각 입자의 양자 상태를 함께하는 입자의 상태와 독립적으로 측정할 수 없을 때 일어나는 현상이죠. 그럴 때 그 두 개 이상의 입자들이 '얽혔다'고 하는 겁니다." 조너스가 빠른 손놀림으로 자기 앞의 공간에 궤적과 입자들의 관계를 그린다. "사실, 이 얽힘은 고전물리학과 양자물리학의 일차적 차이입니다. 이 개념은 이후의 여러 가지 개념을 탄생시킨 핵심 개념이죠. 이후에 나온 개념 중 하나가 양자컴퓨팅입니다. 전통적인 컴퓨터는 1과 0으로 이뤄진 이진법 구조를 갖죠. 모든 데이터가 1 혹은 0으로 이뤄집니다."

원래 하려던 강의 내용에서 벗어났지만 조너스의 사고 흐름에 추진력이 붙었다. 강의 내용이 곁길로 빠져도 학생들과의 에너지 교환은 강력했다. 문자메시지를 보내거나 몽상에 빠졌던 학생들조차 집중하는 표정이었다. "하지만 양자 얽힘은 **세 번째** 가능성, 1과 0이 **공존**해서 동시에 참도 되고 거짓도 되는 가능성을 인정합니다."

조너스는 자신의 언변에 몰두한 나머지 작은 북소리를 듣지도 못했다. 프랭크 시내트라의 목소리—나는 왜 당신이 하라는 대로 할까?—를 듣고서야, 어맨다가 강의실 계단을 내려오는 모습을 보았다. 가을이었고, 어맨다는 녹색 캐시미어 스웨터 위로 머리칼을 늘어뜨리고 있었다. 눈은 장난기로 반짝였고, 손에는 블루투스 스피커를 들고 있었다. 스피커에서 '잇 해드 투 비 유'가 울려 퍼졌다.

학생들이 키득키득 웃어댔다. 어리둥절한 표정을 짓는 학생들도 있었지만, 몇 안 됐다. 어맨다는 강의실을 반으로 나누는 계단에 서서 허리를 흔들며 시내트라의 노래를 따라 불렀다.

왜 나는 당신이 하라는 대로 할까?

조너스는 눈살을 찌푸렸다. "네 여자친구가 할 말이 있는 모양이군요."

그런데 놀랍게도, 학생 몇몇도 노래를 부르기 시작했다. 즉흥적인 것이 아니라 계획된 합창 같았다.

왜 나는 한숨을 쉴까, 왜 잊으려 하지 않을까? 연인들이 운명이라고 부르는 것이겠지.

"그리고," 조너스는 웃음을 참으며 말했다. "여러분 중에도 공모자가 있는 모양이고요."

알고 보니 몇 명 정도가 아니었다. 곧 학생 전체가 큰 소리로 합창해 어맨다뿐 아니라 이사회 회장(Chairman of the Board, 프랭크 시내트라를 가리킴─옮긴이)의 목소리도 들리지 않게 됐다.

기다려야 한다고, 그래서 기다려야 한다고 했죠. 모두 봤지만 빠져들지 못했어요, 당신을 만나기 전까지는.

어맨다는 학생들과 스피커보다 목청을 높이고, 음악에 맞추어 몸과 머리칼을 흔들었다.

당신이어야 했어요. 당신이어야 했어요. 난 정처 없이 헤매다가 드디어 나를 진실되게 만드는 사람을 만났어요…….

"당신 목소리가 아름답다고 늘 말했잖아." 조너스가 짐짓 항의하는 척 말했다. "그 사실을 반박한 적 없는데."

어맨다는 빈손으로 오케스트라 지휘자처럼 길게 C 자를 그렸고, 다음 구절로 넘어가기 직전 학생들은 노래를 멈췄다. 일흔다섯 명이 시선을 조너스에게 꽂은 채 기다렸다.

조너스는 항복의 뜻으로 한숨을 내쉬었다. **"또 나를 우울하게 만드는 사람을."** 그는 노래하는 대신 중얼거리기 시작했다. 하지만 그 분위기에 휩쓸리기 시작했다. 노래에 대한 반감이 창피함 때문이라면, 어맨다가 그것을 없애기 의해 음모까지 꾸미지 않았는가? **"그리고 기쁘게 만드는 사람을."** 그의 목소리에 음이 스며들기 시작했고, 가사에서 곡조가 들렸다. **"당신을 생각만 해도······ 슬퍼졌죠."** 시선이 어맨다에게 닿자, 조너스는 또 다른 종류의 에너지가 교환되는 것을 느꼈다. **"내가 만났던 사람들은 못되게 굴지 않았지만······."**

다음 순간 조너스는 긴장을 풀고 목소리를 높여 외쳤다. **"화를 내지도 조종하려 들지도 않았지만 그들로는 부족해요!"**

학생들이 우레 같은 박수를 보냈다. 노래가 계속되는 동안 조너스는 학생들의 좌석을 지나 계단에 선 어맨다에게 다가갔다. 시내트라가 그 누구에게서도 전율을 느끼지 못한다고 속삭일 때, 조너스는 어맨다를 품에 안았다.

"진정 살았던 적 없었어요." 조너스는 어맨다의 귀에 속삭였다. 목소리가 갈라졌다. 조너스는 파도처럼 밀려드는 슬픔에 놀라 격한 감정과 싸웠다. 어맨다 없이 보내는 1분 1초가 상대적으로 어둡다는 깨달음 탓이었다. 어맨다와 사랑에 빠진 것, 어맨다가 그와 사랑에 빠진 것은 도로시가 캔자스에서 오즈로 간 것, 흑백에서 컬러로 변한 것에 비견될 일이었다. "당신을 만나기 전까지는 진정 살았던 적 없었어요."

어맨다의 입술이 조너스에게 닿았다. 어맨다는 스피커를 내려놓고 조너스를 제대로 안았다. 학생들은 콘서트에 온 것처럼 손뼉을 치고 환호했다. 시내트라의 노래는 계속됐다.

계단을 오른 조너스는 그곳에 있는 철문을 두드린다. 이 문은 반대편에서 잠겨있다. 조너스가 슬픔과 분노를 담아 그 문을 두드리고 있으니 지하철 직원이 열어준다. 조너스는 그 직원에게 자신이 노숙자라고 밝힌다. 지친 표정과 더럽고 멍든 얼굴이 그 주장을 뒷받침한다. 그는 플랫폼에서 발을 헛디딘 탓에 떨어져 관리실 문을 찾았다고 해명하고, 직원은 그 말을 믿는다. 부랑자와의 만남에서 사람들이 원하는 것은 그 만남이 어서 끝나는 것뿐이라는 사실도 도움이 된다.

조너스는 또 다른 우주의 맨해튼을 정처 없이 걷는다. 건축의 다양한 차이는 눈에 들어오지 않는다. 고향 우주에서는 쓰지 않았던 여러 방언이 요란하게 떠들어 대는 소리도 들리지 않는다. 다른 맨해튼에서 어맨다가 총에 맞았던 봄날과 달리, 얇은 면직물 옷을 뚫고 들어오는 한기도 조너스는 느끼지 못한다. 하늘은 잿빛이다. 공기에는 날카로운 냉기의 냄새, 석탄불 꺼지는 냄새가 실려있다.

조너스에게는 목적지가 없다. 배가 고프지만 식욕은 없다. 아메리칸익스프레스 사무소를 찾아 소지품을 도둑맞았다는 처량한 이야기를 반복할 수 있지만, 고국에서는 그 이야기가 받아들여질 것 같지 않다. 물론, 조너스 컬런이 이 우주에 존재한다는 가정하에서 하는 말이다.

밤이 되고 기온이 더 떨어진다. 영원히 방황할 수 없어서 조너스는 결정을 내리자고, 갈 곳을 찾자고 되뇌지만, 아무런 생각도 떠오르지 않는다. 두뇌가 활동을 거부한다.

머리 위 잿빛 커튼 같은 하늘에서 별들이 고개를 내민다. 도시의 불빛이 그 부연 하늘을 배경으로 빛을 내기 시작한다. 그 광경이 아름답기는 하지만, 그저 시간이 가고 있다는 사실밖에 느껴지지 않는다.

그다음 정신을 차리고 보니, 조너스는 리버사이드 드라이브에 서서 몇 개의 우주를 건너오기 전에 집이라고 부르던 건물을 올려다보고 있다. 그는 무릎을 꿇는다. 콘크리트로 흘러나오던 피가 없을 뿐, 보도는 빅터가 어맨다의 목숨을 빼앗던 곳과 똑같다. 조너스의 마음속에 이제는 익숙해진 감정이 차오른다. 이 감정이 얼마나 오래 갈까? 멈추기나 할까?

조너스는 침을 꿀꺽 삼키고 울음을 억누른다. 억지로 일어선다. '한 번에 한 걸음씩.' 그가 다짐한다. '그렇게 겪어내는 거야. 한 번에 한 걸음씩.'

조너스는 계단을 올라가 건물 안내를 확인하고 찾던 이름을 발견한다. '컬런, J.' 초인종 버튼을 누른다. 대답이 없다. 버튼을 다시 누른다. 아무 대답도 없다. 아마 그의 도플갱어는 외출 중인 모양이다. 외식이라도 하는 걸까. 지구 반대편의 학술대회에 참석 중이든

가. 독신인 그가 얼마나 돌아다닐지 누가 알 수 있을까.

하지만 그때 그 질문—독신이 **아니라면?**—이 슬며시 고개를 든다. 이 우주의 조너스가 어맨다가 아닌 상대를 만났다면? 혐오스러운 생각이다. 신성모독에 가깝다.

"컬런 박사는 외출 중이에요." 과테말라 억양이 강한 목소리로 계단 밑에서 누군가가 말한다. 조너스가 돌아보니 고메즈 부인의 남편 아르투로가 보인다. 땅딸한 체구의 그가 숨을 몰아쉬고 있다. "며칠 안 들어왔어요." 그는 조너스를 자세히 살핀다. "닮았군요. 컬런 박사님의 친척이에요?"

조너스는 그 질문에 당황한다. "동생입니다." 거짓말로 답한다.

"컬런 박사님에게 동생이 **있는지** 몰랐군요."

"저희 가족 상황이 좀 복잡하거든요." 조너스는 무미건조한 말투로 대답한다.

고메즈 씨는 복잡한 가족 상황을 잘 안다는 듯 고개를 끄덕인다.

조너스는 그 기회를 잡아본다. "아만도가 아직 관리인인가요?" 조너스가 묻는다. "제……" 아슬아슬하게 말을 멈춘다. "제 형 아파트에 들어가고 싶은데요."

고메즈 씨는 이마에 주름을 잡고 희끗희끗한 수염을 쓰다듬으며 궁리한다. "나는 여기 26년 동안 살았어요. 아만도라는 관리인은 기억이 안 나는데. 하지만 아마 프랭크 씨가 도움을 줄 수……."

몇 초 뒤 조너스는 관리인 프랭크를 따라 복도를 걷고 있다. 오십대의 프랭크는 앙상하다 싶을 만큼 말랐다. 왼쪽 다리를 살짝 전다. 목소리는 핏불처럼 으르렁거리지만, 앞니가 빠져 바람 새는 소리에 알아듣기 힘들다.

"들러줘서 반갑네요." 프랭크가 허리춤에서 열쇠고리 꾸러미를 떼어내며 말한다. "형님을 본 지 이틀쯤 됐는데, 안 그래도 냄새 때문에 이야기하려던 참이거든요."

"냄새요?"

프랭크는 꾸러미에서 열쇠를 하나 찾아 아파트 문을 연다. 그러자 악취가 코를 찌른다. 시큼하고 들척지근하다. 햇볕에 두어 상한 멜론 냄새다.

"다른 주민들 불평이 많아요." 프랭크는 조너스를 들여보내며 중얼거린다.

아파트 내부는 조너스가 어맨다와 함께 살던 곳과 같다. 가구와 장식품도 낯익다. 엉망으로 흐트러진 곳에서 여성의 손길이 느껴진다. 최근 혼자가 된 남자의 살림살이다. 그런 생각이 들자 오싹하다. 아마 이 현실의 조너스도 어맨다를 잃은 모양이다.

"말이 많아요. 주민들이." 프랭크가 말한다.

조너스는 내부를 훑어본다. "벽 속에서 쥐가 죽었나 보죠." 조너스가 운을 뗀다.

프랭크는 그 말에 상처받고 얼굴을 굳힌다. "이 건물에는 쥐 없어요." 물어뜯는 말투다.

조너스는 미안하다는 표정으로 한 손을 든다. 기분 상하게 하려고 한 말은 아니다. "제가 살펴보죠. 처리할 수 있을 겁니다."

"그런데 형님은 어디 계신가요?"

"글쎄요?" 조너스는 이상하게 낯익은 광경에 정신이 팔렸다.

"멀리 여행을 간 걸 수도 있다던데."

조너스는 진지한 표정으로 대답한다. "멀리를 어떻게 정의하느냐에 따라 다르겠죠."

∞

관리인이 돌아간 뒤, 조너스는 과연 다른 조너스가 돌아올지 서너 시간쯤 기다려 보기로 한다. 그가 돌아온다면 역사상 가장 기묘한 재회가 될 것이다.

달리 할 일이 없기에 조너스는 아파트 안을 서성인다. 낯설면서 동시에 익숙한 곳이다. 그가 기억하는 집이지만, 타인이 살고 있다. 사방에 흩어진 책은 곰팡이처럼 모든 평면을 뒤덮고 있다. 가구가 비뚤어져 있다. 화병은 넘어져서 마른 꽃다발을 쏟아놓고 있다. 아파트는 경찰이 압수수색을 하고 나간 것 같은 꼴이다.

거실에는 액자가 놓인 선반이 있다. 벽 쪽으로 돌려놓은 액자도 있다. 선반 위에 쓰러진 것도 있다. 조너스는 조심스러운 손길로 액자 하나를 들어 세운다. 사진을 본 그는 가까이 당긴다. 놀란 신음이 새어 나온다. 그와 어맨다의 사진이다. 바닷가 결혼식. 배경 하늘은 석양으로 불붙은 듯 선명한 주황과 빨강, 노랑으로 물들어 있다. 어맨다의—**두 사람의**—황홀한 표정은 유행가와 시의 주제에 어울린다.

희망은 양날의 칼이다. 희망은 생명을 이어나가게 하지만, 엄청나게 잔인한 잠재력도 갖고 있다. 희망의 그림자가 조너스의 생각을 칼날처럼 저민다.

이 우주에서 어맨다가 살아있다면?

티볼트의 계산이 틀렸다면?

조너스의 심장이 부풀더니 뛰기 시작한다. 머릿속에서 시나리오가 발전하는 속도를 따라갈 수 없다. 어맨다는 살아있다. 이 우주의 조너스와 여행 중이다. 그들은 함께 행복하게 살고 있으며, 조너스를 2년 동안 괴롭힌 상실에 대해서는 알지 못한다. 아파트가 엉망인 것은 그들이 집을 비운 사이 도둑이 든 탓이다.

조너스는 사진을 부여잡은 채 확인이라도 하려는 듯 다른 사진을 고른다. 센트럴파크의 어맨다. 프리스비에 붙인 다이아몬드 반지가 햇빛을 받아 반짝인다. 희망이 계속해서 세이렌의 노래를 부른다.

조너스는 선반의 결혼사진을 다시 보지만, 센트럴파크 어맨다 사진을 손에서 놓지 않는다. 심호흡하던 그는 곧 아파트에서 나는 악취를 기억한다. 구역질 나는 냄새에 그는 몽상에서 깨어난다. 엉망으로 흩어진 물건과 버려진 장식을 가만히 지켜본다. 아파트가 그토록 익숙하게 느껴지는 이유는 그의 아파트도 같은 상태이기 때문이다. 청소를 중단했다. 잡동사니를 치우지 않았다. 행복하던 시절의 사진을 보이지 않게 치웠다.

앞에 놓인 선반 위, 안 보이게 엎어놓고 돌려놓은 액자들이 그를 조롱한다. 그것들이 희망을 쫓아내며, 감히 그런 생각을 품다니 어리석다고 놀린다. 진실은 바로 앞에 놓여있다. 티볼트의 계산은 틀리지 **않았다**. 이 우주에서도 어맨다는 떠난 것이다.

그리고 조너스는 어맨다를 잃은 남자의 집을 침입한 것뿐이다.

조너스는 센트럴파크 어맨다 사진을 부적처럼 쥔 채 아파트의 나머지 공간을 살피러 거실에서 나온다. 복도에는 물리학과 양자역학 서적이 줄지어 쌓여있다. 주방은 냉동식품 용기와 술병이 전투를 벌인 곳 같다. 식당은 상대적으로 깔끔한 모습이다. 몇 년, 몇 달 동안 아무도 그곳을 쓰지 않았다는 뜻이다.

조너스는 마지막으로 침실에 들어선다. 결혼 생활을 기억하게 하는 곳이 있다면 그곳일 것이다. 그러니 그 방이 아파트 전체에서 가장 많이 변한 곳이라면, 축복일지 모른다. 창문이 무언가로 가려져 있지만 블라인드나 커튼은 아니다. 자세히 보니 창문을 가린 것은 검정 쓰레기봉투다. 그 탓에 달빛이나 시내 불빛도 새어 들지 못한다. 조너스는 어둠 속에서 전등 스위치를 찾아 더듬는다. 다행히 그의 우주에서와 같은 위치에 스위치가 있다.

불이 켜지니, 알아볼 수 없는 방이 보인다. 벽지를 흰색으로 칠한 뒤 천장부터 바닥까지 기이한 공식을 빼곡히 적어놓았다. 그의 문신과 비슷한 내용이지만 마치 미치광이의 낙서 같다. 수식이 적히지 않은 부분에는 과학 저널과 신문, 잡지에서 찢어낸 기사와 표가 붙어있다. 기이한 콜라주다.

이 광경에 조너스는 속이 메슥거린다. 다급하게 비뚤비뚤 적은 불가사의한 공식은 슬픔 속으로 고꾸라져 미쳐버린 사람이 남긴 것 같다. 찢어진 기사는 잠시 성립했다가 사라지는 이론을 찾아 필사적으로, 고통스럽게 헤맨 자취다.

탁자 위에는 쓰러질 만큼 높이 쌓인 문서 더미가 있다. 조너스는 알 수 없는 본능에 이끌려 빨지도 않은 시트에 앉아서 그 문서를 집어 든다. 떨리는 손으로 문서를 훑어본다. 생명보험금 지불을 확인하는 이메일 출력물을 보고 가슴이 철렁한다. 조너스와 그의 어맨다도 어느 재무상담사의 제안에 비슷한 생명보험에 가입했었다. 메일을 살펴보니, 이 우주의 어맨다도 세상을 떠났음이 확인된다.

이 세계에는 노벨상도, 스톡홀름에서의 의기양양하던 밤도, 아

170

울라 마그나에서 박수갈채를 보내던 청중도 없다. 센트럴브론에서의 사고도 없다. 하지만 어맨다는 사망했다. 자동차보험 회사와 뉴욕 교통국, 택시 리무진 서비스의 서류가 과정을 전한다. 조너스의 차가 프랭클린 델러노 루스벨트 드라이브에서 망가진 가드레일을 뛰어넘은 택시에 부딪혔다. 조너스는 책임을 부인하고 합의를 요청하는 내용을 읽는다. 택시 회사의 변호사들과 조너스의 변호사를 연결시키라는 예의 바른 요청. 이메일과 다른 연락을 받으라는 간청. 관련자들은 다르지만, 문서는 즈너스가 고향 현실에서 무시했던 것들과 흡사하다. 위로를 전하는 카드와 이메일. 전에도 그것을 읽지 못했고, 지금도 마찬가지다. 어떤 말도 그를 위로할 수 없었고, 그가 내키는 위로를 전하는 친구도 없었다. 어맨다가 없는 세상은 텅 비었다. 달처럼 황량하고 삭막했다. 위로가 바닷물처럼 밀려들어도, 그의 영혼에 펼쳐진 사막을 적실 수 없었다.

서류와 편지, 이메일은 그가 견딘 오랜 슬픔을 기록하는 화석이다. 하지만 그는 결국 그 지층에서 균열을 발견한다. 도플갱어의 삶이 그의 삶과 달라지는 분기점이 있다. 친구들과 동료들의 연락이 조용히 끊어지는 대신, 거기서 차츰 더 큰 우려가 느껴진다. 이메일에 답이 없자, 편지를 쓴 사람들도 있었다. 전부 이곳 조너스의 정신건강을 점점 더 염려하는 내용이었다.

이 현실에서는 빅터가 표절을 주장한 적이 없었다. 시기심에서 비롯한 비난에 대한 검토도 이뤄지지 않았다. 조사위원회도 없었다. 이 우주의 조너스는 컬럼비아 대학교 교수직에 미련도 없었다.

하지만 어맨다는 사망했다. 침대 옆에 쌓인 문서 더미는 물리학과에 제출된 불만 사항이다. 이곳의 조너스가 드물게 강의하러 나가서 분노를 폭발시킨 사례가 적혀있다. 교수가 미쳐 날뛰는 광경을 지켜본 학생과 조교들의 보고도 있다.

도로시 스탠턴은 조너스가 심리 검사를 받아야 한다는 요청을 여러 차례 받았다. 시간이 지나며 요청은 요구로 바뀐다. 요구는 협박이 된다. 결정타는 교수직에서 파면한다는 서신이다. 서신이 들려주는 이야기를 읽어보면 파면으로 끝나는 것이 다행이라고 느껴질 정도다.

전체적으로 문서들은 아내를 잃은 슬픔에 빠진 한 남자가 직장에서 쫓겨나고 외면당하며 파멸하는 과정을 전한다. 조너스는 그 문서를 탁자에 올려놓고, 프라이버시 침해라고 느끼면서도, 초대하듯 문이 열린 옷방을 들여다보고 싶은 유혹을 느낀다.

조너스는 안으로 들어간다. 옷가지가 이것저것 흩어진 바닥에 셔츠와 바지가 늘어져 있다. 조너스는 자신의 옷방 역시 이 아파트처럼 냄새를 풍기며 지저분할 것이라고 생각한다. 이곳에도 천연직물로 만든 옷가지가 분명히 있다. 조너스의 치수일 것이라고 확신할 수 있다.

조너스는 옷방 불을 켜고 갈아입을 옷을 찾기 시작한다. 습관적으로 현실 이동에 입을 옷을 찾다가 지금의 우주를 떠날 뜻이 없음을 깨닫는다. 어맨다를 찾을 희망이 없다면 어차피 갈 곳이 없다. 어떤 우주라고 해도. 물론, 이동은 **할 수 있다.** 최초로 다중우주를 여행하는 선구자로서. 탐험하고 기록할 수 있다. 조너스는 수천 개의 현실 속에서 논문을 발표하고, 각 우주에서 노벨상을 수집할 수 있다. 하지만 그것이 다 무슨 소용인가? 어맨다는 여전히 없을 것이다. 아무리 상을 받고 명예를 누려도 어맨다는 돌아오지 않을 것이다. 삶은 공허할 것이다. 의미 없을 것이다.

옷방을 살금살금 다니던 조너스는 발밑에서 무언가 움직이는 것을 느낀다. 작게 끼익 소리가 난다. 빨래 더미를 치우고 발굴한 마룻바닥을 발로 눌러본다. 바닥이 살짝 들어간다.

악취가 다시 피어오른다. 그 냄새에 거의 적응하다시피 했지만, 옷방 안에서 더 강하게 느껴진다. 조너스는 무릎을 꿇고 마룻바닥 가장자리를 쓰다듬는다. 다른 쪽 손으로 누르니 반대쪽 마룻장이 위로 살짝 튀어 올라와 잡을 곳이 생긴다. 그것을 집어 드니 악취가 더욱 강해져 조너스의 의심이 옳았음을 확인해 준다. 조너스는 치미는 구역질을 꾹 누르고 다른 마룻장을 제거해 겨우 들어갈 수 있을 정도의 비좁은 공간을 드러낸다.

조너스는 아래로 내려간다. 발이 대롱거리다가 단단한 바닥에 닿는다. '콘크리트인가?' 좁고 축축한 굴이다. 거미줄이 얼굴에 감긴다. 손 옆에서 바퀴벌레가 달아난다. 악취가 벽처럼 가로막지만, 조너스는 입으로만 숨을 쉬며 버텨본다. 그래도 큰 도움은 안 된다. 구역질을 참는다.

어둠에 적응하고 난 조너스는 검은색에 희미한 빛이 나는 곤충의 허물을 연상시키는 형태를 발견한다. 크롤 스페이스(crawl space, 목조 주택 기초 바닥의 내부 공간 또는 천장 아래나 바닥 밑의 점검용 통로─옮긴이) 입구에 비틀어진 덩어리가 박혀있는데, 다가가서 보니 어스름한 빛에 보이는 표면이 비닐 같다.

또 쓰레기봉투다.

베이지색 마스킹테이프가 봉투에 감겨 내용물을 꽉 조이고……

조너스는 창백해진다. 공포에 사로잡힌다.

처음에는 알 수 없던 형태가 이제 보인다. **인간의 형태**다.

공포가 밀고 올라오지만, 봉투에 든 내용물을 알아내야 한다는 욕구가 앞선다. 조너스는 크리스마스 아침에 선물 상자를 여는 아이처럼 다급하게 그것을 뜯는다. 조너스의 손에 견디지 못한 비닐이 늘어난다. 조너스는 점점 더 빠른 손놀림으로 새카만 누에고치를 할퀴고 뜯는다. 결국 봉투가 터지고, 그 안에서 나온 악취가 코를 찌른다. 조너스가 계속해서 봉투를 벗기자 어둠 속에서도 그것이 보인다.

인간의 시체다.

멍한 눈으로 그를 마주 보는 얼굴이 겨우 보인다. 조너스가 잘 아는 얼굴이다. 평생 알던 얼굴이다.

자신의 얼굴이다.

어맨다 컬런을 쏘고 네 시간이 흐르고, 술 세 잔과 자낙스 반 알을 삼킨 뒤에도, 빅터 코바체비치는 떨리는 손을 멈추지 못한다. 조너스가 자기 얼굴을 가진 시체를 빤히 보고 있는 곳과는 전혀 다른 우주의 열 블록 떨어진 궁전 같은 맨해튼의 아파트, 으리으리한 주방에서, 권총은 조리대 위에 놓여있다. 의자에 앉은 빅터는 그 권총을 응시한다. 스미스 앤 웨슨 M&P 9 실드. 맥캘란18 위스키 네 번째 잔 바로 옆, 대리석 상판에 놓여있다. 500그램이 조금 넘는 소형 권총이다. 스테인리스스틸, 합성고무, 폴리머로 만든 것이다. 온라인에서 구입하는 데 400달러도 들지 않았다.

　그 총에는 총알이 총 여덟 개 들어가지만 단 한 번 쏘았다. 빅터가 고용한 메이컨은 연습할 필요도 없다고 했다. '겨누고 꽉 쥐어요.' 메이컨이 말했다. '티브이 리모컨보다 쓰기 쉬운 물건이죠.'

　메이컨은 물론 스스로 하겠다고 했다. 그는 빅터가 지불한 25,000달러보다 적은 돈을 받고도 방아쇠를 당기는 사람이었다. 하지만 빅터는 직접 하고 싶었다.

빅터는 권총을 집어 들고, 그 무기가 다른 현실에 갔다가 돌아왔다는 사실에 감탄한다. 조너스의 방법으로는 그것이 불가능하지만, 빅터의 기술로는 유기물이 아닌 물체를 이동시키는 것뿐 아니라 다른 여러 가지 일이 가능하다.

하지만 손에 묻은 어맨다의 붉은 피를 본 빅터는 총을 내려놓는다. 손톱으로 피를 긁어보지만, 떨어지지 않는다. 몇 시간 전에 피를 전부 닦은 줄 알았다. 욕실 거울에서 얼굴에 튄 피를 보고 놀란 마음이 진정되지 않은 채, 그는 싱크대로 가서 손을 씻는다. 그는 기억에 몰려 더욱 세게 문지른다.

'사라져, 이놈의 자국! 꺼지라니까!'

오른손이 아직도 떨리자, 빅터는 왼손을 뻗어 위스키를 비운다. 네 시간이나 지났는데 왜 손이 떨리는지 알 수 없다. 옳은 일을 했는데. 필요한 일. 우주가 그 일을 원한다는 것이 뼛속에서 느껴졌다. 그리고 그는 그 일을 해냈다.

그런데 손이. 아직도. 떨린다.

주먹을 쥐어봐도 손은 여전히 떨린다. 어맨다를 잊어야 한다고, 복부에서 피가 솟는 모습을 지워야 한다고 판단한 빅터는 손님방으로 향한다. 크레이 XC30-AC 슈퍼컴퓨터가 놓여있다. 냉장고 크기 컴퓨터 네 대가 그 방을 차지하고 있다. 빅터는 워크스테이션 앞의 의자에 앉아 컴퓨터를 깨운다. 50만 달러짜리 물건이다. 빅터는 다시 한번 페드라가 부잣집 딸이라는 사실에 감사한다.

빅터는 키보드를 두드린다. 평소에 쓰던 명령어가 평면 모니터에 쏟아져 내린다. 폭포가 떠오르는 모습이다. 컴퓨터가 돌아가며 열기를 뿜어내자 빅터는 밤공기가 들어오도록 창문을 연다.

왜 다시 프로그램을 돌리는 것일까. 이 알고리즘이 다중우주 속에서 조너스의 사슬이 내놓은 입자와 미립자를 찾아낸다. 건초 더미 속에서 바늘을 찾아내는 자석처럼.

하지만 왜? 어맨다는 죽었다. 업코—혹은 **정의**—의 저울이 균형을 이뤘다.

모두 끝났다.

하지만 빅터는 조너스가 그곳에 남아있는지 알고 싶다. 그 현실을 떠났다면, 다음에는 어디로 갔는지?

그것이 왜 중요할까?

다 끝났는데.

물론, 답은 그가 여전히 손을 떠는 이유와 같다. 우주의 욕구는 충족되었는지 몰라도, 그의 욕구는 아직 아니다. 빅터는 어맨다의 죽음이면 충분할 것으로 확신했지만, 아직 마음속에 남은 것이 있다. **증오다.**

조너스의 사슬이 배출한 것으로 위치를 알 수 있다면, 그 배출을 **조작**할 수 있으리라는 생각이 든다. 사슬이 완전히 작동하지 못하게 만들 수도 있을 것이다. 그렇게 하면, 빅터는 조너스가 현실 사이를—우주 사이를—떠돌며 무자비한 연옥에 갇히게 만들 수 있을 것이다.

조너스는 빅터에게서 훔쳐 간 발명품으로 인해 영원한 저주를 받게 된다.

너무나 완벽한 균형이라 빅터는 무시할 수 없다. 빅터는 다시 한 번 우주의 부름을 듣는다. 그는 의기양양하게 컴퓨터로 돌아가서 새로운 창을 열고 새로운 알고리즘을 코딩하기 시작한다. 그 파일의 이름을 'KARMA2.0'으로 저장한다. 그리고 타자를 하던 중 한 가지 사실을 깨닫는다.

이제 손이 떨리지 않는다.

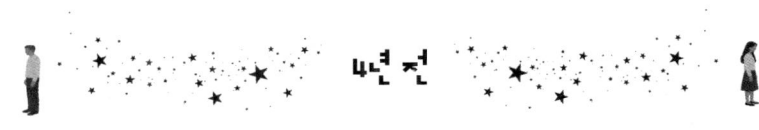

나뭇가지처럼 팔다리를 얽고서 벌거벗은 채로 나른하게 누워있는
두 사람의 몸을 아침 햇살이 훑었다.

"계속 이렇게 있자." 어맨다가 말했다.

조너스는 이의 없이 어맨다의 가슴에 머리를 묻었다. 가슴은 땀
이 흘러 미끄러웠다. 손끝으로 어맨다의 복부를 쓰다듬는 조너스는
너무나 만족스러웠다. 그리고 그 순간의 평화는 세상의 종말을 알
리듯 아파트 문을 두드리는 소리에 깨졌다.

"의견이 다른 사람이 있나 보네." 조너스가 짐짓 진지한 표정으로
말했다. 토요일 이른 시각임을 생각하면, 집을 잘못 찾은 사람 같았
다. 상관없었다. 종말이 찾아와 문을 두드려도 기분이 가라앉을 것
같지 않았다. 조너스는 어맨다의 몸에 닿는 팔다리의 느낌을 즐기
며 일어나 가운을 찾았다. "그냥 있어." 조너스가 가운의 끈을 매며
말했다. "금방 올게."

두드리는 소리는 더욱 크고 끈질기게 이어졌다. 조너스는 최대한
빨리 현관으로 갔다.

"갑니다. 잠시만⋯⋯."

문을 열자 빅터가 서있었다. 얼굴을 붉히고 콧구멍을 벌름거리며, 턱에 힘을 꽉 준 모습이었다. "어떻게 이래?" 그가 쇳소리로 물었다. "어떻게 이럴 수가 있어?"

"빅터?"

빅터가 어깨로 조너스를 밀치고 들어왔다. 숨을 몰아쉬는 그의 붉어진 얼굴에 땀이 흘렀다. "자네 조교가 이야기하던데." 빅터가 따졌다. "자네가 돌파구를 찾기 직전이라고." 그는 아직도 이 사실을 파악 중이며 도저히 믿을 수 없다는 말투였다. "자네가 평행우주의 존재를 수학적으로 증명하기 직전이라면서. **평행우주를.**" 어조에서 분노와 비난이 모두 느껴졌다. "아니라고 해."

"빅터―."

"어서 말하라고!" 노기 서린 고함에 천장이 흔들리는 듯했다.

조너스는 차분한 말투를 유지했다. 상황에 비추어 볼 때 놀랍게 침착했다. "1년 전에 내 연구 내용을 보여주겠다고 했잖아요." 조너스가 말했다.

"자네 연구?" 빅터가 고함쳤다. "**자네** 연구라고?"

"빅터―."

"**내** 연구겠지!" 분노가 화산처럼 분출했다. 입에서 침이 튀었다. 조너스는 빅터가 이성을 잃고 살인이라도 저지르지 않을까 두려웠다. 침실에 있는 어맨다가 휴대전화로 신고하는 모습이 떠올랐다.

"빅터." 조너스는 침착을 유지하려고 애쓰며 말했다. "평행우주 개념, 다중세계 이론은 당신이 시작한 게 아니에요."

"내가 **증명하려고** 연구했던 걸 알잖아." 빅터는 손가락으로 허공을 찔러댔다. 조너스의 코를 가까스로 비껴갔다.

"네. 알아요." 조너스는 화해와 평화의 몸짓으로 양손을 활짝 펼쳤다. "하지만 그만뒀잖아요." 조너스는 비난하는 것처럼 말하지 않으려고 노력했다. "빅터, 당신이 그만뒀잖아요. 하지만 나는 영감을 받았어요. 함께 연구할 수 있기를 바랐어요. 그래서 내 계산을 보여줬죠. 하지만 싫다고 했잖아요, 빅터. 답답한 연구 주제를 다시 보기 싫다고 **완강히** 거부했어요. 그건 전적으로 이해하죠." 조너스는 이성적이면서도 공감하는 말투로 덧붙였다.

빅터는 당장이라도 공격할 기세로 아파트 안을 서성거렸다. 조너스의 말은 한 마디도 듣지 않은 것 같았다. 오히려 빅터는 자신만의 세계, 독설과 분노로 가득 찬 세계에 빠져있는 듯했다. 조너스는 빅터의 모습에 진심으로 두려웠다. 마음속으로 어맨다가 경찰에 신고하기를 빌었다.

"자네 계산을 검토했어." 빅터가 경멸을 담아 식식거렸다. "내 연구의 내용이야. 이것저것 덧붙이긴 했지만 **내** 연구라고."

"빅터." 조너스가 입을 열었다. 뜻을 밝힐 올바른 방법을 찾아 어지러운 마음속을 헤맸다. "나는 그 연구 내용을 **본 적** 없어요. 그렇죠, 말은 **들었지만**, 본 적은 없어요. 검토한 계산이 뭔지 몰라도, **내가** 한 거예요. 내가 혼자서 한 거라고요."

어맨다가 소리 없이 침실에서 나왔다. 가운을 꼭 여미고 있었다. 두려운 얼굴이었다. 어맨다는 그런 적나라한 분노에 익숙하지 않았다.

빅터는 조너스에게서 시선을 거두지 않았다. "그리고 영광을 **독차지할** 생각이군." 그가 비난했다.

"영광이랄 것도 없어요." 조너스가 대답했다. "그냥 연구한 것뿐이에요. 머릿속에서 그 생각을 떨칠 수가 없어서. 발표하려면 아직 1년은 남았어요." '발표'라는 말이 흘러나와 버렸다. 조너스는 피가 싸늘하게 식고 속이 뒤틀리는 것 같았다. 황소 앞에서 붉은 천을 흔든 셈이었으니까.

하지만 빅터는 오히려 차분해진 모습이었다. 냉정해지는 것이 느껴졌다. 분노보다 더 두려웠다.

"발표라고?" 빅터는 끔찍한 소리라는 듯 되물었다. "내가 나서면 자네는 중학교 물리 교사 자리도 얻기 어려울 거야."

협박이 아니었다. 약속도 아니었다. 빅터는 앞으로의 일을 말한 것이었다. 예언이었다.

"빅터—." 조너스는 아직도 친구를 진정시킬 수 있으리라 믿으며 입을 열었다.

하지만 빅터는 문을 열고 나가버렸다.

조너스는 열린 문을 멍하니 보며 추운데도 땀이 흐른다는 사실을 깨달았다. 그는 문을 닫았고, 어맨다가 달려와 끌어안았다. "괜찮아?"

아니, 괜찮지 않았다. 빅터의 비난이 옳은지는 자문하지 않았다. 훗날 따라오게 된 의문과 자책에도 불구하고, 조너스는 표절을 저지른 적 없다고 확신했다. 그는 자신의 연구가 자기 것임을 알고 있었다. 하지만 빅터와 빅터가 할 수 있는 행동은 두려웠다. 조너스는 자신도 모르게 몸을 떨었다. 신화 속에 나오는 잠자는 거인을 깨운 것 같았다. 그리고 친구를 잃었다. 빅터의 말을 믿는다면, 조너스는 경력도 잃었다.

"괜찮아." 조너스는 어맨다를 안심시켰다. "아무 일 없을 거야." 그때 조너스는 처음으로 어맨다에게 거짓말을 했다.

구역질을 얼마나 했을까. 조너스는 기진맥진한 상태로 차가운 타일 바닥에 앉아 변기에 기대고 있다. 그는 손등으로 위액을 닦아낸 뒤, 다시 토한다.

조너스는 구역질이 끝난 것이 확실할 때까지 움직이지 않기로 한다. 힘이 빠진 다리를 다시 움직일 수 있을 때까지.

딱딱한 욕실 바닥에 주저앉은 조너스의 머릿속은 어지럽기만 하다. 다른 현실에 있다 하더라도, 그를 죽일 사람은 하나밖에 떠오르지 않는다. 빅터 코바체비치.

조너스는 빅터가 어떤 짓도 할 수 있다고 믿게 됐다. 그는 이미 두 차례나 살인을 저질렀다. 한 번은 대리인을 통해 에바를, 또 한 번은 직접 어맨다를 죽였다. 그것은 조너스가 아는 빅터일 뿐이다. 이 현실에도 빅터가 존재할 가능성이—높지는 않아도—있다.

이 우주에 빅터가 존재할 가능성이 있다면, 어맨다가 이미 죽었는데도 이곳의 조너스를 죽일 이유가 무엇인지 궁금해진다. 그렇다면, 어떤 현실이든, 빅터 같은 자가 살인을 저지를 만큼 광기에 빠질 이유는 무엇일까?

침실로 돌아온 조너스는 벽에 빼곡히 적힌 알 수 없는 수식을 해독하기 시작한다. 제멋대로 휘갈긴 수식은 풀기 불가능해 보인다. 하지만 삐뚤삐뚤한 글씨를 들여다보니, 이곳의 조너스가 다중우주 이론을 연구하고 있었던 것이 차츰 분명해진다. 벽에는 조너스가 자신의 우주에서 노벨상을 받았던 연구, 다중우주 증명의 초기 연구가 적혀있다. 거기서부터 수식은 한 우주에서 벗어나 무한한 다른 우주로 이동하게 하는 기술 이면의 이론과 계산을 향해 나아가고 있다.

다른 가수가 부른 노래처럼 특이하게 변경된 부분이나 사소한 장식이 있긴 하지만, 공식은 낯익다. 조너스와 같은 두뇌를 가졌지만, 평행우주에서 조금 다른 삶을 살아 조금 다른 사람의 연구 결과다.

그때 조너스의 머릿속에서 불꽃이 터진다. 머리가 깨질 것처럼 아프다. 조너스는 비틀거리다가 벽에 충돌한다. 통증의 커튼을 걷고 앞을 제대로 보려고 한다. 누가 공격했는지 보려고 돌아보는 조너스를 주먹이 맞이한다. 조너스는 움츠리지 않으려고 애쓴다. 고개를 낮추고 어깨를 밀어 몸을 앞으로 던져 상대를 덮친다.

그 충격에 두 사람 모두 바닥에 쓰러진다. 남자의 주먹이 날아오지만, 조너스가 그를 깔아 눕힌 상태다. 조너스는 지렛대 원리를 이용해 미친 듯한 가격을 퍼붓는다. 분노는 느끼지 않는다. 다만 상대를 쓰러뜨리고 공격을 멈추게 해야 한다는 절박함뿐이다.

조너스는 주먹을 당겼다가 다시 내리치려고 한다.

그러다가 멈춘다.

깔린 남자가 움직이지 않는다. 의식은 있지만 투지를 잃었다. 넋이 나간 듯하다. 조너스의 주먹 때문이 아닌 것 같다. 광기가 느껴지는 얼굴이다. 혼란한 표정이다. 수염이 덥수룩한 수척한 얼굴이다.

하지만 그 얼굴은 조너스 자신의 것이다.

조너스는 이 상황을 이해해 보려고 애를 쓴다.

또 하나의 도플갱어.

자신의 도플갱어는 한 우주에 하나뿐일 줄 알았다. 그리고 이 현실의 조너스 컬런은 비좁은 굴 속에서 썩어가고 있다.

조너스가 눈앞의 광경을 파악하는 사이, 다른 조너스가 정신을 차리고 조너스의 머리 옆에 주먹을 날린다. 조너스는 뒤로 물러서며 또 한 차례 주먹을 막고 나서 비틀거리며 일어선다.

다른 조너스도 일어나서 다시 공격한다. 조너스는 테이블에 부딪힌다. 그와 센트럴파크 어맨다의 사진이 바닥에 나뒹굴고, 도플갱어는 기회를 포착해 달려든다.

조너스는 일어서려고 버둥거리지간 상대가 발로 차기 시작하자 갈비뼈를 보호하고 면적을 최대한 줄이기 위해서 몸을 동그랗게 만다. 다른 조너스는 더욱 세차게 걷어차고 짓밟는다.

"널 죽였는데!" 다른 조너스가 외치는 목소리가 너무나 익숙하다. "널 죽였어! 어떻게 살아있는 거지? **내 손에 죽었잖아!**"

그자의 발길질이 다시 시작된다. 이번에는 조너스의 머리를 향해서다. 하지만 조너스가 그 발을 붙잡는다. 다른 조너스의 신발 밑창을 양손으로 잡아, 작게 딱 소리가 들릴 때까지 왼쪽으로 세게 비튼다.

다른 조너스가 괴로움에 울부짖으며 자빠진다. 조너스는 비틀거리며 일어선다. 가슴에 불이 붙은 듯하지만, 갈비뼈가 부러지지는 않은 것 같다. 조너스는 옷방으로 달려 들어가려고 다른 조너스에게서 등을 돌린다.

몇 초 뒤 다른 조너스가 폐부 깊숙한 곳에서 끓어오르는 고함을 지르며 다시 공격한다. 그 소리는, 조너스가 어맨다의 죽음으로 절망의 심연에 빠진 상태에서도 낼 수 없는 소리다. 다른 조너스가 조너스를 거의 올라탔지만, 조너스의 손에는 옷방에서 빼낸 마룻장이 쥐여있다. 그가 그것을 세게 휘두르자, 나무가 두개골에 부딪히는 끔찍한 소리가 들려온다.

다른 조너스가 옷방 앞 바닥에 쓰러진다. 정신을 잃고서.

조너스는 상대를 가만히 살핀다. 길고 더러운 손톱. 단정하지 못한 옷차림. 수척한 얼굴. 낯익지만 낯선 사람이다. 거울의 집에서 본 오싹한 제 모습 같다.

조너스는 테이블 쪽으로 비척비척 걸어간다. 허리를 숙여 떨어진 어맨다의 사진을 집어 든다. 하지만 액자 유리가 깨졌다. 어맨다의 얼굴을 정통으로 가로질러 금이 갔다. 조너스는 깨진 액자에서 사진을 꺼내 어맨다의 얼굴을 쓰다듬는다.

그것이 진짜이기를 바라며.

다른 조너스는 정신을 잃고 바닥에 쓰러져 있다. 조너스가 때린 자리에서 피가 흐르지만, 다친 곳이 없다고 해도 가련하게 보일 모습이다. 그는 굉장히 말라서, 조너스보다 희한하게 늙어 보인다. 피부는 창백하고 수염이 덥수룩이 자라있다. 머리칼은 흐트러지고 지저분하다.

조너스는 이 낯선 침입자를 살핀다. 어쩌면 침입자가 아닐지도 모른다. 어쩌면 이곳은 그의 아파트일지도 모른다. 그렇다면, 마룻바닥 밑의 조너스는 누구일까? 그는 어느 평행우주에서 떨어진 것일까? 조너스의 세상이 온갖 질문으로 기우뚱거리는데, 가장 시급한 질문이 튀어나온다. **이제 어떻게 할까?**

∞

조너스가 지켜보는 동안 다른 조너스가 깨어난다. 처음에는 느릿느릿 소극적인 움직임이다. 서서히 의식이 돌아온다. 깨어난 그는 눈을 번쩍 뜬다. 고개를 번쩍 든다. 몸을 뒤척이다가, 찢어낸 침대 시트로 결박된 것을 깨닫는다.

깨어나도 그의 모습은 그다지 나아지지 않는다. 그는 여전히 조너스의 그림자, 색채 빠진 조너스 자신의 모습을 닮았다. 어맨다가 죽은 뒤, 조너스 자신의 모습도 그처럼 가련했을지 모른다. 하지만 이 정도는 아니었을 것이다.

조너스가 다른 조너스 앞에 앉는다. 침실에 가져온 식탁 의자 두 개가 거울에 비친 모습처럼 마주 보고 놓여있다. 차이가 있다면, 거기 앉은 두 사람이다. 하나는 묶여있고 하나는 아니다. 하나는 머리에 붕대를 감고 있고 다른 하나는 다치지 않았다. 비록 머릿속이 욱신거리기는 하지만.

조너스는 상대의 얼굴에서 광기가 사라지고 어리둥절한 표정이 대신한 것을 보고 마음을 놓는다. 다른 조너스가 고개를 갸우뚱거린다. 조너스는 그가 정신을 차릴 때까지 천천히 기다린다. 도플갱어의 정신이 최대한 맑아야 한다. 하지만 그것은 쉽지 않을 수 있다.

드디어 다른 조너스가 집중한다. 조너스와 마찬가지로, 그도 조너스를 보고 놀란 눈치다. 조너스는 너무나 익숙한 두 눈을 가진 상대가 무슨 생각을 하는지 알 수 없다. 쌍둥이의 머릿속을 알 수 없다는 사실이 불안하다.

다른 조너스의 시선을 끈 조너스는 기분 나쁜 농담을 던진다. "안녕. 반가워."

다른 조너스는 반응하지 않는다. 그저 믿을 수 없다는 듯 조너스를 빤히 볼 뿐이다. "내가 죽였는데." 확신에 가득한 말이다.

다른 조너스의 머리에 붕대를 감고, 의자를 가져오고, 침대 시트를 벗겨 찢고, 다른 조너스를 의자에 앉힌 뒤 묶는 사이, 조너스는 무슨 일이 있었을지 생각할 시간이 충분했다. "네가 아파트로 돌아왔지." 조너스가 지난 한 시간을 재구성했다. "마룻바닥을 봤고. 크롤 스페이스도. 그런 다음 날 봤어. 그리고, 날 **그자**라고 생각한 건가?" 조너스는 옷방, 제3의 조너스가 묻혀있던 곳으로 눈길을 던진다. "죽음에서 부활했다고?"

"솔직히 최근에 정신이 그다지 맑지 않았어."

자신의 목소리가 익숙한 말투와 어휘로 대답하는 것을 들으니 너무나 불안하다. 마룻바닥 밑의 조너스를 빅터가 죽인 것이 **아니라는** 사실도 마찬가지다. 그 조너스는 지금 조너스가 보고 있는 자가 죽인 것이다.

"자신." 조너스가 말한다. "**다른** 자신을 살해하려는 건 정신이 맑지 못한 정도가 아닌데."

다른 조너스의 고개가 살짝 흔들린다. 어깨를 으쓱하는 것이다. 내키지 않지만 인정하는 동작.

그래서 조너스는 가장 먼저 떠오른 질문을 한다. "어느 쪽이 너지?" 다른 조너스가 어리둥절한 표정을 짓는다. "너야, 다른 쪽이야. 어느 쪽이······." 조너스는 그 질문을 어떻게 해야 할지 몰라 말을 멈춘다.

다른 조너스는 알고 있다. "'원본 조너스' 말인가?" 다른 조너스는 그 질문이 재미있다는 듯 묻는다. "이 현실의 조너스 컬런?" 그는 고개를 꺾으며 장례식에나 어울리는 동정 어린 표정을 짓는다. "그게 무슨 상관인데?"

"설명해 봐."

"저자. 여긴······." 다른 조너스가 말을 멈췄다가 다시 시작한다. "여긴 저자의 현실이었어."

"왜 죽였지?" 조너스가 묻는다.

다른 조너스가 웃는다. 미치광이에게는 모든 것이 재미있다. "둘이 살기에는 이 세상이 좁았던 모양이지." 그는 자기 농담에 웃어댄다.

"웃을 일이 아니야."

"어맨다는 내 가장 큰 적이 나라고 늘 말했지." 또 농담. 자조적인 코미디의 한 장면 같다. '그런 자는 백만 명이나 된다고.'

"수수께끼 같지. 자기를 죽여도 자살이 **아닌** 경우는?"

"애초에 왜 죽인 거야?" 조너스는 목덜미가 뜨거워지고 입안이 씁쓸해진다. 인내심이 바닥나기 시작한다.

다른 조너스는 문이 열린 채 바닥이 뚫려있는 옷방을 본다. 그의 익숙한 목소리가 멀어지고, 어조에서 허세가 사라진다. "날 막으려고 했어."

"뭘 하는 걸 막았는데?"

"계산하는 걸. 어맨다를 찾는 걸." 우머의 흔적이 전부 사라지고, 다른 조너스는 진지하기 짝이 없다. 이전의 필사적인 태도가 느껴지는 목소리다. "그자가 날 병원에 보내게 할 수 없었어."

조너스는 메슥거림을 참으며 묻는다. "왜 널 막으려고 했는데?"

다른 조너스는 다시 어리둥절한 표정을 짓는다. "당연한 거 아니야?"

"아니라면."

"내가 다중우주를 '부술' 거라고 했어. 내가 편집증이라고 생각하더군. 나도 그런 것 같긴 해." 다른 조너스가 조너스를 뚫어져라 본다. "내가 먼저 한마디 하자면, **너**도 그런 것 같아."

조너스는 그 말에 반박하지 않는다. "어맨다가 죽었을 때…… **처음** 죽었을 때…… 여기, 이 아파트를 떠날 수 없었어. 침대에서 일어나지도 못했지."

다른 조너스가 똑같은 고통스러운 기억을 떠올리며 끄덕인다.

"어맨다는 내가 잊고 살아가길 원했을 거야." 조너스가 말한다. "하지만 방법을 알 수 없었어. 그래서 나 자신과 흥정을 했지……."

"한 번에 한 시간씩. 한 번에 하루씩." 다른 조너스도 그 주문을 알고 있다.

"돌아보지 말고, 앞으로만 나아가자." 조너스가 말을 받는다.

다른 조너스가 유리 상자 안에 든 신기한 표본을 보듯이 조너스를 본다. "어맨다가 '처음' 죽었을 때라고 했지……."

조너스는 고해실의 죄인 같은 어조로 말한다. "내가 어맨다를 찾았어. 어맨다가 아직 살아있는 단 하나의 우주를. 아니, 살아있었던 우주를." 조너스의 목이 멘다. "그런데 어맨다를 또 잃었어." 그 말은 들릴 듯 말 듯하다.

"그럼 여긴 왜 온 거지?" 다른 조너스가 묻는다. 조너스는 쌍둥이의 얼굴에 떠오른 표정을 무엇이라고 표현할지 궁리한다. 그것은…… 동정심일까?

"**어디로든** 가야 했어."

간단한 대답에 다른 조너스는 고개를 끄덕인다. 아마 그도 광기에 사로잡히기 전 같은 선택을 했을지 모른다.

조너스는 벽에 가득 적힌 수식을 가리킨다. "네가 쓴 거야, 저 사람이 쓴 거야?"

"나. 저자는 어맨다를 찾는 일과 얽히지도 않으려고 했어. 원하는 건 죽는 것뿐이었지." 다른 조너스가 고개를 갸웃한다. "내가 장소를 제공했다고 말할 수도 있을 거야." 다른 조너스는 또 웃으려하지만 숨이 막혀 컥컥거리는 소리만 날 뿐이다. "하지만 말했듯이, 저자가 날 가로막게 할 수는 없었어."

벽에 적힌 내용 중 조너스의 시선을 사로잡는 것이 있다. 지평선에 보이는 도로표지판처럼 희미하지만, 거기 분명히 있다. 뒤죽박죽 섞인 글자와 기호와 숫자 속에 묻혀있다.

조너스는 일어나서 동쪽 벽으로 다가간다. 다른 조너스의 연구 내용을 다 검토하지 못한 상태다. 서서히 그 공식이 의미를 가지며 조너스의 두뇌가 파악할 수 있는 구조를 드러낸다. 그는 수식을 따라 내려가며 쪼그리고 앉는다. 바닥에는 그가 처음 보는 계산이 적혀있다. 그가 그 공식을 이해하려고 노력하는 동안, 다른 조너스가 지켜보며 격려하듯 고개를 끄덕인다. '계속해. 넌 할 수 있어…….'

조너스가 맨 밑에 손을 댄다. 그의 손끝이 거기 적힌 수식을 쓰다듬는다. 2년 전, 스톡홀름에서, 아버지가 된다고 알리는 두 개의 파란 선이 표시된 파란 플라스틱 조각을 쥐었을 때와 같은 느낌을 받는다.

눈앞에 기적이 있다.

"티볼트가 틀렸어." 조너스는 한숨을 내쉰다. 경이와 안도의 한숨이다. "**틀렸어.** 두 번째 우주가 있어. 어맨다가 아직 살아있는 **또 하나의** 우주가." 그 말, 희망의 소리가 조너스의 머릿속에 메아리친다. 어맨다가 아직 살아있다. 조너스는 공식을 향해 돌아선다. "그리고 네가 발견했고."

"그래. 묻기 전에 대답하지. 그게 마지막 우주야."

"왜 거기 안 갔지?" 조너스가 묻는다.

다른 조너스가 어깨를 으쓱인다. "난 여기 갇혔어." 그는 자신을 묶고 있는 시트를 당긴다. "의자에 묶이기 전부터 꼼짝할 수 없었지."

"무슨 소리야."

다른 조너스가 짜증 섞인 한숨을 내쉰다. 그리고 둔한 학생에게 말하듯이 말한다. "입자물리연구소의 강입자 충돌기가 널 보냈지? 장면 전환하듯이 그 기계가 현실 간 이동을 가능하게 했지." 조너스가 끄덕인다. "나도 그렇게 했어. 문제는, 효과가 차츰 사라진다는 거야. 시간이 지나면 양자에너지가 소멸되고 말아."

조너스는 잊고 있었다. 숨이 턱 막힌다. 말이 나오지 않는다.

"내가 겪은 일이야." 다른 조너스가 말한다. "어맨다가 어디 있는지, 어디로 가야 하는지 알아냈지만, 거기 갈 능력을 잃은 뒤였어." 그가 이 현실에 얼마나 고립되어 있었는지 모르지만, 그 상황의 참담함은 가시지 않았다.

"이제 너도 그걸 느낄 거야." 다른 조너스가 말한다. "그 느낌. 몸에 느껴지는 통증. 우주를 건너갈 때마다. **따끔거리는** 거, 느끼지?"

그렇다. 조너스는 그 통증이 최근 무리한 결과라고, 여러 차례 현실 이동을 한 여파라고 믿었지만, 몸에서 느껴지는 저항이 좀 더 깊은 곳, 뼛속에 기인한다는 사실을 부인할 수 없다. 부상보다는 질병에 어울리는 통증이다.

다른 조너스가 조너스를 가만히 본다. "양자 효과가 사라지는 걸 느끼고 있었군."

"그게 사라지면 어떻게 되지?" 날 선 말투다.

"갇히는 거지. 나처럼."

"시간이 얼마나 남았어?" 조너스는 선고받은 재소자가 된 느낌으로 묻는다.

"날 풀어줘. 그럼 알 수 있어." 조너스가 믿을 수 없는 표정으로 마주 본다. "그런 계산은 암산으로 할 수 없단 걸 알잖아." 다른 조너스가 다시 말한다. "널 죽이지 않겠다고 약속해."

조너스는 곰곰이 생각하다가 위험을 감수하는 것밖에는 도리가 없다고 판단한다. 다른 조너스를 풀어주며, 조너스가 경고한다. "허튼짓하면 다시 묶어놓을 거야. 운동은 내가 더 열심히 한 것 같으니."

"귀엽네." 다른 조너스가 일어서며 말한다. "우선 네 닻을 봐야겠어."

"뭐?"

다른 조너스가 조너스의 사슬을 가리킨다. "그거. 네 닻."

"나는 사슬이라고 불러."

"뭐든." 다른 조너스가 옷방으로 다가가며 어깨를 으쓱인다. 마룻장을 떼어내고 나니 악취가 더 심하지만 다른 조너스는 개의치 않는 것 같다. 그가 큰 접시 크기의 두꺼운 물체를 가지고 나온다. 회로판과 트랜지스터, 마이크로칩이 가득 든 것이다. 다른 조너스는 그것을 더러운 침대 위에 놓더니 그 장치에서 형광주황색 전깃줄을 끌어내어 옆의 플러그에 꽂는다. "네 닻, 네 사슬을 보여줘."

"오래 빼놓을 수는 없어."

"내가 그걸 모르겠냐. 시간이 많으면 실컷 잘난척해도 괜찮겠지만." 그는 장치 가운데, 손 하나 크기의 공간을 가리킨다. "여기다 손을 놔."

조너스가 시키는 대로 하는 동안 다른 조너스는 가지런히 배열된 회로판에 부착된 작은 스위치를 조작한다. 전기가 몸에 흐르자, 조너스는 살짝 찌릿한 느낌을 받는다.

"얼마나 걸리지?"

"걸릴 만큼 걸리겠지."

직사각형 장치 구석에서 작은 액정 화면이 켜진다. 아이피 주소 같은 십진법 숫자가 줄지어 떠오른다. 조너스의 도플갱어가 그것을 살핀다.

"잠깐만." 다른 조너스가 테이블로 옮겨가며 말한다. "손을 떼어도 돼." 그는 테이블 위에 놓인 문서를 뒤지더니 글씨가 적히지 않은 것을 찾아낸다. 그러고는 서랍에서 펜을 꺼내 액정 화면에서 보고 암기한 숫자를 수식에 적어 넣는다.

"**사슬**은 네 몸속 양자 방사선을 조절하려고 만든 것이지만, 방사선을 동일한 수준으로 흡수하고 마찬가지로 누출시키기도 해. 즉, 에너지 방출 속도를 측정할 수 있다는 뜻이지."

"현실 이동을 몇 번 더 할 수 있는지 알 수 있군." 조너스가 말한다.

"그렇지. 하지만 문제는 그것만이 아니야."

"또 뭐가 있는데?"

"내가 이보다는 똑똑한 줄 알았는데." 다른 조너스가 한숨을 쉰다. "매우 실망스럽다고 말하고 싶군."

"장난치지 마." 조너스가 쏘아붙인다.

"사실, 난 **내게** 장난치고 있는 거야."

다른 조너스가 펜으로 자신이 계산한 내용을 두드린다. "내 계산이 옳다면—물론 옳지—넌 두 번 더 이동한 뒤 도착한 우주에 영영 갇힐 거야."

"두 번뿐이군." 조너스가 나직이 중얼거린다.

"그다음에는 현실 간 이동 능력을 잃게 돼. 영영."

"왜지? 왜 단 두 번이야?" 조너스가 묻는다.

"말했잖아. 네 사슬에서 양자 방사선이 새어 나오고 있어. 배터리랑 같아." 다른 조너스가 어깨를 으쓱인다. "배터리는 닳잖아."

조너스는 이 현실을 애써 받아들이려 한다. "그것 말고도 문제가 있다고 했잖아……."

"그래. 현실 간 이동 능력을 잃기 전에, 도착하는 현실 속에 입자 충돌기가 있어야 해."

"왜지?"

다른 조너스는 어린아이에게 설명하는 것처럼 한숨을 푹 쉰다. "그 시점에 가면 네겐 현실 이동 기회가 한 번밖에 남지 않으니까. 2 빼기 1은 1 아닌가? 마지막으로 한 번 더 이동할 수 있으니, 그걸 낭비하면 안 되잖아." 조너스가 다른 조너스를 노려본다. '설명해 봐.'

"지금 네 몸의 모든 세포가 네 몸에 쌓인 양자 방사선을 배출하려고 애쓰고 있어. 현실 간 이동은 그 과정을 가속시키지. 배터리 얘기 기억나지? 배터리를 교체할 수는 없지만, 충전해서 마지막으로, 잠시, 한 번 더 쓸 수 있어."

"입자충돌기로 말이지."

다른 조너스는 손뼉을 치더니 벽의 다른 쪽 구석에 적힌 수식을 손가락질한다. "그리고 지금까지 쓴 비유와는 다르게, 그때의 충전에서는 아주 다른 종류의 전기를 쓰게 될 거야."

조너스는 그 수식, 그곳에 적힌 이론물리학의 내용을 돌아본다. "내 세포 안에 남은 양자에너지를 정확한 파장의 방사선으로 바꿔야 어맨다가 있는 현실로 갈 수 있단 말이군."

"마지막으로 현실 이동을 할 때. 맞아." 다른 조너스가 말한다. "하지만 내가 쓴 배터리 비유가 더 멋지다고 생각해." 그는 손을 내젓고 본론으로 돌아간다. "중요한 건, 배터리 충전기가 입자충돌기란 얘기야."

조너스는 다른 조너스가 세 번째 우주를 찾기 위해 벽 아래쪽에 적어놓은 수식을 다시 가리킨다. "그리고 충돌기를 저 계산에 따라 맞춰야 하고."

"이제야 알아듣는군." 다른 조너스가 지친 표정으로 말한다.

"다 이해하지는 못했어. 왜 현실 이동을 두 번 해야 하지? **이** 우주의 입자충돌기를 쓰면 안 되나?"

다른 조너스의 웃음소리는 라디오 잡음 같다. 그는 신문 기사 하나가 붙어있는 벽으로 다가간다. 그가 그 기사를 떼어내어 조너스에게 건넨다.

조너스는 기사를 읽는다. 또 한 번 가슴이 철렁한다. "입자물리

연구소를 폐쇄하다니. 그럼…….”

“**다른** 가속기? 계속 읽어봐.”

조너스는 계속 읽어나간다. 이 우주의 강입자 충돌기는 마지막으로 해체된 입자충돌기였다. 이 우주에서는 뉴욕의 브루크해븐 국립연구소에서 일어난 사고로 수천 명이 사망하자 세계적으로 시위가 일어나—양자를 충돌시키는 것은 신만의 영역이라는 종교인들의 주장에 힘입어—결국 전 세계의 3만 개 입자충돌기가 해체되었다.

“미친 짓이군.” 조너스가 이를 악물고 중얼거린다.

“뭐, 네가 있던 우주에서는 윤리적인 문제로 일어난 시위가 없었나?” 다른 조너스가 혐오감을 꾹 누르며 말한다. “이 우주는 그 결과에 기뻐 날뛰고 있지. 어쨌든, 네게는 두 가지 선택지가 있다. 해체된 충돌기 한 곳에 몰래 들어가서 다시 가동시키거나—사실, 내가 해봤는데 추천하진 않겠어—과학에 관대한 우주를 만나기를 희망하며 다시 현실 이동을 하는 거지.’

희망. 조너스의 마음은 한 번 더 그쪽으로 기운다. 그는 더욱 다급하게 다른 조너스의 손에서 종이와 펜을 빼앗아 벽에 적힌 공식을 마구 적는다. 한 자 한 자 적을 때마다 기대감이 커진다. 도플갱어의 광기에 전염성이 있는 모양이다.

조너스가 적고 있는데, 다른 조너스가 경고한다. “그 이야기는 됐고…… 이 말을 하는 건 네가 너 자신에게, 우리가 자신에게 약속한 내용을 알고 있기 때문이야. 에너지 방출, 남은 시간, 이 현실에서는 충돌기가 죄다 못쓰게 됐다는 사실을 감안해야 하니…….”

“무슨 의미야?”

“우주의 흐름을 거스를 수 없다는 뜻이지.”

조너스가 쥔 펜이 부러질 뻔한다. 그는 다시 누군가가 자신의 무덤을 짓밟는 느낌을 받는다. "뭐?"

"말했잖아. '우주의 흐름을 거스를 수는 없다'고."

"내게 똑같은 말을 한 여자가 있었어."

"에바 스탬퍼." 그 이름을 듣고 조너스가 놀라서 흠칫한다. "우리 둘 다 여행 중에 그 여자를 만난 모양이네." 다른 조너스가 중얼거린다. "재미있군."

"'우주는 특정 결과를 선호한다.'"

이제 다른 조너스가 동정 어린 눈으로 자신의 쌍둥이를 바라본다. "현실 이동으로 집으로 돌아가." 그가 애원한다. "양자에너지가 몸에서 영영 빠져나가기 전에. 집을 찾을 수 없으면, 살만한 곳을 찾아서 내가 못 한 일을 해."

"그게 뭔데?"

"과거는 잊고 살아나가는 것."

조너스는 고개를 젓는다. 그의 다른 자아가 한 말은 하늘을 나는 법을 배우라는 것과 다름없다. "우리가 그럴 수 없단 걸 알잖아."

다른 조너스는 애석한 표정으로 테이블로 가서 원본 조너스를 서서히 파멸시킨 기록을 담은 문서 더미에 조심스레 손을 얹는다. "이제 내가 아는 건 우리가 한때 희망하던 것이 사라졌다는 것뿐이야."

"그래서 난 희망을 잃지 않아." 조너스가 말한다. 강철 같은 목소리다. 그는 들고 있던 종이를 접어 주머니에 넣는다. 다리에 닿는 종이의 느낌이 위로를 준다. "미안하군." 그는 적당한 단어를 찾는다. "돕지 못해서."

그 말을 남기고 조너스는 돌아선다. 이 광기 가득한 쓰레기통, 발치에서 시체가 썩어가는 공간에 그를 두고 가기 힘들다. 하지만 선택의 여지가 없다. 조너스의 여정어는 완전한 집중이 필요하다. 조너스가 문을 나서는데 다른 조너스가 어깨를 잡는다.

"어맨다를 못 찾으면 어쩔 건데? 그 효과가 사라져서 어맨다가 없는 현실에서 오도 가도 못하면?"

"그럼 자살해서 어맨다와 함께할 거야." 하지만 진정한 사랑이란 그런 것이 아님을 둘 다 알고 있다. 그 대답은 조너스의 슬픔이 한 것이지, 영혼이 한 것이 아니다. 그의 영혼은 자신에게 도움이 필요하다는 것을 알고 있다. 도움을 원하는 조너스는 다른 조너스의 손에서 빠져나와 아파트를 나선다. 등 뒤에서 문이 닫히는 소리가 들리자, 조너스는 지난 2년간 수없이 반복한 말로 자신을 다그친다.

'돌아보지 마.'

호기심이 복수심을 이길 수 있는 곳이 하나 있다면, 과학자의 마음 속이라고 빅터는 생각한다. 조너스의 사슬을 망가뜨릴 생각을 하니 위로가 된다. 하지만 컴퓨터가 조너스가 리버사이드 드라이브의 아파트로 돌아왔음을 알리자, 빅터는 그 생각을 보류한다. 빅터가 확인한 바에 따르면, 적어도 세 곳의 우주에서 조너스는 그 적갈색 건물을 집으로 삼았다.

빅터는 복수에만 집착한 나머지 다중우주의 여러 조너스를 생각할 겨를이 없었다. 물론 그들이 존재한다는 사실은 알고 있었다. 하지만 '그의' 조너스에 대한 증오심이 너무 강한 나머지 도플갱어의 존재에는 신경을 쓰지 못했다. 하지만 이제, 조너스가 쌍둥이를 발견한다는—그를 만나 이야기를 나누고 혹시나 도움을 얻는다는—생각을 무시할 수 없다.

그리하여 빅터는 거실에 서서 다른 우주에서 같은 집을 찾아간 기억을 떠올린다. 하지만 지금 그곳은 악취를 풍기고 엉망이 되어 있다. 엎어놓거나 뒤로 돌려놓은 액자들이 있다. 그 우주에 사는 조너스는 어맨다를 알았고, 잃었다. 그렇게 생각하자 빅터의 얼굴에 미소가 떠오른다.

빅터는 그곳에 지나치게 오래 서있다. 언젠가 조너스—이 우주의 조너스이거나 빅터가 아는 조너스—가 귀가하거나 빅터의 기척을 깨달을 것이다. 그 점을 염두에 두고 만남을 두려워해야 하지만, 빅터는 아랑곳하지 않는다. 그가 등허리에 찬 M&P 9 실드 덕분이다.

아파트 안쪽에서 혀 꼬부라진 우스갯소리가 들린다. 분명 조너스의 목소리다. "돌아왔나, 응? 정신을 차리다니 반갑군." 재미있다는 듯한 코웃음. "내가 똑똑한 건 늘 알았지."

빅터는 익숙한 목소리를 따라 침실로 들어간다. 안에 들어서니 냄새가 훨씬 더 심해진다. 창문에 검은 쓰레기봉투가 걸렸다. 가구라고는 사다리, 의자, 침대, 문서가 잔뜩 쌓인 테이블 하나다. 하얗던 시트는 누런 회색으로 변해 둘둘 감겨있다. 급히 휘갈긴 수식이 벽마다 가득하다. 비록 제멋대로 쓴 것이지만, 빅터의 눈에는 다중우주를 목적지로 하는 계산이 보인다.

그때 그가 보인다. 침대 옆에 서있는 모습. 충혈된 눈. 덥수룩하게 수염이 자란 누런 피부. 시트처럼 헝클어진 머리칼. 하지만 조너스의 모습이 분명하다. 아니, **한 명**의 조너스랄까. 그가 기우뚱거리고 있다. 한 모금 정도 남은 버번 병이 그의 손에서 대롱거리고 있다.

"대체 누구야?" 다른 조너스가 느릿느릿 말한다. 침입자에 대한 두려움은 버번이 쫓아낸 모양이다.

'흥미롭군.' 빅터가 생각한다. '여기에는 내가 없는 모양이야.'

빅터는 벽에 적힌 수식을 다시 본다. 이 우주의 조너스는 빅터 코바체비치의 도움 없이 다중세계 이론 증명을 해냈다고 생각하니 짜증이 난다. 하지만 빅터의 나르시시즘은 그 어떤 조너스도 빅터 자신의 탁월한 기초 연구 없이 다중우주의 비밀을 발견할 수 없다는 확신을 버리지 않는다.

"누구냐고." 다른 조너스가 아까보다 더 크게, 끈질기게 묻는다.

그를 무시하고 빅터는 벽을 뒤덮은 미치광이 같은 수식을 살핀다. 여기저기 흩어진 수식 사이에서 그 아래 놓인 계산과 사고를 파헤친다.

"야!" 다른 조너스가 고함친다. "여기서 꺼져. 안 그러면…….”

"뭐?" 빅터가 말을 자른다. "조너스, 제대로 서지도 못하잖나."

"내 이름을 어떻게 알아?"

빅터가 벽을 향해 손을 흔든다. "이 계산을 어떻게 해냈지? 자네가 한 건가?" 비난하는 목소리다. "그자가 한 건가?"

"좋아, 됐어. 경찰에 신고한다." 옆방에 시체를 두고 있으면서도 다른 조너스가 협박한다. 다른 조너스는 휴대전화를 찾기 시작하지만, 만취 상태라 어렵다. 빅터가 그를 수식이 가득 적힌 벽 한 곳에 밀어 세운다.

"이 계산이," 빅터가 짜증 섞인 목소리로 잘라 말한다. "어디서 났냐고."

다른 조너스는 술 때문에 멍해진 머릿속을 뒤지며 빅터를 빤히 본다. "그…… 내가 했어."

"그럴 리가." 이 조너스는 식당에서 팁도 제대로 계산 못 할 것 같은 꼴이다.

"그건…… 한참 전에 한 거야. 그러니까…….” 다른 조너스가 손에 힘없이 들고 있는 병을 내려다본다.

빅터는 다른 조너스의 눈빛에서 수치심을 본다. "그자가 여기 왔군, 그렇지? 또 다른 네가."

다른 조너스는 술기운과 싸우며 대답을 찾는다. 하지만 빅터는 기다릴 생각이 없다. 그는 다시 수식을 살핀다. 비뚤비뚤한 글씨로 쓴 식이지만 빅터는 계산을 알아볼 수 있다.

"네 도플갱어. 다른 우주, 평행우주의 조너스 컬런. 그자가 여기 왔지?"

"넌 누군데?" 다른 조너스가 어리둥절하기보다 두려운 표정으로 다시 묻는다.

빅터가 돌아서서 다른 조너스를 노려본다. "그자가 여기 왔군."

"이제 돌아갔어." 조너스가 대답한다.

"어디로 갔지?"

다른 조너스는 고개를 젓는다. "나도 몰라."

빅터의 팔이 튀어나오더니 천장의 전등이 흔들릴 정도로 세게 조너스를 벽에 밀어붙인다. "하지만 아는 것도 있잖아."

다른 조너스의 표정이 변한다. 서서히, 두려움과 어리둥절함이 자기 집에 침입한 낯선 자에 대한 분노로 바뀐다. 조너스에게서 반항심이 드러난다. "어디로 갈지 내가 알려줬지."

처음에 빅터는 그 말을 다른 조너스가 도플갱어에게 지옥에나 가라고 말했다는 뜻으로 여긴다. 하지만 다른 조너스가 다시 말한다. "내가 어디로 갈지 알려줬어." 이번에는 조금 더 유순한 말투다. 간단명료하다. 거의 처량한 말투다. **내가 어디로 갈지 알려줬어.**

다른 조너스를 벽에 밀어붙인 채, 빅터는 수식을 다시 살핀다. 무시무시한 사실을 깨닫기 시작한다. "다른 걸 발견했군." 빅터가 말한다. "그 여자가 아직 살아있는 다른 우주를 발견했어." 그 말에서 숭배와 경외가 느껴진다. 이 술주정뱅이가 빅터 자신이 불가능하다고 여긴 일을 해낸 것이다.

빅터는 벽에 적힌 계산을 다시 본다. 공식을 훑어보며 숫자와 기호에서 그 우주의 위치를 찾아내려고 한다.

"거기 없어." 다른 조너스가 말한다. "그 우주의 위치. 그걸 찾는 거지?" 빅터는 대답하지 않는다. "공책에 적어놨어. 다른 내가 가져갔지."

빅터는 다른 조너스를 노려본다. "**넌** 왜 그걸 안 썼는데?" 이를 악물고 묻는다. "왜 여기, 이 우주에 있는 거야? 왜 그 여자와 함께 있지 않은 거냐?"

다른 조너스가 사정을 설명한다. 그 자신도 현실 이동 능력을 잃게 될 것이라는 소식에 빅터는 오싹해진다. 안색이 창백해진다. 다른 조너스가 씩 웃는다. "너도 현실 이동을 하는군." 다른 조너스가 그제야 깨닫고 말한다. "새로운 탐험가가 나타났네. 네 세포가 다중우주를 이동하는 능력을 결국 잃게 될 것이라는 사실을 염두에 둬야 할 거야." 다른 조너스가 놀리듯 말한다. "네 고향이 아닌 우주에 갇히고 싶진 않겠지."

빅터는 다른 조너스를 움켜쥔 손을 풀며 어깨를 으쓱인다. 빅터의 손가락이 사슬 팔찌 표면을 쓰다듬으며 그 안에 든 정전 용량 센서를 조작한다. "상당히 비참한 꼴이군." 그가 다른 조너스에게 말한다. "다행이야."

팔찌가 동력으로 희미한 빛을 발한다. 공간이 접히면서 두 번째 다중우주 탐험가는 다른 조너스의 아파트에서 사라진다.

현재

조너스는 도시 안, 망망대해처럼 펼쳐진 불빛과 강철, 유리, 네온사인을 향해 뛰어든다. 수많은 인파가 주위에 넘실댄다. 조너스도 그 흐름에 들어서서 익명의 바다에서 헤엄치듯 걷는다.

나오기 전에 다른 조너스에게 돈을 달라고 부탁하지 않은 것이 후회된다. 하지만 도플갱어에게서 벗어나고 싶은 충동을 더 이상 견딜 수 없었다. 그 이상은 자신을 대면할 수 없었다. 문자 그대로.

그래서 조너스는 걷는다. 걷고 또 걷는다. 밤공기가 차다. 찬바람을 쐬면 다음에 어떻게 할지 생각하고 결정할 집중력이 생기리라 생각하지만, 실제로는 그저 추울 따름이다. 그래서 그는 더 빨리 걷는다. 그리고 생각한다. 또 생각한다.

주머니에 손을 넣으니, 접어 넣은 종이가 잡힌다. 도플갱어의 연구 내용. 실험의 핵심 해답. 그를 구원할 방법이다. 만약 이 우주를 떠나서 양자물리학 연구소가 있는 다른 우주로 이동할 수 있다면. 만약 강입자 충돌기 혹은 그 비슷한 기계를 쓸 수 있다면. 만약 다른 조너스의 계산이 유효하고 세 번째, 마지막 어맨다가 아직 살아있는 우주를 제대로 계산했다면. 만약. 만약. 만약. 게다가 그 모든 일을 도움도 돈도 없이 해야 한다.

길 건너 네온사인 하나가 어둠 속에서 깜빡인다. 문신 가게다. 또 하나의 네온사인이 현금인출기가 안에 있음을 알린다. 그것이 바로 불붙은 떨기나무, 하늘이 보낸 징조다. 조너스의 머릿속에 한 가지 계획이 생긴다.

그는 길을 건너서 가게 안으로 들어간다. 모든 표면이 검은 목재 아니면 유리다. 향과 싸구려 피자 냄새가 난다. 그가 들어가자 호기심 어린 시선이 날아온다.

조너스는 카운터로 다가간다. 이십대 후반의 남자가 현금출납기 앞에 있다. 남자의 얼굴과 팔은 근육에 따라 뒤틀리는 용이 뒤덮고 있다. 이빨이 뾰족한 입에서는 불을 뿜고, 불꽃은 남자의 손목으로 떨어진다. 그에게 잉크로 덮지 않은 피부가 있다면, 옷 속에 있을 것이다.

"필요한 거 있어요?" 카운터의 남자가 묻는다. 남자는 음성에서 짜증을 숨기지 않는다. 조너스에게 화장실은 고객 전용이라고 말할 태세다.

조너스는 주머니에서 계산이 적힌 종이를 꺼내서 유리 카운터에 올린다. "이걸 하고 싶어요."

용 청년은 종이를 들더니 씩 웃는다. "이런 건 또 처음이네. 수학 문신을 하겠다는 사람은 처음 보네요."

"하지만 할 수는 있죠." 조너스는 질문보다는 단언에 가까운 말투로 대답을 요구한다.

용 청년은 수식에서 눈을 떼지 않은 채로 생각에 잠긴다. "꽤 긴

데. 몇 번에 나눠서 하면 더 편할 거예요."

"오늘 밤에 전부 해야 합니다."

용 청년 뒤 벽에는 그림과 디자인이 가득하다. 문신에 쓸 문양이다. 종교 상징과 영웅, 유치원에나 어울리는 온갖 꽃이 모여있다.

조너스가 한 개를 가리킨다. "저것도."

조너스가 문신하지 않은 팔의 소매를 걷는 동안 용 청년은 손을 뻗어 조너스가 고른 문양을 내린다.

자기 꼬리를 먹는 뱀. 몸을 꼬아서 만든 무한대 기호다.

∞

문신 가게 바닥은 리놀륨이지만, 조너스가 일어서자 파리잡이처럼 끈적인다. 몇 시간 동안 문신을 한 결과, 오른팔 안쪽이 화끈거린다. 문신사는 조너스의 체력, 통증을 참는 인내력을 여러 차례 칭찬한다. "이런 건 처음 봐요. 특히 아저씨 같은 분 중에는. 기분 상하라고 하는 말은 아니지만, 공부나 하는 사람인 줄 알았어요."

"괜찮아요. 고맙습니다." 조너스는 새 문신을 들여다본다. 살갗에 새긴 수식 가장자리가 붉게 부어있다. 조너스의 참을성에 대한 문신사의 말은 옳다. 기절해 버릴까 싶은 순간이 있었지만, 창피하기도 하고 문신사가 멈출까 염려되어 견뎌냈다. "솜씨가 참 좋군요." 조너스가 말한다.

"별것 아니에요." 문신사가 말한다. "500이에요."

조너스에게 없는 500달러. "현금지급기가 어디 있죠" 조너스는 최대한 무심하게 묻는다.

"저 안쪽. 왼쪽에요."

조너스는 고맙다고 고개를 끄덕인 뒤 가게 안쪽으로 들어간다. 긴 복도가 있다. 그는 현금지급기를 그대로 지나쳐 화장실로 들어간다. 문을 잠근다. 화장실은 옷방처럼 작다. 사실, 그의 쌍둥이 시체를 발견한 옷방보다 더 작다. 냄새는 마찬가지로 지독하다. 천장에 형광등이 깜빡인다.

거울에는 남성 성기가 조악하게 그려져 있다. 조너스는 낙서 뒤에 비친 자기 모습을 본다. 그를 빤히 보는 얼굴은 그 자신보다는 다른 조너스와 닮아있다. 덥수룩한 얼굴. 흐트러진 머리. 지쳤지만 필사적으로 이글거리는 눈. 게다가 지난 몇 시간 동안 여기저기 새겨진 멍. 조너스는 자신의 모습이 그렇게 엉망인 줄 몰랐다. 문신사가 그 행색에 관해 아무 말도 하지 않고, 쫓아내지도 않은 것은 기적이다.

조너스는 수돗물을 틀어 얼굴을 적신다. 그러면 외모가 나아질 것이라는 듯이. 물에서도 퀴퀴한 냄새가 난다. 물이 눈물처럼 뺨에 흐른다.

조너스는 숨을 깊이 들이쉬고 두 번 남은 다중우주 이동으로 목숨을 걸 준비를 한다. 다시 한번, 그는 손가락에서 사슬을 뺀다. 다시 한번, 자신을 그 우주에서 떼어내어 다른 우주로 이동한다.

온몸이 찌릿찌릿하다. 전기가 통하는 느낌이다. 팔다리 안쪽이 아픈 느낌이 돌아온다. 양자에너지가 세포를 떠나는 느낌에 이 우주 간 이동이 단 한 번 남았음을 떠올린다.

사방에서 현실이 미끄러지기 시작한다. 조너스는 이제쯤 익숙해질 만도 하다고 생각하지만—인간 두뇌는 시간이 지나면 어떤 것에도 적응하니까—주위에서 세계가, **우주**가 변하는 광경에 단련되는 것은 상상할 수 없다. 화장실 벽이 해체되더니 파괴된 고층 건물이 거인의 뼈대처럼 버티고 선 황량한 도시 광경이 드러난다.

그가 아는 맨해튼이 스치고 지나가더니 좀 더 고급스러운 화장실이 나타난다. 눈 깜빡할 새, 그곳은 청소도구실로 바뀐다. 또 깜빡하니 도구실은 콘크리트 벽과 전선, 파이프가 가득한 곳으로 바뀌고, 순식간에 정체가 심한 시내 거리로 변한다.

사람들이 파도처럼 밀려든다. 방독면을 쓰고 있다. 방독면에서 나온 고무관이 그들이 멘 탱크로 연결된다. 조너스는 본능적으로 숨을 들이쉰다. 독한 냄새에 가슴이 따끔거린다. 조너스가 마구 기침하고 난 뒤 그 현실은 사라지고 또 다른 우주가 나타난다.

사이렌 소리가 귀에 울린다. 사람들이 사방에서 내달리며 조너스를 밀치고 걷어찬다. 불이 타오르고 미사일이 날아가는 소리가 들린다. 좀비처럼 보일 정도로 타버린 사람들이 들것에 실린 채 옮겨진다. 비명이 울려 퍼진다. 경적과 처절한 울음소리가 경쟁한다. 그 혼란 가운데, 낯빛이 하얗게 질린 아기가 혼자 울고 있다.

조너스가 사슬을 손가락에 끼자 우주의 변화가 곧바로 멈춘다. 벽에 부딪힌 것처럼. 주위를 둘러보자 익숙한 환경에 돌아와 있다. 거울. 세면대. 종이타월. 변기. '숱한 현실을 이동해 왔는데, 그래도 화장실에 떨어졌네.'

다행히 이 화장실은 떠나온 곳보다 훨씬 좋다. 표백제 냄새가 강하게 풍긴다. '탄트라 성기능 치유 & 치과'를 홍보하는 명함이 꽂힌 것 말고는 거울도 말짱하다.

다른 조너스의 말을 믿지 못할 이유가 없으며, 그 말이 옳다면 이제 조너스는 이런 이동을 한 번 더 할 수 있다. 다중우주가 제시하는 확률이 짓누르는 느낌이지만, 조너스는 의심을 제쳐둔다. '한 번에 한 걸음씩.'

우선 그 화장실에서 나가야 한다. 이전과 같은 긴 복도와 침침한 조명이 맞이한다. 또 독한 냄새가 나지만, 새로운 종류다. 조너스는 네온 불빛이 내리쬐고 검은 가죽과 금속 장식 복장을 한 마네킹이 가득한 공간에 들어선다. 그곳에는 문신 시술용 의자가 없지만 현금출납기 앞의 유리 케이스는 똑같다. 그 뒤에는 적어도 예순 살은 되어 보이는 여자가 있다. 은빛 머리칼은 모호크(아메리카 원주민 부족 중 하나—옮긴이) 스타일이다. 뺨과 코, 눈썹, 귀에 단 금속 피어싱을 불빛이 비춘다.

"필요한 거 있어요?" 가게 뒤에서 불쑥 튀어나온 조너스에게 여자가 수상하다는 눈빛으로 묻는다.

조너스는 고개를 젓고 문으로 향한다. 여자의 시선이 따라오는 것이 느껴진다.

거리로 나간 조너스는 햇빛에 놀란다. 이전 현실의 문신 가게에 들어선 것은 저녁때였으니, 새 문신을 하는 데 밤새 걸린 모양이다.

사람들은 고개를 숙이고, 손을 주머니에 넣고, 등을 굽힌 채 걸어간다. 태양이 빛나지만 하늘은 잿빛이다. 이 세계에서는 색깔이 빠져나간 듯 건물과 옷가지, 거리 표지판도 비슷한 색이다. 채도가 감소된 지구다.

도로의 차량은 무리한 엔진 때문에 비명을 지른다. 배기구에서 시커먼 연기가 나온다. 생김새나 색상에 차이가 없는 차량이 지나간다. 실용주의적인, 특징 없는 모습이다. 자동차 디자인은 1960년대에서 멈춘 듯하다.

주위를 돌아본 조너스는 이 맨해튼이 자신이 아는 뉴욕보다는 동유럽을 닮았다고 느낀다. 이 대도시는 너무나 낡아 보인다. 수십 년간 다니는 술집 의자에 앉아 술잔을 기울이는 늙은 주정꾼 같은 모습이다. 건축은 삭막하고 단조로워 구소련 시절을 상기시킨다.

조너스는 모퉁이로 다가가다가 검은 군복을 입은 군인이 소총을 들고 서있는 것을 본다. 군인의 얼굴은 헬멧과 고글, 발라클라바에 가려져 있다. 전부 검은색이라서, 반사되는 모습도 빛도 없다. 군인은 팔뚝에 흰 바탕에 검은 철십자가 그려진 완장을 차고 있다.

그 군인—'나치 돌격대원'이 더 정확한 표현이겠지만—이 조너스쪽을 돌아본다. 조너스는 휙 돌아서 수상하다는 인상을 주지 않는 한도 내에서 최대한 빠른 걸음으로 길을 건넌다. 그사이, 돌격대원의 복장처럼 새카만 몸통 옆에 철십자를 찍은 대형 장갑 트럭이 똑같이 느릿느릿 지나간다.

또 한 명의 돌격대원이 보도에서 대기한다. 그는 티셔츠와 야구모자 등을 카드 테이블에 펼쳐놓고 파는 거리 상인 옆에 서있다. 파는 물건에는 전부 미국 국기가 잔뜩 붙어있지만, 그것도 다르다. 빨강은 생기 없는 자주색, 피딱지 색으로 바뀌어 있다. 파랑은 검정으로 변해있다. 그리고 오십 개의 별이 그려진 자리에는 역시 철십자가 자리 잡고 있다.

조너스의 마음이 점점 불편해지는데, 상인이 묻는다. "하나 살래요? 아님 두 개?" 그의 말투에서 뉴욕 억양이 느껴지지 않는다. 조너스는 자신의 착각인가 싶지만, 확실히 독일어 억양이 들린다.

돌격대원이 조너스 쪽을 흘끔거린다. 얼굴을 볼 수 없지만, 그의 몸짓에서 의심하는 기색이 느껴진다.

"괜찮아요." 조너스가 상인에게 겨우 중얼거린다. "감사합니다."

조너스가 걷기 시작한다. 돌격대원의 시선이 따라오는 것을 느끼고 조너스는 걸음을 재촉한다. 너무 빠르지는 않게, 시민들의 보조에 맞추어, 도시의 익명성 속으로 숨어든다.

조너스는 걷고 또 걷는다. 과거에 익숙하던 거리 이름은 독일의 거리명과 유사해졌다. 경적을 울리고, 드릴로 콘크리트를 파고, 소리를 지르고, 욕을 하고, 열린 창문으로 흘러나오는 음악 등, 평범한 도시의 소리가 이곳에는 없다. 대신 오싹한 정적 속에서 발소리만 들린다.

미드타운으로 들어선 조너스는 어떤 존재를 감지한다. 무엇인가, 누군가가 뒤쫓고 있다. 조너스는 상점 유리창에서, 주차된 자동차의 사이드미러에서 그 사냥꾼의 모습을 확인하려고 하지만 매번 그자는 살짝 모습을 보이고 사라진다. 가장 먼저 든 생각은 빅터나 부활한 메이컨이 추격 중이라는 것이다. 하지만 짧은 순간 거울에 비친 모습을 보니 그들이 아니다.

조너스는 불쑥 걸음을 멈추고 뒤로 휙 돌아선다. 거기, 보도 끝 지나가는 보행자 뒤에 숨은…… 그 자신이 보인다. 또 하나의 도플갱어다.

사람들이 지나가는 사이로, 조너스는 자석에 끌리듯 그에게로 다가간다. 사람들 무리를 밀치고 가다 보니 그를 놓친다. 도플갱어는 이제 조너스에게 등을 돌린 채 사람들 틈에 몸을 감추고 사라지고 있다.

조너스는 새로 만난 쌍둥이를 놓치지 않으려고 사람들을 밀치기 시작한다. "어이!" "조심해!" 외치는 사람도 있다. 조너스는 모두 무시한다. 다른 조너스가 블록 끝에 다가가는데 조너스가 그의 어깨를 잡아 돌려세운다.

처음 보는 사람이다.

"왜 그러시죠?" 남자는 놀랐으면서도 정중하게 말한다.

조너스가 본 도플갱어가 환상이었나 싶을 만큼 닮은 얼굴이기도 하다.

"죄송합니다." 조너스가 손을 놓으며 말한다. "다른 사람으로 착각했어요."

조너스는 어서 그 자리를 벗어나려고 앞을 보지 않고 돌아서다가 유모차와 부딪힐 뻔한다. 유모차를 밀던 아이 어머니가 조심하라며 화를 낸다. 그 사건으로 또 다른 돌격대원의 시선을 끈다.

조너스는 어머니와 아이에게서 돌아서다가 전자제품 상점 창문에 비친 자기 모습을 본다. 그의 얼굴이 컴퓨터, 태블릿, 브라운관을 이용한 묵직한 모니터 위로 겹친다. 돌아서는데, 그에게 한 가지 생각이 떠오른다. 혹시, 혹시라도…….

조너스는 안으로 들어간다. 매장 안이 좁다. 왼쪽 벽에는 조너스의 눈에 수십 년 전의 것으로 보이는 다양한 기술을 광고하는 빛바랜 책자와 포스터가 걸려있다. 오른쪽에는 긴 진열장과 서비스 카운터가 있다. 진열장 안에는 다양한 전자제품이 있다. 매장 직원은 배가 나오고 머리숱이 없는 남자 한 명이 전부다. 그 뒤 벽에는 소형 기기가 걸려있다. 폴더형 휴대전화가 매달려 있다. '선불 휴대전화'라는 말이 비닐 포장 뒤에서 반짝인다. 잠시 희망이 떠오르지만, 조너스는 휴대전화 중 성냥갑보다 큰 키보드나 화면이 달린 것은 없다는 사실을 깨닫는다. 즉, 조너스가 염두에 둔 목적에는 맞지 않는 기기다.

"실례합니다." 조너스가 직원에게 묻는다. "스마트폰은 없습니까?"

직원이 멍하니 바라본다. "네?"

"저기, 인터넷이 되는 전화요."

직원은 얼간이를 보는 표정이다. "인터넷 폰 말이군요."

"네. 그거요."

남자는 엄지로 오른쪽 어깨 너머를 가리킨다. "그건 안에 있어요. 면허 있나요?"

"면허요?"

"알잖습니까…… 허가증이 필요한 거." 직원은 인내심이 다해가는 표정이다. "인터넷 사용에는 허가가 필요하잖아요." 자동차는 빨간불에서 멈춰야 한다는 사실을 설명하는 말투다.

"아, 그렇죠." 조너스가 대답한다. "허가증 있어요." 그는 허리를 숙인다. "정부에서 받은 것." 그 말에 직원은 무뚝뚝이 고개를 끄덕이고, 조너스는 운을 좀 더 시험한다. "전시용이 있을까요?"

"전시라고요?"

"네. 한번 볼 수 있을까요?"

직원의 표정이 밝아진다. "전시. 처음 듣는 말이군요." 직원이 안쪽으로 사라진다. 그리고 진회색의 유리판을 가지고 돌아온다. "여기 있어요."

조너스는 전화를 켠다. 화면 왼쪽 위에 계단 모양의 수신 기호가 나타난다. 전시용일지 모르지만, 조너스의 현실에서와 비슷한 무선 전화 기능을 갖고 있다.

"인터넷 사용 허가를 갖고 있다니 대단한 분인 모양이네요." 직원이 말한다. "정부 이사회 같은 데서 일하는가 보죠?"

"네." 조너스는 전화의 웹 브라우저를 찾으며 대답한다. "그……과학계에서 일합니다."

조너스는 답을 알면서도 어맨다를 검색한다. 다른 조너스의 계산이 티볼트처럼 틀렸을 수 있으니까. 어맨다의 결혼 전후 이름을 모두 검색해 보지만, 예상대로 아무것도 나오지 않는다. 그다음은 자신의 이름이다. 이번에도 마찬가지다.

"그거 살 건가요?" 직원이 짜증을 감추지 않고 묻는다.

"다른 모델도 있습니까? 비교해 봐도 될까요?"

직원은 조너스를 노려보더니 앓는 소리를 한 번 내고 안쪽으로 들어간다.

그가 사라진 순간, 조너스는 전시용 전화를 꼭 쥐고 문을 향해 내달린다. 두근거리는 가슴을 안고 거리로 튀어 나간다. 이 우주는 절도죄에 관대할 리 없어 보인다. 조너스는 서두르는 기색 없이 최대한 빠르게 걷는다. 다음 모퉁이를 만나자마자 황급히 돌아서 인파에 파묻힌다.

날카로운 종소리가 빠르게 들리자 조너스는 화들짝 놀란다. 거리와 방향으로 미루어, 전자제품 상점에서 들리는 경보다. 그쪽을 돌아보지 않으려면 엄청난 의지가 필요하지만, 조너스는 다리에 힘을 주어 계속 걷는다. 시선을 앞쪽, 살짝 아래에 둔다. 다른 시민들과 마찬가지로 양손을 주머니에 꽂고 등을 구부리는 자세를 취한다. 작아져라. 눈에 띄지 않도록.

하지만 그때 커다란 경적 소리에 조너스는 깜짝 놀란다. 새카만 경찰차 한 대가 그를 향해 달려온다. 양쪽에 철십자를 달고, 지붕에는 붉은 경광등을 켜고서. 두 명의 돌격대원이 성큼성큼 다가오자 조너스는 얼굴에서 핏기가 사라지는 것을 느낀다. 조너스는 전화를 꼭 쥐고 그것을 버려도 될지 계산한다. 아니, 지나가는 사람의 가방이나 주머니에 몰래 넣을 수 있을까?

경찰차가 스쳐 지나간다. 사이렌에 귀가 얼얼할 정도로 가까운 거리다. 경찰차는 보이지 않지만, 돌격대원들이 조너스 바로 앞으로 다가온다. 한 명이 조너스의 어깨를 치고 지나간다. "비키시오." 그가 지나가며 중얼거린다.

거리 사람들은 목을 쭉 빼고 돌격대원이 가는 길을 살핀다. 조너스는 사람들과 함께 행동해야 할지 몰라서 무심한 척 고개만 끄덕인다. 돌격대원들은 시야에서 사라지고 조너스는 드디어 참았던 숨을 내쉰다.

한 블록을 지날 때마다 숨쉬기가 조금씩 더 편해진다. 블록을 열개 남짓 지나자, 터질 듯 뛰던 심장도 진정된다. 하지만 훔친 전화는 여전히 주머니 안에서 묵직하게 조너스의 마음을 괴롭힌다. 지나치는 사람들이 그 전화의 존재를 느끼는 것 같다. 도둑이라는 표지가 붙은 것 같다. 조너스는 그 두려움이 상상일 뿐이라고 몇 번이고 되뇐다.

몇 시간이 흐른다. 도시를 가로질러 걷느라 조너스는 다리가 터질 듯하다. 멈추고 싶어도, 멈추고 싶은 마음이 간절해도, 어디가 안전한지 알 수 없다. 맨해튼—이곳 이름이 무엇인지 몰라도—전체가 점령된 느낌이다. 다리가 더 이상 광기에 응하지 않자 조너스는 비틀거린다.

해가 뉘엿뉘엿 넘어갈 때 조너스는 스투이페산트 스퀘어 공원으로 들어선다. 그곳 표지판에는 슈렉 스퀘어 공원이라고 적혀있다. 나무 사이에 놓인 벤치를 보니, 잠시나마 앉고 싶은 마음을 견딜 수 없다.

그러다가 문득 당혹감이 든다. 매장 직원이 도둑맞은 전화를 추적할 수 있을지도 모른다는 생각이 떠오른다. 조너스는 모든 가능성을 고려하지 못한 것을 자책한다. 하지만 그 염려 탓에 드디어 훔친 전화를 확인할 기회가 생긴다. 그것을 추적할 수 있다면, 재빨리 이용한 뒤 최대한 빠르게 처분해야 한다.

조너스는 브라우저를 다시 열어 앙리 티볼트의 이름을 검색한다. 전화가 무선 연결을 하는 동안, 조너스는 공원을 걷는 사람들에게 시선을 던지며 자신을 지켜보는 사람이 있는지 살핀다.

검색 결과가 주르르 나온다. 조너스는 간절한 마음으로 그 결과를 확인한다. 이 현실 속에서 티볼트는 살아있을 뿐 아니라 유명한 과학자이다. 조너스는 티볼트가 6년 전 노벨 물리학상을 받았다는 기사를 읽으며 희망을 느낀다. 그는 스위스가 아닌 프라하에 살지만, 이 우주의 입자물리연구소가 유럽에 있다면 어쨌든 유럽으로 가야 한다.

대서양을 건널 방법을 궁리하던 중 조너스는 그 체포 기사를 읽는다. 기사를 읽는 동안 염려가 점점 커진다. 단순히 체포가 아니다. 티볼트는 재판에서 유죄판결을 받았다. 그리고 '국가반역죄'로 종신형을 살고 있다.

조너스는 절망과 싸운다. 이 우주의 티볼트가 입자충돌기에 접근하도록 도와줄 수 있었다. 하나의 장벽을 넘으면 또 하나의 장벽이 나타나는 느낌이다. 아니, 영원히 이어지는 장벽이 버티고 선 느낌이다. 하지만 조너스는 그 느낌을 떨치자고 마음먹는다. '한 번에 한 걸음씩.'

그 가르침에 따라, 조너스는 검색창에 새로운 이름을 입력한다. '제발, 혼자서는 할 수 없어. 이 세상에서 도와줄 사람이 필요해. 제발.' 그는 입력을 누른다.

결과. 결과가 연달아 나온다. 조너스는 안도의 한숨을 내쉰다. 웹페이지를 살피던 그는 에바 스탬퍼가 이 현실에 존재할 뿐 아니라 바로 이곳 맨해튼에서 강의를 하며 살고 있음을 알게 된다. 안도감에 긴장이 풀린다.

"당신." 머리 위에서 그 소리가 들린다. 조너스가 고개를 들고 보니 돌격대원이 버티고 서 있다. 조너스의 맥박이 빨라진다. 돌격대원의 사타구니가 눈높이에 있으니, 그곳을 한 번만 치면 달아날 시간을 벌 수 있다.

"아직 밖에서 뭘 하는 겁니까?" 남자가 따져 묻는다.

조너스는 어리둥절하다. 손에 쥔 전화가 흔들린다. 그는 손가락을 진정시키고 겨우 말한다. "네?" 목소리가 기어들어 간다.

돌격대원은 발을 구른다. 조급한 상태다. 그가 텅 빈 공원 쪽을 고갯짓한다. "통행금지 시각이 다 됐어요."

조너스는 곧바로 안도한다. 돌격대원의 눈에 조너스는 얼간이로 보일 것이다.

"귀가해요." 돌격대원이 불안한 표정으로 말한다. "어서."

조너스는 순순히 고개를 끄덕이며 일어선다. "네, 죄송합니다." 그러고는 걸음을 재촉한다.

택시나 대중교통을 이용할 돈이 없는 조너스는 컬럼비아 대학교를 향해 걷는다. 이 현실에서 그곳 이름은 폰 브라운 대학교다. 다행히 도시 전체가 통행금지에 맞추어 바삐 움직이는 중이라서, 조너스는 다시 한번 사람들 무리에 숨어들 수 있다. 반면 시간이 빠르게 흘러가고 있어서, 통행금지 시각을 넘기고도 조너스는 계속 걸어야 한다.

어둠이 도시를 뒤덮는 사이, 조너스는 확고하면서도 조심스레 한 블록 한 블록 걸어간다. 사방에 돌격대원들이 널려있다. 철십자를 그린 군용 트럭이 지나가며 보도와 건물 옆 어두운 부분에 스포트라이트를 비춘다. 두 사람 이상 모여있으면 돌격대원들이 다가가 말을 거는데, 조너스는 걸음을 늦추지 않아서 그처럼 혼자 다니는 사람에게도 그러는지 확인할 수 없다.

대학교 캠퍼스가 변하지 않은 것에 조너스는 안도의 한숨을 내쉰다. 대문도 경비원도 울타리도 없어서, 다른 우주에서 교수였던 시절처럼 안으로 걸어 들어갈 수 있다.

에바 스탬퍼의 연구실이 있는 웨스트 120번가 쪽 연구동은 간유리와 검은 철제문이 달린 붉은 벽돌 건물이다. 조너스의 우주에서 그 건물은 장거리 전화를 가능하게 한 과부화 코일을 발명한 마이클 이드보스키 푸핀의 이름을 따서 푸핀관이라고 불렸다. 이곳의 그 건물은 베르너 하이젠베르크관이다. 하이젠베르크가—적어도 조너스의 고향 우주에서는—양자물리학의 선구자 중 하나였으니 물리학과 건물에 더 적절한 이름이긴 하다.

로잔 대학교에서 그랬듯이, 조너스는 난방 배기구를 찾아서 잠을 청한다. 따스함을 느끼며 몸을 눕히자, 이렇게 피곤하기는 처음 같다. 언제 잠들었는지 알지 못하지만, 조너스는 언제나 그렇듯이 어맨다의 꿈을 꾼다. 매일 밤 어맨다는 똑같은 말을, 파도처럼 규칙적으로 전한다. '당신은 날 찾아낼 거야. 아무것도 당신을 막지 못해. 우주조차도. 사람들이 뭐라고 하는지, 당신 자신이 뭐라고 하는지 알아. 불가능하다고 하지. 하지만 난 알아. 확실히 알아. 불가능하지 않다는 것을.' 어맨다의 온몸이 확신에 가득 차있다. '당신이 하니까 불가능하지 않아. 당신은 다중우주를 믿지만, 난 당신을 믿어.'

그리고 조너스는 따스한 그 믿음에 몸을 맡기고 곤히 잠든다.

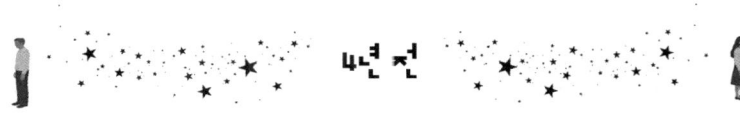

1939년, 엔리코 페르미와 레오 실라르드, 그 밖의 물리학자들이 자동으로 계속되는 중성자 연쇄반응을 만들어 내는 연구에 착수했다. 그들은 컬럼비아 대학교 푸핀관 지하에서 연구했다. 일본의 진주만 공격으로 연구 장소를 시카고 대학고로 옮겨야 했지만, 연구가 시작된 도시 이름은 유지되었다. 그것이 맨해튼 프로젝트였다.

어맨다의 머리 위로 핵전쟁의 요람이 버티고 있었다. 십일층짜리 붉은 벽돌 건물과, 맨 위에서 새카만 바탕에 반짝이는 별들이 수놓은 겨울 하늘을 향해 솟은 러더퍼드 천문대.

어맨다는 작은 입김을 내뿜으며 그 건물 앞에서 서성였다. 겨우 조금 먹은 저녁 식사가 메슥거리기 시작했다. 어맨다는 손을 떨지 않으려고 꼭 쥐었다.

어맨다는 단정하게 늘어선 창문과 황동색 지붕을 인 건물 쪽으로 돌아서서 안에서 무슨 일이 일어나고 있을까 생각했지만, 높다란 건물은 대답이 없었다.

마음속에 차오르는 염려를 느끼면서, 어맨다는 타인을 이렇게 걱정하기는 처음이라는 생각을 했다. 결혼한 사이가 아니라는 사실은 상관없었다. 어맨다의 삶은 이제 조너스의 삶과 단단히 얽혀있었다. 그 순간 어맨다는 깨달았다. 결혼이란 두 영혼이 하나가 되었다는 사실을 제도적으로 구별하고, 법적으로 은행 계좌를 연결하며, 공개적으로 인정하는 것일 뿐임을. 삶을 함께하는 것, 타인의 희망과 꿈을 자신의 것으로 받아들이는 것, 그리고 상대도 그렇게 하기를 바란다는 것은 그런 뜻이었다. 어맨다는 조너스와 그의 커리어, 그 개인으로서와 학자로서의 평판 때문에 본인만큼 두려웠다.

차이가 있다면, 조너스는 건물 안에 있고 어맨다는 모든 것이 결정되는 곳에 들어갈 수 없어 밖에 있다는 것뿐이었다. 어맨다에게는 발언권이 없었다. 빅터가 힘을 발휘해서 소집한 징계위원회의 결정에 어맨다는 아무런 영향도 줄 수 없었다. 빅터가 조너스의—**그들의**—아파트에 찾아와 난폭하고 적대적으로, 편집증적으로 굴었다는 사실을 어맨다는 증언할 수 없었다. 컬럼비아 대학교 교수진과 행정 관리자들에게 빅터 코바체비치가 제정신이 아니라 믿는다고 말할 수도 없었다. 아니, 그건 옳지 않았다. 믿음이란 주관적이었다. 그날 아침 빅터가 보인 분노와 폭력성은 어맨다가 상상한 것이 아니었다. 어맨다는 목격자였다. 코발트 색이 파랗다는 사실처럼 냉정한 판단이었다. 사실, 두 눈으로 관찰하는 일은 어맨다의 커리어와 삶의 중심이었고, 그 능력은 항상 믿을 수 있었다. 어맨다는 빅터가 어떤 인간인지, 무슨 짓을 할 수 있는지 속속들이 알고 있었다.

그리고 어맨다는 겁이 났다.

빅터는 조너스를 파멸시킬 힘과 수단을 모두 갖고 있었다. 무시무시한 조합이었다. 어맨다는 '진실은 언제나 이긴다' 따위의 말로 자신을 위로해 봤지만, 서른네 살의 그녀는 그것이 허구임을 알고 있었다. 세상은 빅터 같은 인간이 원하는 대로 돌아갔고, 그들은 자신에게 이익이 되도록 세상을 주무르는 법을 알았다.

영원처럼 느껴지는 시간이 흐르고, 건물의 문이 열리더니 조너스가 나왔다. 조너스의 모습을 본 어맨다는 가슴이 철렁했다. 멍한 표정에 껍데기만 남은 듯한 모습이었다. 어맨다에게 익숙하고, 어맨다가 사랑하게 된 반짝이는 눈빛이 사라지고 없었다. 그 대신 그의 눈에서는 물이 액체가 아니라거나 하늘이 파랗지 않다는 것을 알게 된 사람 같은 혼란만이 느껴졌다. 어맨다는 어떻게 되었는지 묻지 않았다. 물을 필요가 없었다. 암울한 결정이 내려졌음을 그저 알 수 있었다.

조너스는 휘청거리며 근처 벤치로 가더니 털썩 앉았다. 어맨다도 그 옆에 앉아 양손으로 조너스의 손을 잡았다. 조너스가 입을 열 때까지, 말할 준비가 될 때까지 어맨다는 기다렸다. 그래야 한다면 영원히 기다릴 생각이었다.

조너스가 한참 만에 입을 열고 꺼낸 대답은 어맨다의 예상과 달랐다. "표절이 아니라고 결정 났어." 조너스가 나직이 말했다. 풀 죽은 목소리도, 의기양양한 목소리도 아니었다. 안도한 것도 아니었다. 이루 말할 수 없이 지친 목소리였다.

숨을 참고 있었는지도 몰랐던 어맨다는 한숨을 푹 내쉬었다. 하지만 두 사람이 바랄 수 있는 최선의 소식이었음에도, 축하한다고 조너스를 끌어안을 상황은 아니었다. 어맨다는 그저 조너스의 손을 꼭 잡고 그가 그토록 갈피를 잃은 이유를 듣기까지 기다렸다.

"하지만 빅터는 학과장이야." 조너스가 한참 만에 말했다.

"그게 무슨 뜻이야?" 물으면서도 대답이 두려웠다.

"빅터가 날 해고하기로 결정하면 이사회가 막을 수 없다는 뜻." 조너스는 일기예보를 하듯이 무심히 그 사실을 알렸지만, 어맨다는 세상이 무너지는 느낌이었다. 조너스가 그 순간 느끼고 있으면서도 표현하지 못하는 절망과 두려움과 분노를 어맨다도 똑같이 느꼈다. 어맨다는 벌떡 일어나 그 건물로 들어가서 빅터를 찾아내 분노를 터뜨리고 싶었다. 행정 담당자들, 관료들, 어리석어서 빅터를 믿거나 줏대가 없어 빅터에게 맞서지 못하는 시시한 인간들에게 고함치고 싶었다. 건물 전체에 불을 지르고 싶었다. 어맨다가 느끼는 분노만으로도 충분히 그럴 수 있을 것 같았다.

조너스가 몸을 숙여 다리에 팔을 얹었다. 멍한 눈빛이었다. 그가 뭐라 말을 했지만, 어맨다는 알아들을 수 없었다.

"응?" 어맨다가 속삭이듯 물었다.

"빅터가 옳다면 어쩌지?" 조너스가 다시 말했다. "빅터가 아니었으면, 나는 평행우주 연구를 시작하지도 않았을 거야. 그 존재의 증명을 수식으로 나타낼 시도를 하지 않았을 거야."

"난 그림을 시작하지 않았을 거야." 어맨다가 대꾸했다. "내가 여섯 살 때 부모님이 데이비드 호크니 전시에 데려가지 않았으면." 어맨다가 조너스의 얼굴을 자기 쪽으로 돌렸다. "영감은 모방이 아니야, 조너스. 예술가와 과학자 모두 앞선 사람들의 업적 위에 자신의 업적을 쌓아." 조너스는 확신 없는 표정으로 고개를 돌렸다. "당신이 정말로 빅터의 연구를 훔쳤다면 위원회에서 그렇게 결정했겠지."

"그렇게 간단한 문제였으면 좋겠다." 조너스가 대답했다.

"뭐가 복잡한지 말해봐."

"빅터가 자기 연구 내용을 보여줬어." 조너스가 털어놓았다. "빅터가 그동안 이 과제를 연구하면서 이따금 내게 계산 내용을 봐달라고 했거든."

"그래서?"

"그래서…… 빅터의 생각이 내게 영향을 주지 않았다는 걸 어떻게 알지? 부지불식간에라도."

"모르지." 어맨다는 짧게 대답했다. "하지만 당신도 빅터에게 연구 내용을 봐달라고 부탁했다면서?"

"그랬지." 조너스는 어맨다가 하려는 말의 요점을 모른 채 대답했다.

"왜 그랬어?"

"빅터가 나랑 같이 연구하고 싶어 하기를 바랐어. 공동 연구를."

어맨다가 손을 흔들었다. "바로 그거야."

"무슨 말이야?" 조너스가 몹시 피곤한 표정으로 물었다.

"내 말은…… 절도 행위가 아니라는 거지. 당신이 정말로 **표절**할 의도였다면 빅터에게 공동 연구를 제안하지 않았을 거야."

조너스는 힘없이 어깨를 으쓱여 그 말이 옳다고 인정했다.

"날 믿어." 어맨다가 간절하게 말했다. "화가만큼 표절을 잘 아는 사람은 없어. 나는 평행우주나 양자 이론은 잘 모르지만, 도둑질을 알아보는 건 자신 있어." 조너스는 미심쩍은 표정으로 어맨다를 봤다. "그리고 내가 사랑하는 남자도 잘 알아. 그 사람의 영혼을 알지." 어맨다가 손을 뻗어 조너스의 가슴을 짚었다.

조너스는 그 손을 잡았다. "어쨌든, 난 실직자가 됐어."

"운 좋은 대학이 당신을 데려갈 거야." 어맨다가 말했다. 새로운 생각에 어맨다는 들떴다. "이사 가자. 맨해튼에서만 그림 그리라는 법 없잖아. 어디든지 갈 수 있어……." 어맨다는 새로운 곳, 새로운 기회, 새로운 집을 떠올리다가 멈칫했다. 처음 보는 표정을 지은 조너스를 보니 어맨다는 두려워졌다. 속이 메슥거렸다. 낯빛이 창백해졌다. "왜?"

"다른 데서도 취직하지 못할 거야." 조너스가 대답했다. 전과 같이 감정이 느껴지지 않는 말이었다. 마치 연구실에서 장치의 수치를 읽거나 계산 결과를 냉정히 보고하는 말투였다.

"이……해할 수가 없네." 어맨다가 말을 더듬었다. 얼굴에 두려움이 떠올랐다.

"빅터가 내 취직을 막을 수 있어. 전에 우리 아파트에서 한 말처럼, 내가 다시는 취직하지 못하게 할 수 있어." 조너스는 고개를 저었다. 드디어 그의 음성에서 감정이 느껴졌다. 분노도 슬픔도 아닌, 믿을 수 없다는 심정이 드러났다. "그때 거기서…… 보란 듯이 떠벌렸잖아." 조너스의 얼굴이 일그러졌다. "이제 난 끝장이야."

어맨다가 그럴 수 없다는 듯 고개를 저었다. "아냐." 이를 악물고 말하는 어맨다의 입에서 하얀 김이 새어 나왔다. "당신 연구는……."

"아직 마치지도 못한걸." 조너스는 분하고 믿을 수 없는 심정에 헛웃음을 지었다. "빅터에게 내 연구에 대해 말한 조교는…… 내 연구가 끝나간다는 것처럼 말했어. 하지만 그렇지 않아. 전혀. 아직 멀었어."

"그럼 끝내."

"뭐?"

"완성해. 이제 시간 많잖아."

"그럴 이유가 없잖아." 조너스의 목소리에서 절망이 묻어났다. "더 할 이유를 모르겠어."

"왜? 무슨 이유에서든지 여기까지 왔잖아. 당신은 영감을 받았어. 내가 그림을 시작할 때랑 비슷해."

조너스는 찡그리며 손을 흔들었다. "아니지. 당신에게는 딜러가 있잖아. 갤러리가 있고. 당신 그림은 수요가 있어."

"항상 그런 건 아니야."

"내 말은, 학술 논문은 다른 과학자들이 읽지 않으면 의미가 없단 거야. 말 그대로 의미가 없다고." 조너스는 한숨을 쉬었다. "그리고 내 논문은 어디서도 게재해 주지 않을 거야."

"해줄 거야." 어맨다가 단호하게 갈했다. "당신은 논문을 **완성할** 거니까. 꼭 해야만 하니까. 그 논문을 마칠 거고, 훌륭한 논문이 될 거야. 당신이 **훌륭하니까.** 그건…… 날 봐. 그건 아무도 당신에게서 앗아갈 수 없는 거야. 절대."

조너스의 입술이 희미한 미소를 지었다. 그 문제를 고민하고 해결책을 모색 중이라는 의미였다. "난 실직자에, 저축도 없어. 솔직히 파산 직전이야."

"난 화가야. 늘 파산 상태지." 어맨다가 멋진 윙크와 함께 그렇게 말했다.

조너스가 믿을 수 없다는 표정으로 어맨다를 봤다. "다른 사람이라면 달아날 텐데."

어맨다가 조너스의 머리를 잡고 자신을 똑바로 보게 했다. "난 아무데도 안 가." 어맨다는 평생 가장 중요한 순간, 평생 가장 중요한 사람에게 평생 가장 중요한 말을 하는 것 같았다. **"아무데도** 안 가." 어맨다가 다시 말했다.

어맨다는 조너스의 반응을 기다렸고, 보답받았다. 서서히, 해가 뜨는 속도로, 조너스는 미소 짓기 시작했다. 그의 눈물 젖은 눈가를 별이 비췄다. 그들의 삶은 정말로 하나로 얽혔고, 어맨다는 조너스가 스스로의 재능을 포기하게 두지 않을 셈이었다.

그들은 손깍지를 낀 채 벤치에 함께 앉아있었다. 하늘에서 별들이 소리 없이 그들을 비췄다.

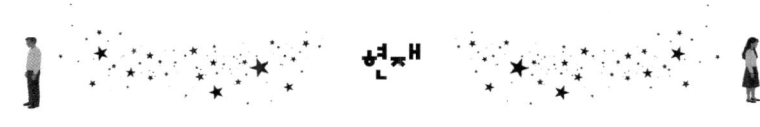

현재

폰 브라운 대학교 에바 스탬퍼의 연구실은 집에서 보통 35분 거리다. 길이 막히는 날, 혹사당하는 도시 지하철이 낡은 인프라로 휘청일 때면 55분 걸린다. 근 한 시간. 오늘이 그런 날이다. 그래서 에바는 기분이 좋지 않다. 그 시간에 오늘 아침 발표 준비를 할 수 있었다. 더 일찍 일어났어야 하는데, 그 발표 준비를 새벽 3시까지 하고 난 뒤라서 쉽지 않았다.

에바는 하이젠베르크관으로 걸어가며 몇 분을 아끼려고 아침 커피를 건너뛴 것을 후회한다. 건물이 잠겨있다. 에바가 첫 출근자다. 늘 그렇다. 가방에서 열쇠를 찾던 에바는 난방 환기구 위에 웅크리고 자는 노숙자를 발견한다. 드문 일이지만, 처음은 아니다.

"여긴 호텔이 아니에요." 에바가 훈계조로 말한다. "대학 경비원이 보면 감옥에 넣을 겁니다."

엉덩이가 움직이더니 돌아누워 멍투성이에 수염이 덥수룩한 얼굴을 드러낸다. 옷차림은 전쟁을 겪은 듯하고 머리는 쥐 둥지 같다. 일어서던 그는 놀란 표정을 짓는다.

"에바." 남자가 속삭인다.

낯선 사람의 입에서 자기 이름을 들으니 혼란스럽다. 에바의 얼굴이 하얘진다. "내가 아는 사람인가요?"

"'안다'는 말을 어떻게 정의하냐에 따라 달라질 겁니다." 에바는 말문이 막혀 빤히 보기만 한다. "미안해요." 남자가 사과한다. "우리끼리만 아는 농담이에요." 마치 친구 사이라는 듯 보는 남자의 눈빛에 에바는 더욱 혼란스럽다. "5분만 내줄 수 있나요?" 남자가 묻는다.

"왜 그래야 하죠?" 에바가 도전하듯 되묻는다.

남자가 왼쪽 소매를 걷어 안쪽 팔에 적힌 기다란 수식을 보여준다. "이 수식." 남자가 말한다. "전에 본 적 있는 거죠. 대학 시절에."

에바는 당황하고 만다. 이 사람은 누구지? 내가 대학에서 뭘 배웠는지 어떻게 알지?

"물리학을 공부했죠." 남자는 놀라울 만큼 다급하게 말한다. "전공을 바꿀까 고민했고요. 심리학으로. 하지만 여기, 이 세계에서는 바꾸지 않았어요. 여기선 물리학자가 됐군요."

에바의 얼굴이 환해진다. 문득, 모든 것이 납득된다. 무슨 상황인지 알자 마음이 놓인다. "로버타가 시킨 거죠? 유머 감각에 보정이 필요하다고 전해주세요."

에바가 돌아서서 문을 열려고 하지만 남자는 물러서지 않는다. "여기 이 수식." 남자가 자기 피부를 찔러 수식에 작은 흰 점을 남기며 말한다. "이건 슈뢰딩거의 공식입니다. 다중세계 이론에 대해 뭘 알고 있죠?"

에바는 장난칠 시간이 없다. "양자역학 개론에서 배운 게 전부예요." 에바가 던지듯 말한다.

"하지만 A를 받았죠."

에바는 깜짝 놀라 남자를 마주 본다. 그가 에바의 대학 성적을 알아서가 아니다. 그건 누구나 알아낼 수 있으니까. 다만, 남자가 에바가 하려던 말을 그대로 알고 있어서 놀랍다. 에바의 얼굴이 하얗게 질린다. 속이 메슥거린다. 에바는 겁먹은 눈빛으로 남자를 본다.

"들어가게 해줘요, 스탬퍼 박사님." 남자가 말한다. "할 이야기가 많아요."

∞

모든 우주가 특정 자질을 공유한다는 원칙의 장점 하나는 사람들의 반응이 비교적 예측 가능하다는 점이다. 파시스트 사회에서 성장하며 견고해지기는 했지만, 이 현실의 에바도 탐구심, '그의' 에바를 조너스에게 끌어들인 호기심, 조너스가 매력적이라고 느낄 수밖에 없었던 자질을 그대로 갖고 있다.

에바는 도청 장치를 찾아 소박한 연구실을 20분 동안 뒤진다. 아무것도 없다고 선언한 뒤, 에바가 설명한다. "좀 편집증 같다는 건 인정하지만, 정부에서 학자들을 조사한다는 이야기를 들었거든요. 세상에서 가장 위험한 것이 사상이니까요. 그리고 컬런 씨의 사상도 아주 위험한 것으로 분류될 것 같네요."

조너스가 스톡홀름에서 보낸 그날 밤, 노벨상, 자동차 사고부터 그간의 이야기를 들려주자, 앞서 에바가 한 말은 상당히 과소평가한 것이었음이 밝혀진다. 조너스는 사슬에 대해서, 몸에서 서서히 빠져나가는 양자에너지에 대해서 말한다. 도플갱어를 만났기 때문에 에바의 생각을 알고 있다고도 설명한다. 빅터와 어맨다의 두 번째 죽음 이야기는 생략한다. 다른 에바의 사망도 제외시킨다.

쌍둥이와 마찬가지로 에바도 침착하게 이야기를 경청한다. "내가 다중세계 이론을 제대로 이해하는 거라면, 박사님과 부인이 모두 살아있는 세계, 그 사고가 일어나지 않은 세계도 있잖아요."

조너스는 그 평행우주가 부럽다. "네. 내가 행복한 세상이 이미 있더라고요." 그가 다른 에바의 말을 떠올리며 말한다. 그 말을 하려던 차라서 에바는 살짝 놀란 표정을 짓는다. 마치 텔레파시 같다. "하지만 난, 이 나는 어맨다 없이는 행복해질 수 없어요. 어맨다 없이는 아무것도 될 수 없어요. 죽은 것이나 다름없어요."

에바가 조너스를 빤히 본다. 에바의 마음이 회의에서 수용으로 옮겨가는 동안 어떤 생각이 머릿속을 지나갈지 조너스는 상상만 할 따름이다. 조너스는 아무쪼록 그 전환이 빠르기를, 이전처럼 편안한 신뢰 관계가 생기기를 바란다.

이 대체현실에서 새로운 관점으로 보니, 에바에게는 조너스가 전에는 보지 못했던 자질이 있다. 상대를 꿰뚫어 보듯이, 하지만 그렇게 본 내용이 흥미롭다는 듯이 왼쪽 입가를 살짝 올리며 미소 짓는 것. 듣기 좋은 목소리가 상냥하게 상대를 안심시키는 것. 이 우주에 만연한 공포에도 불구하고, 이 에바는 다른 에바에게 없었던 활기를 갖고 있다.

그들은 단숨에 서로를 팽팽히 당기는 듯한 시선을 교환한다. 몇 초 만에 본능적으로 펼쳐진 상황이라고 해도, 배신감 비슷한 느낌을 막지는 못한다. 조너스가 지켜보는 사이에 에바는 정부에서 내

준 컴퓨터로 가서 타자를 시작한다.

"뭘 하는 거죠?"

"인터넷에서 박사님 부인에 관한 정보를 찾아요."

"이미 찾아봤어요. 여기서는 뭐라고 부르는지 모르지만, 스마트폰을 훔쳤어요. 이 우주에는 어맨다가 없어요."

"상업용 전화로 공용 인터넷을 써서 검색한 거죠. 그 정보는 정부 검열이 아주 심해요." 에바는 타자를 계속하더니, 마지막으로 키 하나를 두드리고 멈춘다. "부인이……."

"어맨다요."

"어맨다가 자동차 사고로 사망했다고 하셨죠?"

"네."

에바가 컴퓨터 모니터를 가리킨다. "이 현실에서 어맨다는 비행기 사고로 사망했어요."

조너스는 그 광경을 머릿속에서 지우려고 애쓴다. 밀물처럼 밀려드는 그 광경을 막아내지 못한다.

"자동차 사고." 에바가 말한다. "비행기 사고. 혹시 이런 가능성은……."

"우주가 내 아내가 죽기를 **원할** 가능성 말인가요?"

"우주는 아무것도 '원하지' 않아요. 그리고 그보다는 좀 더 조심스럽게 말하려고 했어요. 하지만 대체로…… 그런 질문이죠."

"다중우주 간의 차이가 이른바 '운명'에 의해 제한되는 건 확실히 인지하고 있어요." 조너스는 학자답게 나름대로 정리된 혼돈이 펼쳐져 있는 에바의 책상 위를 살피다가 군복 입은 남자의 사진 액자를 본다. "부군인가요?" 조너스가 묻는다.

에바의 얼굴이 살짝 어두워진다. 남편을 잃은 것이다. "네. 그이는……."

"전사했죠." 조너스가 받아서 말한다. "아프가니스탄인가요?"

에바는 고개를 젓는다. "이스라엘이요." 조너스는 에바의 멍한 얼굴을 잘 안다. "이 우주도 브라이언이 죽기를 원하는 모양이군요." 조너스를 바라보며 에바는 공감 어린 어조로 단호하게 말한다. "하지만 나는 그이와 살기 위해 우주의 법칙을 어기지 않잖아요. 박사님은 왜 우리에겐 없는 두 번째 기회를 얻는 거죠? 왜 박사님만 특별한가요?"

에바의 도플갱어도 같은 질문을 했다. 비행기에서의 빅터도 마찬가지였다. 매번 조너스는 답변을 피했다.

"박사님은 왜 특별한가요?"

"난 할 수 있으니까요." 조너스가 말한다. "부군과 함께할 수단이 있다면 박사님도……."

"그만." 에바가 경고한다. 조너스는 다시 한번, 이 현실에서는 그들이 친구가 아님을 상기한다.

"……그 기회를 최대한 활용하겠죠." 조너스가 말을 잇는다. "그리고 박사님에게도 그 기회가 주어진다면, 잡지 않겠어요? 안 잡는다면 그것도 일종의 살인 아닐까요?"

"말씀이 지나치군요."

"틀린 말은 아니죠. 내 평생 해온 연구가 세상을 있는 그대로 보려는 거였어요. 우리가 원하는 대로가 아니라, 있는 그대로. 우리 현실을 구성하는 원칙을 알아내는 것이죠. 요점은 이것입니다. 어맨다를 찾을 능력이 없는 척 살지 않는 것. 그리고 그 능력이 있다면 **책임**도 따르는 거죠. 그렇지 않을까요?"

에바는 생각을 밀어 넣듯이 이마를 문지른다. 이를 악물어 턱이 경련한다. "박사님의 부인이 계신 우주를 모르는 줄 알았는데요."

조너스가 소매를 걷어 올린다. 다른 조너스의 수식이 팔에 새겨져 있다. "이 계산은 내 도플갱어, 또 다른 현실의 나 자신이 알아낸 거예요."

에바는 금속테 안경을 쓰더니 수식을 살핀다. "기분 상하게 하려는 건 아니지만, 이 수식을 보면 다른 박사님도 조금 더 똑똑한 정도인 것 같은데요."

"그리고 조금 더 미쳤죠. 어쨌든, 돌파구는 찾았어요." 조너스는 반대쪽 손으로 새로운 문신을 두드린다. "그 사람은 정확한 현실을 계산해 냈어요. 어맨다가 아직 살아있는 우주, 마지막 남은 우주를."

에바는 수식을 살펴본다. 심리학 대신 물리학을 연구한 에바를 만난 것이 행운의 반전이다. "내가 파악한 내용이 옳다면, 박사님은 다시 이 우주를 벗어나서 올바른 현실로 건너가기 위해 에너지가 필요하겠군요. 많은 에너지가요."

"알아요. 전에도 해봤으니까."

에바는 처음으로 믿을 수 없다는 표정을 짓는다. "그런 양의 양자 에너지를 대체 어디서 얻을 수 있죠?"

"유럽입자물리연구소에 침입했어요."

에바가 눈을 깜빡인다. "유럽입자물리연구소가 뭔데요?"

조너스는 평행우주의 변덕에 놀라서 풀이 죽는다. "이 현실에 대형 강입자 충돌기가 없나요?"

"그게 뭔지 모르겠네요." 에바의 얼굴에 아쉬움이 스쳐 지나간다.

"입자가속기예요. 그게 없으면……." 조너스는 그 생각을 마무리할 수 없다. 입을 열어 그 말을 하면 절망적인 상황이 현실이 될까 두려워 기운이 나지 않는다. 또 한 번의 현실 이동을 하고, 또 한 번의 불운한 시도를 하느라 세포에 남은 양자에너지를 써버린다고 생각하니 암울하기 짝이 없다.

그때, 생명줄이 내려온다. 에바가 말한다. "히로시마에 초전도체 선형 가속기가 있어요."

조너스가 생기를 되찾는다. "네?"

"같은 장치인지 모르겠지만, 찾아드릴 수 있어요."

조너스는 그 생각을 정리하려는 듯 고개를 끄덕인다. "감사합니다." 들릴 듯 말 듯 작은 목소리다.

에바는 그를 한 번 본다. 아직은 이르다는 듯. "박사님이 찾는 장치라고 해도, 그 시설에 접근하긴 쉽지 않아요."

"입자물리연구소도 마찬가지였어요."

"그럼 어떻게 들어갔죠?"

"용병 팀을 고용했어요." 조너스는 말하자마자 얼마나 터무니없는 말인지 깨닫는다. "정말입니다."

"좀 더 나은 방법을 찾아봐야겠네요." 에바가 진지한 표정으로 말한다.

"그게 낫겠죠."

"히로시마에 지인이 있어요. 도움을 받을 수 있을 거예요."

"고마워요, 에바."

에바가 정중히 고개를 숙인다. "나와 만난 적이 있다고 하셨죠. 어디였나요? 아니, 다른 우주라는 건 알지만, 어느 나라였나요?"

"스위스였어요."

에바는 멍한 표정을 짓는다. "처음 듣는 곳이네요."

"유럽에 있는 나라예요." 또 멍한 표정이 마주 본다. "다른 현실에서는."

에바는 잠시 생각하다가 말한다. "그럼 적어도 하나의 다른 현실에서는 내가 유럽에서 살고 있군요. 하지만 박사님은 이 우주의 지구 반대편에서 날 찾아냈고."

"내겐 다행이었죠." 조너스가 말한다.

"큰 다행이네요." 에바가 말한다. "특히 내가 박사님을 신고하지 않을 만큼 무모한 이론물리학자여서요."

"열린 마음을 가진 분이라고 해두죠." 조너스가 정정한다.

"어쨌든, 박사님을 내게로 보내는 어떤……" 에바가 적절한 단어를 찾는다. "힘이 분명 존재하네요. 나를 박사님에게 보내기도 하는."

에바는 미소 짓는다. 조너스는 어맨다를 떠올린다. 두 사람에게는 같은 기백과 같은 따스함이 있다.

"우주는 아무것도 '원하지' 않는다고 했잖습니까." 조너스가 반박하듯 말한다.

"나는 아직 우주를 알아가는 중이니까요."

"우리 다 그렇지 않나요?" 두 사람은 하나 되는 순간을 경험한다. 스위스에서 거의 똑같은 대화를 나누던 때처럼. 조너스는 그 느낌을 무관한 것으로 치부한다. 당면한 과제에 집중해. 한 번에 한 걸음씩. "우선 여권을 구해야 해요."

"여권만 필요하면 다행이죠." 에바가 컴퓨터를 가리키며 말한다. "박사님 이름도 검색해 봤어요. 이 현실에는 조너스 컬런이 없어요.

박사님은 존재하지 않아요." 에바가 돌아서서 조너스를 마주 본다. "어떻게든 박사님의 새로운 **신분**을 만들어야 해요."

∞

에바가 조너스에게 새로운 가명을 만들어 주는 데 2주가 걸린다. 조너스는 그사이 에바의 아파트에서 사실상 구금 상태로 지내며 스위스에서 그랬듯이 소파에서 잔다. 운 좋게 에바의 집에도 컴퓨터가 있어서, 조너스는 지내는 동안 다른 조너스의 계산을 재점검하고 이 현실의 지구 역사를 공부한다. 처음에는 독일이 2차 대전에서 승리한 것으로 보였지만, 상황은 전혀 달랐다. 사실, 조너스가 아는 2차 대전은 일어나지도 않았다.

1차 대전 후, 독일에서 파시즘이 생겨났지만 그것은 냉전과 비슷한 세계 분쟁으로 번졌다. 아돌프 히틀러는 권력을 잡았으나 스스로를 과신하다가 일을 그르치지 않았다. 미국에서는 뉴 베를린으로 이름을 바꾸기 전 뉴욕시 매디슨 스퀘어 가든에서 2만 명 이상이 나치 집회에 참가했다. 나치주의는 조직이라기보다는 전염병처럼 전 세계로 번졌다. 민주주의 국가 국민은 스스로 나서서 안전한 독재주의를 선택했고, 히틀러는 총 한 방 쏘지 않고 세계 총통이 됐다. 아흔둘의 나이로 그가 세상을 떠나자 전 세계가 추모일을 선포했다. 지구상 모든 대륙 곳곳에 히틀러 기념비가 서있다.

이렇게 흘러온 역사 속에서, 조너스의 부모는 서로를 만나지 못했다. 자신이 존재한 적 없는 세계에 있기란 불안하다. 하지만 어맨다는 화가가 됐고, 조너스는 에바의 인터넷에서 그 작품들을 찾아서 본다. 조너스의 기억만큼 아름다운 작품이지만, 예전 작품이 주던 감동에는 못 미친다. 세상이 축소되어 있으니, 어맨다의 작품에도 그것이 반영된다.

어맨다는 세법 전문 변호사와 결혼했다. 어맨다가 서믠헨(캘리포니아)의 어머니 집에서 도이치 루프트한자 여객기를 타고 돌아오다가 사고를 당했을 때 남편은 동행하지 않았다. 다른 많은 우주가 그렇듯이, 이 우주도 제 몫의 목숨을 가져간 듯하다.

∞

15일 뒤, 에바는 메릴랜드행 기차표를 구한다. 어떤 주는 독일이름이 아닌 본래 이름을 유지하는 까닭을 조너스는 묻지 않는다. 그 과정에서 지나가야 하는 검문소에 집중할 뿐이다. 에바가 통행증을 얻었지만, 검문소에서 조너스의 개인 신분증을 제출해야 할수도 있다. 신분증을 구하러 가는 데 신분증이 필요하다는 사실은 관료주의의 씁쓸한 아이러니다.

두 사람이 탄 기차는 조너스가 기억하는 뉴욕 워싱턴 간 암트랙열차 노선과 같다. 그러나 목가적인 풍경은 콘크리트로 지은 삭막한 대형 아파트 건물로 바뀌어 있다. 끝없이 펼쳐진 들판과 습지, 숲은 공장지대로 변해있다. 이미 잿빛인 하늘을 향해 굴뚝에서 검은 연기가 뿜어져 나온다.

도청 장치를 샅샅이 확인한 뒤 아파트 안에서 조너스는 세상이 자유보다 압제, 민주주의보다 독재를 선택한 이유를 에바에게 물었다. 에바는 조너스의 순진함이 놀랍다는 표정으로 대답했다. "자유가 힘든 사람들이 있어요. 대부분의 사람들에게 힘들 거예요. 무엇을 할지 알려주는 사람이 있으면 살기 쉽죠."

"이웃에게 신고당할까 계속 두려워하며 사는 게 뭐가 쉽나요." 조너스가 반박했다. "말을 잘못 했다가 구금되는 것도 마찬가지고."

에바는 수돗물이 어디서 나오는지 묻는 아이에게 하듯 고개를 저었다. 당신의 순수함, 당신의 순진함이 참 귀엽군요. "아무도 두려워하지 않아요." 에바가 말했다. "자신이 잡혀갈 거라고는 생각 안 하니까요."

그렇다고 에바가 그녀의 세계에 동조한다는 뜻은 아니다. 그런 사람이 에바만도 아니다. 에바는 조너스에게 자칭 '저항 조직'이라는 한 단체가 세계 파시즘에 맞서기 위해 배후에서 조용히 움직이고 있다고 설명했다. 그 단체의 일원을 하나라도 알면 종신형 이상을 받을 위험이 있지만, 에바는 볼티모어의 저항 조직을 알고 있다. 목숨을 걸고 활약하는 운반책에게 메시지를 맡기고 2주가 걸려서야 이 만남을 정할 수 있었다.

기차에서 내린 뒤, 조너스와 에바는 8킬로미터를 걸어서 접선 지점으로 향한다. 가는 길에 조너스는 2주간 미뤄온 질문을 건넨다. "박사님 친구들이 왜 나를 도와줄까요?"

"내 친구가 아니에요." 에바가 정정한다. "난 맨해튼 조직 한 곳과 인터넷을 공유해요. 하지만 문서 위조는 볼티모어 조직 담당이죠."

"그래서, 왜 나를 도와주는 건가요?"

"**날** 돕는 거예요." 에바가 대답한다. "내 도움을 몇 번 받았거든요." 에바가 더 이상 자세히 설명하지 않자 조너스는 꼬치꼬치 묻지 않는 편이 낫겠다고 판단한다.

그들은 거대한 발전소 그늘 안 거리가 만나는 작은 교차로에 도착한다. 아스팔트 균열부에서 초록 싹이 힘겹게 자라고 있다. 조너스는 그것을 어떤 상징으로 여길 수밖에 없다.

그들은 그곳에 한 시간 가까이 서서 기다린다. 조너스는 누가 감시하는 느낌을 받는다. 표정으로 에바에게 그렇게 전하려고 하니, 에바는 가만히 고개만 끄덕일 뿐이다. 감시를 당하고 있을 가능성이 크다.

"안 오는군요." 한참 뒤 조너스가 혼잣말처럼 중얼거린다.

에바의 반응은 도로 앞을 가리키는 것이다. 검은 캐딜락 한 대가 다가오고 있다. 차창은 짙은 색이다. 지독하게 흐린 날이라 전조등을 켠 차가 조너스와 에바 앞으로 다가와서 정지한다.

"말을 걸기 전에는 말하지 마세요." 에바가 조언한다. "그리고 시키는 대로 하세요. 질문하지 말고."

차 뒷자리에서 여자가 내린다. 칙칙한 색 바지 정장을 입고 장신구는 하지 않은 차림이다. 서른 살이 넘지 않아 보이는 사람이지만 숙련된 분위기가 있다. "팔 벌려요." 여자가 말한다. 에바는 시키는 대로 하고, 조너스도 뒤따른다. 여자는 철저히, 전문적으로 두 사람의 몸을 수색한다. "여기서 기다려요." 여자가 지시한다. 그리고 캐딜락의 트렁크로 가더니, 문이 열리자 몇 가지 물건을 꺼내고 문을 닫는다. 여자가 조너스와 에바에게 다시 와 노이즈 캔슬링 헤드폰을 하나씩 건넨다. "이걸 써요."

두 사람은 지시에 따른다.

"그리고 이것도." 여자가 끈으로 조인 검은 주머니를 두 개 던진다. 조너스와 에바가 시키는 대로 그것을 머리에 뒤집어쓰자, 여자는 두 사람의 목에서 끈을 단단히 조인다.

뒤이어 도착한 또 다른 차의 문이 열리더니 발소리가 들린다. 새로운 사람이 앞을 보지 못하고 제대로 듣지 못하는 두 사람을 캐딜락 뒷자리로 조심스레 안내한다.

차로 한 시간 정도 가는 것 같은데, 얼마나 걸렸는지 확신할 수 없다. 차는 서너 차례 방향을 바꿨고, 조너스는 정말로 그렇게 멀리 가는 것인지, 빙빙 도는 것인지 알 수 없다고 생각한다. 결국 차가 내리막길을 가기 시작하자, 조너스는 경사로 같다고 느낀다.

캐딜락이 멈춘다. 헤드폰의 노이즈 캔슬링 기능에도 불구하고, 조너스는 변속기가 주차 상태로 변환되는 희미한 소리를 듣는다. 옆의 문이 열리고, 그를 당기는 손길이 있다. 두 사람은 검은 주머니와 헤드폰을 벗는다. 눈을 깜빡이자 조너스 앞에 지하 주차장이 보인다. 차량이라고는 멈춰 선 캐딜락과 칠이 벗겨지고 흙이 묻은 연두색 밴, 단 두 대뿐이다.

"좋아하는 가수가 누군가요?" 이십대 남자가 묻는다. 그는 청바지, 티셔츠, 가죽 재킷 차림이다. 주차장에는 그 남자밖에 없다.

조너스는 좋아하는 가수가 없지만 "프랭크 시내트라"라고 대답한다. 그 현실에 프랭크 시내트라가 있는지조차 모르지만.

"날 프랭크라고 불러요." 남자가 말한다. 모든 것이 형식적인 사람이다. 최대한 빨리 끝내자고. 조너스는 뒤쪽, 캐딜락과 에바를 돌아본다. "에바는 염려 마세요." 프랭크가 말한다.

프랭크가 밴으로 가더니 뒷문을 연다. 안에 테이블과 장비가 있다. 그중에는 레이저프린터와 코팅기도 있다. 문 한쪽에는 백색 스크린이 걸려있다.

프랭크가 그것을 가리킨다. "앞에 서세요."

조너스는 하라는 대로 자리를 잡는다. "도와주셔서 감사합니다."

"카메라 보세요." 프랭크가 말한다. "웃지 말고." 그가 이 우주의 폴라로이드 카메라를 꺼내 사진을 한 장 찍는다. 카메라 입구에서 사진이 나오는 동안 그는 조너스에게 잉크패드와 종이를 건넨다. "양손 엄지를 다 찍어주세요."

프랭크가 이동식 위조 스튜디오로 개조한 밴에 올라타더니 작업을 시작하고 조너스는 종이에 양손 엄지의 지장을 찍는다. 그것을 프랭크에게 건네려니 조너스는 에바가 그의 상황을 얼마나 전달했는지 궁금해진다. 평행우주에서 온 사람이라 새로운 신분증이 필요하다는 말은 하지 않았을 것 같다.

"5분만 기다리세요." 프랭크가 작업을 계속하면서 말한다.

밴에도 캐딜락에도 번호판이 없다. 주차장에도 아무런 간판이 없다. 조너스는 그곳이 어디인지 알 수 없다. 에바가 지구 위치 파악 시스템 같은 것을 모두 제거했으니 조너스가 어디에 있는지는 아무도 모른다. 그곳은 어떤 위성도 볼 수 없는 지하실이다. 저항 조직은 철저하다.

3분 뒤, 프랭크가 조너스에게 새 여권을 건넨다. 검정색 바탕 표지에 은색으로 '여권'이라고 찍혀 있다. 그 아래 철십자가 있다. 그 아래에는 산세리프체로 '미국 연방국'이라고 적혀있다.

"고맙습니다." 조너스가 말한다. "얼마나 위험한 일인지 알아요. 감사합니다."

프랭크가 헤드폰과 검은 주머니를 다시 꺼낸다. "이거 다시 써요." 다정함이라고는 느껴지지 않는 말투다.

∞

이틀 뒤, 조너스는 힘러 국제공항 도이치 루프트한자 항공사 직원에게 새 여권을 건넨다. 직원이 여권과 일본 히로시마행 편도 항공권을 준다. 에바도 항공권을 받는다. 뉴 베를린으로 돌아오는 항공권도 같이.

"마지막 시험을 거쳤군요." 조너스가 말한다.

"다른 시험도 있을 거라고 확신해요. 하지만 문제없어요."

"그래요?"

"체포되지 않는다면, 이 일을 가지고 엄청난 논문을 쓸 거예요."

그들은 미소를 짓는다. 그렇게 한마음이 되는 순간이 점점 더 자주 생긴다. 조너스는 기억 깊은 곳—어맨다를 알기 이전 시절—을 더듬어 그들이 그토록 가깝게 느껴지는 이유를 이해한다. 그것은 두 사람이 화학작용을 경험하는 순간, 서로에게 매력을 느끼고 그 이상을 약속하는 사이가 될 것임을 알리는 전령이다. 하지만 조너스는 이번에도 그 생각을 덮어둔다.

"일 이야기가 나와서 말인데요." 조너스가 말한다. "휴가를 이렇게 써도 되는 건가요?"

"다행히, 이건 '휴가'로 취급하지 않아요. 스파이어 방문은 출장으로 칠 수 있거든요."

"스파이어요?"

에바는 공항 소음 속에서 목소리를 낮춘다. "이 우주의 입자물리 연구소요."

조너스는 에바의 계획을 속속들이 알지도 못한 채 여기까지 왔다는 것을 깨닫는다. 그만큼 에바를 신뢰한다는 증거다.

"내가 스파이어에 들어갈 수 있는 것도 우리를 만나게 만든 또 하나의 우연 같아요." 에바가 말한다.

"우주가 내게 빚진 것을 그런 식으로 조금이나마 갚아주는 것 같군요." 조너스가 말한다.

그 말에 에바가 따뜻한 눈빛으로 조너스를 바라본다. 두 사람 사이에 긴장이 감돈다. 조너스는 지난번 에바가 그에 대한 애정을 보답받지 못하고 죽은 것을 기억한다. 에바에 대해 솔직할 수 있는 드문 순간, 조너스는 마음속 가장 비밀스러운 곳에서나마 둘이 서로에게 끌린다는 사실을 인정할 수 있었다. 이 우주의 에바도 마찬가지겠지만, 조너스는 그런 감정을 허락할 마음이 없다. 그럴 수 없다. 어맨다는 이제 그의 아내가 아니지만, 조너스는 어맨다라는 존재와 헤어지지 못한 상태다.

어색한 침묵 속에서 두 사람은 출국장을 지나간다. 조너스의 예상보다 사람이 훨씬 적다. 여행자 대부분은 정장이나 다양한 계급의 군복을 입은 남자들이다. 에바 이외에 여성은 몇 명 안 된다. 관광객은 아니다.

그 점을 생각하면서 조너스가 묻는다. "여행 비자 얻기가 힘든가요?"

"관료제 사회가 그렇죠. 즉, 돈을 좀 쓰면 된다는 뜻이에요."

"지금 쓰는 돈 말인데요." 조너스가 말한다. "박사님 저금을 얼마나 쓴 건가요?"

"그건 염려 마세요."

"염려되는걸요."

"난 정부에서 유족 연금을 받아요." 에바가 살짝 딱딱해진 목소리로 말한다. 3주 가까이 함께 지내는 동안 에바는 남편 이야기를 하지 않았다. 두 사람이 탑승하고 나자 이 사실이 더욱 분명해진다. 여객기 좌석에 앉고 난 뒤, 에바는 건너편에 앉은 군인을 보고 있다. 그는 에바 연구실 사진 속의 남자와 닮았다. 에바는 눈물을 닦아낸다.

승무원이 영어와 독일어로 안내 방송을 한다. 승객들은 안전띠 매는 법을 듣는다. 어린이는 한 명도 보이지 않고, 정숙한 실내가 불안하게 느껴진다. 곧 비행기 시동이 걸리더니 바닥이 진동한다. 여객기는 곧바로 움직이기 시작한다. 활주로에서 끝없이 기다리는 일도, 이륙하기 전 다른 여객기들이 출발할 때까지 끝없이 대기하는 일도 없다.

그들의 항로는 맨해튼 위를 지나간다. 조너스는 창문을 통해 엘리스섬을 내려다본다. 자유의 여신상은 없다. 대신, 한쪽 팔과 손을 들고 손가락을 자처럼 곧게 뻗은 인물의 높다란 철상이 서있다. 멀어서 제대로 보이지 않지만, 조너스는 그 인물이 아돌프 히틀러라고 확신한다.

3월 첫 주, 뉴욕시가 겨울의 족쇄에서 벗어나고 잿빛 하늘이 파래지는 때는 어맨다가 가장 좋아하는 계절이었다. 어맨다는 도시가 다시 깨어나고 온 세상이 햇빛으로 가득해지며 공기에서 상쾌한 향이 풍기는 광경을 즐겼다. 맨해튼의 봄은 두 번째 찾아온 기회처럼 느껴졌다.

어맨다와 조너스는 손을 잡고 센트럴파크를 걸었다. 햇볕은 따사로웠고 온 세상이 빛나는 듯했다. 두 사람 모두 반바지에 티셔츠 차림이었다. 조너스의 티셔츠에는 'MAY THE $F=ma$ BE WITH YOU'(《스타워즈》 시리즈의 유명한 대사 '포스가 함께하길'과 뉴턴의 운동 제2법칙 'F=ma'를 합친 말─옮긴이)라고 적혀있었다. 어맨다는 머리를 하나로 묶고 메츠 야구모자를 쓰고 있었다. 그들은 맨해튼의 심장부에 자리 잡은 푸른 공원을 지나며 아무 말도 하지 않았다. 말이 필요 없었다. 손깍지를 끼고, 몸을 꼭 붙이고서 발걸음을 맞추어 움직이는 느낌만으로 충분했다.

조너스의 주머니 속 휴대전화가 울렸다. 조너스가 전화를 꺼내어 보더니 낯빛이 하얗게 질리는 것을 보고 어맨다는 초조해져 머리를 쓸어 올렸다.

"그 사람이야." 조너스가 말했다. 불안이 느껴지는 목소리였다.

어맨다는 설명을 듣지 않아도 알 수 있었다. 조너스의 반응에 어맨다는 속이 메슥거렸다. 《응용 및 계산 수학 저널》의 책임 편집자에게서 온 전화였다. 어맨다의 심장이 뛰기 시작했다. 두 사람의 삶이 변할 수 있는 순간이었다. 어맨다는 고개를 끄덕여 격려했다. "받아."

"만약에……." 조너스는 혹시나 하는 상황을 입에 올리지 못해 말을 멈췄다. "혹시 게재 안 해준다고 하면, 이제 방법이 없어."

컬럼비아 대학교에서 해고된 지 1년째였다. 1년간 조너스의 친구와 동료들은 하나씩 떨어져 나가고 그를 버렸다. 조너스가 표절했다는 주장을 믿는 건 아니라고, 그들은 나름의 진심을 다해 주장했다. 문제는 조너스에 대한 의리보다 빅터에 대한 두려움이 더 컸다는 것이다. 어맨다는 조너스 편에서 혼자, 그리고 자기 친구들을 만나 화를 냈지만, 조너스는 매번 변절과 배신을 꿋꿋하고 담담하게 받아들였다. 조너스는 연구에 몰두하며 다중세계 이론 증명에 숱한 시간을 쏟아부었고, 어맨다로서는 이해할 가망이 없는 이론 연구에 깊이 빠져들었다.

조너스는 연구 내용을 어맨다에게 설명해 주었다. 조너스는 양자역학을 어맨다가 이해할 수 있는 말로 설명하는 재주가 있었지만, 결국 곁길로 새어 자신만의 생각으로 빠져들었다. 어맨다는 조너스가 쓰는 말이 영어라는 것만 알 뿐, 다른 것은 이해할 수 없었다. 하지만 중요한 것은, 그가 그 이야기를 할 때만큼은 타임스퀘어처럼 밝아진다는 사실이었다. 어맨다는 '상대적 상태 공식화'라든가 '파동함수 붕

괴'가 무엇인지 이해하지 못했지만, 아무 상관 없었다. 조너스에게서 느껴지는 불꽃—어맨다가 사랑한 불꽃—만이 중요했다.

어맨다는 조너스가 연구를 끝낼 수 있을지 알지 못했지만, 그리리라고 믿었다. 조너스가 연구를 마치면 어딘가 과학 학술지에서 게재해 줄 것이다. 어맨다는 그렇게 되길 바라며, 조너스가 그날 밤 컬럼비아 대학교에서 느꼈던 절망감에 짓눌리지 않고 1년을 버텼다. 어맨다는 조너스의 얼굴에서 그때 그 표정을 다시 볼까 두려워하며 살았다. 조너스가 그렇게 절당한다면, 어맨다 역시 희망을 잃고 말 것이 분명했다.

그 생각을 한쪽에 밀어놓고 어맨다는 조너스 앞에 서서 그의 눈을 들여다보며 말했다. "난 아무 데도 안 가." 어맨다는 1년간 그 말을 수도 없이, 진심을 다해 반복했다.

조너스가 전화를 받았다. "네." 조심스러운 목소리였다: "컬런 박사입니다."

어맨다는 조너스의 표정, 몸짓, 전화 건 사람의 용건을 조금이라도 드러내는 무엇이 있는지를 찾았다. 심장이 세차게 뛰었다.

"알겠습니다." 조너스의 말투로는 좋은 소식인지 아닌지 전혀 알 수 없었다. "네."

어맨다는 조너스의 표정에 해독할 수 있는 실마리가 있는지 찾았지만 아무것도 보이지 않았다. 긴장을 견딜 수 없었다.

"감사합니다." 조너스가 높낮이 없는 목소리로 말했다.

조너스는 전화를 두드려 통화를 마쳤다. 그리고 그가 전화를 멍하니 보고 있는 모습을 지켜보던 어맨다는 희망의 기미가 조금이라도 있는지 찾으며, 재촉하고 싶은 마음을 꾹 참고 결과를 기다렸다.

영원처럼 느껴지는 시간이 흐른 뒤, 조너스가 드디어 입을 열었다. "실어주겠대." 어안이 벙벙한 목소리였다. 한숨 같은 목소리기도 했다.

어맨다가 비명을 질렀다. 조너스를 꼭 끌어안고 귀에 대고 환호성을 올렸다. 어맨다는 조너스를 끌어안은 채 깡충깡충 뛰었다. 마음속에서 안도감과 환희가 똑같이 차올랐다. 1년간 간절히 기다린 일이 이뤄지자 어맨다는 곧장 후련해졌다.

그리고 이상한 일이 벌어졌다. 뭔가가 어맨다의 등을 쳤다. 어맨다는 조너스를 안았던 팔을 풀었다. 등에 부딪친 물건이 땅에 떨어져 있었다. 처음에는 새가 날아와 부딪친 줄 알았지만, 바닥을 내려다보니 형광 핑크색 원반이었다. 프리스비였다.

코에 피어싱을 하고 콧수염을 기른 남자가 달려왔다. "미안해요!" 그가 외쳤다. "실수였어요."

어맨다는 고개를 저으며 2년 전 조너스를 처음 만난 날을 떠올렸다. 인생은 희한하게 반복되었다. 어맨다가 조너스를 보며 따지는 척했다. "혹시 저렇게 하라고 돈 줬어?"

조너스는 대답하지 않았다. 대신, 그는 어맨다를 보더니 한쪽 무릎을 꿇었다. 어맨다의 머릿속이 일시 정지 상태가 됐다. 지금 보고 있는 일이 정말로 일어나는 일일까?

조너스가 어깨를 으쓱였다. "돈 줬으면?"

세상이 멈췄다. 모든 것이 더 밝고, 요란하고, 생생하게 느껴졌다. 어맨다의 마음은 지금이 평생 가장 중요한 순간임을 깨닫고 하나도 빠짐없이 기록하려고 집중했다. 손끝이 찌릿했다. 다리에서 힘이 빠졌다. 온 세상이 줄어들어 어맨다가 서있는 풀밭만 남았다.

조너스가 그 프리스비를 어맨다에게 건넸다. 조너스가 헤이든 천체투영관에서 보여준 목성의 고기압 폭풍처럼, 프리스비 밑바닥에 점이 하나 있었다. 어맨다는 프리스비를 뒤집어 자세히 보고는 깜짝 놀랐다. 아래쪽에 다이아몬드 반지가 붙어있었다. 어맨다는 숨도 쉴 수 없었지만, 겨우 이렇게 말했다. '타이밍을 정말 잘 잡았네."

"응. 어쩌다 보니 운이 좋았어." 조너스가 인정했다. "하지만 계속 말했잖아. 우주는……."

"특정한 결과를 선호한다." 어맨다가 나직이 중얼거렸다. 어맨다는 프리스비를 들고 반지를 가만히 봤다. 반지에 박힌 다이아몬드의 면에 햇빛이 비치자 반지를 고정한 테이프에 빛이 반사됐다. 청년은 전화로 사진을 한 장 찍었다. 어맨다가 아직 무릎을 꿇고 있는 조너스에게 말했다. "이제 일어나도 되는 거 알지?" 어맨다는 그에게 키스하고, 간절히 결혼하고 싶다고 말하고 싶었다. 이미 마음속으로는 결혼한 부부보다 더 단단한 관계라고 생각했지만. 그리고 그런 생각이 타당하든지 않든지 개의치 않았다.

"아직." 조너스가 말했다. 그러더니 개구쟁이 같은 미소를 지었고, 어맨다는 다음은 또 무엇일까 궁금해졌다. 조너스가 좀 더 큰 소리로 웃더니 물었다. "왜 나는 당신이 하라는 대로 할까? 왜 당신 말을 들어야만 할까?" 조너스가 연구 내용을 설명할 때와 같았다. 그 말이 영어인 것은 알 수 있었지만, 이해는 되지 않았다.

그리고 서서히 이해되었다. 어맨다의 눈이 휘둥그레졌다. "설마." 어맨다가 활짝 웃으며 작게 속삭였다. "설마 정말로……."

그래. 조너스가 노래를 시작했다.

어맨다는 깔깔 소리 내어 웃었다. 그렇게 행복했던 적이 있는지 기억나지 않았다. 너무나 큰 기쁨이었고, 어맨다는 쏟아져 나오는 눈물을 느끼지도 못했다.

"왜 나는 한숨을 쉴까, 왜 잊으려 하지 않을까? 연인들이 운명이라고 부르는 것이겠지……."

"당신을 너무 사랑해." 어맨다가 외쳤다. 그 순간 어맨다가 아는 것, 알고 싶은 것은 그것이 전부였다.

"기다려야 한다고 계속 말했지." 조너스가 벌떡 일어서며 열창했다. 그가 손을 흔들었다. 사람들이 놀라서 입을 딱 벌리고 구경하기 시작했지만 개의치 않는 모양이었다. 그는 기쁨과 자포자기 상태로, 누가 보든지 말든지 신경 쓰지 않고서 고함을 지르듯 노래했다. **"전부 만나봤지만, 빠져들지 못했어. 우리가 만났을 때까지는!"** 조너스는 '만났을'을 아주 길게 끌며 불렀다. 목소리가 갈라졌다. 음정은 하나도 맞지 않았다. **"당신이 그 상대였어! 당신이 그 상대였어!"**

어맨다는 문득 손에 들고 있던 프리스비를 의식했다. 그것을 뒤집어서 반지를 떼어낸 뒤 자기 손가락에 끼었다. 그제야 눈물이 흐른 것이 느껴졌다. 언젠가 어맨다는 이날을 돌이켜 보며 왜 그토록 감정이 북받쳤는지 생각해 봤다. 이 남자에게 이미 마음을 다 주었고 인생을 함께하기로 맹세한 뒤였는데 반지와 청혼이 무슨 의미였는지. 어맨다는 자신의 눈물과 기쁨이 청혼에서 비롯된 것이 아니라 아니라 조너스에 대한 고마움 때문이라고 생각했다. 노래하는 게 "바보 같다"고 생각하던 사람이 주위 사람들 보란 듯이 목청껏 노래하게 된 그 모습에.

어맨다가 생각할 수 있는 가장 완벽한 순간, 처음 느끼는 벅찬 기쁨이었다.

현재

원자폭탄과 그로 인한 홀로코스트가 없는 세상에서, 일본 다른 지역과 마찬가지로 히로시마도 번영해 왔다. 이곳에서는 15만 명이 눈 깜빡할 사이에 불타 죽지 않았다. 일본은 추축국에 들어가지 않았고, 여러 자매국과 같이 독재국가로 추락하지도 않았다.

그럼에도 히로시마는 조너스가 단 한 번, 6년 전 다른 우주에서 방문한 도시와 공통점이 많다. 거리는 떨어진 음식을 주워 먹어도 될 만큼 깨끗하다. 사람들은 활달하고 예의 바르다. 음식이 맛있다. 무엇이든지 제대로 잘 한다. 정당한 국가적 자부심에 넘치는 이들이 사는 곳이다.

스카이라인은 대체로 비슷하지만, 한 가지 예외가 있다. 하늘을 뚫을 듯이 높이 솟은 거대한 건물이다. 두바이의 부르즈 할리파보다 높지 않을까 싶다. 매끈하고 반짝이는 그 건물은 신이 도시 가운데 꽂아둔 은 조각 같다. 일본인들이 그것을 '자 수파야', 더 스파이어라고 부르는 것도 일리가 있다.

히로시마에 도착하고 이틀 뒤, 조너스는 새로 산 물건이 가득 든

253

비닐봉지 두 개를 들고 걷는다. 아무것도 훔치지 않고 전자제품 상점을 나올 수 있어서 마음이 놓인다. 에바와 함께 빌린 아파트는 스파이어에서 5분 거리의 장기 출장자들이 선호하는 대여 숙소다. 침실은 하나밖에 없지만, 조너스는 늘 하던 대로 소파에서 자는 것도 편하다.

조너스가 들어가 보니 에바는 노트북컴퓨터로 작업 중이다. 조너스가 봉투에서 충전기를 꺼낸다. "이거면 될까요?"

"네." 에바가 고마운 표정으로 손을 내밀며 말한다. "그걸 빼놓고 오다니 왜 이렇게 정신이 없을까요."

"뭐, 서둘러서 출발했으니까요."

"박사님은요? 필요한 것 다 구했어요?"

조너스는 봉지에 든 물건을 꺼내기 시작한다. 회로판, 구리선, 어댑터 등 온갖 전자기기를 커피 테이블 위에 펼쳐놓는다. "대부분 구했어요. 보석상 같은 곳에 가서 찾아야 하는 정밀 도구가 몇 가지 있긴 해요. 하지만 급하지 않아요. 일본에서 구하지 못하면 어디서도 못 구하는 물건이니까." 조너스는 당연히 뉴 베를린에서도 그 물건을 구할 수 있었지만, 그러려면 힐러 국제공항의 보안 검색을 통과해야 하니 공연히 위험을 무릅쓸 필요가 없었다.

"전부 다 사슬에 필요한 것인가요?" 에바가 묻는다.

조너스가 자기 사슬을 가리킨다. "새로운 입자충돌기에 이게 어떻게 반응할지 모르겠어요. 완전히 새로 점검해야 안심이 될 것 같아요. 물론, 리튬-이온 배터리도 교체해야 하고요."

"그렇겠죠." 에바가 짐짓 무표정하게 말한다. "하지만 그 사슬을 벗으면," 에바는 손가락을 흔든다. "이 우주를 떠나시는 건 줄 알았어요."

"그래서 어려워요. 한 손은 사슬 내부 원주의 정전 용량 센서에 접촉하고 한 손으로 작업해야 하거든요." 에바는 그 말에 멍한 표정을 짓는다. 조너스는 한 손을 내젓는다. "어쨌든, 괜찮을 겁니다. 중요한 것은 이 현실을 떠나 최종 목적지로 가는 것이니까요. 그러면 사슬은 더 필요 없을 거예요."

"저기." 에바가 입을 연다. "왜 그런지 모르겠지만, **내** 현실을 '이 현실'이라고 부르시는 게 살짝 기분 나쁘네요." 에바는 장난스러운 어조로 말한다.

"사과합니다." 조너스는 일부러 고개 숙여가며 말한다. **"박사님의** 현실 속 선형 가속기가 **내** 현실의 대형 강입자 충돌기와 같은 일을 해내도록 만들어야 해요." 조너스는 팔에 새긴 수식을 내려다본다. "기회는 한 번밖에 없어요. 말이 나왔으니 말인데, 친구에게서 소식이 있습니까?"

에바는 아주 잠시 머뭇거리다가 말한다. "아직 방법을 찾는 중이래요." 멍한 목소리다.

"왜 그래요?" 조너스가 묻는다.

"아무것도 아니에요." 에바의 목소리에서 여전히 확신이 느껴지지 않는다. "오늘 저녁은 스시테이 히카리마치에 예약을 해뒀어요. 오마카세를 좋아하시면 좋겠네요." 에바는 애써 미소 짓더니 노트북컴퓨터와 새 충전기를 가지고 방으로 들어간다.

조너스는 그 모습을 보며 무슨 고민이 있나 생각한다. 참 따스하고 적극적인 사람이지만, 에바는 가끔 알 수 없이 느껴질 때가 있다.

조너스는 그 생각은 접어두고 사 온 부품으로 시선을 돌린다. 할 일이 많다.

∞

　빅터의 크레이 컴퓨터가 추적을 중단했다.

　조너스의 가련한 도플갱어—빅터가 원수로 삼은 조너스를 저해 상도로 복사해 놓은 꼴을 한 그—를 만난 뒤, 빅터는 컴퓨터에게 조너스의 사슬이 내놓은 양자와 중성자 흔적을 찾아 다중우주를 뒤지게 했지만 도저히 찾을 수가 없다. 물론, 빅터는 그 현상이 조너스의 '점검'으로 인한 의도치 않은 결과임을 알지 못한다. 그래서 빅터는 컴퓨터를 한계치까지 몰아붙이며 수색을 계속한다. 새 알고리즘을 짜서 컴퓨터에 입력하고 사냥개를 쫓듯이 몰아댄다. 프로그램을 짜고 또 짜고 또 짠다. 빅터의 컴퓨터가 우주를 차례로 뒤지지만, 매번 그의 사냥개는 빈손으로 헉헉거리며 돌아온다. 다중우주에는 무한에 가까운 현실이 존재하지만, 전부 조용하다.

　빅터는 여러 가능성을 숙고한다. 조너스가 죽었을 가능성이 가장 먼저 떠오르지만, 그 경우에도 사슬은 계속 작동하며 숨길 수 없는 중성자를 방출할 것이다. 혹은 조너스와 사슬이 현실 이동 후 지하에 들어가서 그 분자가 흙과 점토, 바위와 돌과 융합된 경우다. 그 경우 사슬은 작동할 수 없을 정도로 손상되어 중성자가 감지되지 못할 것이다. 조너스의 피와 살 속에 흙과 돌멩이가 들어가 괴로워하는 모습을 상상하고 빅터는 씩 웃는다.

　빅터는 조너스가 흙에 파묻혀 죽는 다양한 방법을 머릿속에 떠올린다. 상상을 거듭할 때마다 더욱 기괴한 광경이 등장하지만, 조너스는 항상 입을 벌린 채 이루 말할 수 없는 고통 속에서 소리 없이 울부짖으며 최후를 맞이한다.

그 결말이 만족스럽고, 빅터가 생각할 수 있는 완벽한 정의의 실현—조너스가 우주의 의지를 무시하다가 결국 죽다니—이기는 하지만, 빅터는 그것이 이유가 아님을 알고 있다. 그렇다. 그저 직감에 불과하지만, 빅터는 평생 그 직관에 의존해서 살아왔다. 그 덕분에 페드라를 얻었다. 그 덕분에 학계에서 최고의 자리에 올랐다. 역시 그 직관 때문에 둘을 모두 잃었다는 불편한 사실을, 그는 회피한다.

빅터는 조너스가 아직 살아있다는 사실을 **알 수 있다**. 다만 조너스의 사슬이 기능을 멈춘 것뿐이다. 하지만 그렇다고 빅터가 그를 찾을 수 없다는 뜻은 아니다.

조너스는 그 자신의 세상이 아닌 곳에 살고 있다. 독 안에 든 쥐다. 도망자다. 조너스가 어떤 우주에 갔는지 몰라도, 그의 존재는 부자연스럽고 비정상적이다. 과학적으로, 그런 특이점은 찾아내기 쉬울 것이다. 다중우주는 거의 무한에 가까운 현실을 갖고 있을지 모르지만, 빅터가 원수를 찾아내는 것은 시간문제일 뿐이다.

그러면 둘 사이의 이 추격전도 끝날 것이다.

∞

겉모습은 소박하지만, 스시테이 히카리마치는 히로시마 최고의 식당으로 꼽히는 곳이다. 고급 식당에 그다지 어울리지 않는 소박한 메뉴판에 하얀 전등 불빛이 비친다. 벽에 붙은 식탁에 앉은 조너스와 에바 앞에 너무나 섬세하게 잘라 거의 투명하게 보이는 생선이 나온다. 다양한 분홍빛과 아이보리빛 회가 나온다. 초밥은 예술의 경지에 올라있다.

"한 가지 질문해도 될까요?" 에바가 말한다.

"물론이죠." 조너스가 대답한다. "뭐든지."

"계속 피해온 질문인데······."

"왜요?"

에바는 적절한 단어를 찾으려는 듯 젓가락을 허공에 대고 흔든다. "글쎄요. 이기적인 것 같아서요. 아니면 이상하거나. 뭐랄까."

조너스는 두 사람의 에바와 함께할 때 느꼈던 동지애와 즐거움을 떠올리며 따스하게 웃는다. "일단 물어보고 내가 판단하면 어떨까요?"

에바는 일본주를 들더니 작은 잔을 비운다. "우리가 전에 만났다고 하셨죠. 전이 아니라. 다른 곳에서. 아니, 그것도 아니고······." 에바는 고개를 저으며 이맛살을 찡그린다. "정말 적당한 단어가 없네요, 그렇죠?"

조너스는 어깨를 으쓱인다. "과학이 돌파구를 찾고 나면 새로운 어휘가 필요해지죠." 그는 에바를 가만히 보며 아름답다는 사실을 떠올린다. 이전의 우주에서 에바를 만난 후에도 열심히 무시했던 점이다. 왜일까? 조너스는 그 생각을 덮어둔다. "박사님이 어떤 사람이었는지 궁금한 거군요." 조너스가 에바의 생각을 읽으며 말한다. "다른 세계에서는."

에바는 살짝 창피한 표정으로 고개를 끄덕인다.

"지금과 다르지 않았어요." 조너스가 솔직하게 말한다. "거의 똑같은 사람이었죠. 오른손 엄지를 뜯는 버릇까지."

에바는 검지 손톱으로 엄지 살갗을 뜯고 있다가 곧바로 의식하고 그만둔다. 하지만 새로운 감정이 자리를 잡는다. 조너스도 남이 자신의 무덤을 짓밟는 것 같은 느낌을 잘 알기에, 상대의 표정을 보면 알 수 있다. 그래서 그는 방금 심각한 실수를 저지른 것을 깨닫는다.

"왜 과거형을 쓰세요?" 에바가 묻는다.

조너스는 피가 싸늘하게 식는 느낌을 받으면서도 얼굴에 미소를 떠올린다. "박사님을 과거에 **만났으니까요**. 지금은 그 박사님을 만나는 게 아니고."

에바가 손가락을 세우며 다가온다. "내가 뭘 알게 된 줄 아세요?" 에바가 거짓말 탐지기처럼 조너스를 빤히 보며 말한다. "우리 둘 다 거짓말을 지독하게 못한다는 사실이에요."

조너스는 침을 꿀꺽 삼킨다. 실수로 복잡한 상황에 얽혀들었다. "알고 싶은 거라면……." 그는 제안하는 손짓을 하지만, 분명 진심이 아니다.

"아뇨." 에바의 표정이 어두워진다. 온몸으로 냉랭한 기운을 발산한다. 조너스가 느끼기 시작했던 두 사람 사이의 거리가 이제 건널 수 없이 멀어진다. "이미 원하는 것 이상 알게 된 것 같아요."

에바는 일본주를 한 잔 더 주문하고 다시 식사를 시작한다. 젓가락이 펠리컨의 부리처럼 생선을 집어 간다.

두 사람은 말없이 마저 식사를 마친다.

허드슨 야드 35번지는 '타워 E'라고도 부르는 맨해튼 웨스트사이드의 호텔 겸 주거용 건물이다. 프리즘처럼 생겼지만, 그 건물을 덮은 유리는 빛을 굴절시키지 않고 반사시켰다. 조너스는 건축가들이 그 아이러니를 알고 있었는지 궁금했다.

조너스는 공중으로 305미터나 솟아있는 옥상에 나섰다. 찬란한 봄날이었고, 그 위치에 선 조너스에게는 허드슨강 건너 뉴저지주 위호큰까지 다 보였다. 햇살이 마치 전류를 흘리듯 강물 표면을 아른거리며 비췄다.

조너스는 그렇게 높은 곳에서 밖을 내다보면 불안해지던 시절을 기억했다. 다른 많은 것과 마찬가지로 어맨다는 조너스의 그런 점도 고쳐줬다. 어맨다를 사랑하게 되면서 조너스는 더 나은 사람이 되고 싶었고, 전에는 두려웠던 많은 것들이 사소하게 느껴졌다.

조너스는 옥상 가장자리에 선 어맨다를 봤다. 그에게 등을 돌리고 선 어맨다는 헬스키친 쪽을 바라보고 있었다. 미풍에 어맨다의 머리칼이 거의 보이지 않을 정도로 흔들렸다. 그 옆에는 가로세로

150센티미터짜리 큰 캔버스가 이젤에 놓여있었다. 캔버스에는 회색 물감으로 교차선이 그려져 있었다. 선들은 소실점을 향하고 있었다. 아직은 초기 단계였지만, 비행이 아니라 낙하를 나타내는 부분이 보였다. 어맨다로서는 예상 밖의 새 출발이었다. 이전 작품들은 언제나 비상의 개념을 전달했기 때문이다.

오른쪽 다리에 체중을 싣고 허리를 아주 살짝 기울인 어맨다의 모습을 조너스는 잠시 바라봤다. 햇빛에 갈색 머리칼이 반짝였다. 바람에 티셔츠가 펄럭였다.

어맨다가 이렇게 늦은 오후에 그림을 그리는 일은 드물었다. 오후가 늦어지면 그림자가 너무 길어져서 작업하기 어렵다고 했다. 도시의 고층 건물이 드리우는 어둠은 맨해튼을 할퀴는 발톱 같다고 했다. 어맨다는 태양이 높이 떠서 최상의 빛을 비출 때 작업하기를 선호했다.

하지만 그때는 해가 저물면서, 어맨다의 흠 잡을 데 없는 모습을 뒤에서 비췄다. 하늘은 불붙은 듯했다. 어맨다의 새 작업은 그 자체로 그림 같은 광경을 배경으로 놓여있었다. 조너스는 전화를 꺼내 사진을 한 장 찍었다. 어맨다의 윤곽선을 완벽하게 포착했고, 새로운 작업은 앞으로 어떤 그림이 될지 감질날 만큼만 보였다.

조너스는 전화를 다시 주머니에 넣었다. "저기." 처음에는 어맨다가 돌아보지 않았다. 조너스는 어댄다가 집중하는 줄 알고 다가가서 살펴봤다. 어맨다의 작품은 다가가서 보면 완전히 다른 시각으로 보게 되었다. 작품 속의 작품, 그림 속의 그림이었다. "이게 나타나기 시작했네." 조너스가 말했다. "하지만 달라. 소실점이 낮아졌어." 그는 캔버스 아래쪽을 가리켰다. "그렇지? 나 당신이 설명할 때 귀 기울여 듣는다니까." 장난스러운 말투였다.

어맨다는 여전히 대답하지 않았다. 이상한 일이었다.

조너스는 어맨다를 보고서 곧바로 염려가 치솟았다. 어맨다의 눈이 붉었다. 뺨에 눈물 자국이 한 줄 나있었다. 조너스는 가슴이 철렁했다. "어맨다?"

"괜찮아." 어맨다는 확신 없는 말투로 대답하고 돌아서서 조너스를 봤다. 얼굴은 창백했고, 무거운 것에 짓눌린 모습이었다.

"왜 그래?" 조너스는 어맨다를 품에 안고 싶었지만, 그 순간 어맨다가 포옹을 원하지 않는다는 느낌이 들었다.

어맨다는 아랫입술을 깨물었다. 속이 상할 때 하는 버릇이었다. 울지 않으려고 애쓰는 표정이었다. "오늘 길버그 선생님을 만났어." 조너스는 혈관이 얼어붙는 느낌이 들었다. 그가 겁에 질린 표정을 지었던 듯, 어맨다가 곧바로 덧붙였다. "괜찮아. 내가 죽는다거나 아픈 건 아니야."

하지만 조너스는 안심할 수 없었다. 무슨 문제인지 듣기 전까지는. 어맨다는 입술을 더 세게 물었다. 눈물이 차오르자 고개를 흔들었다. 어맨다는 분노로 슬픔을 쫓으려는 듯 턱을 내밀었다.

"난소 한 곳에 뭐가 있대." 어맨다가 겨우 말했다.

조너스는 더 이상 견딜 수 없었다. 어맨다를 꼭 안았다. 어맨다가 몸을 떠는 것, 어맨다의 머리가 닿은 어깨가 축축해지는 것이 느껴졌다. 조너스가 어맨다의 뒤통수를 쓰다듬었다. "괜찮을 거야." 조너스 자신도 그 말에서 확신을 느끼지 못했다.

어맨다는 고개를 세차게 저었다. "수술해야 한대." 흐느끼며 하는 말이었다. 어맨다가 조너스를 꼭 붙잡고 셔츠를 눈물로 적셨다.

"난······" 어맨다가 말을 꺼냈다. "난······" 그러나 도무지 말을 잇지 못했다. 눈물에 목이 메었다.

"응?"

"두려운 게 싫어." 거센 증오가 섞인 말이 튀어나왔다.

"두려워도 괜찮아. 나도 두려운걸. 하지만 한 걸음씩 해결해 나가자, 응?" 조너스는 뒤로 살짝 물러나서 어맨다에게 얼굴을 보였다. "괜찮을 거야." 조너스가 장담했다. "괜찮을 거야." 조너스는 잠시 말을 멈췄다가 물었다. "지금 내가 해줄 수 있는 일이 있을까?"

어맨다는 울음을 그쳤지만 조너스를 놓지 않았다. "그냥 안아줘."

조너스는 그렇게 했다. 해가 스카이라인을 넘어서 사라지고 별들이 반짝일 때까지. 조너스는 눈물을 감추고, 이렇게 묻는 표정도 감췄다. '이제 어쩌면 좋을까?'

또 한 주가 지나간다. 조너스는 화이트보드 세 개를 들여놓고 다른 조너스의 계산을 점검하는 수식으로 채운다. 뉴 베를린에서 시작한 작업이다. 그사이 에바는 문자적으로나 비유적으로나 거리를 유지한다. 에바는 점점 더 창의적인 구실을 대며 조너스를 피한다. 일이 있다. 식료품을 더 사야 한다. 연구를 해야 하는데, 에바 자신도 설명할 수 없는 이유로, 히로시마 시립도서관에서 해야만 한다. 갑자기 열심히 조깅을 시작한다. 하지만 조너스는 에바가 운동하기 위해서가 아니라 그를 피하기 위해서 달린다는 느낌을 지울 수 없다.

조너스는 그 문제를 물어볼까 궁리한다. 스시테이 히카리마치에서 식사한 이후로 서너 차례 말을 꺼내려 했지만, 조너스는 에바의 도플갱어가 자이덴스트라세에서 무슨 일을 당했는지 이야기하게 될까 봐 물러서고 말았다. 그 얘기를 꺼냈다가는 그 과정을 이야기하게 될 터이고, 결국 빅터가 가하는 위협을 밝히게 될 것이 두려워진다. 이야기하다 보면 에바에게 그 얘기를 안 한 까닭을 설명할 수밖에 없기 때문이다.

조너스는 이제 그 말을 하지 않은 이유를 자문해 본다. 그가 처한 상황을 완전히 밝히지 않은 속내가 무엇인가? 그는 에바에게 너무 큰 부탁을 했고, 에바는 망설임도 거리낌도 없이 들어줬다. 하지만 에바는 다중우주 어딘가에서 한 남자가 조너스를 막으려고 한다는 사실을 모르고 있다. 게다가 그 남자 때문에 에바는 한 번 죽은 적이 있다. 조너스는 보호를 위해서, 말할 수 없는 위협으로부터 에바를 지키기 위해서 그 사실을 감추는 것이라고 생각하다가, 그렇게 쉽게 스스로를 속이는 것에 깜짝 놀란다.

빅터의 복수심을 설명하려면 그 이유, 표절 시비를 밝혀야 한다. 조너스는 자신이 그런 범죄를 저지르지 않았다고 확신하지만, 에바의 의견은 다를지도 모른다고 염려되는 것은 어쩔 수 없었다. 에바가 조너스에 대한 존경심을 조금이라도 잃고, 전보다 못한 사람으로 보는 것이 두렵다. 하지만 조너스에 대한 에바의 평가가 조금 깎인들 어떤가? 그 대답은 두 사람이 잠시 나누는 하나 되는 순간, 그들이 점점 더 자주 느끼는 끌림에 있다.

죄책감과 수치심을 느끼며, 조너스는 자신의 의도가 순수하다는 믿음으로 무장하려고 노력한다. 어맨다에게 돌아가려면 집중해야 한다. 그리고 이제 노선을 바꾸기에는 너무 멀리 와버렸다.

게다가, 이전 우주에서 어맨다가 보도에 쓰러질 때 빅터가 승리를 선언했을 가능성이 높다. 빅터는 다른 어맨다, 다른 조너스가 발견한 어맨다에 대해 알 수 없다. 알 리 없다. 빅터는 조너스의 목표와 그 자신의 목표가 이제 이뤄졌다고 생각할 것이다. 빅터는 이제 과거를 잊고서, 질투심과 증오, 억울한 감정에 휩싸이는 바람에 버렸던 삶을 다시 살고 있을 것이다.

에바는 안전할 것이다.

그러니 에바에게 말 안 할 이유가 없지 않은가? 조너스는 드디어 에바에게 모든 것을 털어놓기로 결심한다. 그리고 비밀을 만든 것을 사과하기로 한다. 다시는 그러지 않기로 약속할 것이다.

에바가 아파트에서 나가려고 방에서 나온다. "스파이어로 가서 방법이 있는지 알아보려고 해요."

"친구분한테서 아직 연락이 없어요?" 열하루째다.

에바가 눈살을 찡그린다. "네." 실망 반, 미안함 반의 표정이다. 하지만 어쩐지 살짝 진심으로 느껴지지 않는데, 조너스는 그 이유를 알 수 없다. "고바야시 박사님이 생각만큼 좋은 친구가 아닌 것 같군요."

조너스의 등줄기를 따라 긴장이 타고 오른다. 일본에 도착한 이후 멀리하려고 노력한 감정이다. 뉴 베를린에서 그는 유럽입자물리연구소에서 처음 얻은 양자에너지가 다중우주에서 벗어나 현실 간 이동이 가능하게 해주었다고 설명했다. 하지만 그 효과는 일시적이라고 다른 조너스가 말했다. 스파이어의 초전도 선형 가속기에서 얻는 에너지는 순전히 편도 여행용이다.

조너스는 색색의 수식과 공식으로 뒤덮인 세 개의 화이트보드를 본다. 셋 중 둘은 다른 조너스의 계산을 확인하는 데 썼다. 나머지 하나에는 그의 몸에서 양자에너지가 빠져나가는 속도, 우주 간 여행자로서의 시간이 얼마나 남았는지 계산이 적혀있다. 조너스가 그 화이트보드를 가리킨다. "여기서 현실 이동을 하지 못하고 얼마나 지낼 수 있는지 모르겠어요. 하지만 시간이 많지는 않을 거예요."

"다 해결될 거예요." 에바가 몇 초간 머뭇거리다가 말한다. 에바의 낙관은 달콤하고 듣기 좋지만, 그릇된 것이다. 에바는 그 말과 동시에 미소를 짓는다. "고바야시 박사가 만나줄지 알아보려고 해요. 곧 돌아올게요." 그리고 에바가 나간다.

문이 닫힌 뒤, 조너스는 연구를 계속하려고 한다. 하지만 집중할 수 없다. 자꾸만 의심이 파고든다. 그는 일본에 도착한 뒤 구입한 휴대전화를 들고 전화번호 안내를 받기 위해 0130번을 누른다.

"Moshimoshi. Anatawa eigo hanashimasuka?(여보세요, 영어를 할 수 있습니까?)" 그는 지난 열하루 동안 배운 일본어를 총동원해서 묻는다.

"네, 선생님. 무엇을 도와드릴까요?"

"고바야시 박사의 전화번호를 알고 싶습니다. 퍼스트 네임은 모르지만, 스파이어에서 근무한다고 알고 있습니다."

∞

해가 진다. 에바가 귀가한다. 이 가구 딸린 대여 숙소는 고급 호텔이 아니지만, '집'은 더욱 아니다. 히로시마를 돌아다니다가 돌아온 에바는 완전히 지쳐있다. 히로시가에 처음 온 것은 아니지만 이곳에서의 경험은 질리지 않는다. 목적 없이, 누가 앞을 가로막을까 하는 걱정 없이, 주거증명서를 내놓으라거나 "용건을 말하라"는 명령을 듣게 될까 하는 두려움 없이 돌아다니는 것은 신선한 공기처럼 순수하고 놀라운 자유다. 에바는 지나치는 모든 사람의 얼굴에 떠오른 표정을 지켜보며, 저마다 다른 개인의 생김새를 감상한다. '저들이 얼마나 축복받았는지 알기나 할까?' 에바는 자문했다. 가장 진정한 자유는, 얼마나 자유로운지 모르는 것이다.

어두운 거실은 장애물이 곳곳에 놓인 지뢰밭이다. 에바는 임시 거처에 놓인 전선과 전자기기를 건드리지 않으려고 조심스레 지나 간다. 에바가 염려하는 것은 조너스를 깨우는 것보다, 조너스를 깨 우면 일어날 일이다. 열하루 동안 에바는 서로를 향한 감정이라는 금지된 영역으로 들어설 수 있는 어떤 대화나 계기도 피하려고 노력 했다. 조너스에 대한 에바 자신의 감정 말이다. 에바는 외도하는 배 우자처럼 그것을 열심히 숨겨왔다. 하지만 두 사람이 함께 느끼는 감정이 거부할 수 없는 것이라고도 믿는다. 화강암처럼 단단한 믿 음이다.

에바가 자기 방으로 들어가는 통로 앞을 지나가는데 불이 켜진 다. 갑작스러운 불빛에 에바는 놀란다. 돌아서서 보니 조너스가 의 자에 앉아있다. 말짱한 정신으로 깨어있다.

조너스는 에바를 기다리고 있었다.

에바가 조너스를 만난 건 실제로 얼마 되지 않지만 평생처럼 느 껴지기도 한다. 그사이 조너스는 자기 감정을 드러내지 않았다. 지 금은 분노와 배신감과 실망이 그대로 드러나 있다.

"거기……" 에바가 놀라며 말한다. "거기서 뭐 하세요?"

"기다리고 있었어요."

"불도 안 켜고?"

"생각 중이었어요."

조너스가 의자에서 일어난다. 천천히. 몸을 움츠린 채. 그에게 서 분노가 뿜어져 나온다. 에바의 가슴이 두근거린다. 조너스가 무 슨 말을 할지 몰라도 에바는 두렵다. 두 사람은 너무 오랫동안, 너무 많은 이야기를 참고 지냈다. 하지만 에바는 이유가 있어서 그렇게 한 것이고, 지금 와서 결정을 바꿀 순 없다.

"스파이어에 전화해 봤어요." 조너스가 말한다.

에바는 놀라지 않는다. 조너스가 불을 켜고 모습을 드러내는 순간 에바는 이미 짐작하고 있었다. "내 말을 들어보세요." 에바는 저도 모르게 그렇게 말한다. 억누를 수 없는 본능, 생존 본능처럼. **내 말을 들어보세요.** 너무나 식상한 소리다.

"다이스케 고바야시와 통화했어요." 조너스가 말한다. 다른 나라에서 말하는 것처럼 멀게 느껴지는 목소리다. 그의 목소리에서 느껴지는 고통에 에바는 마음이 아프다. "박사님에게서 연락받은 적 없다고 하더군요. 전화도 못 받았고. 이메일도 못 받았다고." 조너스는 믿을 수 없다는 듯 고개를 젓는다. "그동안 계속, 박사님은…… 돕는 척 흉내만 낸 거군요. 왜죠?"

에바는 눈물 한 방울이 흐르는 것을 느끼고, 나약한 자신이 미워진다. 그래서 실수를 지우듯 뺨에서 눈물을 닦아버린다.

"박사님은 달라졌어요." 조너스가 말한다. "이유를 안다고 생각했지만……." 조너스는 두 사람 사이의 문제를 손으로 잡아보려는 것처럼 양손을 펼친다. "하지만 내 생각이 틀렸다고 믿어요. 그저……" 조너스는 한숨을 쉰다. "어떻게 된 일인지 알고 싶어요. 주어진 시간이 짧다는 걸 알잖아요. 그저……" 조너스가 말을 멈춘다. 에바는 조너스가 울지도 모른다고 생각한다. 조너스는 울음을 꾹 참는다. "왜 이런 일이 일어났는지 알고 싶을 뿐이에요."

"이런 일"이란 에바의 배신이다. 에바는 시간을 벌고 있었다. 몸속 양자에너지가 다 빠져나가서 조너스가 떠날 수 없는 날을 기다리고 있다.

"이유를 알잖아요." 에바의 목소리는 속삭임이나 다름없다.

"내 말은," 조너스가 말을 조심스럽게 가려가며 한다. "스파이어에 들어가게 해줄 거라고 한 이유를 모르겠다고요." 조너스의 음성에서 아픔이 느껴진다. "왜 부족한 시간을 낭비하게 만든 거죠?"

에바의 첫 반응은 어리둥절하는 것이다. 어떻게 모를 수가 있지? "이유를 알잖아요." 에바는 마음속 깊은 곳에서 말을 끄집어낸다. 드디어 입을 열자, 댐이 터진 느낌이다. 중력에 굴복해 낙하하는 것 같다. "박사님을 사랑해요."

에바는 조너스의 체온을 느낄 수 있을 만큼 다가간다. 키스할 수 있을 만큼. 조너스는 움츠리지 않는다.

"그분을 얼마나 그리워하는지 알고 있어요." 에바가 말한다. "상실을 겪고 살아가는 것이 어떤지 알아요. 그 운명이 다른 패를 주었기를 바라며 사는 것. 하지만 상황이 다르기를 바라며 사는 건……사는 게 아니에요."

조너스의 표정이 에바의 마음을 무너뜨린다. 안다는 표정, 에바의 말을 이미 다 알고 있다는 인정이다.

드디어 조너스가 입을 연다. "상황이 바뀌길 바라지 않아요. 내가 할 수 있으니까요. 하고 있으니까요."

에바가 조너스를 싸늘하게 노려본다. "다른 나한테 무슨 일이 있었죠?" 조너스의 얼굴이 창백해진다. "박사님이 전에 만난 난 어떻게 됐나요?"

"그건 중요하지 않아요."

"그렇다면, 이미 말했겠죠." 에바가 반박한다. "그것이 사실이라면, 지금처럼 날 보지 않았겠죠. 어딘가로 사라지고 싶은 표정으로." 에바는 꿈쩍 않고 버티고 섰다. "사실대로 말해주세요."

조너스는 침을 꿀꺽 삼킨다. 목젖이 솟았다가 내려간다. 조너스가 망설이는 사이, 두 사람 사이에 긴 침묵이 흐른다. 에바는 가만히 기다린다. 시간은 얼마든지 있으니까. 드디어 조너스가 입을 연다. "어떤 사람이 있어요. 과학자인데. 날 막으려고 해요. 그 사람이 용병을 고용했어요."

"그래서요?"

조너스는 다시 침을 삼킨다. 목소리가 갈라진다. "그 용병이 날 죽이려고 했어요. 하지만 대신 박사님이 죽었죠."

에바는 칼에 찔린 듯 반응한다. 어느 정도는 예상했던 대답에 그렇게 충격을 받을 수 있을까? 그렇다. 그런 일은 충분히 가능하다.

"말하지 않아서 미안해요." 조너스가 말한다. "말했어야 하는데. 아니, 안 하는 편이 나은 건지 모르죠. 모르겠어요." 조너스는 가책을 느끼며 고개를 젓는다. "모르겠어요. 하지만 미안해요."

에바는 동정심을 느낀다. 애정으로 더욱 강해지는 동정심. 에바는 절벽 끝에 서서 나락을 향해 한 걸음을 더 디딜지 가늠하고 있다. "그 사람이 나만 죽였나요?"

"네. 그자는 날 죽이려고 했는데, 박사님이……."

"곁에 있다가 당했군요." 에바가 기어 들어가는 소리로 중얼거린다.

"사고였어요. 그건……." 조너스가 말끝을 흐린다. 핼쑥한 얼굴에 아픈 표정이다. "하지만 그 과학자, 빅터라는 사람인데, 그 사람이……." 조너스의 숨소리가 사포처럼 거칠어진다. 눈물이 차오른다. "어맨다를 죽였어요. 또 다른 어맨다를. 다른 우주에서 만난 어맨다를요. 그 사람이 어맨다를 내 눈앞에서 쏴 죽였어요. 내가 어맨다와 살지 못하게. 어떤 우주의 어떤 어맨다와도 만나지 못하게."

에바는 조너스의 말을 듣자 마음이 아프다. 그리고 그래서 놀란다. 아직도 동정심이 남아있는지 몰랐다. 에바는 그 용병과 과학자를 떠올리고, 조너스를 구원할 마지막 가능성이 그 앞에 쓰러져 있는 광경을 생각했다. "우주는 특정 결과를 선호한다고 했죠."

"네."

"그리고 그 용병과…… 과학자…… 부인이 다시 한번 돌아가신 것……." 에바는 그 생각을 차마 말로 꺼내지 못한다. 소리 내어 말하는 것이 잔인하게 느껴진다.

"무슨 말을 하고 싶은 건가요?"

에바의 눈에도 눈물이 차오른다. 조너스의 아픔 때문인가, 자신의 아픔 때문인가? 알 수 없다. 에바가 확실히 아는 것 하나는, 평생 이렇게 힘든 대화는 처음이란 것뿐이다. "내가 하려는 말은," 에바가 떨리는 목소리로 말한다. "박사님이 한 말이에요. 우주는 특정한 상황을 원한다는 것."

"또는 여러 가지 상황이겠죠. 그래서요?" 조너스의 목소리에 짜증이 섞인다.

하지만 에바는 모른 척 계속한다. "그럼 그 용병이나 과학자…… 부인이 다시 돌아가신 것이…… 전 우주가 박사님을 막으려는 방법이라는 생각은 해보셨어요? 우주가 박사님에게 그만두라고 **애원**하고 있어요."

조너스는 다시금 배신당한 표정으로 에바를 본다.

'이건 간섭이야.' 에바가 생각한다. "스위스에서 내 도플갱어를 만났다고 하셨죠. 하지만, **이** 우주에서 난 뉴 베를린에 살아요. 박사님이 우연히 오게 된 곳이죠."

"그래서요?"

에바는 조너스가 이미 알고 있을 것이라는 눈빛을 던진다. "우주는 내가 박사님을 만나기를 원했어요. 우주가 이걸 원하고 있어요." 에바는 두 사람을 가리킨다. "**난** 이걸 원해요." 에바는 자신이 아직 절벽에서 떨어지지 않았음을 깨닫고 놀란다. 아직은 아니다. 이제 진정 뛰어내리는 것이다. "**당신도** 이걸 원해요."

∞

'당신도 이걸 원해요.' 그 말이 조너스의 마음속에 메아리친다. '당신도 이걸 원해요.' 에바와 조너스. 두 사람이 함께. 연인이 되고 그 이상의 관계로 나아가는 것. '당신도 이걸 원해요.' 조너스는 그 말에 얻어맞은 듯하다.

진실이기 때문이다.

조너스는 에바와 한마음이 되는 순간을 느껴왔다. 끌림을. 전혀 다른 현실의 스위스에서도 그랬다. 뉴 베를린의 연구실 건물 앞에서도 그것을 느꼈다. 지난 몇 주간, 두 사람은 대화할 때마다 상대에게 끌렸고 서로를 슬쩍슬쩍 훔쳐보곤 했다. 조너스는 지금, 그렇게 대놓고 솔직한 에바를 욕하면서 동시에 그 솔직함을 사랑하는 자신을 발견한다.

에바를 사랑한다.

배신 같은 느낌이다. 단순히 아내에 대한 배신만이 아니다. 자신의 영혼에 대한 배신. 지금껏 살아오며 세웠던 온갖 목표, 믿었던 온갖 진실에 대한 배신 같다. 조너스는 수치심에 사로잡힌다. 평생 그렇게 나약해지고 길을 잃은 느낌은 처음이다. 입에서 말이 나오지만, 너무 작은 소리라 자신이 말했는지조차 알 수 없다.

"네?" 에바가 묻는다.

조너스는 침을 삼킨다. 다른 무엇보다도 눈물을 감추려고. 그리고 조금 더 크게 말한다. "그래요."

에바의 얼굴이 밝아진다. 희망은 가장 잔인한 것. 그것이 에바를 채운다. 그 희망을 짓밟으려니 조너스의 마음이 무너진다. 그러려면 조너스가 갖고 있는 모든 확신이 필요하다.

"당신을 좋아해요, 에바." 조너스가 말한다. "그래요. 사랑할지도 몰라요. 어쨌든, 내가 마음만 먹는다면 친구 사이 이상으로 발전할 수 있는 동질감을 당신에게 느끼고 있어요."

"마음만 먹는다면요?" 에바의 음성이 불안으로 떨린다.

조너스는 그 질문에 대답하지 않는다. "그리고 우주가 우리가 함께하기를 원한다는 말도 옳아요."

"그런데요?"

"그런데 모르겠어요?"

에바는 고개를 젓는다. 눈물이 뺨에 흐른다. 에바는 그 눈물을 닦으려고 하지 않는다.

"우주는," 조너스가 더듬거린다. "내가 어맨다를 찾기를 원하지 않아요. 이유는 모르겠어요. 그저 우주가 온갖 장애물을 다 던진다는 것뿐. 빅터도 그중 하나죠. 빅터가 고용한 용병도. 또……." 조너스가 말을 멈춘다. 심호흡한다. 그렇게 말하고 싶지 않지만, 해야 한다. 사실이니까. "또 하나는 당신이에요."

따귀를 맞을 줄은 몰랐지만, 조너스는 맞을만하다고 생각한다. 배신감과 상처로 얼룩진 얼굴에 눈물을 흘리며 에바가 흐느낀다.

"미안해요." 조너스는 진심으로 말한다. "그 말은 하지 말았어야 하는데."

"왜죠?" 에바의 목소리에서 분노가 느껴진다. "그렇게 믿잖아요." 에바가 조너스를 경멸의 눈빛으로 노려본다. 공감과 동정의 흔적은 전부 사라지고 없다. "어맨다와 함께할 수 있다는 믿음을 지킬 수만 있다면 당신은 뭐든지 믿을 거예요. 여전히 어맨다와 **함께해야** 한다고."

조너스는 그 말에 반박하지 않는다. 너무나 옳은 말이다.

에바는 간절한 눈빛으로 조너스를 보며, 살인을 저지르려는 사람에게 하듯이 다급하게 말한다. "하지만 조너스, 당신은 어맨다와 함께할 수 없어요. 그걸 알아야죠. 온 우주가 반대하고 있어요. 운명과 싸울 수는 없어요."

진실보다 더 강한 유혹이 있을까? 조너스는 그것을 알지 못했다. 지금처럼 강한 유혹은 느껴본 적이 없다.

"하지만 나와는 함께할 수 있잖아요." 에바가 말한다. "당신은 선택할 수 있어요. 살기를 선택할 수 있어요. 행복해지기를 선택할 수 있어요."

"그러고 싶지 않아요." 말이 먼저 튀어나와 버린다. 폐부 깊숙이에서. "그러고 싶지 않아요." 처음 한 말이 실수가 아님을 증명하기 위해서라도 조너스는 다시 말한다. "에바, 당신을 좋아해요. 사랑할지도 모르겠어요. 당신에게 반한 걸지도 몰라요. 하지만……." 조너스가 마음속으로 확신을 점검해 보니 그것은 강철처럼 단단하다. "하지만 어맨다가 아닌 사람과 함께하든가 혼자 사는 것 중에 선택해야 한다면, 난…… **난 혼자 살겠어요.**" 조너스는 마음속 깊은 곳에서 가장 진실한 말을 끄집어낸다. "미안해요, 에바. 정말 미안해요."

조너스는 에바가 가장 신랄한 말을 할 것을 각오하고 기다린다. 하지만 에바는 손바닥으로 뺨의 눈물을 닦아낼 뿐이다. 그리고 상심을 버려두고, 조너스를 홀로 남긴 채 밖으로 나간다. 조너스는 그 누구보다 외롭다고 느낀다.

어맨다가 받은 진단과 두려운 수술 소식 이후, 조너스는 다중세계 이론 증명 연구를 버리고 어맨다에게 전적으로 집중했다. 어맨다가 조너스에게 그랬듯이, 조너스도 어맨다 곁에 늘 함께 있고 싶었다. 어맨다 대신 수술을 받을 수만 있다면 조너스는 망설임 없이 그렇게 했을 것이다. 불행히도, 수술 날짜가 침략군처럼 다가오는 가운데 어맨다에게 필요한 것은 24시간 관심이 아니었다. 어맨다는 작업에 집중하고 깊이 몰두해야 한다고, 작품 속에 그리는 것처럼 곤두박질치는 느낌을 얻고 싶다고 조너스에게 말했다. 어맨다는 시간이 날 때마다 타워 E 옥상에서 작업했다. 조너스는 어맨다가 수술과 질병의 그림자에서 벗어나고, 작품 밑에 두려움을 감추려고 하는 것 같다고 느꼈다.

조너스는 결혼 계획으로 어맨다의 관심을 돌려보려고 했다. 그들은 곧바로 롱아일랜드의 몬턱 포인트에서 석양이 질 때 해변 결혼식을 하기로 정했다. 하지만 어맨다는 관심을 돌리지 않았다. 수술까지, 종양을 제거한 뒤 병원에서 양성 혹은 악성이라고 알려줄 때까지 작업 외에 모든 삶이 정지 상태라고 했다. 미래가 있는지, 그 모습이 어떨지 알 수 있을 때까지. 조너스는 자신이 저지르지 않은 범죄에 대한 판결을 기다리는 심정이 이럴 것이라고 상상했다.

수술 당일 아침, 그들은 마운트 시나이 병원으로 걸어서 갔다. 어맨다는 도시를 보고 냄새 맡고 느끼고 싶어 했다. 조너스는 그보다 1년 전, 위기에 처한 경력을 유지하기 위해 뉴욕에서 떠나자고 어맨다가 제안했던 일을 떠올렸다. 하지만 조너스는 그것이 불가능하다는 사실을 알고 있었다. 어맨다에게 맨해튼을 떠나는 것은 팔이나 다리 한쪽을 제거하는 것과 마찬가지였다. 어맨다의 작품은 단순히 맨해튼에 대한 애정의 표현일 뿐 아니라 맨해튼과의 깊은, 거의 생물학적 관계의 표명이기도 했다. 그들은 그날의 병원 방문으로 어맨다의 삶을—그래서 **두 사람의 삶을**—영원히 바꿀 수 있는 진단을 받게 되리란 사실을 알고 있었다. 그래서 어맨다는 그전에 맨해튼을 한 번 더 감상하고 싶었다. 두 사람이 다른 사람이 되기 전에.

대기실에서 조너스는 손등 관절을 꺾으며 2년 전 잡지를 읽었다. 그는 벽에 걸린 채 소리 없이 자막 방송 중인 CNN 뉴스를 봤다. 배가 고프니 자동판매기에서 음식을 사 먹어야 한다고 자신을 설득해 봤다. 수술은 오래 걸리지 않을 것이라고 했지만, 1분이 몇 시간처럼 느껴졌다.

마침내 간호사가 나왔다. 꽃무늬 작업복을 입은 어머니 같은 사람이었다. 간호사는 수술이 끝났고 어맨다를 보러 들어와도 좋다고 했다. 일어선 조너스는 세상이 빙빙 돌아서 쓰러질 것 같았다. 간호사의 안내를 받아 그는 대기실에서 나간 뒤 복도를 걸었다. 다리가 무겁고 말을 듣지 않았다. 어맨다의 상태를 물었지만 대답은 멀리서 들려오는 듯했다. "전부"라든가 "음성" 같은 말이 드문드문 들렸지만, 어맨다를 직접 보고 무사한지 확인해야 한다는 것 이외에는 아무것도 이해할 수 없었다.

간호사는 조너스를 어맨다의 병실에 밀어 넣고 문을 닫았다. 어맨다는 조너스에게 등을 진 채 모로 누워있었다. 블라인드가 반쯤 닫혀있어서 그림자가 길게 늘어져 있었다. 조너스는 의자를 침대 옆에 끌어다 놓고 털썩 앉았다. "어맨다." 그렇게 속삭인 이유를 그 자신도 알지 못했다.

어맨다가 돌아눕자, 조너스는 놀라서 소리를 낼뻔했다. 눈 밑의 검은 자국 말고는 얼굴이 새하얬다. 이마에 머리카락이 흘러내려 있었다. 조너스는 애써 미소를 지으며 어맨다의 손을 잡았다.

"간호사가 전부 떼어냈다고 했어." 조너스가 무슨 말인지 잘 이해하지 못하면서도 말했다. 티브이에서 들은 말을 반복하며 축구를 아는 척할 때처럼. 조너스는 자신이 응원하는 팀은 알고 있었지만 경기 내용을 속속들이 파악하지는 못했다.

"양성이래." 어맨다가 말했다. "종양이."

안도감이 밀려들었다. 조너스는 한숨을 쉬고 어맨다의 손을 더욱 꼭 잡았다. 블라인드를 쳤는데도 병실이 밝아지는 느낌이었다. "아, 다행이다. 잘됐어. 정말…… 너무 다행이야." 조너스는 어지러웠다. 머릿속이 멍해졌다.

하지만 그 순간, 조너스는 곧바로 창백해졌다. 어맨다가 지친 줄 알았다. 핼쑥한 얼굴은 수술의 피로나 마취의 여파라고 여겼다. 하지만 그 탓이 아니라는 것을 조너스는 깨달았다. 가슴이 철렁했다. 여전히 돌이킬 수 없이 잘못된 일이 남아있었다.

어맨다가 침을 삼켰다. 그리고 울기 시작했다. "수술 때문에……" 어맨다가 천천히 조심스레 말을 꺼냈다. "길버그 선생님이……."

조너스는 숨을 쉴 수 없었다. 어맨다가 한 마디 꺼낼 때마다 마음이 무너져 내렸다.

"아주 힘들 수 있대……." 어맨다는 울음소리를 내지 않으려고 입을 꾹 다물었다.

조너스는 또 한 손을 어맨다의 손에 올렸다. "무슨 일이든, 괜찮아." 조너스는 진심을 담아서 어맨다를 위로했다. "괜찮을 거야. **당신은** 괜찮아. 그거면 돼." 그보다 더 진심일 수 없었다.

하지만 어맨다는 고개를 세게 저으며 괜찮다는 조너스의 위로를 거부했다. "임신할 수 없을 거래."

조너스는 문득 주위의 것들이 강하게 의식됐다. 어맨다에게 연결된 모니터 장치가 이전까지는 속삭이는 듯했지만 갑자기 쿵쿵거리는 것 같았다. 창문에 걸린 블라인드가 뾰족한 이빨 같았다. 그 뒤로 사이렌 소리가 지나갔다. 창밖 너머에서는 병실 안에서 사라지는 희망과 꿈을 모른 채, 상상도 못 해본 미래가 지워지는 것도 깨닫지 못한 채 사람들의 삶이 계속되었다.

"아이 이야기는 한 적 없었지." 어맨다가 말했다. "하지만 언제든 가질 줄 알았어……."

"나도."

조너스는 달리 할 말을 찾지 못했다. 하지만 그 후 이어진 몇 시간, 며칠 동안 조너스는 그때 아무 말도 못 한 것을 후회했다. 전에는 생각도 안 해본 가능성, 평생 함께할 사람과 이야기도 안 해본 가능성을 놓고 어떻게 그렇게 상심할 수 있었을까 싶었다. 어떻게 그들은 삶의 여정에 자녀를 포함시킬지 한 번도 이야기해 보지 않았을까? 두 사람 모두 너무 자기 일에만 집중했던 것일까? 아니면, 돌이켜 보니, 놀랍게도 아이에 관한 의논을 빠뜨렸다는 사실이 더 큰 문제를 암시한 것일까?

조너스는 무시무시하게 깊은 두려움에 사로잡혔다. 두 사람 사이에 종말이 이렇게 시작되는 것일까? 조너스는 그 생각을 떨치려고 노력했다. 하지만 너무 늦었다.

에바와의 대화 후, 조너스는 잠을 이룰 수 없다. 한밤중에 깨어나 작업을 하려고 하지만 집중이 안 된다. 머릿속에 떠오르는 것은 그녀뿐이다. 그가 기억하는 한, 어맨다가 아닌 '그녀'는 처음이다. 그녀는 그곳, 바로 옆방에서 자고 있다. 혼자 있을 때, 조용한 밤중이 되면 조너스도 사랑한다고 인정할 수 있는 상대다. 어맨다에 대한 사랑에 필적하는 감정을 느끼는 것일지도 모른다.

에바와의 거리는 스물, 서른 걸음 정도다. 에바 역시 잠들지 못하고 조너스를 기다리고 있을지 모른다. 침대에 앉아있거나 천장을 바라보며 조너스가 자기 방에 들어와 영혼 전부를 건네기를 기다리고 있을 수도 있다. 사랑과 우정과 섹스. 그렇다. 거기에 종결까지. 에바는 마음의 평화를 내걸고, 길고 고단한 사투를 끝낼 수 있다고 유혹한다.

조너스가 눈을 감으면 어맨다가 보인다. '에바에게 가.' 어맨다가 말한다. '나는 이제 잊어. 당신의 삶을 살아.'

조너스는 울고 싶지만 눈물이 나오지 않는다. 소리를 지르고 싶지만, 에바가 들을 수 있다. 너무나 고단하지만 잠은 오지 않고, 피로가 무거운 추처럼 그를 끌어당긴다.

조너스는 신선한 바람을 쐬기로 하고 밖으로 도피한다. 걷기 시작하자 관절이 저항한다. 다른 조너스는 그것이 현실 간 이동 능력을 잃는 신호라고 했다. 이미 그 능력을 잃은 것일까? 너무 오래 지체하는 바람에 이 우주에 갇힌 것인가? 그렇다면, 조너스는 결코 다시 만날 수 없는 사람 때문에 에바를 거부한 것이다. 사막에서 오도 가도 못하는 처지면서 오아시스를 거절한 셈이다.

조너스는 몇 시간째 걷는다. 하늘에서 별이 반짝인다. 결국 지평선이 밝아오고, 해가 떠올라 하늘을 주황빛으로 물들인다. 세상이 밝아지는 사이 조너스는 히지야가 공원 오솔길을 걷는다. 벚꽃이 만개해 색색의 작은 꽃송이가 가지에 매달려 있다. 조너스는 벤치를 찾아서 앉아 공원에서 조깅하는 사람들과 개를 산책시키는 사람들을 본다. 한 사람이 지나갈 때마다 조너스는 그들만의 삶이 무한한 개수의 우주에서 펼쳐진다고 생각한다. 무지개 위에 무지개를 겹친 듯 형형색색의 실로 짠 태피스트리가 끝없이 뻗어나가는 광경을 상상한다.

조너스가 주머니에서 500엔짜리 동전을 꺼낸다. 던진다. 잡는다. 다시 던진다. 던진다. 잡는다. 던진다. 잡는다. 1분쯤 지나자, 그 행동은 소리 없는 명상의 양상을 띤다. 던진다. 잡는다. 던진다. 잡는다. 던진다. 아침 햇살이 공중에 날아오른 동전의 금빛 테두리를 비춘다. 그 움직임이, 센트럴브론에서 떨어져 중력에 의해 동전처럼 회전하던 리무진을 연상시킨다. 던진다. 던진다. 던진다. 단두 개의 현실만 예외로 하면, 그 리무진의 추락은, 수없이 많은 우주가 이룬 다중우주 속에서, 어맨다의 죽음으로 끝난다. **뒷면이다.**
졌다.

조너스는 그 반복에 몰두한다. 동전을 비추는 햇빛. 엄지가 동전을 튕길 때 나는 팅 소리. 공중에서 잡을 때 느껴지는 진동. 던진다. 잡는다. 던진다. 잡는다. 던진다. 운동하는 사람들과 산책 나온 개들이 떠나고 출근하는 사람들이, 그들이 떠난 뒤 관광객과 새를 구경하러 나온 사람들이 자리 잡는다. 그래도 조너스는 여전히 앉아 있다. 던진다. 잡는다. 던진다. 잡는다. 던진다.

"뭐 하는 거예요?"

조너스는 동전을 잡고 고개를 든다. 에바다. 울어서 눈이 충혈되어 있다. 조너스는 어떻게 찾았는지 묻지 않고, 에바도 말하지 않는다. 조너스는 다시 동전을 던진다.

"우주를 만들고 있어요." 조너스가 말한다. 한 번 던질 때마다 새 우주가 생긴다. 슈뢰딩거의 500엔이다.

"그런 식으로 작동하는 게 아니라면서요."

"이제 아무것도 모르겠어요." 조너스가 대답한다. 멍한 목소리다. 갈피를 잃은 목소리다. 잠시 침묵이 흐른다. 지금껏 그런 순간을 모았다면 산더미처럼 쌓였을 것이다. 결국 조너스가 일어난다. "미안해요." 진심이다.

"안 그러면 마음이 더 편할 거예요." 에바가 대답한다. "박사님이 사과하지 않으면." 에바는 이를 악물고 차분히 말한다.

"뭐가 더 편하죠?"

"다 했어요?"

조너스는 무슨 말인지 알 수 없다. "뭘 다 해요?"

"계산이요. 사슬에 필요한 계산. 떠날 준비가 됐나요?"

"네." 사실 그 계산은 전날 밤, 잠이 달아나서 오지 않을 때가 되어서야 끝났다.

"오늘 아침에 고바야시 박사님에게 연락했어요." 에바가 말한다. "고바야시 박사님이 우리를 기다리고 있어요."

문득, 세상이 더욱 또렷하고 밝게 느껴진다. 공원에 흘러드는 새소리가 명랑하게 들린다. 조너스는 에바, 그 대단한 여성을 바라본다. 그 때문에 그렇게 상심하고도 그를 생각하는 사람. 그에게 거절당하고도 그를 선택하는 사람.

"뭐라고 했는데요?" 조너스가 묻는다.

"동료 한 사람에게 도움이 필요한데 직접 만나서 부탁해야 하는 일이라고 했어요."

"사실대로 말하는 것보다 안전하겠군요."

"그럴 거예요."

상처를 견디는 에바의 모습을 보기가 더욱 가슴 아프다. "에바……." 조너스는 무슨 말을 할지 모른 채 입을 연다.

"사랑한다면 도와야죠." 에바는 조너스의 머릿속에서 형태를 이루지 못한 질문에 대답한다. "싫지만, 어쩔 수 없어요. 박사님이 그분을 찾지 못하면…… 모든 게 헛수고니까요."

조너스는 에바가 준 선물, 상상도 못 할 큰 선물에 감탄한다. 깊이 사랑하는 그를 다른 우주에 있는 다른 여자에게 보내는 거라고 생각하니 조너스는 죄책감에 마음이 아프다. 아무리 넓은 가슴을 가졌다 해도, 도저히 다 품을 수 없는 생각이다.

에바가 눈길을 피한다. 울 것 같은 표정이지만 눈물이 흐르지는 않는다. 대신, 에바의 입술에 알 수 없는 미소가 떠오른다. 이렇게 말하는 목소리에서 아주 작은 희망이 느껴진다. "어디엔가…… 다른 내가 있겠죠. 그리고 다른 당신이 있고. 그 당신은……" 에바의 목소리가 고조된다. "그 당신은 남기를 선택하겠죠."

에바는 두 사람이 함께하는 현실을 상상하는 듯 눈을 반짝이며 조너스를 향해 돌아선다. 그 현실이 조너스가 방금 동전을 던져 만들어 낸 수백 개의 우주 중 하나일 수도 있다는 듯.

∞

조너스가 아파트로 돌아와 사슬에 새로운 배터리를 장착하고 천연 소재로만 된 '여행 복장'으로 갈아입는 데 한 시간 남짓 걸린다. 작업실로 바꾼 거실은 화이트보드와 마커, 엉킨 전선으로 엉망이다. 소박한 공간에 과학 자체가 폭발이라도 일으킨 꼴이다.

조너스가 흐트러진 물건을 치우려고 하자 에바가 말린다. "그럴 시간 없어요."

"아직 시간이 있긴 한 건지도 모르겠어요." 조너스가 인정한다.

"알아낼 방법은 하나뿐이죠." 에바는 한숨을 내쉰다. "가요."

두 사람은 조너스가 스파이어로 가기 위해 빌린 혼다 시빅에 올라탄다. 그가 운전한다. 스파이어에 가본 적 없지만, 위성항법시스템은 켜지 않는다. 땅을 뚫고 올라온 거대한 바늘을 향해 달리기만 하면 된다. 하지만 엔코강을 지나는데 차가 기어가기 시작한다. 교통정체가 극심하다.

조너스는 브레이크를 밟고 후진을 한다. 핸들을 돌려 차를 돌리자, 또 한 차례 자동차들이 쏟아져 나와서 앞을 막는다.

"러시아워라고 보기엔 너무 이른데." 에바가 의아한 듯 말한다.

"그렇죠." 조너스가 말한다. 본능적으로 상황을 감지한 조너스는 속이 메슥거린다. 그는 차를 홱 돌린 뒤 가속기를 밟는다. 차 바퀴 두 개가 보도 위로 올라간다. 보행자들이 흩어진다.

"왜 이래요?" 에바가 비명을 지른다.

"어서 가야 해요." 조너스는 핸들을 꽉 쥐고 이를 악물고서 몸을 앞으로 당긴다. 굳은 결의. 완전한 집중 상태다.

"괜찮을 거예요, 조너스." 에바가 진정시킨다. "도착할 거예요. 현실 이동을 할 수 있을 거예요. 하지만 사고가 나면 못 하잖아요."

"그렇게 간단한 문제가 아니에요." 차들이 경적을 울려댄다. 사람들이 조너스를 향해 욕설을 퍼붓는다. 일본어를 알지 못해도 이해할 수 있는 말이다. "젠장!" 조너스는 짜증이 나서 소리 지르며 핸들을 내리친다.

"진정해요." 에바가 사정한다. 그런 상황에서도 에바의 목소리는 시원한 바람처럼 위로가 된다.

"몰라서 그래요."

"그럼 설명해 봐요."

조너스는 차를 보도석에서 내려 모퉁이를 돈다. 시야 가장자리에 스파이어가 계속 보인다. 그 건물은 지평선에서 솟아 나온 것 같다. 1킬로미터를 채 못 가서 차가 갑자기 선다.

"무슨 일이죠?" 에바가 당황해서 묻는다.

네 개의 타이어가 동시에 터졌다. 이런 일이 일어날 확률은 계산할 수도 없다. 관성에 의해 차가 계속 굴러가자 차 하부가 도로에

긁히며 불꽃이 튄다. 차가 멈추자, 조너스는 차에서 뛰어내린다. 에바가 바로 뒤따른다. 터진 타이어 네 개가 너덜너덜한 고무 조각이 되어있다.

"이럴 수가."

"우주가 한 짓이에요." 조너스는 굳은 표정으로 확신한다. "날 막으려고."

에바는 자신이 아는 것과 방금 목격한 일을 놓고 갈등한다. 조너스는 에바의 손목을 잡고서 함께 스파이어로 달려간다. 이제 가까워졌지만 쉽게 도착할 거리는 아니다.

"도저히 납득할 수 없어요." 에바가 헉헉거리며 말한다. "우주가 왜 **이제** 와서 막으려는 거죠?"

"이렇게 가까워진 적 없으니까요." 조너스가 이론을 제시한다. "뉴턴의 제3법칙. '모든 행동에는 작용과 반작용이 따른다.' 목표에 가까이 다가갈수록, 우주가 더욱 거칠게 막아서는 거예요."

그들이 또 한 번 모퉁이를 돌고 나자 에바가 우뚝 멈춘다. "저기. 저기가 더 **빠를** 거예요." 에바가 지하철 입구를 가리키는데 조너스가 막는다.

"아뇨. 지하에 갇힐 거예요."

에바가 무한한 인내심을 발휘하며 조너스를 돌아본다. "**우주를** 이기려는 건가요. 얼마나 터무니없는 소리인지 알고 있죠?"

"갑시다." 조너스가 씩 웃으며 말한다. "지금쯤이면 적응했어야죠."

에바는 조너스가 사랑하게 된 짓궂은 미소를 슬쩍 떠올린다. 하지만 땅이 흔들리기 시작하자 미소는 금세 사라진다. 진동 속도가 빨라진다. 땅이 물결친다. 사방에서 사람들이 중심을 잡으려고 애쓴다. 넘어지기도 한다. 상점 창문이 깨지면서 유리 파편이 날아온다. 멀리서 사이렌이 요란하게 울어댄다.

에바가 휘청거리지만, 조너스가 붙잡는다. "이제 알겠어요. 그렇게 터무니없는 소리가 아닌 것 같네요."

"갑시다." 조너스가 에바의 손을 잡고 흔들리는 땅에서 최대한 빠르게 달린다. 두 사람은 지진에 이리저리 흔들리는 사람들 사이를 지나간다. 조너스의 목표는 단 하나다. 에바는 그를 놓치지 않을 생각이다. 두 사람은 쓰러지는 가로등을 피하고 보도에 들이받은 자동차를 넘어서 달린다. 끊어진 수도관에서 솟아오르는 물줄기도 피한다. 세상이 90도 기울어진다.

"당신이 거기 가는 것도 우주가 닥으려고 하는데, 어떻게 성공하죠?" 에바가 의심 어린 목소리로 묻는다.

"도착할 거예요." 조너스는 물러설 생각이 없다.

물론, 그들은 도착한다. 그들이 거대한 스파이어가 드리운 그림자 안으로 들어서니 낮이 밤으로 변한다.

"내 말은," 에바가 말한다. "경비원이 막을 수도 있고, 장비가 고장 날 수도 있어요. 잘못될 경우의 수가 백만 가지는 돼요."

"한 번에 한 걸음씩 갑시다." 그 순간 조너스가 믿을 것은 그것뿐이다. 세 개의 박사학위에 한 개의 노벨상을 받았지만, 그가 아는 것은 하나뿐이다. **한 번에 한 걸음씩.**

미처 그런 생각을 하기도 전, 차 한 대가 거리에서 보도로 뛰어들며 조너스를 덮친다. 에바가 놀라 조너스의 이름을 외치는 순간, 조너스는 그 차가 다가오는 것을 보자마자 뛰어오르고 싶은 충동—원초적인 생존 본능—을 느낀다. 하지만 그가 땅에서 발을 떼기도 전에 차가 그를 들이받는다.

조너스는 겨우 20, 30센티미터를 뛰었을 뿐이지만 그 덕분에 목숨을 건진다. 차 앞쪽이 들이받는 순간, 조너스는 그 자리에 서있는 대신 몸을 날린 뒤 체조선수처럼 구른다.

떨어지는 찰나, 조너스는 평생 가장 큰 뚝 소리를 듣는다. 센트럴 브론에서 굴러떨어진 리무진이 부서지는 소리보다 더 큰 소리다. 탄환이 입자물리연구소의 강철 난간에 맞고 튀는 소리보다 더 큰 소리다. 어맨다를 보도에 쓰러뜨린 단 한 방의 총성보다 더 큰 소리다.

처음 조너스는 그것이 뼈가 부러지는 소리라고 생각했다. 아마도 갈비뼈라고. 하지만 곧 그것이 차 앞유리창이 그의 몸에 부딪히며 산산이 부서지는 소리임을 깨닫는다. 충돌로 조너스는 다시 하늘로 떠오른다. 그리고 차 지붕에서 뒤쪽으로 굴러 내린 뒤 거리에 떨어진다. 그 뒤에서 자동차는 상점 창문을 뚫고 들어간다.

보도의 콘크리트가 조너스를 할퀸다. 온몸에 통증이 퍼진다. 조너스는 이것이 몸에서 양자에너지가 빠져나가는 증상인지, 단순히 방금 다친 탓인지 알 수 없다. 기절하지 않기 위해 할 수 있는 일은 숨을 쉬는 것뿐이다. 잠들기 직전과 비슷한 느낌이 그를 사로잡지만, 조너스는 눈을 감지 말라고 자신에게 명령한다.

그때, 누군가의 손이 그를 일으켜 세우지만, 그가 너무 무거운 듯하다. 조너스는 다리를 향해 다시 명령하고 다리가 움직인다는 사실을 발견한다. 에바의 손길에 따라, 조너스는 몸을 일으킨다.

"세상에, 괜찮아요?" 에바가 묻는다. 방금 차에 치였지만, 그 질문이 바보 같다는 생각은 들지 않는다.

조너스는 입을 열어도 말이 나오지 않아서 고개만 끄덕인다.

"부러진 데는 없어요?"

조너스는 고개를 끄덕이지만, 솔직히 정확하게 알 수 없다. 온몸의 뼈가 부러진 느낌이다.

땅은 아직 흔들리고 있다. 도시가 바다처럼 변해 거리가 파도치고 있다. 모든 것이 휘청거린다. 어린아이가 마구 흔들어 대는 스노볼 속에 들어간 느낌이다.

'통증은 뉴런이 서로 소통한다는 신호일 뿐이야.' 조너스가 스스로에게 상기시킨다. 그는 에바의 손을 잡아 이끈다. 두 사람은 스파이어를 향해 쓰러질 듯 다가간다.

"의지의 문제예요." 조너스가 말한다.

"자신에게 하는 말인가요, 우주를 향해 하는 말인가요?"

조너스는 진심 알 수 없다. "어느 쪽이 더 제정신으로 하는 말 같아요?"

"좋은 지적이네요."

땅이 움직이고 흔들리고 우르릉거리며 조너스의 저항을 막는다. 이것이 진정 의지의 대결이라면, 항복하기를 거부하면 되는 문제다. 지진이 너무 심해져서 조너스와 에바는 더 이상 달릴 수 없다. 그저 균형을 잡으며 앞으로 나아가는 것, 한 걸음 한 걸음이 우주에 저항하는 움직임이다.

사방이 혼돈에 빠지는 동안 그들은 앞으로 나아간다. 놀란 비명과 함께 스파이어에서 쏟아져 나오는 사람들의 파도를 거스르며 헤엄치듯 전진한다. 조너스는 그들을 밀치고 에바는 그 뒤를 따르며 철제와 수목으로 이루어진 광장에 도착한다. 정성 들여 설계한 분수에서 솟아오르던 물이 제멋대로 뿜어져 나와 반들거리는 콘크리트에 부딪힌다.

하늘로 솟은 스파이어가 휘청거린다. 조너스는 그 거대한 구조물의 뼈대에는 지진에 대비해 큰 용수철이 설치되어 있음을 알고 있다. 고개를 들어도 그 건물의 꼭대기는 잘 보이지 않는다.

거의 다 왔다. **거의.**

조너스는 에바의 손을 더욱 꼭 쥐고 안으로 들어간다. 그 순간—그들이 화강암과 석회암을 써서 최첨단 설계로 지은 로비에 들어서는 순간, 지진이 멈춘다. 너무나 빠른 전환이라서, 마치 스위치를 누른 것 같다.

"과학적으로 납득할 수 없는 일이네요." 에바가 믿을 수 없다는 표정으로 말한다.

"과학자들은 전부 그렇게 말하죠." 조너스가 대답한다. "**납득되기** 전까지는."

에바가 안내 데스크 쪽을 보자 경비원이 꼿꼿이 자리를 지키고 있다. 그가 일본어로 다급하게 외친다.

"내가 상대할게요." 조너스가 에바에게 말한다. "고바야시를 찾아요."

"그분도 다른 사람들과 함께 대피하지 않았을까요." 에바가 묻는다.

"안 했기를 간절히 바라는 거죠." 조너스가 안내 데스크로 다가가며 대답한다.

∞

몇 분 뒤, 조너스와 에바는 단둘이 승강기에 탄다. 그곳의 기술 덕분에, 마치 천국에 오르는 듯 고요하다. 유럽입자물리연구소의 대형 강입자 충돌기가 가로로 건설되어 두 개 국가에 걸쳐있었다면, 스파이어의 선형 가속기는 수직으로 지어 그 거대한 건물 속을 통해 지하 깊숙이 박혀있다.

"승강기가 작동해서 다행이네요." 에바가 말한다.

"운이 아니에요." 조너스가 말한다. "7만 엔이 들었어요." 에바가 어리둥절한 표정으로 본다. "경비원에게 돈을 줘서 승강기를 다시 켰거든요."

에바가 감탄한 표정을 짓는다. 그리고 가방 안에서 빨간 리본이 묶인 작은 상자를 꺼내어 건넨다.

조너스는 그 상자를 받아 들고 살핀다. "이게 뭐죠?"

에바는 짐짓 놀라는 표정을 짓는다. "흠. 선물 같은데요."

먼 과거에서 전해 오는 울림어 조너스는 마음이 불편해진다. 그 것을 무시하고, 리본을 풀고 상자를 연다. 손으로 만든 것이 나온 다. 제 꼬리를 문 뱀이 나타내는 무한대 기호가 섬세한 자수로 놓여 있다. 우로보로스. 꼭—

"당신 문신과 같죠." 에바가 말한다. "순면이에요. 천연섬유니 까…… 가지고 갈 수 있을 거예요."

조너스는 말할 수 없는 감정에 에바를 보기만 한다. 그가 사랑하 는 여성. 다른 여성을 바라며 거절한 여성을.

"날 기억할 물건을 가져가면 좋을 것 같아서." 에바가 설명한다.

조너스는 우로보로스를 내려다본 뒤 고개를 든다. "물건 같은 건 없어도 돼요." 진심을 담은 말이다. 그의 눈빛이 말로는 다 표현 못

할 내용을 전한다. '당신을 결코 잊지 못할 겁니다.'

조너스의 마음에 죄책감이 차오른다. 어맨다에게 돌아가기 위해 한 모든 행동 중에 그를 분에 넘치게 사랑하는 에바에게 아픔을 준 것만큼 후회스러운 일은 없다. 조너스는 그렇게 말하려고 입을 연다. 그때 승강기가 흔들리며 멈춘다.

"또 우주가 한 짓일까요?" 에바가 묻는다.

"아니면 단순히 불운이겠죠. 우주라면 케이블을 끊어 추락시킬 수도 있으니까."

"재미없네요."

조너스는 어깨를 으쓱이고—'조금은 재미있지 않나'—문에 손을 뻗는다. 바람대로 손으로 문을 열 수 있다. 승강기는 두 층 사이에 끼어있고, 바깥쪽 문이 보인다. 조너스는 그 문을 열기 시작한다.

"이렇게 하면 된다는 걸 어떻게 알아요?" 에바가 묻는다.

"스위스에서 이렇게 하는 걸 봤어요. 다른 우주에서." 조너스가 손을 뻗어 바깥쪽 문을 열자 쿵 소리를 내며 열린다. 조너스는 그 문을 붙잡아 연 채로 에바에게 말한다. "숙녀 먼저 나가시죠."

"당신이 살던 우주에도 성차별이 있군요."

"당연하죠." 조너스가 받아친다. "'기사도'라고도 하고."

에바가 웃으며 기어올라 승강기에서 벗어난다. 조너스도 멎어버린 승강기 밖으로 빠져나간다. 99층이라고 적혀있다.

"칠십오 층 더 올라가면 돼요." 에바가 계단을 가리키며 말한다. "우주가 운동을 권하네요."

위로 올라가는 두 사람 발밑으로 계단이 차츰 멀어진다. 에바가 앞장서고 조너스는 피스톤 운동을 하는 에바의 두 다리를 보며 따른다. 겨우 세 층을 오르자 조너스는 가슴이 터질 것 같지만, 에바는 꾸준한 속도로 오르고 있다.

"어맨다를 찾으면 어떻게 될지 생각해 봤어요?" 에바가 묻는다.

조너스는 숨을 가다듬는다. 말하기가 생각보다 어렵다. "무……무슨 말이에요?"

"우주가 정말로 막으려고 든다면, 어맨다를 만난 뒤에는 우주의 개입이 멈출까요?"

조너스가 생각해 본 적 없는 문제다. 조너스는 오싹해진다. "말했듯이, 우주를 알아가려는 중이에요." 조너스는 답을 피한다.

"농담하는 거 아니에요." 계단을 오르며 편안하게 말하는 목소리가 놀리는 듯하다. "어맨다를 찾아낸 뒤에도 평생, 뭐라고 할까요, 우주의 방해를 받을 수 있죠."

에바가 하필 이때 그런 이야기를 꺼내는 것에 조너스는 짜증을 느끼지 않기 어렵다. 마지막으로 설득하려는 것인가? 이렇게 목표에 가까이 와놓고 그가 그간의 노력을 포기할 줄 아는 걸까? "모르겠어요, 에바." 조너스가 헉헉거리며 대답한다.

"미안해요. 만약……."

"내가 바라는 건," 조너스는 애써 부드럽게 말한다. "내가 어맨다와 다시 만남으로써 파형 붕괴가 일어나면 우주가 항상성으로 돌아가는 거예요."

"이제 과학 용어를 막 던지는 건가요?"

그래요. 하지만 조너스는 그렇게 말하지 않는다. 대신, 사실을 인정한다. "실은, 나도 어떻게 될지 몰라요. 이 모든……" 그는 적당한 단어를 찾는다. "현상은 예상하지 못했던 거예요. 하지만 내가 이해한 우주의 운명이라는 것이 너무 단순했던 모양이죠. 어쩌면 우주가 선호하는 결과가 항상 일관되지 않을 수도 있어요. 따지고 보면, 내가 애초에 다중세계 이론 증명 연구를 시작한 것도 이 우주가 시킨 일이니까요."

"약간 합리화 같은데요."

"실제로 그러니까요." 조너스가 인정한다. "하지만 운명이 실재한다면, 그 희망도 실재한다고 믿어야 해요."

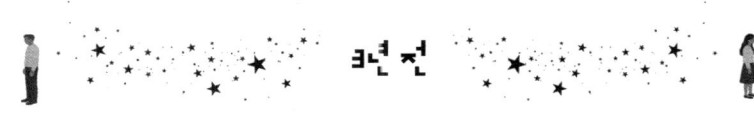

조너스의 논문 〈다중세계 이론 증명: 평행우주의 존재에 관한 수학적 증거〉는 《응용 및 계산 수학 저널》에서 게재를 결정했다. 조너스의 논문을 게재해 준 곳은 세계 10위 안에 드는 양자역학 저널로 자주 꼽히는 그 학술지뿐이었다.

학계에서 빅터의 영향력이 워낙 큰 바람에 모든 저명 학술지에 미쳤고, 그가 드리운 그림자는 구석구석 뻗어나갔다. 더욱이 빅터는 기나긴 소송을 걸겠다고 협박했고, 그가 일으킬 수 있는 진흙탕 싸움을 견딜 배짱이 있는 편집자는 드물었다.

하지만 결국, 한 명의 소신 있는 편집자가 조너스의 연구를 무시할 수 없다고 판단했다. 다중우주의 존재를 증명하는 것은 인류가 그 존재를 인식하는 방식을 바꿀 힘이 있다는 의미였다. 이는 니콜라우스 코페르니쿠스가 태양중심설토 지구를 우주의 중심에서 쫓아낸 것에 못지않은 관점의 변화였다.

조너스의 연구가 일으킨 파장 역시 엄청났다. 중력의 증명에 버금갈 정도였다. 실제 응용은 끝도 없었고, 윤리적 딜레마 역시 무한했다. 그중 가장 중대한 것은 이 이웃 우주들로의 여행 가능성이었다. 목적지가 발견되면 거기 가려는 욕구가 생기는 것은 인류의 역사만큼 오래된 이치다. 이 대체현실을 찾아가기가 가능할 것인가? 가능해도 되는가? 조너스는 판도라의 상자를 연 것을 알고 있었다. 하지만 그것이 과학자의 도리라고도 확신했다. 인류가 그 후폭풍을 이겨낼 준비가 되어있다는 믿음이 있었다.

논문 발표 전, 조너스는 뉴욕 공립도서관에서 모든 단어와 수식과 개념을 교열하고, 확인하고, 점검했다. 조너스가 중앙열람실에 자리를 잡고 맥북으로 작업하는 사이 시간이 쏜살같이 흘러갔다. 매일 밤 그가 귀가하는 집은 어맨다와 함께 산 어퍼웨스트사이드의 조합 아파트였다.

그곳으로 이사한 것은 조너스의 아이디어였다. 어맨다가 그들에게 생긴 차질을 잊게 하기 위한 방법이었다. '차질'이란 어맨다가 임신하기 어려워진 사실을 혹시라도 이야기하게 될 때 두 사람이 쓰기로 암묵적 합의한 단어였다. '어려움'이란 단어 역시 썼다. 그 단어는 아주 작은 희망이나 가능성을 갖고 있어서, '불가능'보다 나았다. 그러나 그 아파트는 위로 차 주는 상처럼 느껴졌다. 게다가 그 집에는 방이 하나뿐이라서, 또 하나의 방이 필요 없다는 슬픈 사실을 자꾸 상기시킨다는 것을 조너스는 나중에야 깨달았다.

조너스는 아이를 갖고 싶었다. 가족을 꾸리고 싶었다. 그는 어맨다에게 느끼는 사랑을 자녀와도 나누고 싶었다. 그래서 입양을 제안했다. 어맨다는 그런 생각을 해봤다고 하면서도 아직은 마음의 준비가 안 됐다고 했다. 그 생각을 하면 그들의 '차질'이나 '어려움'이 현실이 된다는 것이었다. 어맨다는 이길 희망이 없으면서도 아직은 항복할 준비가 안 되어있었다.

함께할 때면 조너스는 어맨다를 진단하는 눈빛으로, 기분이 어떤지, 겉모습에서 아주 작은 균열이나 틈이 보이는지 샅샅이 살폈다. 그런 시선이 어맨다를 괴롭히는 것을 알면서도 조너스는 멈출 수 없었다. 어맨다를 잃고 있다는 두려움과 싸우며, 조너스는 진부한 소리로 스스로를 위로했다. '다 네가 지어낸 상상이야. 시간이 흐르면 모든 상처는 낫게 마련이야. 걱정 그만하고 한 번에 한 걸음씩 나아가.' 2년간 어맨다에게 너무나 사랑한다고 말했는데, 그것이 사실일까? 한 사람이 상대를 숨 막히게 하지 않고 사랑하는 데 한계가 있다는 것이?

그런 모양이었다. 어느 날 밤 귀가한 조너스가 그 봉투를 발견했으니까. 어맨다의 예리하고 정확하며 각진 글씨체로 조너스의 이름이 적힌 체리색 정사각형 봉투가 주방 조리대에 놓여있었다. 안에는 두 번 접은 종이와 다른 무언가가 들어있었다. 작고 동그란 것이 움직였다. 그것이 봉투 안에서 굴러다니는 것을 느끼고 조너스는 가슴이 철렁했다.

두려움이 차오르는 것을 느끼며 조너스는 봉투를 열었다. 어맨다의 약혼반지가 그의 손에 떨어졌다. 조너스는 상처 입은 짐승 같은 소리를 냈다. 세상의 종말을 상상할 때도 그런 소리를 낸 적 없었다.

빅터의 크레이가 며칠째 조너스의 사슬과 그 특유의 중성자 방출 신호를 찾아 다중우주를 뒤지고 있었다. 처리 사이클이 매번 실패로 끝날 때마다, 조너스가 어딘가에 갇히거나 죽었다는 빅터의 믿음이 강해진다. 크레이가 우주와 현실을 하나씩 뒤지고 찾기에 실패하는 사이, 빅터는 조너스에게 맞서서 벌인 성스러운 전쟁이 정말 끝났다고 믿으려 애쓴다.

언제나 기민하고 언제나 활발히 움직이는 빅터의 두뇌가 방황하기 시작한다. 그는 자신의 삶을 어떻게 재건해야 할지, 커리어를 어떻게 새로 쌓아야 할지 생각해야 한다. 이혼 위자료로 계속 살아갈 수 있지만, 빅터는 일 안 하고 살 성품이 못 된다. 결국, 노벨상이 떠오른다. 그렇다. 조너스가 받은 것과 같은 상을 그도 받아야지 우주의 정의가 비로소 실현되는 것이다. 못 받을 것도 없지 않은가? 조너스는 빅터의 연구를 훔쳐갔고, 그 일로 인해 빅터는 연구를 더욱 발전시켰다. 조너스는 평행세계의 존재를 증명한 일련의 수식으로 노벨상을 받았지만, 빅터는 크레이가 현재 하는 작업, 평행우주의 위치를 파악하는 방법뿐 아니라 그곳으로 아주 정확하게 이동하는 방법도 고안해 냈다. 이 성과는 노벨위원회에서 인정한 조너스의 연구보다 월등히 뛰어난 것이다. 조너스가 불의 이론적 존재를 증명한 셈이라면, 빅터는 불을 **발명**했다. 세상을 바꾸기에 충분한 잠재력을 가진 발견이다.

빅터는 노트에 응용 아이디어를 적고 있다. 역사가들은 대체역사에 관한 책으로 도서관을 채울 것이다. 빅터가 문을 연 무한한 세계 속에서 암 치료제가 발견될 수도 있다. 그는 세상을 바꿀 지속 가능한 무공해 에너지, 핵융합 에너지가 완성된 평행지구에서 그것을 들여올 것이다. 다른 우주에서 촬영한 것들로부터 완전히 새로운 기술을 도입할 수 있을 것이다. '크라우드 소싱' 대신 '현실 소싱(reality sourcing)'이 자리 잡을 것이다. 빅터는 전 세계가 유토피아로 변하는 길을 선사할 것이다. 결국, 노벨상은 너무 사소한 꿈으로 느껴진다.

빅터가 쓰고 생각하고 고쳐 쓰기를 계속하고, 새로운 착안이 적힌 공책이 쌓이기 시작하자, 조너스는 차츰 망각된다. 빅터는 "증오는 영양분 많은 감정이다. 그것만으로 몇 년을 살 수 있다"는 말을 들은 적이 있다. 사실이다. 하지만 조너스가 죽었다고 여기고, 자신의 미래가 가능성으로 빛난다고 생각하니, 증오와 그 동생인 복수심이 빅터의 마음에서 떠난다. 후련하다. 젊어진 느낌이다. 빅터는 인생을 새로 시작할 생각을 한다. 페드라에게 연락해 볼까 싶다.

그때 크레이가 깨어나며 모든 것이 바뀐다.

그 알고리즘은 빅터가 크레이를 위해 처음 쓴 것 중 하나였다. 몇 년 동안 그 알고리즘은 새로운 코드 아래 묻혀있었다. 그는 그것을 다른 우주의 감지를 위한 기초, 우주의 잡음에서 신호를 끌어내는 방법으로 작성했다. 우주에는 그 자체의 고유한 양자적 특징이 있음을 빅터는 발견했다. 마치 눈송이처럼 그 특징은 저마다 다르다. 그것은 10억 개의 유전자 가닥보다 더 복잡하지만, 크레이가 있으므로 그 작업이 가능했다.

그런데 오늘, 크레이는 빅터가 처음 보는 변칙을 보고한다. 빅터가 발명한 불가사의한 언어로 컴퓨터 화면에 데이터가 쏟아져 들어오는데, 도무지 말이 안 된다. 빅터는 보이는 것에서 의미를 끌어내려고 노력하지만, 앞이 보이지 않는 것과 다름없다. 그 이유는, 크레이도 스스로 감지한 것을 이해하지 못하기 때문이다. 크레이는 이해할 수 없는 현상에 빅터의 알고리즘을 적용하고 있다. 마치 사람이 짖어서 개와 대화하려는 것처럼.

처음에 빅터는 그것이 자신이 하는 행동인지, 다른 현실 속 다른 빅터가 아이디어를 실험해 보다가 세계를 망가뜨리거나 시공간의 구조를 파괴한 것은 아닌지 염려한다. 다중우주의 비밀을 풀 열쇠를 발견한 그의 도플갱어가 없을 것이라고 생각한다면 지독한 나르시시즘이다. 물론 저 밖 어딘가에는 현실 간 이동을 할 수 있는 또 다른 빅터가 있을 것이고, 그가 끔찍한 짓을 저질렀을 수 있다.

크레이가 던지는 데이터를 점점 깊이 파고들수록 빅터의 온몸이 싸늘하게 식는다. 무슨 상황인지 알 수 없으면, 그의 쌍둥이가 망가뜨린 다중우주를 고칠 희망이 없다. 빅터는 수백 줄의 코드를 써서 점점 더 새로운 알고리즘을 만들어 문제를 파악하려고 한다. 그는 우주를 더욱 정확히 바라볼 방법을 만드는 코페르니쿠스 같은 존재다. 하지만 그가 만드는 '망원경'은 그 과제를 수행할 능력이 없는 것 같다.

빅터는 먹지도, 마시지도, 자지도 않고 열에 들떠 작업한다. 일종의 광기에 사로잡힌다. 처음에 빅터는 자신이 미친 것인지 두렵다. 그렇지 않고서야 새 알고리즘이 내놓은 데이터를 어떻게 설명할 것인가? 빅터가 보기에도 비이성적인 생각이다. **그가 연구하는 우주가 대놓고 반역 행위를 저지르는 것으로 보인다니.** 말도 안 되는 생각이다. 우주가 어떻게 반역을 저지를까? 그것도 누구를 상대로? 하지만 그 사건—실은 줄줄이 이어지는 사건—을 자세히 연구할수록, 그 해석이 더욱 확고하고 정확하게 느껴진다. 우주가 어떤 부자연스러운 자극에 반응하고 있다. 연못에 돌 하나를 던지는 광경이 떠오른다.

그 순간, 빅터는 깨닫는다.

이 변칙은 빅터 자신이 아니다. 그 어떤 빅터도 지금 일어나는 현상을 일으키지 않았다. 연못에 던진 돌은 연못에 속한 것이 아니다. 우주는 외부 침입에 반응하는 것이다. 감염된 유기체가 열을 일으켜 바이러스에 반응하듯이.

빅터는 그 바이러스가 무엇인지 확신한다. **누구**인지.

빅터는 노벨상이 부르는 세이렌의 노랫소리를 들으며 연구와 재건, 화해로 돌아가려고 노력한다. 조너스 컬런을 잊으려고 노력한다. 집착할 가치가 없는 자다. 조너스는 이미 많은 세월을 앗아갔다. '이제 잊어.' 빅터의 마음속에서 간청하는 목소리가 들린다. 페드라의 목소리 같다. '이제 끝났어. 아니, 당신이 원하면 끝낼 수 있어. 잊고 새출발만 하면 돼.' 페드라는 그것이 참 쉬운 일처럼 말한다. 드러눕는 것처럼. 중력에 항복하는 것처럼.

빅터도 쉬우리란 것을 안다. 쉬운 정도가 아니다. 빅터도 잊고 싶다. 그간의 과정에 지쳤다. 복수는 힘든 일이다. 복수하는 사람도 잃는 것이 있다.

빅터는 다시 크레이를 보고 전원을 꺼버릴까 궁리한다. 간단한 일이다. 컴퓨터를 끄고 페드라에게 전화하면 된다. 당장. 늦은 시각이어도 상관없다. 페드라가 잔다 해도 깨우면 된다.

크레이의 전원 코드는 키보드와 모니터가 놓인 책상을 지나서 일부러 설치한 공업용 플러그에 꽂혀있다. 그곳에서 빅터는 숱한 시간 조너스와 피 튀기는 싸움을 벌였다. 그 플러그 쪽 모니터에 빅터의 모습이 비친다. 빅터는 자신을 바라보는 사람을 알아볼 수 없다. 자신의 모습이 낯설다. 그 이유는 오직 하나, 단 한 명에게 책임이 있다.

그 모습 밑으로 데이터가 쏟아져 내리며 빅터에게 원수의 위치를 알린다. 빅터는 자신도 모르는 사이 컴퓨터 앞에 앉아서 크레이가 전하는 정보를 번역한다. 조너스를 찾아 이 모든 것을 끝낼 수 있는 우주가 거기 있다. 거의 다 왔다. 이제 다 끝나간다고 빅터는 생각한다. 끝이 이렇게 가까운데, 왜 이제 와서 그 싸움을 포기할까? 한 주가 끝나기도 전에 마칠 것이라고, 빅터는 알코올중독자가 술 가게 앞에서 하듯이 협상한다. 주말이면 끝이다. 그다음에 페드라에게 연락할 것이다. 하지만 우선 해야 할 일이 있다.

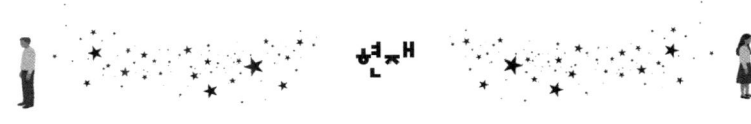

조너스와 에바가 계단실에서 스파이어의 174층에 오른다. 바닥은 거의 흰색에 은색과 연갈색으로 장식되어 있다. 커튼월 유리를 통해 보이는 바깥 하늘은 새파랗다. 800미터 이상 상공으로 올라와 있다.

승강기 옆에서 기다리던 남자가 계단에서 사람이 나오는 것을 보고 놀라 돌아선다. 계단은 사용하기 위해서가 아니라, 지역 소방법을 준수하기 위해 건물 설계에 포함된 것이기 때문이다.

오십대의 남자다. 머리가 희끗희끗하고 콧수염을 기른 일본인이다. 찬찬히 관찰하는 눈빛과 태도가 지성을 드러낸다. 그도 학자로 보인다. 사진이 붙은 스파이어 출입증이 그의 목에 걸려있다. 다이스케 고바야시라고 적혀있다.

"고바야시 박사님." 에바가 손을 내밀며 말한다. "만나주셔서 정말 감사합니다."

고바야시는 입을 딱 벌리고 계단실 문을 본다. "몇 층이나 걸어서 올라온 겁니까?"

"많이요." 에바가 숨을 헐떡이며 말한다.

"지진 때문에요?"

"말하자면 그렇습니다." 조너스가 짐짓 진지한 표정으로 말한다.

에바가 그를 가리킨다. "제 친구, 컬런 박사님이에요."

조너스는 고바야시와 악수한다. "도와주셔서 감사합니다, 박사님. 그리고 대피하지 않으신 것도 감사합니다."

"호기심 때문에 남아있었어요." 고바야시가 조너스를 살피며 말한다. "스탬퍼 박사 말로는 양자 이론에 상당히 뛰어난 분이라고 했는데. 제가 인터넷에서 찾을 수 있는 컬런 박사님은 프라하에 사는 73세 산부인과 의사뿐이더군요." 고바야시가 의심하는 것인지 궁금해하는 것인지, 둘 다인지 조너스는 알 수 없다.

조너스는 아무것도 모른다는 듯 어깨를 으쓱인다. "아시지 않습니까……." 조너스는 미국이라고 말할 뻔했다. "우리나라 사정을. 가능하면 인터넷을 멀리하는 편이 낫죠." 조너스는 에바와 미리 연습한 이야기를 내놓는다.

"상황이 달랐다면 컬런 박사님은 저명한 물리학자가 됐을 거예요." 에바가 정해놓은 대사로 거든다.

"평행우주에서라면 말이죠." 조너스가 즉흥적으로 말한다.

고바야시가 웃는다. "어쨌든, 스탬퍼 박사님에게 신세를 진 동료의 부탁을 받았으니……." 그는 양손을 벌린다. '여기 있다.'

"초선가를 보고 싶다고요?"

"초선가요?"

"초전도 선형 가속기 말입니다." 고바야시는 조너스가 그 명칭을 모른다는 사실에 조금 놀라면서도 차분히 설명한다.

"아, 그렇죠. 줄임말을 몰랐습니다." 조너스가 둘러댄다.

고바야시는 복도를 가리킨다. "이쪽입니다." 그가 앞장서서 건물 전체를 둘러싸고 있는 거대한 원형 강철 통로를 걷는다. "여기를 '상부 외측 링'이라고 부릅니다." 고바야시가 가이드처럼 안내한다. "주로 관측 데크로 쓰는 곳이죠."

"그렇겠네요." 에바가 말한다. "대단해요." 거대한 동굴 같은 구조 때문에 에바의 목소리가 살짝 울린다.

고바야시는 외측 링의 안쪽을 에워싸고 마치 카두세우스 지팡이를 휘감는 뱀처럼 초선가를 감고 내려가는 강철 튜브를 가리킨다. "저게 **내측** 링이에요. 이런 식으로 초선가에 접근합니다."

내측 링 중앙에는 강철 채널이 수직으로 꽂혀있다. 전선이 핏줄처럼 그 표면에 감겨있다. 엄청나게 복잡한 기술이지만, 전체적으로 유럽입자물리연구소의 대형 강입자 충돌기와 비슷한 생김새다. 가장 큰 차이는, 대형 강입자 충돌기가 지하에 원형으로 배치되어 있다면, 초선가는 스파이어의 중심을 따라 210킬로미터 이상 수직으로 설치되어 있다는 점이다. 조너스의 추측이 옳다면 그 건축만으로도 굉장한 업적이며, 그의 고향 우주의 지하 시추 기록을 99퍼센트 이상 뛰어넘은 것이다.

"굉장하네요." 에바가 말한다.

"흥미로운 날에 찾아오셨군요." 고바야시가 외측 링을 따라 돌며 말한다. "지진이 일어난 지 1년이 넘었는데 말입니다. 그러다가, 누가 멈춘 것처럼 멎어버렸습니다." 그는 자기 손가락을 맞부딪혀 보이며 말한다. "예고도 없었고. 여진도 없고. 희한한 일이죠."

"초선가에 손상이 있었습니까?" 조너스의 궁금증은 단순히 학술적인 것만은 아니다.

"아뇨. 지하로 150킬로미터 이상 들어가 있어서 굉장히 단단하게 고정되어 있습니다. 주위 건물이 흔들린 것뿐이죠."

"경비원이 적어서 놀랐습니다." 조너스가 말한다. "금속탐지기나 그런 것도 없고."

고바야시가 웃는다. "여기는 훔쳐 갈만한 것이 별로 없어요. 초선가에서 가장 가벼운 부품이 7,000톤입니다. 네, 여기서 훔칠 것은 아이디어뿐이라고 봐야죠."

"보안 카메라는요?"

고바야시가 이맛살을 찡그린다. "그건 철거했습니다. 전자가 그 장비에 온갖 영향을 미쳐서 말이죠." 그러자 그의 어조에서 의심이 느껴진다. "보안에 관해서 왜 그렇게 궁금한 게 많습니까?"

그 순간 조너스의 손이 튀어나오고, 에바가 고바야시를 꽉 붙든 사이 조너스는 고바야시의 입에 천을 댄다. 조너스가 빌린 아파트 주방에서 제조한 클로로폼 덕분에 고바야시의 눈이 감긴다. 그가 주저앉자, 두 사람은 그를 강철 바닥에 눕힌다.

"이유는 없습니다." 조너스가 대답한다.

2분 뒤, 조너스와 에바는 보행 통로를 따라서 상부 내측 링 쪽으로 향하고 있다. 터널 앞에는 작은 방 크기의 닫힌 구조물이 있다. 그곳 문이 잠겨있다면, 고바야시 박사에게서 빼내어 온 열쇠고리에 맞는 열쇠가 있기를 조너스는 바란다.

"얼마 뒤에 정신이 돌아올까요?" 에바가 묻는다.

"10분이요. 우주가 더 놀라운 일을 꺼내놓지 않는다면 그렇겠죠. 내가 떠나고 나면 해명이 필요하겠군요."

"아, 그건 준비해 놨죠." 에바가 가벼운 목소리로 말한다. "협박 당했다고 할 거예요."

너무나 간단한 대답에 조너스는 고개를 끄덕이며 왜 그런 생각을 못 한 걸까 자문한다. 내측 링의 입구에 다다라 보니 문은 잠겨있지 않다. 고바야시가 스파이어의 토안에 대해 한 말은 농담이 아니었다. 조너스는 철문을 열고 안으로 들어간다.

어찌나 다급히 움직였는지, 조너스는 거기 나란히 서있는 사람들을 보지 못한다. 거울상. 쌍둥이. 한 명이 턱수염을 잘 다듬어 위로 향하게 한 것 말고는 어느 모로 보나 똑같이 생긴 사람들이다. 한 명은 카키 전투복을 입었고 또 한 명은 검은 모직과 케블라를 착용하고 있다. 둘 다 사슬 팔찌를 끼고 있다.

둘 다 메이컨처럼 생겼다.

조너스는 그들이 각기 다른 우주에서 빅터가 보낸 사람들임을 깨닫고 가슴이 철렁한다. 거기에 필요한 에너지, 그 노력만도 계산하기 어렵다. 빅터의 복수심이 그렇게 강할 줄이야.

조너스는 몸에게 움직이라고, 돌아서서 문을 잠그고 초선가에 들어갈 다른 방법을 찾으라고 명령하지만, 발이 떨어지지 않는다. 동맥 전체에 아드레날린이 퍼지지만, 조너스는 꼼짝할 수 없다. 방법이 없다. 갇혀버렸다.

"컬런 박사." 한 명이 말한다.

조너스 뒤에 있던 에바가 긴장한다. 놀란 탄성이 새어 나온다.

"메시지를 갖고 왔습니다." 다른 메이컨이 말한다. "돌아서서 떠나세요. 다시 돌아오지 마세요. 그러면 그가 살려줄 겁니다."

조너스는 버티고 서있다.

"지금까지 그가 당신을 죽이는 건 피해왔습니다." 처음의 메이컨이 말한다. "이건 업보의 문제입니다. 적어도 그가 생각하는 업보입니다. 그리고 그는 당신의 죽음을 원하지 않습니다."

배려심이 넘치는군. 조너스는 악의로 가득한 나르시시스트의 윤리와 계산에는 전혀 관심이 없다.

"하지만 그도 원하게 될 겁니다." 또 다른 메이컨이 덧붙인다. "당신을 막기 위해 죽음이 필요하다면. 그러니…… 돌아가세요. 마지막 경고입니다."

조너스는 두려움을 드러내지 않으려고 애쓰며 말한다. "이건 당신들이 개입할 문제가 아니에요. 빅터가 돈을 지불하는 건 알고 있어요. 아마 큰돈을 지불하겠죠. 하지만 이건 그 사람과 내 문제예요. 그러니…… **비켜주세요.**"

두 메이컨은 듣지 않는다. 그들은 서로 눈빛을 교환하며 소리 없이 소통한다. 그리고 동시에 조너스에게 달려든다. 분노도, 그 어떤 감정도 드러내지 않는 무표정한 얼굴로. '저들에게는 그저 일일 뿐이구나.' 조너스가 생각한다. 조너스를 죽이는 것은 쓰레기를 내다 버리는 것과 마찬가지로 아무런 감정도 일으키지 않는 일이다.

갑자기 실내에 천둥소리가 울려 퍼진다. 케블라를 착용한 메이컨이 뒤로 물러섬과 동시에 전투복을 입은 메이컨이 조너스를 향해 달려 나오더니…… 스치고 지나간다. 조너스가 그를 향해 휙 도는 순간, 스위스에서 메이컨이 죽던 순간이 기묘하게 반복되면서 그의 머리가 뒤로 젖혀진다. 하지만 이번에는 두개골 아래쪽 전체가 터지면서 메이컨은 꼭두각시 인형처럼 뒤로 자빠진다.

그제야 조너스는 에바가 총을 들고 있는 것을 알아차린다. 원래 세계의 메이컨이 조너스에게 준 것과 같은 글록이다. 에바는 양손에 글록을 쥐고 다리를 벌리고 서있다. 훈련을 받은 것만큼은 분명하다. 에바가 강철 같은 눈빛으로 자신감 있게 방아쇠를 다시 당기자, 글록이 탄피를 내뱉으며 상부가 철컥 움직인다.

그다음 탄환은 다른 메이컨의 이마 한가운데 맞는다. 그는 도플갱어 옆에 쓰러져 즉사한다. 두 메이컨 모두 멍한 눈빛으로 쓰러져 있다.

에바가 권총을 내린다. "괜찮아요?"

에바는 조너스를 지나 내측 링 입구로 향한다. "어서 와요." 에바가 말한다. "총성을 들은 사람이 있을지도 몰라요. 어서 가야 해요."

내측 링으로 들어가는 사이, 조너스는 겨우 말할 수 있게 된다. "총을 가지고 왔어요?"

"**샀어요.**" 에바가 정정한다. "그 미친 과학자, 정말 심하게 미친 과학자와 용병 이야기를 듣고 나서요. 쉽진 않았지만, 고생할 가치가 있겠다 싶었어요."

"쉽지 않았다고요? 일본의 총기 소지법은 세계에서 가장 엄격한데."

"**당신** 세상에선 그렇겠죠."

조너스는 두 명의 메이컨을 돌아본다. "저자들을 죽인 건⋯⋯."

"저자들이 온 곳에 수백만이 더 있겠죠."

"아니, 총 쏘는 법은 어디서 배웠어요?"

"남편이 가르쳐 줬어요. 안전하게 지내라고." 에바의 목소리가 멀어졌다. "지금은 그 사람 이야기를 하고 싶지 않네요."

둘은 말없이 구불구불한 터널을 따라서 800미터 정도를 서둘러 걷고 나서 두 명의 경비원과 마주친다. 삼십대 초반으로 보이는 두 사람은 모두 무장하고 있다.

조너스의 아드레날린이 분출한다. 경비원 한 명이 휴대용 무기를 쥐는 순간 다른 쪽은 무전기의 마이크를 누른다.

"Roku-Gōkikara chūōe. Sekushon san-hachini shin'nyū-sha ni-mei. Otome.(육-오번 센터. 삼팔 구역에 침입자 두 명. 여성.)" 그가 빠른 일본어로 보고한다.

에바가 당황한 표정으로 조너스를 본다. 어떻게 하죠? 메이컨을 쏘는 것과 임무 중인 경비원 둘을 살해하는 것은 전혀 다른 문제다. 조너스가 미처 대답하기 전, 무기를 쥔 경비원이 에바를 겨냥한다.

"Anatano bukio otose.(무기를 버려라.)" 경비원이 명령한다.

에바는 두 손을 들라는 것인지, 바닥에 엎드리라는 것인지, 무기를 내려놓으라는 것인지, 셋 다 하라는 것인지 이해하지 못하는 표정이다.

"Anatano bukio otose.(무기를 버려라.)" 경비원이 더 크게 반복한다. 에바가 이해하지 못하는 것이 소리가 작기 때문이라는 듯. 경비원이 한 걸음 다가오더니 에바의 손에서 총을 쳐서 떨어뜨린다. 총이 바닥에 떨어지자 경비원은 조너스와 에바가 들어온 쪽으로 걸어차 버린다.

그사이, 경비원의 파트너가 조너스를 돌려세워 터널 벽에 밀어붙인다. 무장한 경비원이 에바를 돌려세운다.

"잠깐. 설명할게요." 조너스가 말하지만 한심하게 들릴 뿐이다.

"Ashio hiroge. Bukio motte imasuka?(다리를 벌려라. 무기를 갖고 있나?)"

무전기를 가진 경비원이 조너스를 수색하기 시작한다. 그의 파트너는 에바의 가방을 압수한다. 두 사람 모두 필요 이상으로 난폭하게 굴고 있다.

무장한 경비원이 에바의 가방을 뒤지다가 조그만 검정색 몰스킨 수첩을 꺼낸다. 그가 페이지를 샅샅이 뒤져, 거기 적힌 조너스의 복잡한 수식과 사슬 작동 원리를 대충 그린 그림을 발견한다. "Korewa nanda.(이게 뭐지.)" 경비원이 따져 묻는다.

조너스는 에바에게 "혹시 모르니" 그 수첩을 가져가자고 했다. 팔에 문신한 공식을 보충하기 위한 대비책이었다. 하지만 그 계산과 그림은 미치광이가 적어놓은 폭탄 테러 계획처럼 보인다.

조너스는 이 상황에서 빠져나갈 방법을 찾아 머리를 굴린다. 수십 가지 변명과 설명과 사과가 떠오르지만, 이 사람이 영어를 할 줄 아는지도 알 수 없다. 그들을 기습 공격해서 제압할까 생각하지만 경비원의 손아귀 힘이 너무 세다.

터널 안에서 울리는 세 번의 총성이 폐쇄된 공간에서 더욱 크게 느껴진다. 조너스는 깜짝 놀란다. 다른 경비원이 에바를 쏜 것인가? 깜짝 놀라 돌아보니, 에바는 무사하다. 하지만 안심하는 것도 잠시, 어리둥절해진다. 저 경비원이 쏜 게 아니라면 누가 쐈단 말인가?

조너스를 벽에 붙이고 있던 경비원이 빈손으로 어깨에 달려 있는 마이크를 켠다. "Chūō, arewa nanideshitaka? Jūseiga kikoemashita…….(통제실, 저건 뭡니까? 총성이 들렸습니다…….)" 경비원도 조너스처럼 총성에 놀란 듯, 다급하게 묻는다.

대답은 네 번째 총성, 이번 것은 무전기를 통해서 들려온다. 날카로운 잡음이 이어서 들린다. 경비원은 염려스러운 표정으로 파트너를 본다. 둘 다 겁먹은 듯하다. 스파이어는 과학 연구 시설이다. 경비원은 만일에 대비해서 배치됐을 뿐이다. 그들의 총은 보여주기 용도다. 성당 경비원도 그들보다는 할 일이 많을 것이다.

경비원이 한눈을 파는 사이, 조너스가 머리를 뒤로 젖혀 그의 얼굴을 친다. 경비원은 놀라 뒷걸음질 치고, 조너스는 다시 뒤통수로 들이받는다. 눈앞에 작은 별이 보이긴 해도 조너스는 의식을 잃지 않는다. 경비원은 쓰러진다.

그 경비원이 주저앉는 사이, 그의 파트너가 곧바로 에바의 존재와 자기 손에 권총이 있다는 사실을 잊고 조너스에게 달려든다. 에바가 조너스에게 "무슨 짓이에요?"라고 고함지르지만, 조너스는 그에게 달려드는 경비원한테 집중한다. 메이컨은 그에게 이런 경우 상대의 관성을 활용하고 주변을 무기로 이용하라고 가르쳤다. 조너스는 경비원의 제복을 붙잡고 추진력을 이용해 벽에 내동댕이친다. 경비원은 터널에 맞은 셈이 된다. 그도 정신을 잃고 쓰러져 파트너 바로 옆에 눕는다.

"세상에." 에바가 되풀이해서 말한다.

경적이 울리기 시작하고, 전등 불빛이 불현듯 바뀌어 터널 안이 온통 붉게 물든다.

"가야 해요." 조너스가 말한다.

하지만 에바는 두려움과 혼란에 꼼짝 못 한다.

"에바." 조너스가 다시 말한다. "가야 해요."

에바가 권총을 가지러 돌아서는데, 조너스가 말린다. "시간 없어요."

그 말과 동시에 총성이 또 들려온다. 더 가깝게 들리는 것이, 더 가까워졌다는 뜻이다. 조너스의 표정이 어두워진다. 두려움이 밀려온다. 그는 두려움에 사로잡히지 않기로 마음을 다잡는다.

"메이컨을 몇 명이나 여기 데려다 놓은 거죠?" 에바가 묻는다.

"나도 몰라요." 조너스가 말한다. "사슬을 만들 수 있는 만큼 보냈겠죠." 조너스는 에바의 손목을 잡는다. "그건 상관없어요. 계속 움직여야 해요." 조너스가 에바를 당기는데, 경비원 한 명이 비틀거리며 일어선다.

조너스는 에바를 끌다시피 해서 긴 복도를 걷는다. 경비원의 발소리와 빠르게 달리는 소리가 점점 다가온다. 달려가다 보니 터널에 경사가 생긴다. 길이 사선형으로 돌며 아래로 내려간다. 중력이 그들을 당기며 전진하게 한다.

그때 오른쪽에 문이 하나 보인다. 미는 손잡이가 달린 철문이다. 조너스는 그것도 잠기지 않았기를 바라며 몸으로 민다. 잠기지 않았다. 작은 도움을 주시는 하느님 감사합니다. 문이 열리자 조너스는 좁은 철제 통로로 튀어 나간다. 자전거 바퀴의 살처럼, 높다란 초선가에서 뻗어 나와 내측 링의 나선형 통로와 연결되는 서너 개의 통로 중 하나다.

낮은 주파수로 울리는 소리가 그들을 맞이한다. 초선가를 통해 흐르는 전력이 만드는 소리가 아니라, 지상 600미터 이상 되는 거대한 동굴에서 공기가 흐르며 내는 소리다. 그 통로는 밧줄처럼 좁게 느껴지고, 그 밑은 바닥이 없어 보인다. 160킬로미터가 넘는 높이이니, 바닥이 없는 셈이나 마찬가지일 것이다.

그 광경을 본 조너스의 머릿속에 어맨다와 옥상에 서서 운명을 유혹하며 현기증을 포용했던 소중한 시간이 떠오른다. 그 경험이 없었다면 조너스는 이 순간 긴장과 구역질에 사로잡혀 어쩔 줄 몰랐을 것이다. 그는 아내에게 소리 없이 감사의 기도를 올린다.

바로 뒤에 에바, 멀지 않은 곳에 경비원을 두고 조너스는 앞으로, 고도를 고려하면 지나치게 빠른 속도로 전진한다. 그가 통로를 빠르게 걸어가는 소리가 쿵쿵쿵쿵 울려 퍼진다.

곧 그의 추진력은 앞에 놓인 한 켤레의 신발을 보고 멈춘다. 그것을 눈으로 따라 올라가니 총이 보인다. 어맨다를 쏜 총이다. 그 총을 보자 기억이 되살아나고 분노가 치민다. 조너스의 시선이 계속 올라가지만, 그다음에 보이는 얼굴은 메이컨의 것이 아니다.

빅터다.

그의 적수가 가졌던 인간성은 신기루처럼 사라지고 없다. 악랄함 밖에 보이지 않는다. 증오. 자비를 잃고 복수심에 사는 사람. 살인을 저지를 수 있을 뿐 아니라, 거기에 광분한 사람.

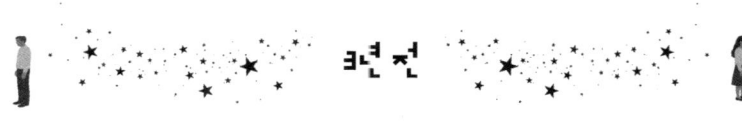

어맨다가 남긴 것은 정확한 글씨체로 써 내려간 한 장의 편지였다. 파란 볼펜이 반대편에 작은 자국을 남겨서, 조너스가 편지지를 들자 손끝에 그 자국이 느껴졌다.

물론 자세한 내용이 있었지만, 그것은 사소하게 느껴졌다. 어맨다는 그와 같은 감정을 전부 느끼고 있었다. 이전에 아이 이야기를 한 적 없다는 사실을 이해할 수 없다는 것. 이제 와서 그 문제가 그렇게 중요해진 까닭도 납득할 수 없다는 것. 상대의 마음을 꿰뚫으려는 조너스의 시선과 그 시선이 성가시게 느껴지는 것에 대한 가책. 두 사람 사이가 탈선한 느낌이 든다는 것. 어맨다는 조너스의 감정을 그 자신보다 더 정확히 기술했다. 멀어지는 와중에도 두 사람의 마음이 정확히 일치하다니, 참 우습다고 조너스는 생각했다.

편지 끝에 어맨다는 집을 나간다고 밝혔다. 어디로 가는지는 알리지 않았다.

∞

일주일 전쯤, 조너스의 편집자가 운명을 시험하기 시작했다. 그들의 대화에 '노벨'이라는 단어가 자꾸 등장했다. 조너스의 엄청난 연구의 타당성이 입증되면 노벨 물리학상을 받을 수밖에 없다고 편집자가 말했다. 조너스는 통화 중 그 말을 듣고 전율을 느낀 것을 기억했다. '받을 수밖에 없다.' 빅터의 홈집 내기로 생긴 잿더미에서 그의 커리어가 불사조처럼 되살아나는데 어맨다와의 관계는 끝이 나다니, 독특한 종류의 고통이 느껴졌다. 하지만 어쩌면 삶이란 그런 것일지도 모른다고 조너스는 생각했다. 상승과 하강에 평형상태가 있는 것일지도 모른다고. 우주는 특정 결과를 선호한다. 그 당연한 귀결로서, 한 사람의 운에 평형상태가 유지될 리 없다고 누가 말할 수 있겠는가?

하지만 조너스는 우주의 뜻을 거부했다. 그는 운명이 정한 '만큼만 행복'해질 수 있다는 생각을 거칠게 반대했다. 그는 노벨상과 어맨다 사이에서 선택해야 한다는 생각과 싸웠다. 그래야 한다면, 주저 없이 어맨다를 선택했을 것이다. 어맨다가 없다면 노벨상도 금속 조각에 불과했다. 다중우주의 존재도 그들이 함께하는 세상이 없다면 공허한 발견일 뿐이었다.

"Hyōketsu!(꼼짝 마!)" 조너스의 등 뒤에서 외치는 소리다. 조너스가 돌아보니 경비원이 서툴기 짝이 없는 자세로 권총을 양손으로 잡고 있다. "Hyōketsu!" 경비원은 일본어로 한 번 더 외치고는 영어를 쓴다. "꼼짝 마!"

통로에 선 세 명 중 누구에게 하는 말인지 알 수 없지만, 총을 든 것은 빅터다. 빅터가 두 번 쏜다. 조너스는 총알이 스쳐 지나가는 것을 느낀다. 두 번 중 한 번은 에바가 맞았을까 싶어 획 돌아보던 조너스는 현기증을 느낀다. 세상이 휘청거린다.

철문에서 불똥이 튀고, 경비원은 뒤로 자빠지며 권총을 떨어뜨린다. 죽은 사람과 권총이 거의 동시에 통로에 부딪히며 금속성의 타탕 소리와 둔중한 쿵 소리를 낸다. 경비원이 통로에서 떨어져 소리 없이 낙하하는 사이 권총은 철제 통로를 굴러간다. 시체는 아래쪽 통로 어딘가에 철퍽 부딪히더니…… 아무 소리도 들리지 않는다.

조너스는 에바가 안전한지 확인하기 위해 고개를 돌린다. 그것을 알아차린 듯 에바는 빅터를 주시하면서 천천히 고개를 끄덕인다.

조너스의 시선도 다시 빅터를 향한다. 온몸이 긴장한다. 팽팽히 당긴 케이블 같다. 모든 근육이 긴장 상태다. 모든 세포가 비명을 지른다. 에바가 권총을 가지러 가는 것을 막은 게 후회된다.

"개인적인 감정은 없어." 병적인 집착에 사로잡힌 빅터는 자신의 복수가 오직 개인적 감정에서 비롯한 것임을 인정하지 못한다. 중얼거리듯 작은 목소리라서, 조너스는 거대한 내부가 울리는 소리에 그 말을 거의 놓칠뻔했다. 빅터는 딴 데 가있는 사람처럼 말하고 있다. 몸은 여기 있지만, 몇백만 킬로미터 떨어진 곳에서 말하는 것 같다.

조너스는 말해보려고, 예전 친구를 설득해 보려고 필사적으로 궁리한다. 하지만 머리에 떠오르는 것은 빅터가 쥐고 있는 권총뿐이다. 눈앞에 보이는 것이라고는 피를 흘리며, 눈에 눈물을 글썽거리며 무슨 일인가 어리둥절한 표정을 짓고서 보도에 쓰러진 어맨다뿐이다. 조너스의 입에서 쇠 맛이 난다. 분노. 아드레날린의 맛.

"우주의 판결을 받아들이라고 했지." 빅터가 말한다. "그 말, 기억하나?" 마치 상처받은 듯, 애원하는 어조다.

조너스는 빅터와의 거리를 가늠하고, 빅터가 총을 들어 쏘기 전까지 다가갈 수 있을지 계산한다. 그의 분노, 어맨다의 복수를 하고 정의를 실현하고자 하는 마음에 생존 본능이 사라진다. 자칫 총을 잘못 쏘아 에바가 맞을 가능성만 없다면 그는 당장 빅터에게 몸을 던질 셈이다.

"우주의 판결을 받아들이라고 했지." 빅터가 다시 말한다. 조너스를 위해서 하는 말이라는 듯, 실망한 말투다. 그리고 곧 그의 목소리가 차갑고 단단해지면서 점점 더 맹렬해진다. "그러다가 깨달았다…… **내가** 그 판결이란 걸."

조너스가 넋이 빠져 지켜보는 사이, 빅터가 방아쇠에 손가락을 걸고 총을 든다. 총신이 조너스의 심장을 겨눈다. 어딘가 멀리서, 먼 나라에서, 조너스의 마음이 쿤노하며 무슨 짓이라도 해보라고 외친다. 이런 식으로 끝날 수는 없다고. 이렇게는 안 된다고. 조너스는 어맨다가 다른 현실에서 기다리고 있다고—원초적인 비명을 지르며—다그친다.

조너스는 아무 생각 없이 빅터에게 몸을 던진다. 빅터의 손가락이 방아쇠에 단단히 걸려있지만, 조너스는 빅터가 총을 쏘기 전에 덮치기로 작정한다.

그럴 수 있다.

조너스가 빅터에게 충돌하며 어깨의 얇은 근육 아래 뼈로 흉골을 찌른다. 닿는 순간, 빅터의 폐에서 공기 빠져나가는 소리가 들린다. 권총의 날카로운 발사음이 조너스의 귀를 찢는다. 빅터가 총을 쏜 것이다. 이 거리에서 그 소리는 세상이 끝나는 소리처럼 크다.

조너스는 우위를 밀어붙여 온몸으로 빅터를 누르고 함께 통로를 구른다. 둘은 함께 세게 떨어지지만, 조너스에게 눌린 채 바닥에 떨어진 빅터가 받은 충격이 더 크다.

빅터가 고통 혹은 분노의 비명을 지른다. 어느 쪽인지 알 수 없다. 빅터가 아직 쥐고 있던 권총이 조너스의 머리로 향한다. 조너스는 빅터의 손목을 양손으로 붙잡아 힘껏 뒤로 밀친다. 한 번. 두 번. 세 번. 손목을 세게 할퀴어 피가 나지만, 빅터는 권총을 놓치지 않는다.

조너스는 몸을 살짝 흔들어 빅터의 팔을 흔들고 그의 손이 통로 가장자리에 부딪히게 만든다.

빅터가 아프다고 울부짖는다. 뼈 부러지는 소리가 확실히 들린다. 하지만 중요한 것은 빅터가 쥐고 있는 총을 놓치는 것이므로, 조너스는 그의 팔을 다시 휘두른다. 다시 한번 빅터의 손뼈가 부러진다. 팝콘 튀는 소리가 난다. 빅터가 한 번 더 비명을 지르고, 이번에는 권총이 손에서 떨어져 나와 아래로 추락한다.

빅터는 발작적인 고통에 신음한다. 조너스는 몸을 떼어내고 일어서려고 한다. 현기증이 난다. 가슴이 오르내리는 것을 느끼고, 자신이 과호흡을 하고 있다는 사실을 깨닫는다. 천천히 심호흡을 시도하지만, 폐가 말을 듣지 않는다. 과도하게 분비된 아드레날린. 지나친 분노 탓이다.

빅터가 통로에서 몸을 굴린다. 성한 손으로 다친 손을 쥔 채, 한 번도 겪어본 적 없는 고통에 어쩔 줄 모르는 상태다. 고통 자체보다, 처음 겪는 것이라는 사실에 더욱 약해진 듯하다.

"조너스."

울림이 너무 크고 조너스 자신이 너무 빠르게 숨을 쉬고 있어서 처음에는 자기 이름을 듣지 못한다.

"조너스."

에바다.

조너스가 홱 돈다. 빅터에게 등을 돌려서는 안 된다는 것을 알지만, 에바가 너무 두려움 가득한 힘없는 목소리로 불렀기 때문이다. 과거에 있었던 일이 불길하게 울려온다.

그리고 더욱 이상한 것은, 에바가 있어야 할 곳에 없다는 것이다. 조너스가 서둘러 찾는다. 에바가 통로에 쓰러져 있는 모습에 당혹감이 밀려든다. 에바가 누르는 복부에서 피가 스며 나온다. 빠르고 가쁜 숨을 몰아쉬며. 두려운 표정이다.

세상이 빙빙 돈다. 조너스는 숨을 쉴 수 없다. 어지럽다. 토하고 싶다. 비명을 지르고 싶다. 울고 싶다.

"안 돼." 죽어가는 동물의 신음처럼, 들릴 듯 말 듯한 소리다. 조너스는 에바 옆에 무릎을 꿇는다. "마, 말하지 말아요, 에바." 조너스가 말한다. "숨을 쉬어요. 숨만 쉬어요."

에바가 있는 힘껏 지시에 따르는 사이, 조너스가 에바의 배를 확인한다. 에바의 놀란 심장이 뛸 때마다 총상에서 피가 울컥거리며 솟구친다. 조너스가 출혈을 막아보지만, 손가락 사이로 에바의 온기가 빠져나간다.

"조너스." 에바가 한 마디 한 마디 힘겹게 말한다. "추워요."

조너스가 셔츠를 찢어 간이붕대를 만들어 보지만, 에바가 손을 들어 말린다. 그리고 거대한 창처럼 생긴 초선가를 본다. "가요."

"당신을 두고 안 가요." 또 그럴 수는 없다. 조너스가 아는 것이 하나 있다면, 이것이다.

"**나는** 가요." 에바가 속삭인다.

과거에서 온 메아리 같은 그 말이 조너스의 심장을 친다. 그는 또 한 번 에바의 죽음을 지켜보고 있다.

"슬퍼하지 말아요." 에바가 말한다. 미소가 얼굴에 퍼진다. 만족한 표정이다. "내가 살아있는 다른 현실이 있잖아요."

조너스는 눈물을 삼키려고 하지만 이미 얼굴에 흐르고 있다.

"그리고 그중 한 곳에서……' 에바가 말한다. "나는……" 에바는 그 생각을 맺지 않는다. 맺지 **못한다.** 하지만 그 생각에 에바의 얼굴에 희미한 미소가 떠오른다. 떠난 뒤에도.

또다시 떠난 뒤에도.

조너스는 기도하듯 무릎을 꿇고 에바 곁에 있다. 얼굴은 눈물에 젖은 채로. 손은 피에 젖은 채로. 그가 지나간 길에 또 하나의 죽음이 남았다.

하지만 그 자리에 그대로 남는다면 모든 것이 허사가 된다. 조너스는 가야 한다. 떠나야 한다. 당장. **한 번에 한 걸음씩.**

조너스가 일어나는 순간, 그 비명이 들린다. 분노로 가득한, 짐승 같은 단음절의 포효. 조너스가 일어서자마자 빅터가 달려들어 그를 쓰러뜨린다. 성한 한쪽 주먹을 조너스에게 날리며, 비명을 지르고 욕설을 퍼붓는다. 명예교수였던 자가 미친개로 전락한 모습이다.

조너스는 모든 분노와 화와 증오를—거기에 두 명의 어맨다와 두 명의 에바에 대한 슬픔을—양손에 싣는다. 두 손을 꽉 쥐고 빅터에게 날린다. 멀리서 경적이 여전히 울리며 그 싸움에 기괴한 배경음악이 되어준다. 빅터는 부러진 손까지 움직이기 시작한다. 그의 분노는 진통제처럼 강력하다. 조너스는 공격 속에 움츠린다. 주먹이 날아올 때마다 조너스의 뒤통수를 강철 통로에 짓찧는다. 그는 빅터의 맹습을 막아보려고 양손을 든다. 그러다가 정신을 잃기 시작한다.

그때 조너스의 눈에 검정색 뭔가가 들어온다. 머리 위 통로에 놓인 작은 금속 조각이다. 멀다. 손이 닿지 않을 것 같다. 빅터가 주먹을 날리는 사이, 조너스는 한 손으로 공격을 막고 다른 손은 그쪽으로 뻗는다. 멀다. 너무 멀다.

조너스가 몸을 뻗는다. 통증은 더 이상 문제가 되지 않는다. 손끝이 그 물체에 닿자, 그것이 빙그르르 돌아서 더 멀리 미끄러진다. 손가락을 뻗어서 흔든다. '제발.' 마음이 외친다. '제발.'

소리 없는 간구면 충분하다는 듯, 갑자기 그 물체가 조너스의 손에 잡힌다. 손가락에 그 단단한 형태가 느껴진다.

경비원의 총이다.

조너스는 그것을 들어 빅터를 놀라게 한다. 아직 조너스에 올라타고 있지만 빅터는 통제권을 잃는다. 조너스의 손가락이 방아쇠에 걸린다. 에바가 떠오른다. 맨해튼의 콘크리트 바닥에서 그의 품에 안겨 피를 흘리던 어맨다가 떠오른다.

"넌 못 해." 빅터가 조너스의 예상보다 자신 있게 말한다.

"메이컨이 가르쳐 줬어." 조너스가 말해준다.

"넌 **안 할** 거라고."

조너스의 입에 쓴맛이 감돈다. 빅터의 오만함에 분노가 더욱 치민다.

"넌 별짓을 다 했지." 빅터가 말한다. "도둑질. 표절." 목소리에 독이 가득하다. 그는 경멸하듯 입꼬리를 올리며 고개를 젓는다. "하지만 사람은 못 죽여."

"맞아." 조너스는 정말 그럴까 생각하며 대답한 뒤 권총을 빅터의 머리에 휘둘러 기절시킨 뒤, 그의 양팔을 통로 가장자리 너머로 늘어뜨려 둔다. "하지만 널 기절시키려면 총이 필요했어."

조너스가 일어선다. 멍투성이로 정신을 잃은 채 통로에 널브러진 빅터의 모습을 감상하고 싶다. 하지만 곧 금속 바닥을 밟는 발소리에 히로시마 경찰국 지원 요원들이 오고 있다는 사실을 깨닫는다.

조너스는 빠르게 움직여 죽은 경비원을 문 쪽으로 끌고 간다. 아직 사후경직이 일어나지 않은 시신은 축 처져서 옮기기 쉽지 않다. 시체처럼 무겁다는 말을 공연히 하는 것이 아니다. 경찰이 다가오는 소리가 더욱 요란해진다. 조너스는 터널 메아리 때문에 더 크게 들리는 거라고, 아직 시간이 있다고 생각한다. 그는 있는 힘을 모아 경비원의 시체를 문에 기대게 해서 문을 막는 방편으로 삼는다.

조너스는 빅터를 뛰어넘어 선형 가속기를 향해 달려간다. 이미 대도시의 전력망처럼 웅웅거리는 그의 신경망이 한계에 다다르기 시작한다. 계획 전체에서 지금이 가장 위험한 순간이다. 원래 유럽 입자물리연구소 침입은 여러 차례 그곳에 가봤다는 사실에 도움을 받았다. 하지만 스파이어는 낯선 곳이다. 이 우주의 인터넷에서 몇 가지 사실을 조사했지만, 외계의 땅이나 마찬가지다.

그때, 복잡하게 얽힌 케이블과 회로판에 가려진 작은 알파벳-숫자 키패드가 보인다. 조너스는 다른 조너스의 계산을 새겨 넣은 새 문신을 참고해 키보드를 두드린다. 화면도 모니터도 없어서, 올바른 데이터를 올바른 순서로 입력하고 있는지 확인할 길이 없다.

조너스는 필요한 명령어 중 마지막 부분이라고 짐작되는 내용을 입력한다. 키패드 우측 하단에 녹색 버튼이 보이자, 조너스는 한 마디 기도를 중얼거린다. "제발."

그리고 버튼을 누른다.

다섯 차례 숨을 쉬고 두근거리는 심장이 셀 수 없이 뛰는 동안, 아무 일도 일어나지 않는다. 절망이 내려앉으며 처음부터 실패할 운명이었다면서 조너스를 조롱한다. 대체 얼마나 오만하기에 우주의 흐름을 거스를 수 있다고 생각했을까?

선형 가속기가 너무나도 크고 깊숙한 진동을 일으키는 굉음으로 화답하니 마치 구약성서의 응답처럼 느껴진다. 통행로가 떨린다. 조너스는 압도당한다.

등 뒤에서 철제 바닥을 디디며 달려오는 소리와 기관총에 탄창을 끼우는 금속성의 기계음이 들려온다. 조너스가 돌아보지 않아도, 일본판 특수기동대임을 알 수 있다.

"Mashinkara hanaretekudasai! Watashitachiniwa buryoku kōshiga mitomerareteiru.(기계에서 떨어져라! 우리에게는 무력행사 권한이 있다.)" 대장이 명령한다. 조너스가 응하지 않자, 대장은 영어로 다시 말한다. "엎드려. 우리에겐 무력을 쓸 권한이 있다."

조너스는 그 말을 무시한다. 할 일을 제대로 했다면, 조너스는 초선가의 출력을 접근 패널을 통해 연 곳으로 돌려 양자에너지의 '누출'을 일으켰다. 하지만 지금 선 자리에서 10센티미터만 움직여도 선형 가속기가 출력하는 양자에너지를 흡수할 수 없을 것이다.

"Kareno atamao neratte. Watashino meireini shitagatte happōsuru junbio shite…….(저자의 머리를 목표로. 내 명령에 따라서 발포할 준비를 하고…….)" 특수기동대 대장이 부하들에게 조너스의 머리를 겨냥하고 발포 명령을 기다리라고 명한다.

조너스는 귀가 먹먹해지는 저음의 진동을 가슴 한가운데 느끼고 있다. 여섯 기의 군용 자동소총의 안전장치를 푸는 소리가 거의 들리지 않을 정도다.

조너스는 눈을 감는다. 선형 가속기가 모든 잠재력을 행사할 때까지 3초 남았다고 계산한다. 다행히, 경찰이 그의 머리를 쏘는 데는 그보다 오래 걸릴 것이다. 접든 패널 내부와 그 금속 케이스에 갑자기 작은 불빛이 반짝이며 잠시 춤을 추는가 싶더니, 초선가에 드리운 조너스의 그림자 속으로 사라진다. **레이저 조준기로 그의 머리와 등을 겨눈 것이다.**

조너스는 침착을 유지한다. 3초, 아니 그보다 짧은 시간 안에 모두 끝날 것이다. 그는 이 우주에서 죽거나 다른 우주에서 살아 어맨다와 재회할 것이다.

"날 기다려." 조너스가 속삭인다. "가고 있어."

선형 가속기의 굉음에 경찰이 자동소총을 발사하는 소리가 가려진다. 100분의 1초 동안, 조너스는 몸이 타들어 가는 것 같다. 선형 가속기의 중심부에서 밝은 불빛이 퍼져 나오고, 아주 짧은 순간 조너스는 그것이 평생 본 것 중 가장 아름다운 광경이라고 생각한다.

다음 순간 그는 초선가로부터 내던져져 날아간다. 특수기동대 대원들에게 부딪힌다. 방금 발포한 후라서 뜨거운 총구가 작은 인두처럼 조너스의 몸을 파고든다. 그리고 조너스는 다시 떨어진다. 통로가 솟아올라 부딪히고, 조너스는 그 충격에 몸이 뒤집히는 것을 느낀다. 통로 가장자리를 찾아 몸을 버둥거리지만, 손에 잡히는 것은 공기뿐이다.

그리고 추락한다.

파커 뉴욕은 웨스트 56번가에 위치한 수수한 호텔이었다. 출장 여행자가 자주 찾는 곳이며, 객실마다 작은 플라스틱 캡슐에서 커피를 뽑아내는 기계를 갖춘 호텔이었다. 조너스는 승강기를 타고 7층으로 올라가서 카펫이 깔린 복도를 지나 712호를 찾은 뒤 주저 없이 문을 두드렸다.

문에 박힌 볼록렌즈에 언뜻 그림자가 지나가는 모습이 보였다. 긴장이 감도는 순간. 조너스는 어맨다가 건너편에 서서 문을 열까 고민하는 모습을 떠올렸다. 너무 오래 기다리다 다시 두드릴까 하는데 문이 열리고 어맨다가 거기 서있다.

"날 어떻게 찾았어?" 약간은 재미있다는 말투였다. 화를 내기보다는 감동한 표정이었다.

조너스는 어깨를 으쓱였다. "전에도 맨해튼에서 당신을 찾았잖아. 하지만 이번이 더 쉬웠어." 조너스가 아이폰의 '내 폰 찾기' 앱을 보였다. 뉴욕시 지도상의 파커 호텔 위로 어맨다 사진이 든 작은 동그라미가 떠올랐다. "프런트에서 당신 방 번호를 알아내는 건 좀 더 어려웠지만." 조너스는 어맨다의 이름과 그들의 주소가 봉투에 적힌 전화요금 고지서를 꺼냈다. "하지만 '당신 비서'가 이걸 당신에게 **꼭** 전해야 한다고 했거든." 조너스는 약혼반지도 들어 보였다. 천장 조명이 다이아몬드를 비춰 작은 별이 반짝였다. "이것도."

어맨다는 반지를 보더니 살짝 인상을 썼다. "그건 못 받아." 어맨다가 말했다.

조너스는 반지를 든 손을 거두지 않았다. "그럼 거래해. 해명 대신 받아."

"편지에 다 썼잖아."

"그럼 **대화**로 하자. 그 정도는 해줘야지. 우리 사이에 그 정도는." 조너스의 눈빛이 애원했다.

잠시 생각하더니 어맨다는 안으로 들어갔다. 조너스도 들어간 뒤 문을 닫았다. 전형적인 객실이었다. 대량 생산한 예술 작품과 토사물 같은 무늬의 침구로 장식되어 있었다. 어맨다가 자신과 함께하는 대신 이런 곳에서 지내기로 했다니, 조너스는 마음이 아팠다.

어맨다가 침대에 앉았다. 조너스는 서있었다. 둘은 상대가 말을 꺼내기를 기다렸다. 한참 만에 조너스가 말했다. "당신이 쓴 거 전부 다, 나도 느꼈어. 전부."

"그런데 이 대화가 왜 필요해?"

"우리 생각이 틀렸으니까. 그런 감정은 전부 일시적인 것이니까. 지나갈 거야."

"아냐."

"지나갈 거야. 우리 사이는 좋아. 우리가 의논하지 않은 일들이 많아서 가정 꾸리는 문제를 의논하지 않았을 거야. 의논할 **필요**가 없으니까."

어맨다는 카펫만 내려다보고 있었다. "사실을 알고 싶어?"

조너스는 망설이지 않았다. "응. 당연하지."

"당신은 아이를 원해." 어맨다의 말투에는 비난이 담겨있었다.

"뭐?"

"세 번째 데이트 하던 날, 당신은 친구 피터 이야기를 했어. 피터의 딸을 만난 이야기." 조너스는 무슨 소리인가 하고 멍하니 쳐다봤다. "아기를 안아본 얘기를 하는데…… 당신 눈빛이 살아났어. 그 순간 당신이 간절히 아빠가 되고 싶어 하는 걸 알았지. 당신 자신은 몰랐어도."

조너스는 고개를 저었다. "지금도 난 몰라. 안다고 생각할 뿐이지. 당신도 아이를 원한다면, 그것도 대화로 해결할 수 있어. 입양을 의논할 수도 있고. 하지만 내가 아는 건, 내가 아는 **유일한** 건," 조너스가 반복해서 말했다. "앞으로 평생 당신과 살고 싶다는 거야."

어맨다의 눈에 눈물이 글썽거리기 시작했다. "당신을 너무 사랑해……." 어맨다가 말했다.

"내가 더 사랑해." 조너스가 두 사람만의 문답을 완성했다.

"아냐." 어맨다는 고개를 저었다. "난 당신을 너무 사랑해서 타협하는 걸 볼 수 없어. 당신이 원하는 모든 것을 줄 수 있는 상대랑 함께하면 좋겠어."

조너스는 한쪽 무릎을 꿇고 어맨다를 눈높이에서 봤다. "당신이 내가 원하는 전부야." 조너스는 살려달라고 애걸하는 느낌이었다. 실제로 그랬다.

어맨다는 다시 고개를 저었다. "이성적인 판단이 아니야."

"맞아. 난 이성적인 사람이 아니야. 당신이 그걸 고쳐줬지. 당신이 내 모든 문제를 고쳐줬어. 사랑해."

어맨다가 몸을 당겨 조너스의 손을 잡았다. 손이 닿는 순간, 조너스는 컬럼비아 대학교 캠퍼스에서 그녀를 처음 보았을 때와 같은 짜릿함을 느꼈다. "나도 사랑해. 그래서 내가 줄 수 있는 것 이상을 당신이 갖기를 원하는 거야."

"하지만 그 결정은 당신이 내리는 게 아니야." 조너스가 힘주어 말했다. "혼자서 내리는 게 아니야." 조너스의 목소리에 확신이 쇳물처럼 흘러들어 시간이 지날수록 단단하고 강해졌다. "내가 여기 있잖아. 바로 여기. 지금. 당신에게 내가 원하는 유일한 것은 평생을 당신과 사는 것뿐이라고 하잖아." 조너스가 천천히 일어났다. "내가 뭘 가져야 하는지 말하고 싶어? 내 말을 곧이곧대로 들어주면 돼."

어맨다도 일어나서 조너스와 눈을 맞췄다. "다른 친구 아기를 보면 어떻게 해? 공원에서 노는 아이를 보면? 그다음 날 아침에 일어나서 후회하면?"

"내가 아침에 일어나서 후회하는 건 당신이 곁에 없을 때뿐이야." 조너스는 어맨다의 손을 꼭 잡고 키스하러 다가갔다. 두 사람 사이의 작은 공간이 감정과 슬픔과 애정으로 충전됐다. "당신을 사랑해. 그리고 아무 데도 안 가." 몇 달 동안 어맨다는 그 말—난 아무 데도 안 가—을 반복했다. 그리고 그 순간, 조너스는 어맨다의 그 맹세에 보답했다. "난. 아무 데도. 안. 가."

어맨다가 조너스를 올려다봤다. 입술이 벌어지고, 눈이 소리 없이 간청했다. "그럼 가지 마." 어맨다는 속삭인 뒤 키스했다.

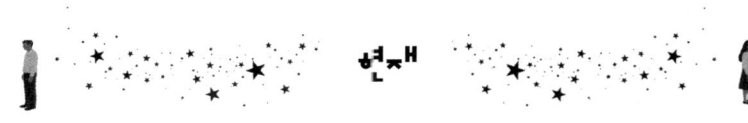
조너스는 위로 솟아오르며 머릿속이 욱신거리는 것을 느낀다. 다시 내려앉은 곳은 침대 위다. 주위를 돌아보며 에바와 함께 쓰던 아파트의 간이 침실을 찾는다. 하지만 그 방은 흰색으로 칠해져 있다. 벽지가 없다. 대량 생산 가구도, 장기 대여의 흔적도 없다. 창문에는 커튼 대신 블라인드가 걸려있다. 얇은 흰색 시트가 그의 몸에 덮여있다. 팔에 꽂힌 관은 정맥주사 거치대에 연결된 듯하다.

이곳은 병원이다.

새로운 염려가 번개처럼 조너스를 친다. 조너스는 시트를 걷고 손을 찾는다. 있다. 사슬이. 조너스는 안도의 한숨을 내쉰다.

다시 침대에 누운 뒤 조너스는 재빨리 상황을 정리한다. 여섯 명이 자동소총을 난사했지만, 그는 살아남았다. 세계에서 가장 높은 건물에서 떨어졌지만, 그는 살아남았다. 이 모든 상황의 확률은 도저히 계산할 수조차 없이 낮다.

조너스가 이 사실을 파악하는 와중에 의사가 들어온다. 의사는 삼십대 후반의 여성으로 수술복 위에 흰 가운을 입고 있다. 목에는 청진기가 걸려있다. 오른쪽 가슴에 이름이 적혀있지만, 일본어다.

"Kon'nichiwa. Anatawa totemo kōun'na hitodesu.(안녕하세요. 굉장히 운이 좋은 분이군요.)" 의사가 말한다.

"영어 할 줄 아세요?"

"물론이죠." 의사가 말한다. "미국인인가요?" 조너스가 끄덕인다. "흥미로운 이야기가 있어요." 의사가 따뜻하고 상냥한 목소리로 이야기한다. "스파이어의 경비원이 정신을 잃고 있는 당신을 발견했어요."

"스파이어 경비원……." 조너스는 갈라진 목소리로 중얼거린다. 기운이 떨어진다. 희망이 사라진다.

아무 데도 가지 못한 것이다.

의사가 끄덕인다. "당신이 이곳에 들어온 기록이 없어요. 컴퓨터에도. 보안 카메라에도."

조너스가 일어나 앉는다. 작은 희망이 마음속에 싹튼다. 고바야시는 스파이어에 보안 카메라가 없다고 했다.

의사가 계속 이야기한다. "그런데 당신이 갑자기 나타난 거죠. 하늘에서 뚝 떨어진 것처럼. 두 개의 기록에 남아있어요. '뚝 떨어졌다'고 하더군요. 통로에 그냥 **나타난** 거예요. 알 수 없는 곳에서."

조너스의 마음속에 기쁨이 차오른다. 문득 붕 떠오르는 느낌이다.

"실신 상태라서 여기로 옮겼죠." 의사가 말한다. 의사는 병원복 때문에 드러난 팔의 문신을 가리킨다. "굉장히 특이한 문신이군요."

"긴 사연이 있어요." 조너스가 대답한다. 머릿속에서 온갖 생각이 빠르게 스쳐 지나간다. 어지러움을 느낄 여유도 없다.

"그렇겠죠."

의사는 조너스를 살피며 정신질환 증상이 있는지 확인한다. 조너스는 벽에 걸린 전화를 보고서—정맥주사 거치대에 연결된 채로—그쪽으로 몸을 던진다. 전화만큼이나 화제 전환이 간절하다. "이게 필요해요." 조너스는 수화기를 들며 말한다. 그 아래 터치패드가 없다. "어떻게 쓰는 거죠?" 목소리에서 다급함을 감추려 해도 쉽지 않다.

의사가 멍하니 그를 본다. "침대에 누워야 해요."

조너스는 수화기를 꽉 쥔다. "전화해야 할 사람이 있어요. 지금 당장 전화해야 해요. 제발. 부탁합니다." 그는 정신 나간 사람 같은 자기 모습을 떠올린다. 상관없다.

의사가 동정 어린 표정으로 조너스를 본다. "그건 병원 전화예요. 외부로 연결되지 않아요."

조너스는 풀이 죽는다. 가련해 보였는지, 의사가 가운 주머니에 손을 넣더니 꽃무늬로 장식된 휴대전화를 꺼낸다. 그러고는 네 자리 암호로 잠금을 해제하더니 거지에게 5달러 지폐를 내밀듯 조너스에게 건넨다. "자요." 의사가 동정하는 목소리로 말한다.

조너스는 전화를 받아서 어맨다와 함께 살던 아파트의 전화번호를 입력한다. 그녀가 거기 살기를, 번호가 바뀌지 않았기를 바라고 바라고 또 바라며.

한 번에 한 걸음씩.

신호음에 해당하는 소리가 들리지만, 꼭 새소리 같다. 조너스의 손에서 땀이 난다. 쥐고 있는 휴대전화가 미끄럽고 무겁다.

드디어 어떤 여자가 전화를 받는다. "여보세요?" 지친 목소리다.

조너스는 재빨리 계산한다. 지금 뉴욕은 새벽 3시다. "어맨다. 어맨다?" 조너스는 불쑥 외친다.

"아뇨." 여자가 대답한다.

조너스의 가슴이 철렁하며 희망이 사라진다. 전화를 받은 사람은 그의 아내가 아니다.

"전 에밀리예요." 여자가 말한다.

조너스는 팔에 새긴 문신을 내려다본다. 그 공식과 그 계산, 두 조너스의 연구와 두 에바의 죽음 끝에, 그 문신이 어떻게 그를 배신할 수 있을까. 불가능한 일이다. 말문이 막힌다. 그 순간 그의 꼴이 어떤지 알 수 없지만, 의사는 몹시 염려스러운 눈빛으로 보고 있다. 조너스는 벽에 몸을 기댄다. 다리에 힘이 없다.

의사는 염려와 동정이 깃든 눈으로 그를 보면서 전화를 걸도록 한 것이 잘한 일일까 생각하고 있다. 조너스는 의사를 무시한다. 마음이 무너져 내린다.

"어맨다가 집을 비운 사이에 집을 보고 있어요." 에밀리가 말한다.

조너스가 고개를 번쩍 든다. 입이 열린다.

"도와드릴 일이 있나요?" 에밀리가 묻는다.

하지만 조너스는 대답할 수 없다. 터져 나오는 흐느낌이 입을 막아서 숨을 쉴 수도, 말을 할 수도 없다. 눈물이 차오른다. 콧물이 흐른다. 두려움과 긴장이 풀리며 체면을 차릴 겨를이 없다.

어디선가 의사가 뭐라고 묻는다.

"무사하군요." 조너스가 겨우 말한다. 질문이 아니다. "무사해요." 놀란 조너스가 다시 말한다.

"누구요? 어맨다요?" 에밀리가 묻는다. "어맨다는 잘 있어요. 저……" 에밀리의 목소리에 의혹이 섞여 든다. "누구시죠?"

조너스는 전화를 끊는다. 필요한 것은 전부 알아냈으니까.

기운이 빠져 설 수도 없다. 조너스는 등을 벽에 기댄 채 주저앉는다. 귀여운 꽃무늬 휴대전화를 손에 꼭 쥔 채. 얼굴은 눈물범벅이다.

'어맨다가 집을 비운 사이에 집을 보고 있어요.' 조너스는 그 말을 머릿속에서 이리저리 굴리며 모든 관점에서 살핀다. '어맨다가 집을 비운 사이에 집을 보고 있어요.' 어맨다. 그의 어맨다. 어맨다에게 아파트가 있다. 그래서 누가 그곳을 지키고 있다. 집을 비운 사이에. 집을 비웠으니까. 그녀가 여기 있으니까. 이 현실 속에. **살아서.**

슬플 때는 그토록 나지 않던 눈물이 이제는 기쁨에 주체할 수 없이 흐른다. 조너스는 심장이 터질 것 같다. 터진다 해도, 더할 나위 없이 기쁠 뿐이다.

"괜찮아요?" 의사가 묻는다.

조너스는 겨우 고개를 끄덕이고 서서히 일어난다. 너무 크게 웃느라 얼굴이 아프다. 다시 에밀리에게 전화해서 어맨다에게 메시지를 남길까 생각하지만, 어떤 시나리오를 상상해도 상대방의 신뢰를 지나치게 시험하는 일이다. 의사의 휴대전화에서 검색해 보니, 이 현실에서 노벨상을 받은 조너스 컬런은 2년 전 사망했다. 에밀리가 누군지 몰라도, 어맨다에게 죽은 남편이 살아 돌아왔다는 말을 전할 수는 없다.

다시 검색으로 아메리칸익스프레스 사무소 위치를 찾아보니 병원에서 도보 30분 거리다. 조너스가 머릿속으로 그곳에서 꾸며댈 이야기를 연습하고 있는데, 의사가 다시 괜찮으냐고 물으며 그가 의사 자신이나 타인에게 위험한지 여부를 가늠한다.

"괜찮아요." 조너스가 말한다. "집에 가고 싶을 뿐입니다." 절대적인 사실이다.

"집이라면……."

"뉴욕, 맨해튼이에요."

"음, 집이 굉장히 멀군요. 성함이……."

"먼로입니다." 조너스는 어맨다의 결혼 전 성을 댄다. "에번 먼로." 선량한 의사가 '조너스 컬런'을 검색해 보고 죽은 사람이 병원을 돌아다니고 있다는 사실을 알게 할 수는 없다.

"먼로 씨, 지금 충격을 받은 상태예요. 침대에 다시 누워서 쉬어야 해요. 몇 가지 검사를 해봐야 합니다."

"전 멀쩡해요."

"그렇다 하더라도 마찬가지예요." 의사가 반박한다. "주머니에 아무것도 없이, 숫자 '8'만 수놓은 천 조각만 가지고 최신 과학 시설에 나타났어요. 경찰에서 당신과 면담을 원할 겁니다."

"네?"

"경찰이……."

"아뇨." 조너스는 문득 다급해져서 고개를 젓는다. "천 조각이요. 그거 있습니까?"

의사가 가운 주머니에 손을 넣더니 에바가 조너스에게 준 우로보로스 천을 꺼낸다. 조너스는 그것을 받아 들고 격해지는 감정을 억누른다.

"집에 가고 싶습니다." 조너스가 눈물을 닦아내며 말한다. 그가 휴대전화를 들어 보인다. "근처에 아메리칸익스프레스 사무소가 있어요. 거기서 새로 카드를 받을 수 있어요. 그걸로 집에 가겠습니다."

"그건 잘 모르겠네요." 의사가 어깨를 으쓱인다.

"염려 마세요." 조너스가 자신 있게 말한다. "전에도 해봤으니까요."

"다행이네요." 의사가 말한다. "하지만 말씀드렸다시피, 경찰에서 면담을 원할 거예요."

"제가 법을 어긴 부분이 있습니까?"

"전 변호사가 아니에요. 하지만 스파이어 침입에 대해선 주장할 수 있겠죠."

"그쪽에서 고발했나요?"

"제가 알기로는 아니에요."

"그리고 전 다치지도 않았죠? 절 여기 붙들어 둘 의학적인 이유는 없죠?"

"의학적인 이유는 없어요." 의사는 '의학적'을 강조해 말한다.

"그렇다면……."

"하지만 몇 가지 정신질환 관련 이유는 떠오르는군요."

조너스는 의사에게 휴대전화를 도로 건넨다. "그렇습니다. 특수한 상황이죠."

조너스가 갑자기 협조적으로 나오자, 의사는 손에 든 휴대전화를 보며 다음 행동을 생각한다. "시티 촬영을 지시할 거예요." 의사가 말한다. "다친 곳이 없는지 확인한 뒤……."

"'정신질환 관련 이유'로 넘어가자고요?"

"한 번에 한 걸음씩." 의사가 말한다.

"지당한 말씀이죠." 조너스가 진지한 표정을 지어 보인다. 그리고 이성적이고 예의 바른 모습으로 침대에 오른다.

의사는 갑자기 고분고분해진 조너스를 잔뜩 불신하는 표정으로 한 번 더 쏘아보면서도 곧 상냥한 미소를 짓고 병실을 나간다.

의사가 문을 닫자 조너스는 침대에서 벌떡 일어나 서둘러 옷을 입는다. 시티 촬영을 하러 가자며 직원이 오기 전에 달아나야 한다. 조너스는 범죄자처럼 병실에서 살그머니 복도로 나간다. 환자들과 직원들을 지나칠 때는 수상한 기색 없이 떳떳하게 보이려고 노력한다. 승강기를 타고 로비로 내려간다. 모두 조너스를 보는 느낌이다. 보고. 평가하고. 판단하는 느낌. 마침내 밖으로 나간 뒤, 조너스는 드디어 숨을 크게 들이쉰다.

조너스는 아메리칸익스프레스 사무소 방향을 기억했다고 생각하지만, 곧 길이 헷갈린다. 병원에서 가능한 한 멀리 벗어난 뒤 지나가는 사람에게 영어를 하는지, 아메리칸익스프레스 사무소 방향을 아는지 물어본다. 대부분의 사람들이 영어를 할 줄 알지만, 아메리칸익스프레스 사무소가 어디 있는지는 아무도 모른다. 한참 만에 육십대 여성이 휴대전화를 꺼내더니 조너스에게 방향을 알려준다.

도착한 뒤, 조너스는 전에도 써먹은 이야기를 반복한다. 이번에는 기다릴 필요가 없다. 직원이 안쪽으로 들어가지 않아서, 조너스는 경찰에 신고했는지 염려스럽다. 하지만 조너스의 새 카드는 곧바로 발급된다. 그가 겪은 어려움에 대한 진심 어린 사과도 함께다. 전과 마찬가지로, 이 카드는 새로운 생명줄이 되어준다. 조너스의 감정은 티브이 광고에 나올만하다. **이 카드와 함께라면 모든 것이 가능합니다.**

다음 목적지는 도쿄의 미국 대사관이다. 비행기로 한 시간 거리지만, 신분증이 없다. 히치하이킹밖에 방법이 없는데, 그러려면 최장 열세 시간까지 걸린다. 조너스가 도쿄의 미국 대사관 역할을 하는 평범한 건물 앞에 도착하니 한밤중이다.

대사관 위치를 기억한 뒤, 조너스는 정처 없이 걷는다. 주위에 버티고 선 고층 건물들, 밝은 불빛이 환하게 비추는 건축물을 바라본다. 도쿄를 걷는 것은 전기 광고판 안을 걷는 느낌이다. 지금이 몇 월인지 알 수 없지만, 공기가 쌀쌀하다. 추워야 하지만 그렇지 않다. 배가 고파야 하지만, 식당을 그냥 지나친다. 지쳐야 하지만, 잠을 청할 마음은 없다. 발걸음이 가볍다. 보이는 모든 것이 전보다 더 또렷하다. 이것이 슬픔을 잊고 난 뒤의 삶이다. 그와 어맨다 사이를 가로막는 것은 지리적 거리뿐이다. 우주를 건너온 사람에게, 지구 반대편에 가는 것은 동네 산책이나 다름없다.

∞

아홉 시간 뒤, 대사관의 삼십대 일본인 여성 직원이 두툼한 렌즈를 끼운 검은 테 안경 너머 조너스를 보고 있다. 조너스가 이제는 익숙해진 이야기를 읊는 동안, 그 직원의 표정에는 불신이 가득하다.

"정말 끔찍한 일이었어요." 조너스가 외친다. "그 자식이 제 지갑과 여권, 그놈의 건강보험증까지 가져가서…… 일본은 안전한 줄 알았는데 말이에요." 그는 아메리칸익스프레스 카드를 들어 보인다. "이건 다른 주머니에 넣어둬서 얼마나 다행인지." 그리고 행운에 놀란 표정을 지어 보인다.

직원은 신용카드를 받아 몇 가지 정보를 컴퓨터에 입력한다. 화면을 보더니 표정이 시무룩해진다. 조너스는 무슨 내용인지 알고 있지만, 직원이 "죄송합니다, 컬런 씨. 그런데 이 기록에 따르면 사망하신 걸로 나오는군요"라고 하자 놀란 척한다. 직원의 표정은 읽을 수 없다.

조너스는 있는 힘껏 매력적인 표정을 지으며 어깨를 으쓱인다. "좀 피곤하긴 하지만, 죽지 않은 건 확실한데요." 그는 상대의 마음을 열기 위해 미소도 곁들인다. "저기, 《와이어드》에서 해커들이 그런 식으로 기록을 바꾼다는 기사를 읽은 적 있어요." 조너스는 이 우주에도 《와이어드》가 존재하거나 적어도 의심을 일으키지 않기를 바라며 말한다. "그러면 신분 도용이 더 쉬워지는 모양이죠."

"그런 것 같군요." 직원의 대답에서 어쩐지 진정성이 느껴지지 않는다. "여기서 잠시만 기다려 주시면……." 직원은 조너스의 신용카드를 들고 일어나더니 사라진다.

조너스는 목을 쭉 뽑아 주위 눈치를 보면서 직원의 위치를 확인한다. 직원은 대사관 경비대원과 이야기하고 있다. 무슨 말을 하는지 몰라도, 직원은 조너스의 카드로 하늘을 찌르며 다급하게 말한다.

'일이 틀어졌다.'

그 생각이 들자, 조너스는 자리를 박차고 일어나려는 본능에 사로잡힌다. 그것과, 카드를 도로 받으려고 기다리다가 체포되어 심문당하는 것 사이에서 선택하라는 건 고민할 문제가 아니다. 사슬을 빼앗길 염려는 없지만, 어맨다에게로 가는 시간이 1분이라도 필요 이상 길어지는 상황은 두렵기 짝이 없다.

조너스는 자리에서 천천히 일어나, 그 직원이 경비대원과의 대화에 집중하느라 그가 건물에서 빠져나가는 것을 못 알아차리기를 바라며 로비로 걸어간다. 대사관 외부 출입구에 닿는 데까지 3분 걸린다. 경비대원 둘이 서있다. 출입구까지 열여덟 걸음 정도 남았다.

"Sumimasen. Tomatekudasai.(실례합니다. 기다려 주세요.)" 뒤에서 누가 부른다. 조너스가 무시하고 걷자, 그 사람이 영어로 말한다. "실례합니다, 선생님. 잠시 기다려 주세요." 요청이 아니라는 사실을 확실히 전달하는 단호한 말투다.

조너스는 자신에게 하는 말이 아니라고 생각하는 척, 열네 걸음 남은 출입구를 향해 계속 걸어간다. 등 뒤에서 발소리가 들린다. 경비대원이 증원을 요청한 것이다. 조너스는 속이 메슥거린다.

"멈춰." 경비대원이 말한다.

조너스는 걷는 속도를 줄이기 시작한다. 경비대원이 다가오는 것이 느껴진다. 출입구 쪽을 본다.

그리고 달린다.

그러자 그 경비대원과 동료들이 고함을 지른다. 멈추라고 명령한다. 앞에 보이는 출입구가 닫히기 시작한다. 조너스는 달리다가 어떤 여자와 부딪히지만, 멈추지 않는다. 여자가 바닥에 쓰러진다. 이 소란을 목격한 모두의 시선이 조너스를 향하고 있지만, 조너스는 짐승의 아가리처럼 서서히 닫히는 출입구만 보고 있다.

조너스가 그쪽을 향해 달리는 사이 경비대원 한 사람이 붙잡으려고 움직이지만, 그 손아귀에서 벗어난다. 조너스는 닫히는 문을 향해 몸을 던져 겨우 빠져나간다. 옷소매가 문에 끼여 순간 당황하지만, 조너스는 팔을 휘둘러 옷을 찢고 거리로 달려간다. 뒤쫓던 경비대원들이 출입구의 대원에게 "열어! 다시 열어!" 하고 외치는 소리가 들린다.

조너스는 자동차와 오토바이를 피하며 좁은 거리를 달린다. 뒤를 돌아보니 경비대원들이 쫓아오고 있다. 차량의 흐름을 거스르며 달리다가 커다란 버스와 마주친다. 뉴욕에서 그랬던 것처럼 10톤짜리 쇳덩어리 버스가 그를 향해 돌진한다. 하지만 이번에 조너스는 도로를 가로지르며 버스 앞에서 호를 그린다. 버스가 그를 스쳐 지나가면서 경비대원들과의 사이에 간이 방벽을 만든다. 그들이 버스를 피하는 데는 몇 초밖에 안 걸리지만, 그 시간이면 조너스가 가까운 가게로 숨어들기에 충분하다. 마네킹 뒤에 숨어서, 조너스는 경비대원들이 흩어져 사람들 사이로 사라지는 모습을 지켜본다.

가급적 경비대원들에게서 멀리 벗어나고 싶은 마음에, 조너스는 시외로 향한다. 가다 만난 사람이 셔츠를 반코트와 바꿔준다. 반코트가 쌀쌀한 날씨를 크게 막아주진 못하지만, 없는 것보다는 낫다.

도쿄에서 달아나자 여권 없이 미국에 가야 한다는 문제가 발생한다. 심지어 갈아입을 옷도 없다. 신발 밑창이 너무 얇아서 땅의 냉기를 그대로 발로 전하는 느낌이다.

서점에 들어간 그는 일본 여행 안내서를 찾는다. 계획이 생기기 시작한다. 그 계획에는 행운이 필요할 것이다. 어떤 일이 일어나 그의 길을 막고 우주가 그를 저지할 기회를 얻을 것이다.

조너스는 여행 안내서에서 찢어낸 지도를 이용해, 고속도로 갓길을 따라 서쪽으로 이동한다. 도토 쪽으로 엄지를 세우고 걷지만, 아무도 멈추지 않는다. 밤이 되자 차들이 빠르게 지나친다. 다가오는 트럭의 할로겐 전조등이 그를 환히 비추고 우레 같은 소리를 내며 지나친다.

이루 말할 수 없이 지친 조너스가 결국 비틀거린다. 다리를 한 걸음도 더 옮길 수 없다. 고속도로 옆, 안내판 아래 지하 배수로가 있다. 그는 그곳에 은신한다. 춥고 배고프고 이보다 더 지친 적 없다고 느낀다. 잠든다기보다는 마치 선을 넘듯 잠에 빠져든다. 한순간 깨어있다가 다음 순간 정신을 잃는다. 꿈도 꾸지 않는 깊은 잠이다.

1분밖에 지나지 않은 것 같은데, 새벽 햇빛과 차량 소리에 깨어난 조너스는 여정을 계속한다. 손이 50킬로그램은 되는 것 같고 주먹을 들어 올리느라 어깨가 쓰라리지만 그는 계속 엄지를 들고 있다. 팔을 바꾸려고 뒷걸음질도 쳐보지만, 너무 지쳐서 거기 필요한 신체 조정 능력을 잃었다.

도쿄에서 오사카에 다다르려면 쉬지 않고 걸어서 닷새가 걸릴 것이다. 그가 내민 엄지를 무시하고 자동차와 트럭, 밴이 지나갈 때마다 절망이 커진다. 모두가 우주의 지시를 따르는 것처럼 느껴진다.

하지만 그때, 한숨 돌리는 순간이 찾아온다. 트레일러 트럭 한 대가 조너스를 불빛으로 비추며 지나가더니 갓길에 선다. 육십대의 주름진 얼굴을 한 기사는 그 역시 조너스의 최종 목적지인 효고를 지나간다는 사실을 겨우 전달할 정도의 영어를 할 줄 안다. 조너스는 자신의 운을 믿을 수 없는 마음으로 한숨을 내쉰다. 더욱 행운인 것은, 트럭 기사에게 남은 떡이 있다는 것. 조너스는 떡을 먹으며 마지막으로 뭔가를 먹은 것이 에바와 함께 스파이어로 출발하기 전이었음을 기억한다. 그는 떡을 흡입하듯 먹어 치운다.

기사는 조너스를 예스러운 항구도시 효고현에 내려준다. 여전히 굶주린 조너스는 길거리 상인을 찾아, 상인이 손님에게 신경 쓰는 사이 자두 하나를 훔친다. 그는 멀리, 고베 안쪽으로 깊이 들어가서야 자두를 꺼내어 한 입 베어 문다. 자두를 깨무는 순간 마음이 들뜬다. 과즙이 입에 흘러들고, 부드러운 과육은 봄 그 자체다. 조너스는 그것이 평생 먹어본 것 중 가장 맛있다고 확신한다.

항구까지는 3킬로미터 이상 가야 한다. 해안가를 따라 있는 서른네 개의 정박지에 거대한 상선이 자리 잡고 있다. 한신 공업지역의 공장과 발전소들이 어딜 가나 잿빛의 배경을 이룬다. 크레인이 컨테이너를 하늘 위로 들어 올린다. 트럭과 포클레인이 아스팔트 도로를 지나가며 디젤가스와 검은 구름을 뿜어댄다.

조너스는 선박 사이를 옮겨 다닌다. '골든 노리'라든가 '구아나바라', '히로익 에이스' 등의 이름을 단 배들이 바다 위에 거대한 도시를 이루고 있다. 미국행 선박, 영어를 할 줄 알고 일손을 더 구하는 선장을 찾는다. 조너스는 일하는 선원과도 이야기를 나눈다. 고개를 젓는 사람들이 많다.

결국 조너스를 고용하기보다는 동정하는 선장이 나타난다. "이건 힘든 일이에요." 선장이 말한다. "거친 노동이거든. 이 배에서 제일 가벼운 게 사람이지."

"힘든 일도 괜찮습니다." 조너스가 말한다.

그 말이 우습다고 여긴 듯, 선장은 조너스의 한 손을 붙잡는다. 선장의 손은 밧줄처럼 거칠다. 선장은 건조하게 웃더니 조너스의 손이 아이 손 같다고 한다. 그는 조너스가 평생 하루라도 힘든 일을 해본 적이 있는지 의심한다. "하지만 곧 바뀌겠지." 선장이 치아 두 개가 빠진 자리를 드러내며 씩 웃는다.

배 이름은 '도야 마루'다. 일등항해사가 조너스에게 세탁실 분실물 중에서 옷가지를 몇 개 골라서 준다. 조너스는 그날 밤 며칠 만에 제대로 된 식사를 한다. 두 시간 뒤, 가득 찬 상태에다 항해에도 익숙하지 못한 그의 위장이 먹은 걸 전부 바다에 쏟아낸다.

긴긴 낮에는 일이 많아서 시간이 빨리 흘러간다. 조너스는 벗겨진 페인트를 칠하고, 해치와 낚시 도구, 전선에 기름칠하는 일을 맡았다. 배 위의 모든 것에 기름칠이 필요한 모양이다. 어느 날, 유능한 뱃사람 한 명이 조너스의 팔에서 문신을 보고 이것저것 묻기 시작한다. 몇 차례 대화를 중단하려는 시도가 먹히지 않자, 조너스는 과학자라고 털어놓는다. 그러자 조너스는 기술 작업을 맡게 된다. 선박의 엔지니어에게 보내지고, 결국 그는 뱃머리에 매달려 밑에서는 파도가 요동치는 와중에 뱃머리 탱크의 수위 센서 수리를 담당한다.

조너스는 턱수염을 기르고, 햇볕에서 일하느라 피부는 구릿빛으로 그을린다. 피부색이 짙어지자 문신이 잘 보이지 않게 되지만 상관없다. 어맨다와 재회하든지 못 하든지, 그는 이 현실에서 생을 마감하게 될 것이다. 체내에 남은 양자에너지가 없을 테니까.

어느 날 밤, 배가 지독한 폭풍우를 만난다. 고층 건물처럼 높은 파도가 뱃머리를 뒤덮고 갑판에 홍수를 일으킨다. 유능한 뱃사람들은 "갑작스러운 한랭 전선"이니 배의 레이다가 다가오는 허리케인을 감지하지 못했다느니 지껄이지만, 조너스는 다른 우려를 느낀다. 이 우주가 조너스의 존재를 감지하고 어맨다를 만나지 못하게 방해하는 것이 아닌가 두려워진다. 조너스는 과학자가 그런 것을 두려워하다니 터무니없는 생각이라고 자신을 달래지만, 설득이 쉽지 않다. 그가 직접 겪었으니까.

폭풍우는 두 차례 더 일어난다. 선박 전력 문제가 끊이지 않는다. 기계 오작동. 날마다 선박에 새로운 병이 생긴다. 선원들은 그 항해가 저주받은 모양이라는 말을 대놓고 하기 시작한다. 조너스는 어떤 대화 중에도 입을 다물고 있다. 자신이 맡은 수리에만 집중한다.

우주의 온갖 노력에도 불구하고, 도야 마루는 워싱턴주 시애틀 항구에 도착한다. 한밤중, 거대한 선박이 정박지로 들어간다. 새벽 3시, 칠흑 같은 어둠 속에서도 선원들은 짐을 내리기 시작한다. 크레인이 움직이며 짐을 들어 나르는 중, 조너스는 해 뜨기 전 어둠 속으로 빠져나간다.

배에서 받은 급료는 뉴욕행 그레이하운드 버스표 값이 된다. 하지만 몬태나주, I-90번 고속도로에서 버스가 고장을 일으킨다. 기사가 버스를 고치는 사이 승객들은 쉬러 차에서 내린다. 버스 기사가 우주의 방해를 해결하기를 기다리는 대신, 조너스는 히치하이킹으로 최소 20년은 된 픽업트럭 뒷자리에서 흔들리게 된다. 물론, 그 트럭에도 문제가 생긴다.

조너스는 기차로 갈아타고, 우주가 방해하기 전 노스다코타까지 간다. 또 한 대의 버스가 그를 싣고 미네소타와 위스콘신을 통과한다. 우주는 도로 정체와 때 이른 폭설을 던진다. 참 힘든 여정이다.

우주에 저항하며, 조너스는 펜실베이니아를 거쳐 뉴저지를 통과한다. 맨해튼이 가까워지자 걷기 시작한다. 그가 밴 브런트 스트리트에 도착한 것은 한밤중이다. 잠들지 않는 그 도시는 잠에서 깨어나는 거인처럼 지평선 위로 솟아있다. 이름이 달라진 거리, 모습이 달라진 건물, 월드시리즈 우승을 한 번 더 추가한 메츠 등 몇 가지 작은 변화를 제외하면 그가 기억하는 뉴욕 그대로다. 그의 고향 뉴욕이다.

조너스는 어퍼웨스트사이드로 다가갈수록 발걸음을 재촉한다. 믿을 수 없이, 이루 말할 수 없이 지친 상태여야 하건만 걸음은 더욱 빨라진다. 또 한 차례 폭풍우나 지진이 일어나지 않을까 두렵다. 우주는 또 새로운 불행을 그에게 안길 수 있다. 하지만 이제 목적지에 너무 가까워져서 그 무엇도 조너스를 막을 수 없다.

조너스는 날아갈 듯하다. 그는 이내 달리고 있다. 동이 트며 살아 움직이기 시작한 거리를 질주한다. 쓰레기 트럭과 신문 배달부, 문을 여는 가게 앞을 지나 달린다. 조너스는 이른 아침 운동하는 사람들을 앞지른다. 양팔을 흔들며, 터질 듯한 다리로 달리지만 아무것도 상관없다. 다 왔다. **거의 다 왔다.**

모퉁이를 도니 그곳이 보인다. 그 건물은 어맨다가 총에 맞은 곳에 있던 건물과 다를 바 없어 보인다. 다른 조너스가 살던 곳, 세 번의 생을 건너오기 전에 그가 어맨다와 살던 곳과. 조너스는 헉헉거리며 계단을 달려 올라간다. 기대감에 떨리는 손가락으로 건물 안내판 버튼을 훑다가 흐릿한 비닐 아래 빛바랜 이름표에 적힌 그녀의 이름, '어맨다 컬런'을 찾는다. 그 옆에 손자국이 잔뜩 난 금속 버튼이 있다. 조너스의 손끝이 그 위에서 아주 짧은 순간 멈춘다. 조너스는 무슨 말을 할지 상상한다. 불가능한 일을 어떻게 설명할지. 어떻게 자신의 목소리를 들어달라고, 그녀가 기억하는 그 목소리를 믿어달라고 간청할지. 그의 말을 믿어달라고. 그가 왔다고. 돌아왔다고. 살아서 돌아와 그 엄청난 이야기를 하나도 빠짐없이 들려주고 싶어 견딜 수 없다고. 하지만 먼저 그는 어맨다를 품에 안고 사랑한다고 말하고 싶다.

조너스는 버튼을 누른다.

그리고 기다린다.

다시 누른다. 금단증세를 겪는 사람처럼 온몸이 떨린다. 귀가 뜨겁다. 손에서 땀이 난다. 조너스는 세 번째로 버튼을 누른다.

등 뒤에서 문이 열리더니 열 살쯤 된 남자아이가 드래곤볼 배낭을 어깨에 메고 어린애답게 깡충거리며 달려 나온다.

"집에 없어요." 아이가 말하더니 계단을 뛰어 내려간다.

고메즈 부부를 닮은 아이다. 조카나 손자일까? 조너스가 그 아이 뒤를 따라간다. "잠깐만. 집에 없다니 무슨 말이니?"

아이가 걸음을 멈춘다. 건물 쪽을 올려다본다. "컬런 씨요. 그분 집에 찾아온 거 맞죠?" 조너스가 끄덕인다. "집에 없어요. 요즘 아침마다 그림 그리거든요."

조너스는 그 아이를 와락 끌어안고 싶지만 꾹 참는다. 조너스가 안도하는 모습에 아이가 불안한지 이렇게 묻는다. "괜찮으세요?" 많은 아이들이 그러듯이, 대답을 들으려고 한 질문은 아니다.

"괜찮아. 그 사람이 어디 있는지 아니? 지금 어디 있는지 알아?" 조너스는 목소리에서 간절함을 지울 수 없다.

"몰라요." 아이가 대답한다.

조너스의 머릿속이 빙빙 돈다. 거의 무한한 수의 현실로 이뤄진 다중우주에서 어맨다를 찾았는데, 겨우 인구 800만의 도시에서 잃어버리다니. 그러다가 한 가지 생각이 떠오른다. "혹시 전화 좀 빌릴 수 있을까?" 조너스가 불쑥 묻는다.

아이는 망설인다. 아마 부모에게서 낯선 사람에게 전화를 빌려주지 말라고 배운 모양이다. 그럼에도, 아이는 주머니에 손을 넣어 파워레인저스 케이스에 든 5년 된 휴대전화를 꺼낸다. "학교 가야 해요."

"고맙다." 조너스가 말한다. "잠깐이면 될 거야." 조너스는 어맨다가 있는 갤러리를 검색한다. 영원처럼 느껴지는 몇 초가 흐른 뒤, 어맨다가 이 현실 속에서도 같은 갤러리와 계약 중인 것을 알아낸다. 조너스는 그곳 번호로 전화를 건다. 오전 8시, 갤러리가 열 시각이 아니지만, 조너스는 행운이 따를 것이라고 느낀다. 무책임하고 낯선 행운이 그를 다시 한번 찾고 있다.

"로건 갤러리입니다." 남자 목소리다.

"미첼……." 조너스가 그 목소리에 놀라 불쑥 말한다.

"아뇨, 저는 빈센트입니다. 무슨 일이시죠?"

조너스는 심호흡한다. **이제부터 어려운 부분이다.** "저는 뉴욕 경찰의 스탬퍼 경관입니다. 어맨다 컬런 씨를 찾아야 합니다." 잠시 침묵이 흐른다. "어맨다 먼로라는 이름을 쓸지도 모릅니다."

또 한 차례 침묵. "무슨 일이죠?" 빈센트가 묻는다.

"그건 밝힐 수 없습니다." 조너스가 꾸며댄다. "컬런 씨에게 문제가 생긴 건 아니지만, 당장 전할 말이 있습니다. 직접." 조너스가 시선을 내리니, 아이가 발을 동동 구르며 전화 돌려받기를 기다리고 있다. "제가 알기로 컬런 씨가 현재 작업을 하기 위해 출타 중인데요. 혹시 그곳 위치를 압니까?"

또 한 차례 침묵이 흐른다. 조너스는 숨을 참고 기다린다. 그러자 한참 만에 빈센트가 대답한다. "보통 이 시각에 작업 중이시죠. 지금의 햇빛을 좋아하시니까요."

조너스는 겨우 침착하게 말한다. "주소 갖고 계십니까?"

빈센트가 알려준다. 겨우 여섯 블록 거리다. 조너스는 "감사합니다"라고 말하면서 이미 머릿속에 가는 길을 떠올리고 있다.

"무슨 일이 있는 건 아니죠?"

"네. 전혀 없습니다."

"옥상에 계실 거예요."

"압니다."

"잠깐만요. 그걸 어…….."

조너스는 전화를 끊고 아이에게 돌려준다. "고맙다."

"경찰관인지 몰랐어요." 아이가 말한다. "왜 전화가 없어요?"

"그건…… 이야기가 아주, **아주** 길단다." 조너스가 말한다. "고마워." 그리고 달리기 시작한다.

달리는 조너스 뒤로 뉴욕의 거리가 스쳐 지나간다. 아주 잠시 기쁜 순간, 우주가 방해할 일이 다 떨어진 것처럼 느껴진다. 하지만 이번에는 폭풍우나 지진이 아니다. 퍼레이드다. 가로대와 말을 탄 경찰관이 도시 한 구역을 가로막고 있다. 조너스는 경찰관들이 외치는 명령을 무시하고 뛰어들어서 행진하는 악대 사이를 뚫고 지나간다.

계속 달리던 조너스는 불의 손아귀에 잡혀 공중으로 던져진다. 중력이 그를 보도에 내동댕이친다. 놀란 사람들이 지르는 비명이 들린다. 땅에 쓰러진 채 조너스가 고개를 돌려보니 산산조각 난 콘크리트와 푸른 불꽃이 보인다. 가스관 폭발이다.

한 무리의 선한 사마리아인들이 조너스를 일으켜 세우며 "괜찮아요?"라든가 "큰일 날뻔했네"라며 외쳐댄다. 조너스는 "고마워요, 괜찮아요"라고 중얼거리면서 그들을 떨쳐낸다. 사이렌 소리가 다가온다. 구급차를 기다리라는 말을 무시하고 조너스는 다시 달리기 시작한다.

질주하는 동안 조너스의 몸이 항의한다. 하지만 통증은 무의미하다. 희망이 싹튼다. 우주가 조너스의 패배를 모의하고 있을지 모르나, 그놈은 변덕스럽다. 도중에 에바를 보내 조너스의 주의를 흐트러뜨리고 방해하고 막았는지 모르지만, 에바는 그를 **돕기도** 했다. 우주는 운명을 이용해서 몰아치지만, 그 마음이 계속되지는 않는다. 조너스에게는 믿음이 있다. 자신이 있다. 어맨다에게 가겠다는 의지, 그녀를 다시 품에 안고 놓지 않겠다는 의지가 있다.

거리를 가로지르던 조너스는 또 한 번 하늘로 떠오른다. 몇 초 뒤, 그는 택시 유리창에 떨어진다. 체중에 유리창이 갈라지는 것을 느끼며, 조너스는 요즘 들어 차에 자주 치인다고 생각한다. 요령이 생겼다. 몸에서 힘을 빼고, 근육을 이완하고, 충격이 운동에너지를 흡수하도록 두는 것이다. 조너스는 택시에서 미끄러져 거리에 떨어진다. 평소처럼 통증이 심하지만, 아드레날린 덕분에 참을만하다. 조너스는 벌떡 일어나 달리기 시작하고, 택시 기사는 뉴욕시에서만 들을 수 있는 욕설을 퍼붓는다.

근처에서 또 한 차례 가스관이 폭발하지만, 조너스는 멈추지 않는다.

두 블록 남았다.

'거의 다 왔어, 어맨다. 내가 거의 다 왔어.'

1년 중 이맘때, 어맨다가 가장 좋아하는 시각은 동틀 때이다. 햇빛이 도시에 연한 노란빛을 드리우고 콘크리트와 강철의 차가운 색조와 대조되는 따스함으로 도시를 물들이면, 맨해튼의 은색과 회색, 검은색에도 특별한 빛이 감돈다.

눈이 부시게 파란 하늘에는 하얀 줄이 가늘게 뻗어있다. 마치 그림 같다. 그 진부한 표현에 어맨다는 늘 눈살을 찌푸린다. 자신이 하는 일이 그림 같은 광경을 실제 그림으로 만들어야 하는 것이라는 아이러니 때문이다. 이곳, 470미터 상공에서 그 아이러니는 성스럽게 느껴진다. 어맨다는 천사 같은 구름 속에서 작업하고 있다. 머리 위에서 비둘기들이 원을 그리며 어맨다가 그들의 영역에 올라왔음을 소리 없이 상기시킨다.

6개월간 변호사들이 온갖 요식적인 승인 절차를 거쳐 필요한 허가를 받고 나서야, 어맨다는 이곳 웨스트 57번가 225번지 옥상에서 작업할 수 있게 됐다. '센트럴파크 타워', 세계에서 가장 높은 주거용 건물이다. 옥상 끝에 서서 완벽한 빛을 머금은 도시를 내려다보는 어맨다는 놀라울 만큼 차분하다.

스위스에서의 그 사고 후, 어맨다는 다시는 연필이나 붓을 들 수 없을 줄 알았다. 그녀의 그림은 주제—그녀가 세상에서 가장 좋아하는 도시를 신의 관점에서 보는 것—에서 왔지만, 그 예술의 본질은 내면에서 비롯한다. 어맨다의 상상력 속에서 떠오르는 이미지에서 생겨났다. 하지만 눈을 감으면 어맨다에게 보이는 것은 조너스뿐이었다. 스스로를 마주 보는, 생명의 불빛은 사라졌지만 그럼에도 부러지고 뒤틀린 쇠와 플라스틱, 조각난 유리 사이에서 축 늘어져 있는 자신을 발견한 당혹감과 깊은 충격을 그대로 전달하는 조너스의 눈밖에 떠오르지 않았다. 1년이 넘도록 그 두 눈이 어맨다의 뇌리를 떠나지 않았다. 잠을 청할 때 마지막으로 생각하는 것도, 눈을 뜨고 처음으로 떠올리는 것도, 그사이 꾸는 모든 꿈도 다 그것이었다.

친구들은 걱정했다. 동료들은 염려했다. 가족들은 어맨다를 다시 세상에 이끌어 낼 방법을 찾느라 애썼다. 어맨다는 간헐적으로 잤다. 잘 먹지 않고, 술은 지나치게 마셨다. 결국 어맨다는 아파트에 틀어박혀 밖으로 나가지 않았다.

어맨다는 평생 그런 절망을 알지 못했다. 친구가 다그쳐 마지못해 만나기 시작한 상담사는 애도의 다섯 단계를 자주 말했다. 하지만 어맨다는 네 번째, 우울밖에 알지 못했다. 그리고 그것은 하나의 '단계'로 느껴지지 않았다. 단계란 지나가는 것, 결국 끝나는 시간이다. 반면 어맨다는 우울밖에 느끼지 못했다. 우울이 영원한 종착지 같았다. 조너스는 무한한 수의 현실이 존재한다는 사실을 증명해 노벨상을 받았지만, 어맨다에게 우주는 **단 하나**, 자신의 온 세상이었던 남자가 떠난 우주뿐이었다.

한동안 어맨다는 조너스가 은둔 생활을 바라지 않았을 것이라는 생각으로 의욕을 찾아보려고 노력했다. 어맨다는 스스로를 다그치고 책망하면서 슬픔을 자기혐오로 바꿨다. 그렇게 절망에 빠져있으면 남편을 배신하는 짓이라고 생각하며 어맨다는 자신을 벌주려고 했다. 하지만 그조차 효과가 없었다. 어맨다의 슬픔은 생물학적인 욕구였다. 호흡처럼, 무시할 수도 거부할 수도 없는 것이었다.

결국 조너스를 따라가겠다는 생각이 어맨다의 마음속에 질병처럼 뿌리 내렸다. 옥상에 올라가서 도시의 광경을 마지막으로 보고, 조너스와 다시 만날 수 있는 다른 세상, 다른 우주로 뛰어내리는 것을 상상했다. 그 새로운 상상 속 현실에서 어맨다는 불임이 아니었다. 언제나 소망했던 것처럼 엄마가 되어서 조너스에게 마땅히 주어야 할, 자신도 간절히 바라던 아이들을 낳아줄 생각이었다. 아이들은 조너스의 빛이자 어맨다의 선물이 될 것이고, 어맨다는 온몸의 세포 하나하나를 다해 그들을 사랑할 것이다.

어맨다는 이 환상이 해롭다는 것을 알고 있었다. 하지만 그녀는 아팠다. 합법적이고, 이해할 수 있는, **당연한** 아픔이었다. 어맨다는 상담과 치료 등 친구들이 던져주는 여러 가지 생명줄 가운데 하나를 잡아야 한다고 생각했지만, 아무리 애써도 거부하게 됐다. 하루하루 지날수록, 조너스와 다시 만난다는 생각이 마음속에서 더욱 또렷하고 강해졌다.

시간이 흐르며 그 생각은 구체성을 띠게 됐다. 어맨다는 맨해튼에서 가장 높은 건물, 원 월드 트레이드 센터를 골랐다. 그 건물의 공식 높이는 541미터지만, 옥상 높이는 416미터'밖에' 되지 않는다.

그 고도에서 떨어지면 바닥에 닿아 터져서 산산조각이 나기 전 기절할 가능성이 높다고 했다.

맨해튼 전역의 옥상에서 작업하는 화가로서, 옥상에 올라갈 허가를 얻는 것은 어렵지 않았다. 사실, 어맨다는 원 월드 트레이드 센터 꼭대기에서 그림을 그린 적도 있었다. 하지만 옥상에 올라가 북서쪽 모서리에 자리를 잡자, 어맨다는 쓰나미처럼 몰려드는 감정에 휩쓸렸다. 눈앞에 펼쳐진 도시의 광경은 어맨다 자신의 모습처럼 익숙했다. 어맨다는 '정점'이라고 제목을 붙인 그림에서 그 광경을 완벽하게 그려냈고, 두 번째 만난 날 조너스는 갤러리에서 그 그림을 보고 있었다. 어맨다는 그때 조너스의 표정, 어맨다가 캔버스에 물감과 붓으로 포착해 낸 도시의 장관을 믿을 수 없다는 듯, 경이로 가득 차 지켜보던 표정을 기억했다. 어맨다는 그녀가 〈정점〉을 그린 화가라는 것을 알게 된 순간 조너스가 그녀를 사랑하게 됐다는 느낌을 떨칠 수 없었다.

어맨다는 무릎을 꿇은 기억이 없었다. 언제 울기 시작했는지도 기억나지 않았다. 물론, 그 사고 후로 울기는 했다. 장례식에서도, 장례식 후에도 울었다. 사실 그 후로 아침마다, 거의 밤마다 울었다. 2년이 지난 뒤, 이제는 흘릴 눈물도 남지 않았다고 생각했다. 그러나 옥상에서 그 순간 어맨다의 마음속에서 슬픔이 치밀어 올라 눈물로 쏟아졌다. 무릎을 꿇고 앉은 어맨다는 온몸을 부들부들 떨며 울부짖었다. 자기 자신에게 퇴마 의식을 치르는 느낌이었다. 지금에 와서도 어맨다는 아무도 그 울음소리를 듣지 못한 것이 놀랍다. 그 소리를 들은 것은 하늘을 맴돌던 새들밖에 없었다.

어맨다는 여전히 힘든 낮과 잠 안 오는 밤을 보냈지만, 그런 시간은 차츰 줄어들었다. 더 이상 저녁 식사 초대를 거절하지 않았다. 술도 줄였다. 친구들이 "얼굴 좋아졌다"거나 "살이 좀 붙었다"고 말하기 시작했다. 행복하다고 말할 수는 없었지만, 극심한 우울증은 사라졌다. 어맨다는 감정의 중간 지대, 모든 것을 앗아가는 슬픔과 조너스 없이 살아갈 미래 사이 경계에 존재했다.

어맨다는 며칠이나 도시를 걸어 다니며, 단 하나의 고통스러운 질문을 던졌다. '이제 뭘 하지?' 이사를 하자는 생각이 떠올랐지만, 뉴욕은 고향이었고 그곳을 떠난다고 생각하니 싫었다. 에이전트는 작업 의뢰를 제안하는 전화와 이메일을 계속 보내왔다. 갤러리에서는 정중한 방식으로 문의를 반복했다. 어맨다가 갖고 있던 예술가적 본능은 조너스와 함께 죽은 듯했다. 하지만 어맨다에게 예술가적 본능의 죽음은 조너스의 죽음처럼 슬프지 않았다.

그러던 어느 날, 어맨다는 산책 중에 여러 신축 건물 중 하나가 드리운 그림자를 밟게 됐다. 어맨다는 경비원에게 부탁해서 옥상으로 올라갔고, 그 위에서 바라보는 광경에 압도되었다. 도시를 내다보던 어맨다는 머릿속으로 그 모습을 편집하기 시작했다. 아침 햇살 아래 빛나는 그곳의 광경을 상상했다.

그리고 다시 붓을 잡게 됐다.

어맨다는 이제 3주째 센트럴파크 타워 옥상에서 작업 중이다. 스케치. 연구. 여러 각도의 실험. 빛의 탐색. 8년 전 옥상에 올라가 새들이 보는 도시의 모습을 처음 보고 떠오른 영감을 되살리려고 노력했다. 진척이 느렸지만, 어맨다는 드디어 그때의 느낌을 되살려 낸다. 이틀 전, 어맨다는 가로세로 1.5미터짜리 캔버스를 화물 승강기로 실어 올릴 만큼 자신감을 얻었다. 손이 다시 자유롭게 느껴진다.

손끝이 캔버스 위를 미끄러지며 아름다움을 남길 때, 연필은 공기처럼 가볍다.

연필 끝에서 서서히 퍼져 나오는 도시 광경에 집중한 나머지, 어맨다는 처음에는 그 소리를 듣지 못한다. 그리고 그 소리가 들리자, 기억처럼, 착각처럼 느껴진다.

"어맨다."

조심스레 떨리는 목소리지만, 분명 그의 목소리다.

"어맨다." 다시 부른다. 조금 더 커지고, 조금 더 확실한 목소리다.

어맨다는 돌아서려는 충동을 느끼지만, 등 뒤에서 아스팔트 밟는 발소리가 들릴 때까지 무시한다. '말도 안 되는 생각이야.' 돌아서는 어맨다의 마음속에 그런 생각이 막 떠오른다.

그런데 그가 보인다.

해를 등지고 서서 신기루처럼 어른거린다. 환상이다. 하지만 어떤 환각도 제공하지 못하는 부분이 있다. 그는 말랐고, 깔끔히 면도한 얼굴은 수척하고, 광대뼈가 더 튀어나왔다. 그리고 나이가 들었다. 머리카락이 희끗희끗하다. 누더기가 된 옷은 며칠째 입은 것 같다.

그가 힘든 걸음걸이로 천천히 다가온다. 마치 신의 눈을 들여다보는 참회자처럼, 경외감이 서린 표정이다.

어맨다가 말하려고 입을 열지만, 아무 말도 나오지 않는다. 이건 사실이 아니라고, 사실일 수 없다고 마음이 외쳐댄다.

하지만 그때 조너스가 어맨다를 품에 안는다. 어맨다는 그 포옹이 그 무엇보다 진짜처럼 느껴진다. 어맨다는 그 순간에 몸을 맡긴다. 이것이 실성하는 느낌이라면, 제정신을 지키고 싶지 않다.

두 사람은 함께 울고 있다. 가벼운 바람 속에서 기뻐 흐느끼는 소리가 퍼진다.

결국 어맨다가 입을 연다. "어떻게?" 인간의 영역을 초월한 놀라움과 경이를 전달하는 한마디다.

"이야기가 길어." 조너스가 말한다. "끔찍이 진부한 소리 같지만, 사실이야. 정말이야."

"그럼 이게 진짜야?"

"진짜야."

문득 눈을 감고 있었다는 사실을 깨달은 어맨다는 눈을 뜨고 조너스의 얼굴을 본다. 손을 뻗어 그가 진짜인지 확인한다. 그의 뺨에 흐른 눈물에 햇볕이 비쳐 반짝인다. 성인이 된 후로 평생 자신이 보는 세상을 그려온 어맨다는 그 어떤 신기루도 그렇게 자세할 수 없다는 사실을 알고 있다.

어맨다가 눈물을 닦는데, 또 한 남자가 조너스 뒤로 등장한다. 또 한 명의 유령이다. 또 하나의 불가능한 부활이다. 하지만 이 놀라운 재회 후에, 어맨다는 눈앞에 나타난 증거를 부인할 수 없다. 어쩐 일인지, 18개월 전 췌장암으로 사망한 빅터 코바체비치가 이곳 옥상에 올라와 있다.

"빅터?" 어맨다가 속삭인다.

조너스가 돌아서서 그를 본다. 한 신기루가 또 한 신기루를 알아본다. "어떻게……."

"조너스, 어떻게 된 거야? 이게 무슨 일이지?"

"다 이야기해 줄게." 조너스가 다짐한다. 그리고 빅터에게 묻는다. "어떻게 여기 왔죠?"

빅터가 웃는다. 독사의 미소다. "모른 척하지 마, 조너스. 그보다는 똑똑한 사람이잖나."

조너스는 어리둥절한 표정을 짓는다. 어맨다는 눈앞에 보이는 것을 이해해 보려고 머리를 굴린다. 갑자기 들리는 천둥소리에, 어맨다의 가슴이 두근거린다. 아침 하늘이 갑자기 어두워진다. 하늘에 별안간 적란운이 몰려든다. 비가 내리기 시작한다. 어맨다가 느끼던 경이와 혼동은 원초적인 공포로 바뀐다.

"무슨 일이야?" 어맨다가 폭풍우 소리보다 크게 외친다. 공포가 섞인 목소리다.

"우주다." 빅터가 대답한다. "이걸 원하지 않는 거야." 그리고 빅터는 오싹하도록 침착하게 코트에 손을 넣어 권총을 꺼낸다. "우주가 원하는 건 **이것이지.**" 그가 말하며 총을 어맨다에게 겨눈다.

티브이나 영화 밖에서 총을 본 적 없는 어맨다는 그 모습에 숨이 멎는다. 주위에서 대자연이 분노하며 비와 번개를 던지고 있다. 어맨다의 등 뒤에 있던, 막 그리기 시작한 캔버스에 빗방울이 후두두 떨어진다. 어맨다가 총구에서 등을 돌린다면 회색 눈물을 흘리며 울고 있는 캔버스가 보일 것이다.

조너스가 앞으로 달려 나가 빅터를 설득하려는—'정말로 빅터가 맞을까?'—사이, 비와 번개가 그들에게 쏟아진다. "빅터…… 진심이 아니잖아요. 제, 제발 총 내려놔요. 총 치우고 대화해요. 무슨 문제든지, 대화로 해결할 수 있어요."

빅터가 총을 조금 더 위로 든다. "난 할 말 다 했어. 이것이 우주가 원하는 바야."

빅터의 손가락이 방아쇠를 감는다. 모든 것이 서서히, 꿈처럼 움직인다. '이건 꿈이야.' 어맨다가 생각한다. 그럼 그렇지. 꿈일 수밖에. 그것을 깨닫는 순간, 지금 일어나는 모든 일—초자연적인 폭풍우, 죽은 두 사람의 부활, 빅터의 광기—이 정리되며 이해된다.

빅터가 총을 쏘자, 어맨다는 그 소리를 또 한 차례 천둥이 친 것으로 착각한다. 하지만 조너스가 무릎을 꿇는다. 어맨다의 머릿속에서 이전 몇 초가 재구성된다. 빅터가 어맨다에게 총을 쐈지만, 조너스가 총알 앞으로 몸을 던졌다. 어맨다가 입을 벌리고 지켜보는 사이, 쓰러진 조너스의 몸 아래 붉은 웅덩이가 생겨난다.

어맨다는 털썩 주저앉아 본능적으로 그를 품에 안는다. 조너스의 몸이 불길하게 축 늘어진다. 눈물과 빗물에 어맨다의 시야가 흐려진다. 손등으로 물을 닦자, 조너스의 심장이 있는 자리에 흐르는 피가 보인다. 어맨다가 손을 뻗어 출혈을 막아보지만, 조너스의 피가 손가락 틈으로 뿜어져 나온다. 어맨다는 캔버스를 두고 온 옥상 끝으로 돌아가 휴대전화를 가져와야 할까 생각한다. 도움을 요청할 수 있지만, 그러려면 조너스를 두고 움직여야 한다. 이미 너무 늦은 것이 아닐지 두렵다.

조너스의 떨리는 손끝이 어맨다의 얼굴로 다가온다. 그의 치아 사이로 피가 스며 나온다. "해냈어." 그가 숨을 몰아쉰다. "당신에게 돌아왔어."

어맨다는 위로하듯 속삭인다. "말하지 마. 힘을 아껴. 전화를 가져올게." 어맨다는 전화를 가져오기로 마음먹는다. 다른 방법이 없다. "바로 저기 있어. 곧 돌아올게." 어맨다가 조너스를 내려놓으려고 움직이자, 조너스가 어맨다의 어깨를 붙잡으며 고개를 젓는다. 눈꺼풀이 떨리는 그의 눈에서 희망을 찾을 수 없다. 항복 직전이다. 의사가 아니더라도 그의 생명이 빠르게 다해가는 것은 알 수 있다.

"사랑해." 조너스가 쉰 목소리로 말한다. 어맨다는 그 한마디를 말하기가 얼마나 힘겨운지 가늠할 수 없다. 조너스는 침을 꿀꺽 삼키고 이를 악물고 힘을 주어 말한다. "너무 사랑해."

"내가……" 어맨다가 갈라지는 목소리로 말한다. "내가 더 사랑해."

그리고 조너스는 숨을 거둔다. 그의 가슴은 더 이상 발작하듯 오르내리지 않는다. 그의 심장이 뛸 때마다 어맨다의 손가락 사이로 새어 나오던 피도 멈춘다. 굳은 얼굴에는 희한하게 경외감 같은 표정이 떠올라 있다. 사후 세계로 가는 사람이 지을법한 표정이다.

어맨다는 속이 메슥거린다. 방법도 영문도 알 수 없지만, 인생 최악의 순간이 방금 다시 찾아왔다. 삶의 의지를 되찾은 직후에 이런 일이 벌어졌다는 사실이 너무나 지독하게 잔인하다. 어맨다는 슬픔이 휘몰아치면서 돌아오는 것을 느끼고, 다시 우울에 빠질 것이라고 예상하지만, 또 다른 감정이 솟아오른다.

분노다.

맹렬히 불어닥치는 폭풍우 속에서 어맨다의 몸이 뜨거워진다. 심장에서 시작된 그것은 바깥으로 뻗어나가며 두려울 정도로 강렬하게 커진다. 조심스레 조너스의 시신을 옥상에 내려놓는 어맨다의 몸이 긴장한다. 어맨다는 그의 머리를 부드럽게 내려놓는다. 천천히 일어선다.

빅터는 어맨다를 죽이려는 의도로 권총을 들고 있던 그 자리에 그대로 있다. 권총은 여전히 손에 쥐여져 있지만, 어맨다는 개의치 않는다. 그것이 이미 어맨다가 소중히 여기는 모든 것을 앗아간 뒤니까.

"무슨 짓을 한 거예요?" 어맨다의 말은 질문이 아니라 비난이다.

고함을 지르지 않은 것이 어맨다 자신도 놀랍다.

"우주의 균형을 맞춘 거야." 대답이다. 빅터도 어맨다처럼 이를 악물고 차분히 대답한다. 그는 쏟아지는 빗줄기 사이로, 어맨다에게 너무나 생소한, 도저히 이해할 수 없는 광기 어린 표정으로 어맨다를 보고 있다. 그렇게 분노하지 않았다면 어맨다는 겁에 질렸을 것이다.

"그게 무슨 뜻이죠?" 어맨다가 절망 어린 목소리로 따져 묻는다. 어맨다는 죽은 것이 분명한 남자, 증오심으로 타오르는 빅터를 뚫어져라 보다가, 그 순간 깨닫는다. 어떤 설명도 이해할 수 없음을, 더 이상 아무 의미도 없음을.

어맨다가 사랑하는 남자가 죽었으니까. 또다시.

승강기는 건물 옥상 한 층 아래에서 멈춘다. 그는 승강기에서 튀어 나간 뒤 가까운 계단으로 향한다. 계단을 한 번에 두 단씩 뛰어오른 다. 스파이어를 끝없이 오르던 것에 비하면 산책하듯 쉬운 일이다. 하늘에서는 천둥이 우르릉거린다. 폭풍우가 자신 때문에 일어난 것 이라고 생각해도 부끄럽지 않다. 한 우주에서는 지진이었다. 이번에 는 퍼레이드와 택시와 두 번의 가스관 폭발이었다. 우주가 버르장머 리 없이 난동을 부린다. 넘어야 할 장애물일 뿐. 별것 아니다.

조너스는 계단을 뛰어올라, 맨 위의 문을 지나서 옥상으로 나간 다. 바람과 비가 그를 때린다. 번개의 정전기에 머리칼과 수염이 곤 두선다. 위에서 천둥이 치자 조너스는 걸음을 멈춘다. 쏟아지는 빗 줄기 사이로 세 사람이 보인다. 조너스의 가슴이 철렁한다. 누군가 심장을 움켜쥐는 느낌이다. 모든 것이 서서히 움직이며 꿈처럼 느 껴진다. 악몽이 펼쳐진다.

그중 한 명은 어맨다지만, 그녀가 말하는 상대가 누군지 보이자 그 순간의 반가움이 사라진다. 빅터가 권총을 쥐고 있다. 어맨다와 에바의 목숨을 앗아간 그 총이다. 이 무시무시한 순간에도 조너스는 자신을 책망한다. 스파이어에서 빅터를 죽이지 않은 것이 후회스럽다. 그를 쐈어야 한다. 정신을 잃은 그의 몸뚱이를 통로 밖으로 던졌어야 한다. 대신, 조너스가 보여준 호의를 빅터는 이렇게 갚는다. 올바른 행동인 줄 알았는데 무모한 부주의로 밝혀졌다. 빅터가 지금 어맨다를 죽인다면, 조너스가 방아쇠를 당긴 셈이다.

빗물과 핏물 웅덩이 속에 또 다른 사람이 쓰러져 있다. 비가 내리는 데다 쓰러진 각도 때문에 잘 보이지 않지만, 조너스는 그를 겨우 알아본다. 자기 자신의 얼굴은 자세히 보지 않아도 알 수 있다. 깔끔히 면도하고 자신과 비슷한 옷을 입은 모습이다. 또 하나의 도플갱어다. 어맨다를 찾아온 또 하나의 조너스다. 목표를 눈앞에 두고 비극적인 죽음을 맞이한 그다.

조너스의 머릿속에 파시즘이 득세한 맨해튼의 광경이 떠오르면서 누군가가 뒤를 밟는 것 같은 느낌이 떠오른다. 지금, 이 긴장된 순간에도 조너스는 다중우주의 완벽한 질서에 찬탄한다. 다중우주의 모든 조너스 중에서 잃어버린 연인을 찾기 위해 다중우주와 맞설 수단과 의지와 끈기를 가진 것이 그 혼자만은 아닐 것이다. 그런 조너스 한 명이 지금 어맨다의 발치에 죽어있다.

어맨다가 빅터에게서 고개를 돌려 그를 본다. 어맨다는 눈앞의 광경을 파악하려고 애쓰고 있다. 이어서 빅터가 어맨다의 반응에 반응을 보인다. 조너스의 속이 울렁거린다.

"조너스?" 어맨다가 속삭인다.

조너스는 듣지 않는다. 대신 옥상을 가로질러—빗물을 튀기며—필사적으로 달려간다. 눈앞에서 번갯불이 튀지만, 조너스는 멈추지 않는다. 멈출 수 없다. 쏟아지는 빗속에서 조너스는 권총을 드는 빅터를 떠올린다. 빅터가 어맨다를 겨누고 방아쇠를 당기는 모습을 떠올린다. 두려움에 발걸음이 더욱 빨라진다. 두려움과 무시무시한 분노에.

"떨어져!" 조너스가 외친다. 천둥이 대답을 외친다.

총성이 들리고 조너스는 그것이 번개 치는 소리이기를 바라며 빅터와 충돌하며 쓰러진다. 빅터를 어맨다에게서 최대한 멀리 떼어내려는 초자연적 욕구에서 비롯한 행동이다. 기계가 덜그럭거리는 소리가, 빅터의 권총이 옥상 바닥에 떨어지는 소리이기를 바란다. 두 사람은 마치 죽음의 무도회에서 춤추듯 한데 엉켜 옥상 난간에 부딪힌다. 난간이 떨어져 나간다. 두 사람은 관성에 따라 옥상 너머로 떨어진다. 어맨다의 비명이 들리지만, 폭우와 돌풍, 천둥처럼 울려 대는 심장 소리 때문에 어맨다의 소리인지 확실하지 않다.

그와 빅터는 추락하면서도 엉켜있다. 센트럴브론에서 낙하하던 리무진을 떠올리며, 조너스는 이번에도 동시 발생이 작용한다고 생각한다. 그때 그와 어맨다는 통 속의 주사위처럼 이리저리 굴렀다. 센트럴파크 타워의 각 층이 휙휙 지나간다. 조너스와 빅터는 빗방울과 경주하며 추락한다.

조너스 앞에 청회색이 번쩍인다. 빅터의 팔목에 감긴 금속이다. 그의 사슬 팔찌. 떨어지는 사이 조너스의 손가락이 그것을 향해 뻗어나간다. 이 높이에서 떨어지면 두 사람 모두 죽겠지만, 죽기 전 조너스는 단 하나의 생각, 순수한 본능에 사로잡힌다. **빅터가 만든 것은 부수고 죽겠다.**

빅터도 조너스의 의도를 간파한 모양이다. 두 사람 모두 나름대로 천재이므로. 빅터는 손을 치우지만, 조너스가 그보다 앞서 빅터의 사슬을 움켜쥔다. 금속 테두리를 느끼며, 조너스는 손톱으로 빅터의 살갗을 할퀸다. 그의 적수는 진짜 아파서라기보다는 분해서 고함을 지른다. 조너스는 사슬과 살갗을 움켜쥐고 놓지 않는다.

조너스의 사슬과 마찬가지로, 빅터의 사슬도 섬세한 기술의 산물이다. 조너스가 힘을 주자 사슬은 산산조각이 난다. 작은 조각이 빙글빙글 돌며 떨어진다. 근처에서 치는 번개에 그 조각이 반짝인다. 빅터가 울부짖지만 그 소리는 돌풍에 묻힌다. 조너스가 곧 닥칠 죽음에 몸을 맡기고 드디어 안식을 찾고자 하는데, 폭풍우가 사라진다.

조너스가 낙하하는 동안 주위의 현실이 변한다. 비는 햇볕으로 대체된다. 대낮이 밤으로 바뀐다. 센트럴파크 타워가 사라지더니 완전히 새로운 구조물로 재탄생한다. 뉴욕이 깜빡이며 사라지고 타임랩스로 촬영한 것처럼 스카이라인이 솟았다가 내려앉는다.

조너스는 이럴 리 없음을 알고 있다. 다른 조너스는 스파이어에서의 현실 간 이동이 마지막 편도 여행이라고 했다. 조너스는 도플갱어가 계산한 내용을 확인, 또 확인했고, 그것이 옳았다. 그러나 만화경처럼 변화하는 우주들을 보면 그렇지 않은 듯하다. 혹은, 스파이어에서 했던 '충전'이 예상과 달리 작용한 모양이다. 혹은 빅터의 사슬이 부서질 때 주위에 있었던 탓일지도 모른다. 어쨌든 창조의 주사위가 펼쳐놓은, 저마다 다른 현실들이 자리를 바꾸는 광경을 보며, 조너스는 빅터와 자신이 여러 우주 사이를 구르며 최후를 맞이하는 것이 적절하다고 생각한다.

그는 어맨다를 생각한다. 그가 들은 총성이 빗나간 것이거나 번개 치는 소리였기를 바란다. 그의 유일한 바람은 어맨다가 삶을 계속하는 것이다. 그 이상은 바란 적 없었고, 최후의 순간 그는 너무 많은 것을 원해 그 바람에 삶을 낭비했음을 깨닫는다.

마침내 땅이 솟아 그를 맞이하자, 차라리 감사하다.

하지만 조너스는 죽지 않는다. 그럴 리 없건만, 죽은 것치고 조너스는 너무 고통스럽다. 제네바 공항 호텔 객실을 떠난 후 온갖 고초를 겪은 몸이지만, 이런 고통은 처음이다. 머리가 지끈거린다. 심장이 뛸 때마다 새로운 고통이 느껴진다. 가슴에 불이 붙은 것 같다. 고통스러운 곳에 손을 대보자, 손끝에서 고통이 가라앉는 것이 느껴진다. 늑골 두 개가 빠져나와 흔들리고, 그로 인한 고통 탓에 검은 점들이 시야를 가린다.

숨쉬기가 어렵다. 숨을 쉴 때마다 새로운 발작적인 고통이 그를 맞이한다. 하지만 조너스는 일어설 수 있다. 그러자 어째서 보도에 부딪혀 산산조각 나지 않았는지 알게 된다. 그곳은 보도가 아니다. 그는 고층 건물을 잇는 공중 통로 위에 있다. 그의 눈에 보이는 것은 뉴욕의 건물들을 가로세로로 연결하는 통로 중 하나다. 다중우주가 그의 추락을 막기 위해 제공한 다리다.

조너스가 이 현상을 보고 우주가 전적으로 그를 막으려는 것만은 아니라고 받아들이려는 순간, 매끄러운 금속 바닥으로 다시 쓰러진다. 누가 공격한 것인지는 알고 있다. 스파이어의 좁은 통로 위에서 싸우던 두 사람이 떠오른다. 하지만 이번에 빅터는 이전 패배의 기억으로 약이 바짝 올라있다. 빅터는 주먹을 거둘 생각이 없다. 멈추지 않는다.

한 가지 다행이라면, 빅터는 조너스의 머리에 집중하느라 부러진 늑골은 피해서 때리고 있다. 다리 위에서 싸우는 두 사람을 보는 사람이 있는지는 몰라도, 아무도 중재에 나서지 않는다. 빅터는 또 한 차례 주먹을 날리고, 조너스는 코가 주저앉는 것을 느낀다. 입안이 축축해지며 쇠 맛이 난다.

두 손으로 머리를 보호하던 조너스는 무릎을—다른 곳처럼 다치지 않은 데 감사하며 최대한 힘껏—들어 빅터의 사타구니를 친다. 빅터가 아파서 비명을 지르며 더욱 세게 주먹을 날린다. 빅터가 옆구리에 주먹을 꽂자, 부러진 갈빗대 하나가 폐를 찌르는 것이 느껴진다. 조너스가 비명을 지를 차례지만, 그러기 위해 필요한 숨을 들이쉴 수 없다.

빅터가 우위를 감지하고 조너스의 목을 움켜쥔다. 조너스가 빅터의 손을 치우려고 팔을 뻗지만, 빅터는 손등이 하얘지도록 손아귀에 힘을 준다. 그는 냉혹한 눈빛으로 조너스를 노려본다. 조너스는 목숨을 구걸하고픈 허기, 원초적 본능을 느끼면서도 말이 나오지 않는다. 가슴에는 불과, 피와, 속에서 그를 잡아 뜯는 두 개의 날카로운 발톱뿐이다.

살기 위해 발버둥 치며 조너스는 어쩌면 다중우주 속에 또 다른 그 자신이 있을지 모른다는 희망을 붙잡아 본다. 어쩌면 하나는 더 존재해 어맨다를 찾으러 올지 모른다. 하나의 지구 위 모래알만큼 많은 현실이 존재하는 다중우주라면, 그와 어맨다가 함께하는 현실이 하나는—딱 하나는—있을지 모른다. 행복하게. 아이도 낳고 사는 현실이.

그 생각을 하니 조너스는 마음이 평온해진다. 몸이 차가워지는 사이 영혼만은 따뜻해진다. 눈이 서서히 감기고, 조너스는 빅터의 손아귀에서 벗어나려고 버둥거리기를 멈춘다. 이제 그만 쉬고 싶다. 떠나고 싶다.

하지만 그 순간 조너스는 다시 낙하한다. 바닥에 있던 다리가 사라졌다. 중력이 그를 아래로 당기고, 아직 그 위에 올라탄 빅터는 목을 움켜쥔 채 아래로 누르고 있다.

다시 주위의 현실이 바뀌고 있다. 한순간 눈발이 날린다. 그다음 현실에서는 불 속으로 곤두박질친다. 하늘은 잿빛에서 검정, 파랑, 찬란한 주황빛으로 변한다.

조너스는 가슴 깊숙이에서 마지막으로 한 번 더 버둥거릴 힘을 끌어낸다. 몸을 비틀고 흔들지만, 빅터의 손은 목을 감은 채다. 조너스는 체중을 옮겨 몸을 뒤집어서 빅터 위에 올라탄다. 그러자 빅터도 몸을 뒤집어 조너스 위에 올라탄다. 둘은 어맨다와 조너스의 불운한 리무진처럼, 조너스가 히지야마 공원에서 던졌던 500엔짜리 동전처럼, 끊임없이 구른다.

조너스인가 어맨다인가.

앞인가 뒤인가.

새로운 현실을 탄생시킬 잠재력을 가진, 50 대 50 확률의 던지기.

빅터인가 조너스인가.

하나는 다른 하나의 추락을 막을 것이다.

우주는 특정 결과를 선호한다.

그들은 롱아일랜드 동쪽 끝 해변, 파란색과 산호색이 뒤섞인 하늘 아래서 결혼했다. 소규모의 하객이 반원형으로 배치한 흰색 접이식 의자에 앉아있었고, 두 사람 등 뒤에서 파도가 바닷가에 키스했다. 바다 쪽에서 부드러운 바람이 불어왔고, 공기에서는 바다와 숯 냄새가 났다.

술통에서 익은 듯한 목소리를 가진 칠십대의 여성, 어맨다의 에이전트가 주례를 맡았다. 그녀는 감동적이고 뭉클하며 재미있는 주례사를 했다. 조너스와 어맨다가 어려서 부모님을 잃은 공통점이 있다고 했다. 그녀는 늘 어맨다에게 어머니 같은 애정을 느꼈으며, 조너스에게도 같은 마음이라고 고백했다. 그녀는 두 사람이 뉴욕시의 숱한 사람들 속에서 만나게 된 것을 신에게 감사했다

조너스는 친구 피터가 골라준 턱시도를 입었다. 어맨다는 목선이 높고 소매가 없는 새하얀 베라 왕 드레스를 입었다. 결혼식을 위해 머리칼을 짧게 자르니 반짝이는 두 눈이 더 두드러졌다. 아니, 어쩌면 그저 결혼식 때문에 더욱 반짝인 것일지도 모른다.

두 사람은 결혼 서약을 직접 썼다.

조너스가 암기한 내용을 말했다. "어맨다, 운명이라든가, 우주가 특정 결과를 선호한다는 말은 하지 않을게. 당신은 이미 그 두 가지 강의를 수도 없이 들었으니까. 하지만 매번 당신은 한 마디 한 마디를 열심히 경청하고 나를 따라 지식의 골목 끝까지 와줬어. 인내심을 갖고, 거기 더해 호기심을 갖고 그렇게 했지. 당신이 세상을 보는 방식을 사랑해. 당신의 놀라운 작품뿐 아니라, 당신 마음을 보면 알 수 있어. 당신이 마음을 챙기며 집중하며 사는 모습은 **특히** 나 같은 사람은 흉내라도 낼 수 있기를 바랄 따름이야. 당신은 눈부시고 상냥하고 애정이 풍부해. 당신은 내가 더 나은 사람이 되길 원하게 만들어." 조너스는 눈물을 참느라 잠시 멈췄다. 조너스는 그 순간에 푹 젖어 들어, 그때의 모습을 마음속 벽에 완벽하고 생생하고 영원하게 새기고 싶었다. "당신을 이루 말할 수 없이 사랑해. 하지만 우리가 함께하는 평생, 말로 표현하도록 노력하겠다고 약속해." 그는 어맨다를 향해 미소 지었다. "당신을 너무 사랑해."

"내가 더 사랑해." 어맨다는 진심을 담아 대답했다. 그리고 준비해 온 쪽지를 내려다봤다. "난 화가야. 당신은 과학자고. 이보다 더 다른 두 사람을 찾기 어렵겠지. 하지만 그건 외양일 뿐이야. 진실은, 대부분의 진실이 그렇듯이, 내면에서 발견되잖아." 어맨다는 정교한 글씨체로 가득 적어 온 쪽지를 다시 내려다봤다. 그러더니 종이를 접고 마음에서 우러나온 말을 했다. "우리가 가진 공통점이 차이점보다 훨씬 더 커. 우리는 똑같이 생각해. 똑같이 느끼고. 우리는 둘 다 우주를 바라보고 그 안에서 아름다움을 찾아. 당신의 눈, 당신의 마음을 보면 그것과 같은 아름다움이 있어. 당신은 그림이야. 당신은 수식이고. 당신은 은 우주야. 당신은 **내** 온 우주야. 그리고 당신을 너무, 너무 사랑해."

조너스는 머리를 살짝 흔들었다. "내가 더 사랑해."

여느 결혼식 절차가 뒤따랐다. 반지를 교환했다. 성혼 선언이 있었다. 두 사람은 수평선으로 내려앉는 석양 속에서 키스했다. 사방에서 휴대전화 카메라가 그 순간을 포착했다.

그들은 거니스라는 해변의 작은 리조트 옥외에서 피로연을 열었다. 밴드 연주에 두 사람 모두 신나게 춤을 췄다. 조너스는 어맨다에게 춤의 목적을 이해할 수 없다고 한 적이 있었지만 그때가 전생처럼 느껴졌다. 여러 면에서, 여러 가지 중요한 의미에서, 조너스는 새로운 생을 살고 있었다. 예전의 그는 너무 멀리 느껴져서 그때가 별개의 평행우주 같았다. 조너스는 춤이 말로 표현할 수 없는 감정을 전하는 한 가지 방법임을 배웠다.

조너스는 다중세계 이론 증명을 떠올리고, 다중우주의 다른 조너스들을 상상했다. 그들에게도 어맨다가 있을까? 어맨다를 만나지 못한 조너스들이 가엾었다. 그들의 세상은 음악이 없는, 삭막하고, 무채색의, 조용한 세상이었다. 조너스는 그런 존재로 사느니 차라리 죽겠다고 결심했다.

그는 댄스플로어에서 어맨다를 찾았다. 하객들이 앞에서 몸을 흔들며 시야를 가렸지만, 결국 사람들 틈에서 어맨다가 보였다. 어맨다는 음악에 맞춰 허리를 흔들며, 한 손을 하늘로 올리고 다른 손으로는 멋대로 휘날리는 드레스 자락을 잡아 맨발을 살짝 드러낼 만큼만 올리고 있었다. 조너스는 어맨다의 모습을 가만히 지켜봤다. 아내의 모습에 너무나 몰두한 나머지, 춤을 멈춘 것조차 모른 채. 주위 사람들은 아무것도 모르고 빙글빙글 돌고 있었다.

어맨다는 찬란했고, 조너스는 앞으로 수십 년 동안 수십, 수백, 수천 번 겪게 될 그런 작은 순간을 마음속에 그렸다. 매번 그가 그녀를 처음 만난 순간을 되살려 줄 기회가 되리라. 매번 그 나름대로 작은 기적이 되리라.

조너스는 2년도 안 되어 어맨다가 죽으리란 사실을 알지 못했다.

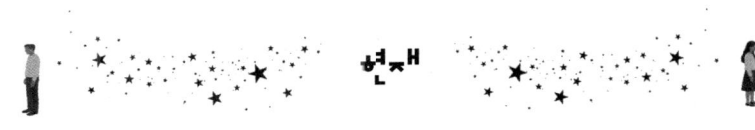

빅터의 손이 조너스의 목을 조르고 있다. 평생 처음 느끼는 분노다. 그는 자기 손으로 조너스의 숨통을 끊는 것을 상상한다. 빅터도 낙하 중인 것을 알고 있다. 수많은 현실들이 우주의 룰렛처럼 빙빙 돌아가는 것도 알고 있다. 빅터는 자신이 떨어져 죽을 것을 알지만 개의치 않는다. 바닥과의 충돌로 두 사람이 죽기 전 조너스를 죽여야 한다는 필사적인 욕구에 떠밀려, 시간과 미친 경쟁에 몰두하고 있다. 빅터도 어느 정도 자신이 비이성적이라는 것을 알고 있다. 중요한 것은, 그래야만 한다는, 그것이 평생 노력의 절정이라는 느낌이다. 아니, 그 노력을 더럽히는 것인가? 상관없다. 조너스가 그의 손에 죽는다는 것 말고는 이 덧없이 짧은 순간에 중요한 것은 없다.

하지만 빅터는 자신이 성공했는지 알지 못하고 죽는다.

그가 마지막으로 한 행동은 조너스의 무게에 깔리며 조너스가 받을 충격을 덜어주는 것이다. 결국, 빅터 코바체비치 명예교수는 인간 에어백으로 생을 마감한다.

∞

조너스는 근육과 뼈와 피가 이룬 웅덩이 속에 뻗어있다. 전신의 신경 말단이 괴로워 비명을 지른다. 늑골 두 개가 부러지고 폐가 찔렸다. 두개골과 왼쪽 다리 경골에 금이 갔다. 통증만 없다면 조너스는 자신이 죽었다고 생각할 것이다.

조너스는 빅터의 뻗은 형체에서 몸을 굴려 움직이다가 진짜 통증이 무엇인지 알게 된다. 기쁨이나 안도감을 느껴야 하지만, 고통이 모든 감정을 가린다. 조너스는 숨을 쉬려다가 기침한다. 그러자 입에서 피가 튀어나오며 조너스는 정신을 잃을뻔했다. 자신의 피에 잠겨 죽는 것이 아닐까 두렵다.

사이렌 소리가 들리지 않는다. 그를 구하러 달려오는 구급차도 없다. 그를 도우러 아무도 오지 않는다. 희망이 없다. 우주는 조너스에게 빅터보다 오래 살았다는 사실에 만족하라고 한다. 사실, 거기에 약간의 위로는 된다. 조너스는 자신이 사람을 죽일 수 있다고 생각해 본 적 없지만, 빅터가 죽고 자신은 살았다는 사실에서 기쁨을 느낀다. 그것이 잠시뿐이라 해도. 그리고 그 기쁨에 조너스는 부끄러워진다.

마음 한구석으로 조너스는 늘 빅터의 복수심에 자신의 탓도 조금은 있다고 느낄 것이다. 빅터의 생각이 옳을지 모른다고, 조너스의 업적은 빅터의 탁월한 연구의 결과일지 모른다는 가능성을 늘 의심할 것이다. "내가 더 멀리 봤다면, 그것은 거인들의 어깨에 올라섰기 때문이다." 아이작 뉴턴의 글이다. 그 생각이 조너스를 괴롭힌다. 그도 빅터의 어깨에 올라섰던 걸까? 그렇다면, 그것이 그렇게 잘못한 일인가? 뉴턴에게 좋은 일이라면 컬런에게도 좋은 일이어야 하지 않을까?

오랜 세월 자신에게 그 질문을 던졌지만 조너스는 대답을 얻지 못했다. 차갑고 딱딱한 바닥에 누워—폐에서 피를 흘리고 뼈는 부러진 채 숨쉬기가 힘겨운 상태로—그는 이런 꼴을 당해도 마땅하다고 믿기 시작한다. 세상이 어두워지고, 눈을 뜨기조차 불가능하게 느껴진다.

그의 환상 속으로 사람 목소리가 흘러들기 시작하지만, 멀리서 들리는 것 같다.

"괜찮아요?"

"움직이지 말아요, 네?"

"구급차가 오고 있어요."

"난 끝났어, 어맨다." 조너스가 중얼거린다. "당신이 어디 있든지…… 난 여기까지야. 미안해."

"말하지 마세요." 누군가가 말한다. "호흡을 아껴요."

"미안해. 당신……." 조너스는 목이 멘다. 눈물이 흐르는 것이 느껴진다. 한 가지 괴로운 기억이 떠오른다. "우주의 파도를 거슬러 헤엄칠 수는 없어."

살갗 아래 찌릿한 느낌도, 따끔거리는 느낌도 없다. 이번 이동을 가능하게 한 양자 현상이 무엇이었든지, 이제는 사라졌다. 이 우주, 이 현실이 결국—**결국**—그가 아는 마지막 장소다.

어맨다가 아직 살아있다고 생각하니, 이제는 세 명의 조너스를 애도할 것이라고 생각하니, 조너스는 견딜 수 없이 고통스럽다.

그래서 조너스는 포기한다. 사후 세계가 있다면, 거기서 그를 기다릴 어맨다가 있다. 그 어맨다에게로 간다.

어딘가 멀리서 아이가 울고 있다. 조너스는 그 소리를 겨우 인지하지만, 그것이 실은 사이렌 소리임은 알지 못한다. 사람들이 중얼거리는 소리, 팔에 혈압 측정기를 두르고 기도를 확인하는 구조대원들이 움직이는 소리도 들리지 않는다.

그를 향해 질문과 명령이 날아온다. "선생님, 들리세요?"

"제가 보입니까, 선생님?"

"이거 느껴집니까?"

"제 손을 세게 잡을 수 있습니까?"

모든 질문에 대한 대답은 아니오다.

조너스의 몸은 죽은 것처럼 구조대원의 조작에 따라 움직인다. 그들은 그를 찌르고 누르고 바늘을 가져와 혈관에 꽂지만 아무런 변화도 없다.

조너스는 100만 킬로미터 떨어진 곳에서 누가 자기 이름을 부르는 소리를 듣는다. 아니, 부르는 것이 아니다. 외친다. 한 여자의 필사적인 목소리. 어맨다의 목소리다.

눈을 뜰 수 있다면, 조너스는 어맨다가 구경꾼들을 밀치고 다가오는 것을 보았을 것이다. 공포에 하얗게 질린 얼굴에 눈물을 줄줄 흘리며. 구조대원 한 사람이 조너스에게서 돌아서서 어맨다를 말리지만, 어맨다는 계속 그의 이름을 외친다.

죽음은 여러모로 잔인하지만, 망상을 일으키는 능력도 그중 하나다. 삶의 속박에서 드디어 벗어나는 순간 지극히 완벽한 환상을 만들다니. 그래서 어맨다가 외치는 소리가 들리는 것이라고, 조너스는 확신한다. "가고 있어, 내 사랑." 조너스가 가쁜 숨을 내쉬며 말한다. "걱정 마. 가고 있어."

"나 여기 있어." 어맨다가 대답한다. 처음으로 그 목소리가 멀게 느껴지지 않는다. 처음으로 조너스는 얼굴에 닿는 손이 땀과 눈물을 닦아내는 것을 느낀다. "내가 왔어." 그 목소리에서 느껴지는 다급함을, 조너스는 이해할 수 없다.

언제나 믿음직한 자산이었던 그의 정신이 산소 부족에도 불구하고, 통증이 내린 안개를 걷으려고 사투를 벌인다. 그 목소리가 어맨다의 것이라면, 그 목소리가 사후 세계의 것이 아니라면, 들리는 소리가 진짜라면, 조너스가 떨어지며 지나온 모든 우주들 중에서 다시 어맨다가 살아있는 곳에 도착했다는 뜻이다. 그런 일이 일어날 확률은 제아무리 조너스라고 해도 계산할 수 없다. 단 한 가지 이유는, 혈액과 산소가 부족해서 일어난 환상, 죽음 직전의 정신착란이라는 것이다.

하지만 조너스의 입술에 닿는 어맨다의 입술은 너무나 진짜 같다. 어맨다의 눈에서 흘러 그의 얼굴에 떨어지는 눈물은 그가 상상할 수 없는 것이다. 어맨다의 애원, 눈을 뜨라는 간절한 외침은…… 그가 무시할 수 없는 것이다.

불가능한 일 같지만, 여태까지 해낸 일 중 가장 힘든 일 같지만, 조너스는 눈을 뜬다. 그러자 보이는 모습이 물속처럼 어른거리다가 서서히 초점이 또렷해진다. 그러다 분명히 보인다. 조너스는 그녀를 올려다본다. 어맨다를. 울면서 동시에 미소 짓는 얼굴을. 겁에 질렸으면서 동시에 안도하는 모습을. 슬퍼하며 동시에 기뻐하는 어맨다를. 어맨다가 그 모든 감정을 동시에 느끼며 눈앞에 있다.

"날 찾아낼 줄 알았어." 어맨다가 울면서 말한다.

조너스는 말하려고 해보지만 소리가 나오지 않는다. 숨을 쉬며 어맨다를 계속 보는 것까지가 한계다. 어맨다가 꼭 쥐는 손길을 느끼고. 어맨다의 얼굴을 보고. 집에 돌아왔음을 아는 것.

구급대원이 일하는 동안 사람들이 떠들어 대는 소리가 들리고, 문득 도시 전체가 다시 존재감을 드러낸다. 하지만 자기 생명보다 더 사랑하는 사람을 올려다보는 조너스에게는 온 세상에 두 사람만 존재한다.

온 **다중우주**에.

열둘

구급대원이 조너스를 응급실로 이송한 뒤, 의사들이 최대한 치료한 뒤, 엑스레이와 시티 촬영을 거친 뒤, 진통제에 편안히 취한 뒤, 필연적인 질문이 따라온다. **죽은 노벨상 수상자가 어떻게 이 병원에 온 것인가?** 처음에 조너스는 사실대로 대답하려고 한다. 결국, 잠깐 구글 검색만 해도 그가 무슨 연구로 노벨상을 받았는지 알 수 있으니까. 평행우주가 존재한다는 수학적 증거를 세상 사람들이 받아들일 준비가 됐다면, 살아있는 사람이 그것을 증명하는 것도 받아들이지 않을까? 사실대로 밝힌다면 팔에 새긴 특이한 문신도 설명할 수 있다는 장점이 있다.

하지만 결국, 세상이 그의 설명을 받아들일 준비가 되었는지 여부와 관계없이, 조너스 자신은 아직 관심의 대상이 될 준비가 안 됐다고 결론 내린다. 그는 쏟아지는 질문과 미디어의 관심, 어마어마한 유명세를 감당할 수 없다. 어딘가로부터 멀어질 일에 말려들고 싶지 않다.

그래서 조너스는 거짓말한다.

조너스는 너무 많은 내용을 꾸며내지 않으려고 노력한다. 리무진이 전복됐을 때, 조너스는 차에서 벗어났다. 그리고 기억상실을 겪었다. 노숙자들 사이에서 살았다. 스위스의 길 잃고 버려진 사람들 틈에서 노벨상 수상자를 찾을 생각은 아무도 하지 않았다. 결국 그는 기억을 되찾았다. 결국 그는 집으로 돌아왔다.

사고 잔해에서 수습한 시신에 대해서는 설명할 수 없었지만, 다행히 이 현실의 조너스는 화장됐다. 물론, 시간이 지나면서 사람들은 이야기 조각을 모아보고 맞아들지 않는다고 결론을 내릴 것이다. 누군가가 조너스의 다중세계 이론 증명을 검토하고 피할 수 없는 결론을 끌어낼 수도 있다. 하지만 그것은 다음에 걱정할 문제다. 그러면 조너스가 드디어 자신의 업적을 세상에 알려야 한다는 신호일 것이다.

그렇게 되면, 조너스는 자신의 업적으로 무엇을 할지 생각해 볼 것이라고 다짐한다. 팔에 새긴 수식은 그가 발명하고 만들어 낸 것이 얼마나 어마어마한 것인지 늘 상기시켜 줄 것이다. 조너스는 세상을 바꾸기 위해서가 아니라 자신의 삶을 고치기 위해서 그 일을 시작했다고 생각한다. 하지만 무한에 가까운 많은 세계들을 여행할 수단을 만들어 냈으니, 인류의 역사를 바꾸는 데 사용할 수도 있을 것이다. 이 현실뿐 아니라, 수없이 많은 다른 현실에서도 마찬가지다. 그 광활한 가능성, 그 막중한 책임을 생각하면 조너스는 머리가 어지럽다.

마운트 시나이 병원을 나오며 조너스는 어맨다를 보면서 이 모든 결정을 혼자 짊어지지 않아도 된다는 사실에서 위로를 얻는다.

"왜?" 어맨다가 묻는다.

"아무것도 아냐." 하지만 어맨다는 그 대답을 믿지 않는 표정이다. 어맨다는 언제나 조너스를 꿰뚫어 본다. 그 자신보다도 그를 더 잘 안다. "음, 아무것도 아닌 건 아니지." 조너스가 인정한다. "하지만 지금은 그 이야기를 할 때가 아니야. 나중에도 시간은 충분해."

"그게 뭔지 몰라도 자꾸 생각하고 있네." 어맨다가 조너스를 흘끔 보며 말한다.

조너스는 아니라고 할 이유를 찾지 못한다. "하지만 나쁜 일은 아니야. 전혀."

"음, 나도 자꾸 생각나는 게 있어." 어맨다가 말한다. "어떻게 말해야 할지 모르겠어."

"그건 쉽지." 조너스가 어깨를 으쓱인다. "그냥 말해."

"빅터 일이야." 어맨다가 말한다.

이 현실의 빅터는 1년 반 전에 췌장암으로 죽었다. 그의 시신이 웨스트 57번가에 등장했다는 사실은 또 하나의 혼란을 일으켰다. 의사들이 조너스가 충분히 회복했다고 판단했을 때, 조너스는 경찰에 그 밑에 깔린 사람이 누군지 모른다고 대답했다. 그렇게 높은 곳에서 어떻게 떨어지게 됐느냐는 질문에, 조너스는 다중우주를 통과하느라 낙하 속도가 줄어서 살아남을 수 있었다는 설명 대신 단기 기억 상실을 주장했다.

조너스가 비협조적이거나 그를 신뢰할 수 없다는 판단하에서 뉴욕 경찰은 빅터의 지문을 조사했지만 그의 정체를 파악하는 데 실패했다. 유전자 검사도 했지만, 지문 검사에서 아무런 기록을 찾을 수 없었던 것과 같은 이유에서 아무 결과도 나오지 않았다. 빅터의 생체 정보는 어떤 데이터베이스에도 없었다. 그는 이곳 현실에서 체포된 적도, 법 집행기관에 연루된 적도 없었다. 결국 치과 진료 기록으로 몇 가지 알 수 없는 질문이 나올 수 있지만, 그것도 빅터의 도플갱어 치과 진료 내용이 그와 같은 경우에만 해당된다. 어쨌든, 조너스는 경찰이 다시 더 많은 질문을 하는 경우 대답을 준비할 시간이 있다. 그는 그 확률을 반반으로 본다. 동전 던지기와 같은.

"빅터가 뭐?" 조너스가 묻는다. 병원에서 그는 어맨다에게 그간의 이야기를 축약해서 들려줬다. 그와 빅터가 둘 다 평행우주를 여행할 수단을 만들어 냈고, 빅터는 우주의 정의라는 착각에 사로잡혀 조너스가 어맨다와 재회하는 것을 막으려고 했다. 어맨다의 도플갱어가 죽은 이야기는 빼놓았다.

"음." 어맨다가 말한다. "내게 돌아오려고 한 당신이 더 있다면……" 어맨다의 목소리가 잦아든다. 병원에서 대화하던 중, 어맨다는 당연히 이 기이한 상황을 말로 표현하기 어려워했다. "나를 찾으려는 조너스가 여러 명이라면, 그를, 그러니까 당신을 막으려는 빅터도 여러 명이라고 보는 것이 타당하지 않을까?"

"글쎄." 조너스가 대답한다. 불운한 다른 어맨다의 이야기를 제외한 것 말고 조너스는 어맨다에게 절대 거짓말하지 않을 것이다. "다른 빅터들이 더 있는진 모르겠어." 조너스는 걸음을 멈추고 어맨다의 손을 잡는다. 결혼 선서 이후로 그렇게 확신하며 말하는 것은 처음이다. "내가 확실히 아는 것은, 당신을 다시 찾았다는 거야. 그리고 어느 우주의 누구라도 당신을 다시 내게서 앗아갈 수는 없어."

어맨다의 얼굴에 미소가 피어난다. "그 말만 믿고 살 수 있겠어." 어맨다가 말한다.

"나도."

"그럼 다른 당신은?" 어맨다가 묻는다. "벌써 한 명 있었잖아."

병원에서 조너스도 숱한 조너스들이 저마다 어맨다를 찾고 있다면 어떻게 할까 자주 생각했다. 그 가능성은 언제나 존재할 것이다. 결국, 그것이 다중우주의 묘미다. 끝없는 가능성을 선호하는 것.

"음, 다른 내가 나타난다면," 조너스는 같은 문제를 놓고 이야기할 때 에바가 한 말을 떠올리며 답한다. "세상에서 가장 흥미진진한 삼각관계가 되겠지."

에바가 기억에서 떠오른다. 조너스는 주머니에 손을 넣다가, 그제야 스파이어에서 입었던 바지를 입고 있다는 사실을 깨닫는다. 그는 에바가 수를 놓아준 우로보로스 천을 꺼내 만지작거리며 에바를 생각한다. 조너스를 돕기 위혜 모든 것을 걸었던 에바. 에바의 감정. 그녀의 죽음으로 생겨난 슬픔. 그것도 두 번씩이나. 두 번 모두 조너스의 책임이었기에 느꼈던 가책.

"이게 뭐야?" 어맨다가 그 천을 잡으며 묻는다. "내 문신 같네. 당신 거랑도 같고."

"친구가 선물로 줬어." 조너스으 목소리가 갈라진다.

조너스는 본능적으로 길 건너를 바라본다. 보도에는 관광객과 뉴욕 사람들이 가득하다. 꾸준히 뛰는 맨해튼의 맥박. 그 사람들 틈에서 팔짱을 끼고 걸어가는 연인이 보인다. 남자와 여자. 남자는 미 육군 레인저 군복을 입고 있다. 폰 브라운 대학교 교수 연구실에 있는 사진에서 본 사람이다. 걸어가던 여자는 남자의 어깨에 머리를 기대며 그가 한 말에 웃어댄다.

에바는 행복해 보인다.

"왜 그래?" 어맨다가 묻는다.

"아냐." 조너스는 에바와 에바가 사랑하는 남자가 사람들 사이로 사라지는 것을 보며 말한다. "모든 것이 제자리에 있어."

어맨다가 조너스의 손을 잡고 이끈다. "집에 가자."

"좋아. 오랜만이네."

걸어가면서 조너스가 밤하늘을 보자 숱한 별들이 보인다. 수백 년, 수천 년 된 그 빛이 그를 향해 반짝인다. 별 하나마다 거의 셀 수 없이 많은 영혼들이 사는 우주가 존재할 것이다. 조너스는 그들의 삶과 죽음, 희망과 꿈, 아픈 상실과 실망을 떠올린다. 어떤 이들은 그 세상에 흔적 하나 남기지 못하고 죽을 것이다. 또 어떤 이들은 아름다운 예술 작품—희곡, 노래, 회화, 시, 교향곡—을 창조해 낼 것이다. 조너스처럼, 선택받은 소수는 기존의 현실 인식에 도전하는 통찰을 내놓을 것이다. 모두가 절묘한 고통을, 잔인한 축복을 경험할 것이다. 그것이 인간으로 산다는 의미니까. 그 모든 삶이 하나하나 저마다의 우주다.

오늘 밤, 조너스와 어맨다는 집으로 돌아가 또 하나의 우주를 만들어 볼 것이다.

감사의 글

어떤 이야기는 전달되고 싶어 합니다.

이 소설의 착상이 된 첫 노트는 2013년 2월 26일에 쓴 것입니다. 그간의 긴 여정 동안 함께 여행해 준 많은 이들의 도움을 받았습니다.

메야시 프라부는 처음으로 내 글을 뒤져 이 이야기를 발굴해 내고, 계속 써볼 가치가 있다고 판단했습니다. 팔락 파텔과 엘리샤 홈스, 마이크 딜루카의 현명한 조언이 아니었다면, 그 이야기 속에 어맨다는 거의 등장하지 않았을 겁니다. 10년 넘게 그래왔듯이 클리프 로버츠와 웬디 커크는 여행 친구이자 가이드로서, 우주가 내게 던지는 온갖 사건 사고와 폭풍우와 지진에도 불구하고 어려운 영역을 헤쳐나갈 수 있도록 도와줬습니다.

오랫동안 고생해 온 어시스턴트이자 뛰어난 재능을 가진 작가인 C. M. 랜드러스가 이 소설의 첫 독자였습니다. 그녀의 예리한 관찰과 통찰은 직유나 은유만큼 소중했습니다(우리끼리만 아는 농담이에요).

이전 에이전트, WME의 에린 멀론도 소중한 피드백과 격려를 제공했습니다. CAA의 앤서니 마테로가 배턴을 이어받아 100만분의

1초도 낭비 없이 달릴 수 있었죠(이 비유를 쓴 것에 대해 C. M.에게 사과합니다). 시즌 켄트가 너그럽게도 영화 및 티브이 최고 음악감독으로서의 재능과 시간을 나누어 주었고, 글도 검토해 줬습니다. 시즌은 정말 좋은 사람입니다. 함께 작업한 시간이 몹시 그립습니다.

∞

어떤 이야기는 전달되고 싶어 합니다.

하지만 모든 이야기가 출판되는 것은 아닙니다. 이 책에 꼭 맞는 출판사를 찾기는 힘들었고 불가능하게 느껴질 때도 있었습니다. 이 이야기가 세상 빛을 볼 수 없나 보다 싶던 순간, 소설가 알렉스 시거라가 조언과 협력을 자청했습니다. 알렉스와 나는 만화 업계에서 서로의 작품을 지켜본 친숙한 사이였지만, 그의 도움은 사실상 전혀 모르는 타인의 도움이나 마찬가지였습니다. 가장 큰 선행은 잘 모르는 사람, 보답받을 가능성이 없는 상대를 향한 것입니다. 너그러운 마음씨로 알렉스는 나를 레이크 유니언의 찬텔 에이미 오스먼에게 소개했습니다. 찬텔은 이 책의 가치를 처음으로 인정한 편집자였습니다. 그녀는, 첫 통화에서 말했듯이, 이 책의 첫 번째 팬이 되어주었습니다. 그녀의 지지와 격려에 나는 결코 제대로 보답할 수 없을 것입니다.

찬텔이 이 프로젝트에 선사한 것이 참 많지만, 편집자 제이슨 커크와 만나게 해준 것이 그중 가장 큰 선물일 겁니다. 제이슨은 노트와 통찰, 편집으로 이 책의 격을 높여줬습니다. 그는 과학 자문 역할까지 맡아줬습니다. 우주를 잘 이해하는 편집자와 짝을 이뤄준 것은 찬텔의 천재적인 능력입니다. 찬텔과 제이슨, 매의 눈을 가진,

가장 좋은 의미에서 강박적인 교열자 메건 웨스트버그, 교정자 제나 저스티스, 이야기 검수자 메리 루스 가빈다바리는 인내심과 품위를 갖고 내게 낯선 산문 영역의 길잡이가 되어주었습니다. 이 소설이 내가 더 친숙한 미디어가 아니라 소설처럼 읽힌다면, 그것은 전적으로 그들 덕분입니다. 그들의 가르침에 영원히 감사할 것입니다. 덧붙여, 프로덕션 매니저 앤젤라 엘슨 역시 인내와 조언을 선사했고, 정말 필요할 때 찬텔과 함께 마감 연장을 허가해 줬습니다.

끝으로, 마지막 순간 나서서 내 끔찍한 일본어를 수정해 준 친구 기요미 피셔에게 진심으로 감사드립니다. 이 책에 어떤 실수가 있다면 모두 나의 잘못입니다.

∞

어떤 이야기는 전달되고 싶어 합니다.

이 이야기에서 가장 쓰기 쉬웠던 부분은 어맨다에 대한 조너스의 감정이었습니다. 내 아내, 타라만 생각하면 됐으니까요. 조너스와 어맨다의 아이가 우리 딸 릴리와 새러 같은 아이라면, 조너스와 어맨다는 진정 축복받은 사람일 겁니다. 나는 세 사람을 너무 사랑합니다. 세 사람은 나를 그 어떤 생에라도 가장 행복한 남편이자 아버지로 만들어 줍니다.

2023년 8월
캘리포니아주 엔시노에서
마크 구겐하임

옮긴이_ 이나경

이화여자대학교 물리학과를 졸업하고 서울대학교 영문학과에서 르네상스 로맨스를 연구해 박사학위를 받았다. 전문 번역자로 일하고 있으며, 역서로《야생 조립체에 바치는 찬가》,《수관 기피를 위한 기도》,《검은 미래의 달까지 얼마나 걸릴까?》,《화석을 사냥하는 여자들》,《부기맨을 찾아서》,《초대받지 못한 자》,《프리즈너》,《엄마 아닌 여자들》,《프랑켄슈타인》,《애프터 유》 등이 있다.

다른 우주에서 우리 만나더라도

초판 1쇄 인쇄 2025년 6월 16일
초판 1쇄 발행 2025년 7월 4일

지은이 | 마크 구겐하임
옮긴이 | 이나경
발행인 | 강봉자, 김은경

펴낸곳 | (주)문학수첩
주소 | 경기도 파주시 회동길 503-1(문발동 633-4) 출판문화단지
전화 | 031-955-9088(마케팅부) 031-955-9532(편집부)
팩스 | 031-955-9066
등록 | 1991년 11월 27일 제16-482호

ISBN 979-11-7383-009-9 03840

*파본은 구매처에서 바꾸어 드립니다.